說文解字段注

四部備要

經部

上海中華書局據經韻樓
原刻本校刊

桐鄉 陸費逵 總勘
杭縣 高時顯 吳汝霖 輯校
杭縣 丁輔之 監造

說文解字第十四篇上

金壇段玉裁注

金五色金也凡有五色皆謂之金也下文白金青金赤金黑金合黃金爲五色黃爲
之長故獨得金名久薶不生衣百鍊不輕此二句言黃金之德從
革不韋舊作違今正韋背也從革見鴻範爲順人之意以變更成器雖屢改易而無傷也五金皆然西
方之行以五行言之爲西方之行生於土从土ナ又注象金在
土中形謂土旁二筆也今聲下形上聲居音切七部凡金之屬皆从金
金古文金象形而不諧聲銀白金也黃金既專金名其外四者皆各有名爾雅曰黃
金謂之璗其美者謂之鏐然則黃金自有名而許以璗系諸玉部云金之美者與玉同色與釋器不合何也璗爲金而字从玉
許書主釋字形故其說如此也爾雅又曰白金謂之銀其美者謂之鐐此則許所本也从金艮聲語巾
切十二部鐐白金也爾雅別之曰其美者許不別也毛詩傳曰大夫鐐琫而鐐珌从金尞
聲洛蕭切二部鋈白金也从金渼省聲大徐渼省聲小徐沃聲考說文芺聲
之字未有省艸者鋈字今三見於毛詩小戎毛傳曰沃白金也而車部輈下詩曰渼以觼軜引詩正作渼不作鋈知古本毛詩

祇作渼渼卽鐐之叚借字古芺聲尞聲同部也金部本有鐐無鍪淺人乃依今毛詩補之烏酷切二部 鉛 青

金也从金㕣聲與專切十四部 錫 銀鉛之閒也周禮卄人注曰鈏也

職方氏曰鑞也鑞字說文無經典多叚錫爲賜字凡言錫予者卽賜之叚借也 从金易聲先擊切十六部

鈏 錫也見釋器 从金引聲羊晉切十二部 銅 赤金也銅色本赤

今之白銅點化爲之耳食貨志曰金有三等黃金爲上白金爲中赤金爲下孟康曰赤金丹陽銅也按丹陽銅卽吳王濞傳章

郡銅山貨殖傳章山之銅也 从金同聲徒紅切九部 鏈 銅屬應劭曰鏈似銅與許說合

从金連聲力延切十四部 鐵 黑金也从金𢧜聲天結切十二部

鐡 鐵或省 銕 古文鐵从夷按夷蓋弟之譌也 鍇 九江

謂鐵曰鍇从金皆聲苦駭切十五部 鋚 鐵也一曰轡首

銅也別一義小雅鞗革沖沖毛傳曰鞗轡也革轡首也按鞗轡也當作鋚轡首飾也轉寫奪去二字耳下文云沖沖

垂飾皃正承轡首飾而言許釋鋚爲轡首銅鋚卽鞗字詩本作攸轉寫誤作鞗攸革皆古文叚借字也古金石文字作鋚勒或

作鋚勒轡首銅者以銅飾轡首也革部勒下云馬頭絡銜也卽毛傳所謂轡首也周頌載見箋云鞗謂金飾正與轡首銅之訓

合大雅韓奕鞗革以爲鞹鞃淺以爲幭鋚以飾勒金以飾軛四事文意一例鋚勒謂以銅飾轡之近馬頭處垂之沖沖然也

从金攸聲以周切三部 鏤 剛鐵也可㠯刻鏤 鏤本剛鐵之名剛鐵可受鐫刻故鐫刻亦曰鏤釋器曰金謂之鏤鏤鋑也詩鉤膺鏤錫箋皆訓刻金許以可以刻鏤釋鏤此卽已已也申申也之例也今則引申之義行而本義廢矣禹貢梁州貢鏤某氏傳亦云剛鐵 从金婁聲盧候切四部 夏書曰梁州貢鏤 一曰鏤釜也 方言鍑江淮陳楚之閒謂之錡或謂之鏤

鐼 鐵屬从金賁聲讀若熏 小徐本讀若訓火運切十三部

銑 金之澤者 澤者光潤也釋器曰絶澤謂之銑晉語玦之以金銑者寒之甚矣韋注銑猶洒也洒洒寒皃言於太子無温潤也許言其光潤韋言寒皃皆謂金之精者耳似異而非異也 从金先聲穌典切古音在十三部 一曰小鑿 鑿所以穿木也 一曰鐘兩角謂之銑 考工記鳧氏曰兩欒謂之銑鄭注銑鐘口兩角按古鐘羨而不圜故有兩角

鋻 㓻也 㓻各本譌剛今正刀部曰㓻刀劍刃也刃下曰刀鋻也故㓻與鋻爲轉注王襃聖主得賢臣頌曰清水淬其鋒李善引三倉解詁云淬作刀鋻也文選俗本譌爲鑒 从金臤聲 此形聲中有會意也堅者土之臤緊者絲之臤鋻者金之臤彼二字入臤部會意中有形聲也古甸切十二部

鑗 金屬也一曰剺也 剺者裂也剺訓裂知鑗與剺義同音別方言蠡分也注謂分割也此卽鑗之叚借方言又曰剺解也亦卽此字 从金黎聲里西切十五部

錄 金色也

錄與綠同音金色在青黃之閒也叚借爲省錄字慮之叚借也故錄囚即慮囚云庸錄者猶無慮也言其觕猥 从金彔聲 力玉切三部

鑄 銷金也从金壽聲 之戍切古音在三部亦讀如祝

銷 鑠金也从金肖聲 相邀切二部

鑠 銷金也从金樂聲 書藥切二部

鍊 冶金也 冶大徐本譌作治今正湅治絲也練治繒也鍊治金也皆謂灊湅欲其精非第冶之而已冶者銷也引申之凡冶之使精曰鍊 从金柬聲 此亦形聲包會意郎甸切十四部

釘 鍊鉼黃金也 周禮職金旅於上帝則共其金版饗諸侯亦如之注曰鉼金謂之版此版所施未聞按今爾雅鉼金謂之鈑鈑系版之譌則鉼當是鉼之譌也凡物匾之曰鉼鍊鉼鍊而成之 从金丁聲 當經切十一部今人用此字則古鍇字之義也

錮 鑄𡨄也 𡨄作塞誤今正凡銷鐵以窒穿穴謂之錮左傳曰子反請以重幣錮之漢書曰下錮三泉 从金固聲 此亦形聲包會意古慕切在五部

鑲 作型中腸也 型者鑄器之法也其中腸謂之鑲猶瓜中腸謂之瓤也鑲亦用爲句鑲兵器也別一義見釋名 从金襄聲 汝羊切十部

鎔 冶器灋也 冶者銷也鑄也董仲舒傳曰猶泥之在鈞唯甄者之所爲猶金之在鎔唯冶者之所鑄師古曰鎔謂鑄器之模範也今人多失其義 从金容聲 余封切九部

鈙 可目持冶器鑄鎔者也 冶器者鑄於鎔中則以此

物夾而出之此物金爲之故从金从金夾聲古叶切八部讀若漁人夾魚

之夾夾二徐作莢非今正周禮弁夾取矢一曰若挾持一謂讀若挾持之挾鍛小

冶也小冶謂小作鑪鞴以冶金如嵇康之鍛竈是也冶之則必椎之故曰鍛鐵殳部曰段椎物也鍛从段金會意兼

形聲考工記段氏爲鎛器段卽鍛也詩之碫石則鍛質也从金段聲丁貫切十四部鋌銅鐵

樸也樸木素也因以爲凡素之偁小徐作朴非也石部曰磺銅鐵樸鋌與磺義同音別亦謂之鋇淮南書曰苗山之

鋌从金廷聲徒鼎切十一部鐃鐵文也謂鐵之文理也从金曉聲

呼鳥切二部鏡景也景者光也金有光可照物謂之鏡此以疊韵爲訓也鏡亦曰鑒雙聲字也从

金竟聲居慶切古音在十部鉹曲鉹也从金多聲尺氏切古音在十七

部一曰鬵鼎鬲部曰鬵鉹也與此爲轉注讀若擿一曰詩云侈

兮哆兮宋本皆如此今本作哆兮侈兮一曰下當奪若字謂讀若哆也小徐作一曰若詩曰侈兮之侈同

銒佀鍾而長頸鍾俗本作鐘今從宋本鍾者酒器見下此以相聯爲文矣用此知古酒鍾有腹

有頸蓋大其下小其上也从金幵聲戶經切古音當在十二部鍾酒器也古者此器

蓋用以宁酒故大其下小其頸自鍾傾之而入於尊自尊勺之而入於鱓故量之大者亦曰鍾引申之義爲鍾聚从

金重聲職容切九部鑑大盆也盆者盎也凌人春始治鑑注云鑑如甀大口以盛冰置食物於中以禦溫氣春而始治之按鄭云如甀醢人作醢云塗置甀中則鑑如今之甕許云大盆則與鄭說不符疑許說爲是且字从金必以金爲之也从金監聲革懺切八部一曰鑑諸逗可㠯取明水於月鑑諸當作鑑方諸也轉寫奪字耳周禮司烜氏以夫遂取明火於日以鑒取明水於月注夫遂陽遂也鑒鏡屬取水者世謂之方諸淮南書方諸見月則津而爲水高注方諸謂陰燧大蛤也孰摩令熱月盛時以向月下則水生以銅盤受之下水數滴高說與許鄭異考工記以鑒燧之齊併言則鑑之爲鏡可知也鄭云鏡屬又注考工記云鑒亦鏡也詩云我心匪鑒毛傳曰鑒所以察形葢鏡主於照形鑑主於取明水本系二物而鏡亦可名鑒是以經典多用鑒字少用鏡者鑑亦段監爲之是以毛詩宜鑒於殷大學作儀監鄭箋詩云以殷王賢愚爲鏡注大學云監視殷時之事各依文爲說而已尚書監字多有同鑒者

鐈似鼎而長足从金喬聲巨嬌切二部

鐩陽鐩也从金隊聲按此字非其文疑後人因上說方諸而增之周禮秋官本作遂

鋞昷器也昷各本作溫今正許書溫系水名昷訓仁也昷訓仁故引申爲昷煗字煗下曰昷也㬈下曰安㬈昷也凡經史可借用溫而許書不宜自相矛盾凡讀許書者知此則九千三百餘文之說解絕無不可通之處矣葢非用其字之本義即用其字之引申之義斷無有風馬牛不相及者也溫訓水名此云溫器也是爲風馬牛不相及矣昷器者謂可用煗物之器

也圜而直上（而字依廣韵補）从金巠聲（戶經切十一部）鑴瓽也（瓦部曰瓽大盆也然則鑴與鑑同物周禮眡祲十煇三曰鑴鄭注鑴讀爲童子佩鑴之鑴謂日旁氣刺日也按今本周禮注鑴譌金旁非是鑴者佩角銳耑可以解結故鄭讀鑴爲鑴今本作讀如亦非也）从金巂聲（戶圭切十六部）

鑊鑴也（少牢饋食禮有羊鑊有豕鑊鑊所以煑也）从金蒦聲（胡郭切五部）

鍑如釜而大口者（如而二字依玄應補釜者鬴之或字鬲部曰鬴鍑屬是二篆爲轉注也方言曰釜自關而西或謂之鍑）从金复聲（方副切三部）

鍪鍑屬从金敄聲（莫浮切三部）

錪朝鮮謂釜曰錪（方言鍑北燕朝鮮洌水之閒或謂之錪或謂之鉼）从金典聲（他典切十二部）

銼銼鑹（二字依全書通例補疊韵字）鍑也从金坐聲（昨禾切十七部）

鑹銼鑹也从金羸聲（魯戈切十七部）

鉶器也（此禮器也魯頌毛傳曰羹大羹鉶羹也按大羹煑肉汁不和貴其質也鉶羹肉汁之有菜和者也大羹盛之於登鉶羹盛之於鉶鉶羹菜和謂之芼其詳在禮經鉶經典亦作鈃此猶荆罰字本从井作刑非正字也內饔職鉶作荆亦叚借字）从金荆聲（戶經切十一部）

鎬溫器也从金高聲（乎老切二部）武王所都在長安西上林苑中字亦如此（此於例不

當載而特詳之者說叚借之例也土部堋下引春秋傳矣而又曰虞書堋淫於家亦如是謂書朋淫之字亦如此作也武王部鎬本無正字偶用鎬字爲之耳一本有其字之叚借一本無其字之叚借也鎬京或書鄗乃淺人所爲不知漢常山有鄗縣

鏖 𥁕器也 𥁕各本作温今正下同廣韵曰鏖銅瓮也今江東尚有鏖孰之語與火部以微火温肉之𤎅義同或作爊或作鏖集韵曰盡死殺人曰鏖糟漢霍去病合短兵鏖皐蘭下是也 一曰金器 則非炊物器 从金麀聲 於刀切古音在三部 讀若奥 小徐有此三字

銚 𥁕器也 今煮物瓦器謂之銚子讀徒弔切是也 从金兆聲 以招切二部 一曰田器 周頌庤乃錢鎛傳曰錢銚也許下文錢下亦曰銚也古田器銚釋器方言皆作斛釋器曰斛謂之疀郭云卽古鍫臿字方言曰臿燕之東北朝鮮洌水之閒謂之斛趙魏之閒謂之喿銚斛喿三字同卽今鍫字也七遙反亦湯料反今人俗語正切七遙

鋀 酒器也 未聞或曰卽行葦之大斗非是毛傳大斗長三尺謂勺柄長三尺也 从金𧯛象器形 大口切四部

𧯛 鋀或省金 斲字用爲聲

鐎 鐎斗也 卽刀斗也孟康曰以銅作鐎器受一斗晝炊飯食夜擊持行名曰刀斗荀悅曰刀斗小鈴如宮中傳夜鈴也蘇林曰形如銚以銅作之無緣受一斗故云刀斗鐎卽鈴也廣韵溫器三足而有柄 从金焦聲 卽消切二部

鋗 小盆也 廣韵曰銅銚 从金肙聲 火玄切十四部

鏏 鼎也 淮南說林訓水火相憎鏏在其

閡五味以和注曰鑴小鼎又曰鼎無耳爲鑴从金巂聲讀若巂于歲切十五部鍵

鉉也謂鼎扃也以木橫關鼎耳而舉之非是則既炊之鼎不可舉也故謂之關鍵引申之爲門戶之鍵閉門部曰關

以木橫持門戶也門之關猶鼎之鉉也从金此以木爲而字从金者系於鼎而言之也抑易言金鉉則鍵有金飾

之者矣建聲渠偃切十四部一曰車舝各本作轄今正轄雖亦訓鍵而非正字也舛部曰舝車軸

耑鍵也謂鐵貫於軸耑如鼎鉉之貫於鼎耳鉉所吕舉鼎也所以二字今補汲古閣於舉鼎

下增具字今刪正手部曰扛橫關對舉也謂橫關於兩耳露其耑以兩手對舉之非是則難扛也从金玄

聲胡犬切十二部按易音義有古冥古螢二反則讀同扃易謂之鉉禮謂之鼏鼏音

扃與鼏音密畫然二物二事易謂之鉉者周易鼎六五鼎黃耳金鉉上九鼎玉鉉是也古說皆云鉉貫於耳顏師古獨云鉉者

鼎耳非鼎扃也其說甚誤易言黃耳金鉉則耳與鉉非一物明矣二云禮謂之鼏者士冠禮設扃鼏鄭注今文扃爲鉉古文鼏爲

密一部皆然攷工記匠人亦作扃許所見禮經扃作鼏卽鼎部所二云橫關鼎耳而舉之者也鼏與扃皆以郊冂之冂爲聲扃訓

外閉之關音義皆同若鼏則訓鼎蓋古音如密今音如覓說詳鼎部許引易禮以博異名猶士部壻下云禮謂之封周官謂之

窆也凡單言禮者皆謂禮經今之儀禮也據鄭則禮今文爲鉉矣許何以鉉專系易也許於禮經之字古文是者則從古文今

文是者則從今文此從古文作鼏故曰禮謂之鼏也如士喪禮今文銘皆爲名從今文故不錄銘字聘禮士喪禮今文赴作訃

從古文故言部不錄訃字士虞少牢特牲古文酳皆作酌許从古文故酉部不錄酳字旣夕禮今文窆爲封從今文則以窆專系周官也鋗可㠯句鼎耳及鑪炭句讀如鉤鉤鼎耳舉之鉤鑪炭出之之器也从金谷聲讀若浴余足切三部一曰銅屑食貨志民盜摩錢以取鋊鎣器也謂摩鋥之器也以金爲之爾雅注曰鸊鷉膏中鎣刀从金熒省聲讀若銑烏定切十一部鐵鐵器也盖銳利之器郭注爾雅用爲今之尖字融丘鐵頂者从金韱聲子廉切七部一曰鐫也鐫大徐誤作鑴鐫者穿木琢石也錠鐙也廣韵曰豆有足曰錠無足曰鐙玄應引聲類無豆字誤矣从金定聲丁定切十一部鐙錠也祭統曰夫人薦豆執校執醴授之執鐙注曰校豆中央直者也鐙豆下跗也執醴者以豆授夫人執其下跗夫人受之執其中央直者按跗說文作柎柎闌足也鐙有柎則無足曰鐙之說未可信豆之遺制爲今俗用燈盞徐氏兄弟遂以膏鐙解說文誤矣生民傳曰木曰豆瓦曰登豆薦葅醢登薦大羹箋云祀天用瓦豆陶器質也然則瓦登用於祭天廟中之鐙笵金爲之故其字从金从金登聲都滕切六部鏶鍱也从金集聲秦入切七部𨭚鏶或从咠咠聲鍱鍱也此謂金銅鐵椎薄成葉者齊謂之鍱从金枼聲與涉切七部鏟鏶也从金産聲初限切十四部一曰平鐵

謂以剛鐵削平柔鐵也廣韵曰鏟平木器也凡鏟削多用此字俗多用刻字鑪方鑪也方對下圜言之凡爇炭之器曰鑪定公三年左傳邾莊公自投於牀廢於鑪炭爛遂卒从金盧聲洛乎切五部

鏇圜鑪也玄應曰周成難字作欈謂以繩轉軸裁木爲器曰欈按圜鑪之義之引申也古文苑美人賦金帀熏香說者以爲圜鑪从金旋聲辭戀切十四部

鍗器也从金虒聲杜兮切十六部

鐪煎膠器也煎熬也膠作之以皮故熬之而後成从金虜聲郎古切五部

釦金飾器口謂以金涂器口許所謂錯金今俗所謂鍍金也漢舊儀大官尚食用黃金釦器中官私官尚食用白銀釦器後漢和熹鄧皇后紀蜀漢釦器班固西都賦玄墀釦切謂金涂門限也切者門限吳語三軍皆譁釦以振旅韋曰譁釦喧呼此釦乃叚借字从金口會意口亦聲苦厚切四部

錯金涂也涂俗作塗又或作搽謂以金措其上也或借爲措字措者置也或借爲摩厝字厝者厲石也或借爲逪遣字東西曰逪邪行曰遣也从金昔聲倉各切五部

鋤鉏鋤也鉏音牀呂切鋤音魚巨切疊韵字齒部齟齬齒不相值也鉏鋤蓋亦器之能相抵拒錯摩者故廣韵以不相當釋鉏鋙周禮玉人注云駔牙左傳人有名鉏吾者皆此二者之同音叚借从金御聲魚舉切五部

鋙鋤或从吾吾古讀如魚

錡鉏鋤也豳風旣破我斧又缺我錡傳曰鑿屬曰錡此蓋所謂鉏鋤者與字或作奇从

金奇聲魚綺切古音在十七部按豳風音義巨宜反江淮之閒謂釜錡大徐錡上有曰字召南維錡及釜傳曰錡釜屬有足曰錡方言曰鍑江淮陳楚之閒謂之錡郭云或曰三腳釜也音技按詩左傳皆錡釜並言然則本以有足別於釜而江淮語同之耳

鍤𩫏衣鍼也𩫏各本作郭今正郭者齊之郭氏虛也𩫏者城𩫏民所度居也古無廓字祇用郭字其實當用𩫏如鼓下云郭皮甲而出此云郭衣皆謂恢廓張衣於版以鍼密鐵其週使伸直今之治裘者正如此是曰𩫏衣其鍼曰鍤鍤之言深入也以為鍪臿字者失之遠矣从金臿聲楚洽切八部

鉥綦鍼也綦疑當作長管子一女必有一刀一錐一箴一鉥房注鉥時橘切長鍼也玉篇亦曰長鍼从金朮聲食聿切十五部

鍼所吕縫也縫者以鍼紩衣也竹部箴下曰綴衣箴也以竹為之僅可聯綴衣以金為之乃可縫衣从金咸聲職深切七部今俗作針

鈹大鍼也玄應曰醫家用以破癰从金皮聲敷羈切古音在十七部一曰劒而刀裝者劒兩刃刀一刃而裝不同實劒而用刀削裹之是曰鈹左傳曰夾之以鈹

鎩鈹有鐔也鐔劒鼻也二云鈹有鐔者則知鈹有不為鼻者矣如刀裝之鈹不為鼻者也賈誼曰鉏櫌棘矜非銛於句戟長鎩張衡曰植鎩懸瞂用戒不虞曰長曰植則鎩有柄有柄故不為鼻薛綜解一曰鋋似兩刃刀鋋謂其上出之鋒也淮南書飛鳥鎩羽許注曰鎩殘也左思賦亦曰鳥鎩翮此等鎩字乃引申之義鎩可殘羽故凡見殘者曰鎩公羊作摋宋萬臂摋仇牧

碎其首何云側手擊曰搬从金殺聲所拜反十五部廣韵又所八切鈕印鼻也从金丑聲女久切三部玨古文鈕从王璽之籒文从玉古文印鈕字从玉蓋初作印時惟以玉爲之也銎斤斧穿也穿者通也詩釋文作斧空也三字謂斤斧之孔所以受柄者豳風毛傳曰方銎曰斨隋銎曰斧斧隋謂狹長从金巩聲曲恭切九部鈭鈭錍斧也斧之一種也疊韵字从金此聲即移切十六部錍鈭錍也从金卑聲府移切十六部鏨小鑿也从金斬斬亦聲藏濫切八部鐫破木鐫也謂破木之器曰鐫也因而破木謂之鐫矣从金雋聲子全切十三部一曰琢石也此破木引申之義耳凡似此者皆淺人所增也讀若瀸瀸在閉口音非其類鑿所曰穿木也所以二字今補穿木之器曰鑿因之既穿之孔亦曰鑿矣考工記曰量其鑿深以爲輻廣九辨圜鑿而方柄音家讀曹報反从金鑿省聲在各切古音在二部銛臿屬臿大徐作銛則是郭衣鍼矣臿者舂去麥皮也叚借爲鍫臿即上文田器之銚也其屬亦曰銛俗作杴廣韵曰古作檢或作欣皆即銛字引申爲銛利字賈誼曰莫邪爲鈍鈆刀爲銛漢書音義曰銛利也又按方言曰銛取也此引申叚借之義也孟子以言銛之以不言銛之今本誤作銛从金舌聲舌者口舌字非聲當作西舌皃也他念切在三篇㕯部木部炊

竃木之柄此臿屬之鍤皆用爲聲篆體亦當改正此息廉切七部八部讀若棪桑欽讀若鐮

鈂臿屬也从金尢聲讀若沈直深切七部

⿰金危臿金也从金危聲過委切十六部一曰⿰金危瑩鐵也瑩當作鎣猶明也讀若毀行毀大徐作跛

鐅河內謂臿頭金也郭注方言曰江東謂鐅刃爲鐅从金敝聲芳滅切十五部按當依郭氏普蔑反

錢銚也古者田器詩毛傳云尒見上文銚字下云古田器者古謂之錢今則但謂之銚謂之臿不謂之錢而錢以爲貨泉之名从金戔聲詩曰庤乃錢鎛周頌臣工文卽淺切十四部一曰貨也大徐無此四字按貝部下曰古者貨貝而寶龜周而有泉至秦廢貝行錢檀弓注曰古者謂錢曰泉布周禮泉府注鄭司農云故書泉或作錢外府注云其藏曰泉其行曰布取名於水泉其流行無不遍周語景王二十一年將鑄大錢韋曰古曰泉後轉曰錢玉裁謂秦漢乃叚借錢爲泉周禮國語早有錢字是其來已久錢行而泉廢矣昨先切或曰此不當有一曰貨也四字貝下當云至秦廢貝行泉王莽時錢文尚曰大泉五十曰貨泉

钁大鉏也鉏之大者曰钁从金矍聲居縛切五部

鉏立薅斫也斫也各本作所用也今依廣韵正薅者披去田艸也斫者斤也斤以斫木此則斫田艸者也云立薅者古薅艸坐爲之其器曰槈其柄短若立爲之則其器曰鉏其柄長槈之用淺鉏之

用可深故曰斫釋名曰齊人謂其柄曰橿橿然正直也頭曰鶴似鶴頭也橿見木部 从金且聲 士魚切五部俗作鋤按此篆原在下文鉵䥯之閒非其次也故今移此

鈐 鈐鏅 逗 大犂也 犂者耕也鈐鏅雙聲 一曰類枱 各本作梠誤今正枱耒耑也耒者手耕曲木也耒枱與犂之別一以人一以牛也說文作枱他書作耜若梠者臿也則當云類臿而已 从金今聲 巨淹切七部

鏅 鈐鏅也从金隋聲 徒果切十七部

鏺 兩刃有木柄可㠯乂艸 兩刃如劒然兩邊有刃乂芟艸也字或作刈 从金發聲讀若撥 普活切十五部按癹字與此音同義近

鈶 枱屬也 枱大徐作梠今正蓋大徐耒下云耒梠而木部枱音弋之切此部之誤亦同 从金蟲省聲讀若同 徒冬切九部

䥯 枱屬也 枱大徐作梠非 从金罷聲讀若嬀 彼爲切古音在十七部廣韵作⿰金羆

鎌 鍥也从金兼聲 力鹽切七部俗作鐮

鍥 鎌也 方言曰刈鉤江淮陳楚之閒謂之鉊或謂之鐹自關而西或謂之鉤或謂之鎌或謂之鍥鍥郭音結刀部曰⿰句刂鎌也卽方言之刈鉤也 从金契聲 苦結切十五部

鉊 大鎌也 見方言 从金召聲 止搖切二部方言錐謂之鉊其字从苕取其象苕秀也亦音若廣雅作此鉊誤矣 鎌或謂之鉊張徹說

銍 穫禾短鎌

也周頌奄觀銍艾傳曰銍穫也按艾同乂穫也銍所以穫也淺人刪所以二字禹貢二百里納銍某氏曰銍艾謂禾穗
亦謂所穫之穗爲銍 从金至聲陟栗切十二部 鎮 博壓也博當作傅局戲也壓當作
厭笮也謂局戲以此鎮壓如今賭錢者之有椿也未知許意然否引申之爲重也安也壓也 从金真聲
陟刃切十二部 鉆 鐵銸也周禮典同注飛鉆涅闇疏引鬼谷子飛鉗 从金占聲敕淹
切古音在七部讀如砧劉氏渠金反 一曰膏車鐵鉆謂脂其車轂者以器納輨濡膏而染轂中也其
器曰鉆鐵爲之 銸 鉆也此與竹部籋義同音近 从金耴聲陟葉切八部 鉗
以鐵有所劫束也劫者以力脅止也束者縛也 从金甘聲巨淹切七部
釱 鐵鉗也鐵御覽作脛平準書釱左趾釱踏腳鉗也狀如跟衣箸足下重六斤以代刖 从金
大聲特計切十五部 鋸 槍唐也槍唐蓋漢人語廣韵引古史考曰孟莊子作鋸 从金
居聲居御切五部 鐕 可以綴箸物者喪大記君裏棺用朱綠用雜金鐕大夫裏
棺用玄綠用牛骨鐕注鐕所以琢箸裏按今謂釘者皆是非獨棺釘也 从金朁聲則參切七部
錐 銳也此門聞也戶護也之例 从金隹聲職追切十五部 鑱 銳也 从
金毚聲士銜切八部 銳 芒也芒者艸耑也艸耑必鐵故引申爲芒角字今俗用鋒鋩字古祇

用夆芒从金兌聲以芮切十五部𠜾籀文銳从厂剡从剡厂聲蕨厲字从此

鏝鐵杇也杇所以涂也秦謂之杇關東謂之槾从木是則木爲者曰杇金爲者曰鏝許以从木从金別之也戰國策豫讓刃其杇杇而有刃知古者通偁从金曼聲母官切十四部槾鏝或从木已見木部

鑽所吕穿也本是器名因之謂穿亦曰鑽从金贊聲借官切十四部

鑢厝銅鐵也厝作錯誤厝者厲石也故以爲凡砥厲之字厲銅鐵謂之鑢故其字从金周禮注作鑢从金慮聲良據切五部

銓稱也稱各本作衡今正禾部稱銓也與此爲轉注乃全書之通例稱卽今秤字衡者牛觸橫大木其角權衡字經典用之許不尒葢古權衡二字皆叚借字權爲垂之叚借古十四部與十七部合音是以若干爲若柯桓表爲和表斟灌爲斟戈毛詩觀爲多之借單聲之鼉鄲入戈韵垂古音陀叚權爲之俗乃作錘若衡則叚借之橫字權衡者一直一橫之謂从金稱錘以金爲之故从金全聲此緣切十四部

銖權十絫黍之重也各本作權十分黍之重也今正權五權也五權銖兩斤鈞石也𠫓部曰絫十黍之重也此云銖權十絫黍之重也兩部曰兩二十四銖爲一兩斤本無其字以斫木之斤爲之十六兩也鈞三十斤也禾部曰石百二十斤也按許說與漢律厤志合志曰一龠容千二百黍重十二銖兩之二十四銖爲兩十六兩爲斤三十斤爲鈞四鈞爲石此許所本言十絫黍者謂百黍也必言黍者蒙十黍之重爲絫而言又使兩斤鈞石黍數可計

也若禾部稱下云十二粟爲一分十二分爲一銖則用淮南天文訓與律厤志別爲一說粟者禾實也以今禾黍驗之粟輕於黍遠甚程氏瑤田說

从金朱聲市朱切四部

鋝十一銖二十五分銖之十三也各本十一銖作十銖二十五分銖奪銖字今依尚書音義漢蕭望之傳注廣韵十七薛正十一銖計黍千一百云二十五分銖之十三者此用命分之法百黍以四除之凡二十五而除盡命爲二十五分二十五分之十三得五十二黍命爲二十五分銖之十三合十一銖共爲黍千一百五十二

从金寽聲力輟切十五部

周禮曰重三鋝考工記弓人文北方吕二十兩爲三鋝三各本無戴仲達作一今依東原師補正師說曰無三字者誤也攷尚書僞孔傳及馬融王肅皆云鍰重六兩鄭康成云鍰重六兩大半兩鋝卽鍰賈逵云俗儒以鋝重六兩此俗儒相傳譌失不能覈實脫去大半兩言之說文多宗賈侍中故曰北方二十兩爲三鋝正謂六兩大半兩爲一鋝也按三鋝爲黍四萬八千

鍰鋝也尚書釋文引六鋝也六誤衍鄭注攷工記曰許叔重說文解字云鋝鍰也今東萊謂大半兩爲鈞十鈞爲環環重六兩大半兩鍰鋝似同矣周禮職金正義曰夏侯歐陽說墨罰疑赦其罰百率古以六兩爲率古尚書說百鍰鍰者率也一率十一銖二十五分銖之十三也百鍰爲三斤鄭玄以爲古之率多作鍰玉裁按古文尚書呂刑作鍰今文尚書作率亦作選或作饌史記周本紀作率尚書大傳一饌六兩作饌漢書蕭望之傳金選之法作選皆今文尚書也今文謂率六兩說古文者謂鍰六兩大半兩許用古文說者也百鍰爲三斤正

與十一銖二十五分銖之十三數相合从金爰聲戶關切十四部書曰古本作書曰趙本作虞書曰今按當作周書曰罰百鍰呂刑文東原師曰鍰鋝篆體易譌說者合爲一恐未然也鍰當爲十一銖二十五分銖之十三攷工記作垸其叚借字鋝當爲六兩大半兩史記作率漢書作選其假借字二十五鍰而成十二兩三鋝而成二十兩呂刑之鍰當爲鋝弓人膠三鋝當爲鍰一弓之膠三十四銖二十五分銖之十四不得多至二十兩也

錙六銖也爲黍六百鄭注禮記儒行曰八兩爲錙高注詮言訓曰六兩曰錙倍錙曰錘風俗通義曰銖六則錘錘暉也二錘則錙錙錙也二錙則兩也廣韵曰八銖爲錙其說皆乖異不與許合惟高注說山訓曰六銖曰錙八銖曰錘與許說合與詮言注乖異疑說山之注乃許注之僅存者也从金甾聲甾者或甾字也側持切一部

錘八銖也爲黍八百諸家說異見上後人謂稱之權爲錘漢志所謂以輕重爲宜圜而環之今之肉倍好者也古字祇當作垂謂有物垂之而使平从金垂聲直垂切古音在十七部

鈞三十斤也斤者十六兩也三十斤爲鈞萬一千五百二十銖爲黍二十七萬六千四百八十漢志曰鈞者均也陽施其氣陰化其物皆得其成就平均也按古多叚鈞爲均从金勻聲居勻切十二部

銞古文鈞从旬古旬勻多通用

鈀兵車也从金巴聲伯加切古音在五部司馬灋曰晨夜內鈀車今司馬法無此文方言箭廣長而薄鎌謂之錍或謂之鈀一曰鐵也別一義此

依韵會本鐲鉦也周禮鼓人以金鐲節鼓鄭注鐲鉦也形如小鐘軍行鳴之以爲鼓節大鄭云讀如濁其源
之濁从金蜀聲直角切三部軍灋司馬執鐲周禮作公司馬執鐲杜子春云
公司馬謂五人爲伍伍之司馬也鈴令丁也令平聲令丁疊韵字晉語十一注丁寧令丁謂鉦也吳語
十九丁寧令丁謂鉦也令國語皆奪令丁字而存於舊音補音廣韵曰鈴似鐘而小然則鐲鈴一物也古謂之丁寧漢謂之令
丁在旂上者亦曰鈴从金令聲郎丁切古音在十二部鉦鐃也佀鈴柄
中句上下通鐲鈴鉦鐃四者相似而有不同鉦似鈴而異於鈴者鐲鈴似鐘有柄爲之舌以有聲鉦則
無舌柄中者柄半在上半在下稍稍寬其孔爲之抵拒執柄搖之使與體相擊爲聲鼓人以金鐃止鼓注曰鐃如鈴無舌有柄
執而鳴之以止擊鼓按鐃卽鉦鄭說鐃形與許說鉦形合詩新田傳曰鉦以靜之與周禮止鼓相合从金正
聲諸盈切十一部鐃小鉦也鉦鐃一物而鐃較小渾言不別析言則有辨也周禮言鐃不言鉦詩
言鉦不言鐃不得以大小別之大司馬仲冬大閱乃鼓退鳴鐃且卻左傳陳子曰吾聞鼓不聞金亦謂聞鼓進聞鐃退也
从金堯聲女交切二部軍灋卒長執鐃見大司馬職五人爲伍五伍爲兩五
兩爲卒鐸大鈴也鼓人以金鐸通鼓注鐸大鈴也謂鈴之大者說者謂軍法所用金鈴金舌謂之金鐸
施令時所用金鈴木舌則謂之木鐸按大司馬職曰振鐸又曰摝鐸鄭謂摝掩上振之鐸之制同鈴从金睪

聲徒洛切五部軍灋五人爲伍五伍爲兩兩司馬執鐸見大司馬職

鑮 大鐘淳于之屬所以應鐘磬也大鐘下當有也字鄭注周禮禮經皆云鑮似鐘而大國語韋注云鑮小鐘也蓋誤鄭云似鐘則非鐘也故許既云大鐘而又云淳于之屬淳于國語周禮注作錞于周禮作錞乃矛戟之鐏也鼓人以金錞和鼓注曰錞錞于也圜如碓頭大上小下樂作鳴之與鼓相和疏謂出於漢之大予樂官韋注吳語曰唐尚書云錞于鐲非也錞于與鐲各異物今按古鐘制隋圜錞于如碓頭正圜許云淳于之屬蓋鑮正圜大於編鐘爲後代鐘式正圜之始云所以應鐘磬者大射儀笙磬西面其南笙鐘其南鑮頌磬東面其南頌鐘其南鑮鐘磬編縣鑮特縣於此知鑮所以應鐘磬淳于以和鼓事正相類堵以二金樂則鼓鑮應之當作堵無鑮全樂則鼓鑮應之周禮曰凡縣鐘磬半爲堵全爲肆注曰鐘磬編縣之二八十六枚而在一虡謂之堵鐘一堵磬一堵謂之肆天子宮縣諸侯軒縣卿大夫判縣士特縣諸侯之卿大夫半天子之卿大夫西縣鐘東縣磬士亦半天子之士縣磬而已今按大射儀樂人所陳諸侯之軒縣全樂有鑮者也若諸侯之卿大夫則二堵而分東西諸侯之士且僅有一堵皆不成肆皆無鑮左傳晉侯賜魏絳以二肆之半鐘一堵磬一堵及一鑮也此君之特賜故有鑮从金薄聲匹各切五部周禮國語字作鎛乃是叚鎛鱗字

鏞 大鐘謂之鏞爾雅文大雅商頌毛傳皆同惟商頌字作庸古文叚借考工記曰大鐘十分其鼓閒以其一爲之厚从金庸聲

余封切九部

鐘 樂鐘也 當作金樂也 秋分之音萬物穜成故謂之鐘 萬故謂之鐘五字今補猶鼓者春分之音萬物郭皮甲而出故謂之鼓笙者正月之音物生故謂之笙管者十二月之音物開地牙故謂之管也鐘與穜疊韵 从金童聲 職茸切九部經傳多作鍾叚借酒器字

古者垂作鐘 蓋出世本作篇

鏞 鐘或从甬 鐘柄曰甬故取以成字甬亦聲

鈁 方鐘也 廣韵曰鑊屬今義也 从金方聲 形聲包會意府良切十部

鎛 鎛鱗也 也衍 鐘上橫木上金華也 縣鐘者直曰虡橫曰筍攷工記云鱗屬以爲筍明堂位云夏后氏之龍簨虡注云飾簨以鱗屬又於龍上刻畫之爲重牙然則橫木刻爲龍而以黃金涂之光華爛然是之謂鎛鱗鎛之言薄也迫也以金傅箸之也徐廣之言車亦曰金薄繆龍徐楚金以金博山釋之隨書音樂志云近代加金博山於簨上此非許所謂淮南說金尊云華藻鎛鮮鎛之意略同耳鎛訓迫故田器曰鎛周頌之鎛毛曰鎒也鄭注攷工記曰田器正謂鎒迫地拔艸而有此偁釋名以爲鎛亦鉏類鎛迫也今本釋名作鑮非 从金尃聲 補各切五部 一曰田器詩曰庤乃錢鎛 周頌文

鍠 鐘聲也从金皇聲 乎光切十部 詩曰鐘鼓鍠鍠 周頌文今詩作喤喤毛傳曰和也按皇大也故聲之大字多从皇詩曰其泣喤喤喤喤厥聲玉部曰瑝玉聲也執競以鼓統於鐘總言鍠鍠

鎗 鎗鏓 二字各本無今

依全書例補之雙聲字也鐘聲也引申爲他聲詩采芑八鸞鎗鎗毛曰聲也韓奕作將將烈祖作鶬鶬皆叚借字或作鏘鏘乃俗字漢書禮樂志鏗鎗藝文志作鏗鏘廣雅作鍚鎗从金倉聲楚庚切按古音七羊反在十部

鏓鎗鏓也學記曰善待問者如撞鐘叩之以小者則小鳴叩之以大者則大鳴待其松容然後盡其聲注曰松容謂重撞擊也鎗鏓善狀鐘聲今尟用此者从金悤聲倉紅切九部一曰大鑿中木也中木也各本作平木者玉篇廣韵竟作平木器今正鑿非平木之器馬融長笛賦鏓硐隤墜李注云說文曰鏓大鑿中木也然則以木通其中皆曰鏓也今按中讀去聲許正謂大鑿入木曰鏓與種植舂杵聲義皆略同詩曰鑿冰沖沖傳曰沖沖鑿冰之意今四川富順縣邛州鑿鹽井深數十丈口徑不及尺以鐵爲杵架高縋而鑿之俗偁中井中讀平聲其實當作此鏓字囪者多孔蔥者空中聰者耳順義皆相類凡字之義必得諸字之聲者如此釋名曰⿰車悤言輻⿰車悤入轂中也⿰車悤入正鏓入之譌

錚金聲也後漢書曰鐵中錚錚鐵堅則聲異也下篇云錚同鎗非是从金爭聲側莖切十一部

鏜鐘鼓之聲也鼓部曰鼞鼓聲也引詩擊鼓其鼞爲其字之从鼓也此引詩擊鼓其鏜蓋有韓毛之異與邶風傳曰鏜擊鼓聲也許以其从金故先之以鐘曰鐘鼓之聲相如賦作闛鞈司馬法曰鼓聲不過闛皆叚借字从金堂聲土郎切十部詩曰擊鼓其鏜

⿱輕金金聲也从金輕聲苦定切十一部篇韵皆有去盈切讀若春秋

傳蹔是而乘它車昭公廿六年左氏傳文今左傳作鑋而乘他車則不可通矣蹔葢卽脛字亦或作踁
林雍旣斷足乃以脛築地而行故謂之脛鐔劒鼻也攷工記曲禮少儀所謂劒首也通藝錄曰劒鼻謂之
鐔鐔謂之珥又謂之環一謂之劒口有孔曰口視其旁如耳然曰珥面之曰鼻對末言之曰首玉裁按莊子說劒凡五事曰鋒
鍔脊鐔夾鋒者其耑許書之鏠字左傳所謂劒末也鍔者其刃許之剟字脊者其身中隆處記因之有兩從臘廣之偁也鐔者
其鼻玉部所謂設璏處也夾者其柄鐔在其耑記所謂莖許刀部所謂劍也卬鼻劒鼻瓜鼻皆謂鼻者鼻猶初也始生子爲鼻
子从金覃聲徐林切七部廣韻徐含切鏌鏌釾逗大戟也大徐無大戟字
小徐及臣瓚賈誼傳注李善羽獵賦注李賢杜篤傳注引許皆同淺人但知莫邪爲劒故刪之也應劭司馬貞顏師古皆主劒
說非許意史記趙良司馬相如皆云干將之雄戟張揖曰吳王劒師干將所造者也然則干將莫邪古說皆謂戟矣从
金莫聲慕各切五部釾鏌釾也从金牙聲以遮切古音在五部疊韻
字也漢郭究碑作鎁杜篤傳注引同鏢刀削末銅也削者刀鞞也私妙切俗作鞘刀室之末以
銅飾之曰鏢鞞用革故其末飾銅耳而高誘注天文訓云標讀如刀末爲鏢通俗文曰刀鋒爲鑠皆自刀言不自刀室言與許
說異矣从金𤐫聲撫招切二部鈒鈒鋋也廣韻云戟也又云鈒鏤皆非古義从
金及聲穌合切七部鋋小矛也矛者酋矛長二丈建於兵車者也其小者可用戰曰鋋毋

誓立爾矛是也鄭風魯頌有二矛秦風有厹矛方言曰矛或謂之鋋鋋師古注漢書曰鋋鐵把短矛也从金延聲市連切十四部

鈗侍臣所執兵也从金允聲周書曰一人冕執鈗讀若允按顧命作執銳僞孔傳云銳矛屬也陸氏音義云銳以稅反不言說文作鈗讀若允與其說文作鎦作戉作戣作戵作瞿詳引許書之例不合此可疑一也顧氏玉篇無鈗字有銳字云徒會切矛也在鈒鋋之下鈗鏦錟之上正與說文列字次弟同惟易鈗爲銳耳此可疑二也漢書長楊賦兖鋋瘢耆張佖引說文以釋兖謂兖當作鈗是說文今本至南唐張佖乃見之與小徐本同此可疑三也廣韵十七準無鈗字惟十四泰銳杜外切矛也是可知陸法言切韵孫愐唐韵皆無鈗矣此可疑四也集韵十四太銳徒外切矛屬毛氏禮部韵略黃氏韵會皆同以至毛居正六經正誤云銳矛屬許氏說文音兑廣韵徒外切今音以稅切非也當從說文廣韵音岳珂九經三傳沿革例云顧命執銳說文以爲兵器注中釋爲矛屬是則南宋時所據許書古本尚有釋銳爲兵器讀若兑者非純用大小徐本也此可疑五也竊謂顧命本作銳說文亦本有銳無鈗銳篆廁於鋋下鈗上訓曰矛屬从金兑聲周書曰一人冕執銳一曰芒也次出剡篆訓云籀文銳也今校說文當如是改移而徑刪鈗篆○又徒外切者執銳舊音必許云讀若兑故相沿如此音也以稅切者訓芒之音尚書音義以稅反恐是李昉陳鄂所擅改而非陸氏本書也

鉈短矛也方言曰矛吳揚江淮南楚五湖之閒謂之鍦或謂之鋋或謂之鏦按鍦即鉈字廣雅作䥯晉書丈八鉈矛左右盤从金它聲食遮

切古音在十七部
鏦 矛也。从金從聲。七恭切。九部。今楚江切 鏦 鏦或
从彖 非聲也。未詳。玄應曰：字詁云：古文䥨穳二形。今作穳同。麤亂切。字林云：穳，小矛也。按：䥨與鏦當是各字而同義
从金彖聲。今說文轉寫有誤 錟 長矛也 本義也。史記：錟戈在後。又非錟於句戟長鎩。段爲銛利字也。劉
伯莊云：四廉反。而毛晃讀同剡 从金炎聲。讀若老耼 徒甘切。八部 鏠 兵
耑也 兵械也。耑，物初生之題。引申爲凡物之顚。與末凡金器之尖曰鏠。俗作鋒。古亦作夆。山之顚曰夆。古無峯字
从金逢聲 敷容切。九部 鐓 矛戟柲下銅鐏也 柲，欑也。欑，積竹杖也。
矛戟之矜。以積竹杖爲之。其首非銅。裹而固之。恐易散。故有銅鐏。故字从金。秦風毛傳曰：錞，鐏也 从金敦
聲 徒對切。古音在十三部。方言：鐏謂之釬。注曰：或名爲鐓。音頓。玄應書卷廿一引說文作鐓。而謂梵經作錞。乃樂器錞
于字。然則東晉唐初說文作鐓可知。玉篇廣韵皆鐓爲正字。錞注同上。曲禮：進矛戟者前其鐓。釋文云：又作錞。而已舊本皆作
臺聲。篆作錞。今更正 詩曰：厹矛沃鐓 秦風文。厹各本作叴。今正。沃今詩作鋈。車部引詩沃以觼軜字
亦作沃。許書無鋈字之證也。以白金固鐏。謂涂銀於銅也 鐏 柲下銅也 曲禮曰：進戈者前其鐏後
其刃。進矛戟者前其鐓。注云：後刃，敬也。三兵鐏鐓雖在下。猶爲首也。銳底曰鐏。取其鐏地。平底曰鐓。取其鐓地。按：鐏地可入地。
鐓地箸地而已。知古鐓讀如敦也。鄭析言之。許渾言不析者。葢銳鈍皆可爲。非必戈銳而矛戟鈍也。曲禮或互文耳 从

金尊聲 徂寸切十三部 鏐 弩眉也从金翏聲 力幽切三部 一曰黃金之美者 見爾雅釋器鄭本尚書厥貢鏐鐵注同漢地理志亦作鏐韋昭云紫磨金 鏃 矢金族翦羽謂之鏃 族各本作鏃今正㫃部曰族矢鏠也束之族族也是可以證矣大雅傳曰鍭矢參亭參亭者考工記所謂一在前二在後也釋器曰金鏃翦羽謂之鍭 从金矦聲 乎鉤切四部按此篆鍭無鉉有玫儀禮記作鍭矢羽部鍭羽本也一曰羽初生皃翦羽生也一曰矢羽然則鍭矢以翦羽得名不以金族爲義小徐本是大徐非也當從小徐刪正○按爾雅翦羽不翦羽依許說一有羽一無羽也孫炎訓翦爲𩠐非 鏑 矢鏠也 謂矢族之入物者古亦作鍉是聲啻聲同部也 从金啇聲 都歷切十六部 鎧 甲也 甲本十干之首从木戴孚甲之象因引申爲甲冑字古曰甲漢人曰鎧故漢人以鎧釋甲 从金豈聲 苦亥切古音在一部 釬 臂鎧也 管子戒曰弛弓脫釬房注釬所以扞弦按房非也禮射時著左臂者謂之遂亦謂之拾若戰陣所用臂鎧謂之釬兩臂皆著之又非無事時所著臂衣謂之韝也 从金干聲 侯旰切十四部 錏 錏鍜 逗疊韵字也 頸鎧也 漢刑法志三屬之甲蘇林曰三屬者兜鍪也盆領也髀褌也按盆疑當作㿽㿽領即錏鍜許兜部曰兜首鎧也月部曰冑兜鍪也此云錏鍜頸鎧也則與蘇說三屬同矣 从金亞聲 烏牙切古音在五部 鍜 錏鍜也从金叚聲 乎加切古

音在五部

鐗 車軸鐵也 此與輨異義輨者車軸耑鍵也謂以鐵鍇毌軸頭而制之也若車軸之在釭中者以鐵鍱裹之謂之鐗釋名曰鐗閒也閒釭軸之閒使不相摩也按釭中亦以鐵鍱裹之則鐵與鐵相摩而轂軸之木皆不傷乃名鐵之在軸者曰鐗在轂者曰釭 从金閒聲 古莧切十四部

釭 車轂中鐵也 木部曰橾車轂中空也今攷工記作藪大鄭云藪讀爲蜂藪之藪謂轂空壺中也按壺中謂三十輻菑所趨非以鐵鍱裹之懼其易傷也其裹之之鐵鍱曰釭因之壺中亦曰釭釋名曰釭空也其中空也方言曰自關而西謂之釭引申之凡空中可受者皆曰釭漢書曰昭陽宮壁帶爲黃金釭函藍田璧是也俗謂膏鐙爲釭亦取凹處盛膏之意如方言釭亦曰鍋也釭有鐵則軸又易傷故又有鐗 从金工聲 古雙切九部本音工

銴 車樘結也 木部曰樘衺柱也古音堂今音丑庚切考工記注曰堂讀如牚距之牚車牚之牚然則車樘漢人語也急就篇釋名作棠劉熙曰棠蹀也在車网旁蹀幰使不得進卻也今按其結曰銴其制未詳蓋可以系車幰者 从金斯聲讀若誓 時制切十五部 一曰銅生五色也 如古銅器朱翠之色

釳 乘輿馬頭上防釳 乘輿天子之車防古多作方方釳者其名下言其制 插㠯翟尾鐵翮 句 象角 句 所㠯防网羅釳去之 司馬彪輿服志曰乘輿金根安車立車皆方釳插翟尾劉注引顏延之幼誥曰釳乘輿馬頭上防釳角所以防網羅釳以翟尾鐵翮象之也玉裁按得顏語而後象角之

義明翮者羽莖也蔡邕獨斷曰方釳鐵也廣數寸在馬鬉後有三孔插翟尾其中薛解西京賦曰方釳謂轅旁以五寸鐵鏤錫此字有誤中央低兩頭高如山形而貫中以翟尾結箸之轅兩邊恐馬相突也蔡云在馬髦後薛云在轅兩邊馬髦之後正負轅處也與許云在馬頭上者不同依西京賦旣言金鍐又言方釳蔡邕曰金鍐者馬冠也高廣各五寸上如玉華形在馬髦前則馬頭上有金鍐方釳不在馬頭也鍐取㚇字之義㚇者𡿺蓋也然許云以防网羅罜𦊔則應在馬頭上許意馬頭無金㚇有方釳从金气聲許訖切十五部

鑾人君乘車四馬鑣八鑾鑣上當有四字每鑣二鑾四馬故四鑣四鑣故八鑾也鑣者馬銜也銜者馬勒口中也許云人君乘車四馬者人君兼天子諸侯言此破天子駕六之說也五經異義易孟京春秋公羊說天子駕六毛詩說天子至大夫同駕四士駕二詩云駟騵彭彭武王所乘龍旂承祀六轡耳耳魯僖所乘四牡騑騑周道倭遲大夫所乘謹按禮王度記曰天子駕六諸侯與卿大夫駕四大夫駕三士駕二庶人駕一與易春秋同鄭駁曰周禮校人掌王馬之政凡頒良馬而養乘之乘馬一師四圉四馬爲乘此一圉養一馬而一師監之也尚書顧命諸侯入應門皆布乘黃朱言獻四黃馬朱鬣也旣實周天子駕六校人則何不以馬與圉以六爲數顧命諸侯何以不獻六馬易經時乘六龍者謂陰陽六爻上下耳豈故爲禮制王度記云今天子駕六者自是漢法與古異大夫駕三者於經無以言之玉裁謂許造說文云人君駕四馬與異義異與鄭駁同此說文爲許晚年定論之一證也云四鑣八鑾者此破鑾在衡之說也秦風正義曰鑾和所在經無正文經解注引韓詩內傳曰鑾在衡和在軾又大戴禮保傅篇文

與韓詩說同故鄭依用之蓼蕭傳曰在軾曰和在鑣曰鸞箋不易之異義載禮戴氏詩毛氏二說謹案云經無明文且殷周或異故鄭亦不駁商頌烈祖箋云鸞在鑣以無明文且殷周或異故鄭爲兩解玉裁謂鄭箋駟鐵云置鸞於鑣異於乘車也烈祖箋大馭注則云鸞在衡許本無定說而造說文云四鑣八鑾宗毛氏此又說文爲許晚年定論之一證也八鑾二見詩字作鸞

鈴象鸞鳥之聲此釋名鑾之義鸞者赤神之精赤色五采雞形鳴中五音頌聲作則至爲鈴系於馬銜之兩邊聲中五音似鸞鳥故曰鑾小雅鑾刀傳曰鑾刀刀有鑾者言割中節也禮記曰聲和而後斷也今詩亦作鸞刀矣若雀豹古今注云五輅衡上金雀鸞也鸞口銜鈴故謂之鑾司馬氏輿服志云乘輿鸞雀立衡郎韓詩戴禮在衡曰鑾之說而爲之鳥形恐非古矣

聲龢則敬也聲字今補龢字今正玉藻曰君子在車則聞鸞和之聲行則鳴佩玉是以非僻之心無自入也

从金鸞省此舉會意包形聲洛官切十四部

鉞

車鑾聲也从金戉聲詩曰鑾聲鉞鉞徐鍇等曰今俗作鐬以鉞作斧戉之戉非是呼會切十五部玉裁按詩采菽鸞聲嘒嘒傳曰中節也泮水鸞聲噦噦傳曰言其聲也釋文不言有作鐬者鼎臣何以云今作鐬與玫玉篇廣韵皆有鐬字注呼會切鈴聲也而泮水噦噦呼會反鑾聲郎鈴聲然則古本毛詩非無作鐬鐬者故篇韵猶存其說鐬爲正字采菽嘒嘒呼惠反殆叚借字許訓噦爲气牾見於內則詩不得以狀鑾聲或叚借可也以戉聲之字狀鸞聲尤殊不類鐬从歲聲歲从戌聲戌聲歲聲則與鑾聲相似詩言和鑾雝雝宮聲也車緩行舒徐聲也八鑾鎗鎗鑾聲鉞鉞鳴玉鑾之

秋秋商聲也車將止古與鈴相摩聲也戉古毛詩泮水本作鉞鉞後乃變爲鑯字許所據作鉞戉聲辛律切變爲鑯呼會切當

鼎臣兄弟時說文鉞篆譌鉞而鼎臣兄弟乃仍以呼會切之蓋昧其遷移原委矣鉞字之存於今者爲鋸聲爲鑢鉞 鍚

馬頭飾也 韓奕傳曰鏤鍚有金鏤其鍚也箋云眉上曰鍚刻金飾之今當盧也按人眉目閒廣揚曰揚故

馬眉上飾曰鍚盧即顱字 从金陽聲 與章切十部今經典作錫 詩曰鉤膺鏤鍚

一曰鍱車輪鐵也 鍱車輪謂以鐵鍱附車輪箸地匊帀處也其鍱謂之鍚 銜 馬

勒口中也 也當作者革部曰勒馬頭落銜也落謂絡其頭銜謂關其口統謂之勒也其在口中者謂之銜

落以⿰革各爲之⿰革各生革也銜以鐵爲之故其字从金引申爲凡口含之用 从金行 會意戶監切蓋金亦聲在七部

銜者所目行馬者也 所以字今補凡馬提控其銜以制其行止此釋从行之意 鑣

馬銜也 馬銜橫毌口中其兩耑外出者系以鑾鈴又巾部曰幩馬纏鑣扇汗也蓋扇汗亦繞於兩耑 从

金麃聲 補嬌切二部 ⿰角麃 鑣或从角 蓋古或以角之至堅者爲之 鉣 組

帶鐵也 按組上疑當有馬字 从金劫省聲讀若劫 居怯切八部 鈇

斫莝刀也 各本作莝斫刀今按尹翁歸傳注作斫莝刀後漢馮魴傳注但云莝刀近是而尚奪字莝者斬

芻也斬芻之刀今之鍘刀禮記屢言鈇鉞秋官掌戮注曰斬以鈇鉞若今要斬殺以刀刃若今棄市古多訓鈇爲椹質文選冊

魏公九錫文引倉頡篇鈇椹質也鉞斧也公羊傳曰不忍加之鈇鑕鑕𨥉質何休云斬要之刑范睢曰匈當椹質要待斧鉞漢王訢傳暴勝之將斬訢訢已伏質而仰言因壯而貰之然則斬人皆胷伏椹質說倉頡者謂椹質爲鈇以古詩斬芻之質謂之稾砧隱語夫字言之說倉頡者是也然則許此解當云莝刀質也俗人不得其解因刪去質字耳若五經文字云鈇音斧又與斧同則甚繆誤後漢獻帝紀加鈇鉞虎賁注引倉頡篇鈇斧也此奪去椹質也鉞四字爲俗誤所本 从金莝刀之質古葢鐵爲之 夫聲甫無切五部讀上聲者非

釣 鉤魚也鉤者曲金也以曲金取魚謂之釣 从金勺聲多嘯切二部

䥍 羊箠也耑有鐵也字依廣韵補箠者所以擊馬也因之擊羊者謂之羊箠其耑有鐵故字从金淮南道應訓曰白公罷朝而立倒杖策錣上貫頤高注云策馬捶端有鍼以剌馬謂之錣倒杖策故錣貫頤也又氾論訓注曰錣橎頭箴按錣𨥉許之䥍字捶同箠橎者箠也馬箠亦耑有鐵其用同也曲禮所謂策彗卹勿 从金埶聲讀若至脂利切十五部廣韵入至薛二韵是入緝韵誤也

鎖 鋃鐺逗疊韵字 瑣也瑣俗作鎖非瑣爲玉聲之小者引申之彫玉爲連環不絕謂之瑣漢以後罪人不用纍紲以鐵爲連環不絕係之謂之鋃鐺遂製鎖字漢西域傳陰末赴琅當德謂以長鎖鎖趙德也正文本無鎖字今本乃作鎖琅當德殊爲不辭琅當叚借字也若宮室青瑣以青畫戸邊爲瑣文故楚辭注曰文如連瑣 从金良聲魯當切十部

鐺 鋃鐺也从金當聲都郎切十部今俗用爲酒鎗字楚庚切

鋂大環也一環貫二者環各本作瑣毋原作貫今正盧令三章曰盧重鋂傳曰鋂一環貫二也上文重環傳云子母環謂以一環毋一環此云一環毋二以一毋二則一環差大故許知爲大環也玉篇廣韵皆二云大環用許之舊詩正義引說文鋂環也一環貫二由其以大環貫小環釋子母環遂刪此大字而二云環固未誤也非綿連者不得云瑣大節以纓環不以瑣且犬既有紲矣何爲施以大銀鐺乎○韵會一環貫二者五字在每聲之下葢此五字後人所增从金每聲莫桮切古音在一部詩曰盧重鋂齊風文

鍡鍡鑸逗疊韵字不平也莊子有畏壘之山史記作畏累虛玉篇云鍡鑸亦作碨礧从金畏聲烏賄切十五部

鑸鍡鑸也从金壘聲洛猥切十五部

鎎怒戰也怒則有氣戰則用兵故其字从金氣氣者气之叚借字也从金愾省此會意而愾省亦聲也今本作氣聲乃上下不毌許既切十五部哀公問音義曰愾許乞反又許氣反春秋傳曰諸侯敵王所愾愾各本作鎎今正春秋傳者文公四年左傳文杜曰敵猶當也愾恨怒也心部曰愾大息从心氣是則王所怒也敵王所怒故用金華此引以證會意之恉與引艸木麗乎地說麗引豐其屋說豐引莫可觀於木說相引在冋之野說駉同意許於愾下云从心氣氣亦聲是謂氣卽气字此作从金氣春秋傳敵王所愾亦無不合凡此校正私謂必符許意知我罪我所不討也

鋪箸門抪首也抪各本作鋪依舞賦李注正手部曰抪捫持也捫持者古者箸

門爲嬴形謂之椷圖是曰鋪首以金爲之則曰金鋪以青畫瑣文鏤中則曰青瑣見西京蜀都賦注按大雅鋪敦淮濆箋云陳屯其兵於淮水之上此謂叚鋪爲敷也今人用鋪字本此江漢淮夷來鋪傳曰鋪病也則謂叚鋪爲痡也从金甫聲普胡切五部

鐉所㠯鉤門戶樞也門戶樞有不利轉者以此鉤轉之也一曰治門戶器也別一義从金巽聲此緣切十四部按玉篇釋爲六兩所劣切者此尚書大傳鐉訓六兩誤字

鈔叉取也叉者手指相錯也手指突入其閒而取之是之謂鈔字从金者容以金鐵諸器刺取之矣曲禮曰毋勦說勦卽鈔字之叚借也今謂竊取人文字曰鈔俗作抄从金少聲楚交切二部

錔㠯金有所冃也冃各本作冒凡覆乎上者頭衣之義之引申耳轄下曰轂耑錔也錔取重沓之意故多借沓爲之漢外戚傳切皆銅沓黃金涂謂以銅冒門限以黃金涂銅也高注呂覽郈氏金距云以利鐵作假距沓其距上卽服注左傳以金錔距也手部搯下曰亦曰韜也从金沓聲形聲包會意他荅切八部

銽斵也未聞从金昏聲古活切十五部

鉻鬄也鬄者鬀髮也亦謂之鉻俗作剺作釿从金各聲盧各切五部

⿰金亶伐擊也从金亶聲旨善切十四部

鏃利也今用爲矢鏠之族與許不同疑後所增字从金族聲作木切三部

鈌刺也从金夬聲於決切十五部

鏉利也玉篇廣韵云鐵生鏉也亦曰鉎

此今義非古義也古云鐵繡作采从金敕聲所右切三部鐂殺也殷庚重我民無盡劉
君奭咸劉厥敵左傳成十三年虔劉我邊垂釋詁劉殺也書孔傳左杜注同从金刀此會意从金殺義未著必
从金刀而後著丣聲丣者古文酉也力求切三部此篆二徐皆作鐂別無劉篆鐂古書罕用古未有姓鐂者且與殺
義不協其義訓殺則其文定當作劉楚金疑脫劉篆又疑鐂之丣下本作刀轉寫譌田後說是也竹部有劉劉聲水部有瀏劉
聲又劉劉杙又劉向劉歆以許訂許此必作劉若無劉字劉聲無本矣今輒更正篆文以截斷衆疑至若此字丣聲非丣聲絕
無可疑者二徐固皆不誤葢凡丣聲之字皆取疊韵而又雙聲丣丣皆在古音第三部而各有其雙聲故二聲不可淆混東漢
一代持卯金刀之說謂東卯西金從東方王於西也此乃讖緯鄙言正馬頭人人持十屈中止句一例所謂不合孔氏古文謬
於史籀之野言許之所以造說文者正爲此等矯而煣之檃而栝之使六書大明以視何休之恃此說經其相去何如也正劉
爲劉許君之志也或疑其有忌諱而隱之夫改字以惑天下後世君子不出於此鍲業也賈人
占鍲从金昏聲武巾切十二部按此字必後人所增必當刪者史漢賈人緡錢字从糸李匪曰緡絲
也以貫錢也引詩維絲伊緡如淳引胡公云緡錢爲緡者詩云氓之蚩蚩抱布貿絲故謂之緡也不知何人因二千一算改爲
鍲字正如矢族改爲鏃耳以業訓之尤不可通鉅大剛也孫卿議兵篇曰宛鉅鐵鉇慘如蠭蠆史記禮書
本之曰宛之鉅鐵施鑽如蠭蠆徐廣云大剛曰鉅按引申爲鉅大字从金巨聲其呂切五部鏑

鎕銻逗雙聲字 火齊也玉部曰玫瑰火齊也然則鎕銻卽玫瑰也廣韵火齊似雲母重沓而開色黃赤似金出日南 从金唐聲徒郎切十部 銻 鎕銻也从金弟聲杜兮切十五部 鈋 吪圜也吪動也謂本不圜變化而圜也廣韵曰鈋刓也去角也 从金化聲五禾切十七部 鐜 下垂也鐜之言隤也故爲下垂 一曰千斤椎椎所以擊也周禮注槍雷椎椁千斤椎若今衆舉以築地者是也秦始皇造鐵鐓重不可勝刻作力士像以祭之鐓乃可移動若朱亥袖四十斤鐵椎張良爲鐵椎重百廿斤皆其細也 从金敦聲都回切古音敦十三部按下垂千斤椎二義皆鐓之餘義矛戟柲下銅鐏下垂而重引伸之爲此二義葢後人分別增一篆改鐓篆爲鐜耳似刪之無不可者 鍒 鐵之耎也耎猶偄也偄者弱也鍒正爲鉅之反 从金柔柔亦聲耳由切三部 錭 鈍也今俗謂挫抑人爲錭鈍讀如刀 从金周聲徒刀切古音在三部 鈍 錭也古亦叚頓爲之 从金屯聲徒困切十三部 鏉 利也周易喪其資斧子夏傳及衆家並作齊斧應劭云齊利也然則鏉爲正字齊爲叚借字 从金朿聲讀若齊徂奚切十五部 錗 側意司部曰詞者意內而言外也側意猶側詞錗卽今之歪字唐人曰夭邪 从金委聲女恚切十六部

文百九十七 按鍇本百九十六無鋋字張次立補之 重十二

幵 平也 凡岐頭兩平曰幵幵字古書罕見禹貢道岍及岐頭平起之山也用幵爲聲之字音讀多岐如汧麗鳽研姸雅在先韵音之近是者也如幷刑形邢鈃入清青韵此轉移之遠者也如笄枅入齊韵此轉移更遠者也幵从二干古音仍讀如干何以證之籒文栞讀若刊小篆作栞然則干幵同音可知荆罰字本从井刑剄字从幵畫然異字異音今則絕不知有从井之字以刑代荆音義兩失而凡刑聲幷聲之字盡失古音得吾說存之而後大略可證 象二干對冓 原作構今正 上平也 干卽笄之省古賢切古音在十四部 凡幵之屬皆从幵

文一

勺 枓也 二字依玄應書卷四補木部枓下云勺也此云勺枓也是爲轉注考老之例也考工記勺一升注曰勺尊斗也斗同枓枓謂挹以注於尊之枓也士冠禮注亦云尊斗所以斟酒也今皆譌尊升不可通矣詩酌以大斗毛云長三尺謂其柄 所吕挹取也 所以二字依息夫躬傳顏注補顏之訓詁多取諸許也挹者抒也勺是器名挹取者其用也刪所以則體用溷矣 象形中有實與包同意 外象其哆口有柄之形中一象有所盛也與包同意謂包象人裹子勺象器盛酒漿其意一也李陽冰曰勺从勹一裹之勹失之勺象張口豈同弇口哉此

字當依考工記上灼反中庸市若反篇韵時灼市若
切大徐之若切非也今俗語猶時灼切二部俗作杓凡勺之
屬皆从勺 与 賜予也賜予也予推予寿人也一勺爲与下从勺一
者推而予之余呂切五部此與予同意大徐作此与與同小徐作此即與同惟小徐袪妄內作與予皆
同逝是今正以一推勺猶以丨推𠀁也故曰同意與攩與也
从舁義取共舉不同与也今俗以與代与與行而与廢矣

文二

几 凥几也凥各本作踞今正凥几者謂人所凥之几也凥処也処止也古之凥今悉改爲居乃改云居几
既又改爲蹲踞俗字古人坐而凭几蹲則未有倚几者也几俗作机左傳設机而不倚周易渙奔其机皆俗字象形
象其高而上平可倚下有足居履切十五部周禮五几玉几彫几彤几䰍
几素几周禮司几筵職文䰍几今周禮作漆几蓋許所據不同䰍者桼也凡几之屬皆
从几 凭 依几也依者倚也凭几亦作凴几叚借字卧則隱几从任几三字今正
任几猶言倚几也會意皮冰切六部周書曰凭玉几顧命文今尚書作凴衞包所改俗字也古叚借
祇作馮凡馮依皆用之讀若馮馮从馬仌聲故其讀同也 処 処也各本作處今正凥尸得几
謂之凥尸卽人也引申之爲凡凥処之字既又以蹲居之字代凥別製踞爲蹲居字乃致居行而凥廢矣方言廣雅凥処字皆

不作居而或妄改之許書如家凥也宋凥也寁凥之速也宴無禮凥也宭羣凥也之類皆改爲居而許書之脈絡不可知矣

从尸几 會意九魚切五部 尸得几而止也 釋會意之恉載舊本增三字 孝經曰仲尼凥 孝經首章首句也今作居許君受魯國三老所獻衞宏所校古文孝經如是釋文引鄭本亦作凥顏氏家訓云仲尼居三字之中三倉尼旁益丘說文尸下施几如此之類何由可從甚爲紕繆鄭所據者古文眞本凥字亦是孔子命名取字本義何云不可從也 凥 逗 謂閒凥如此 此釋孝經之凥卽小戴之孔子閒居也鄭目錄曰退朝而處曰燕居退燕避人曰閒居閒居而與曾子論孝猶閒居而與子夏說愷弟君子故孝經之凥謂閒處閒處卽凥義之引申但閒處之時實凭几而坐故直曰仲尼凥也如此謂尸得几

処 止也 人遇几而止引申之爲凡凥処之字俗分別其上去 从夂几 夂讀若黹從後致也人兩脛後有致之者至乎几而止故字从夂几 昌與切五部 夂得几而止也 此釋會意之恉以上八字與舊本不同今更正如此又以上三篆皆會意而不入人部尸部夂部者重几也

處 處或从虍聲 今或體獨行轉謂処俗字

文四 重一

且 所㠯薦也 所㠯二字今補薦當作荐今不改者存其舊以示人推究也薦訓獸所食艸荐訓薦席薦席謂艸席也艸席可爲藉謂之荐故凡言藉當曰荐而經傳薦荐不分凡藉義皆多用薦實非許意且古音俎所以承藉

進物者引申之凡有藉之詞皆曰且凡語助云且者必其義有二有藉而加之也云姑且苟且者謂僅有藉而無所加粗略之詞也凡經注言且字者十有一鄉飲酒禮注同姓則以伯仲別之又同則以且字別之言同姓之中有伯仲同者則呼某甫也少牢饋食禮注伯某之某且字也士喪禮父某甫注云某甫且字也若言山甫孔甫士虞禮適爾皇祖某甫注云某甫且字也若言尼甫又曲禮有天王某甫注云某甫且字也檀弓烏呼哀哉尼甫注云因且字以爲之謚襍記陽童某甫注云某甫且字也坊記魯春秋猶去夫人之姓曰吳其死曰孟子卒注云孟子之子蓋其且字又公羊傳宣十五年王札子殺召伯毛伯注云札者冠且字也桓四年天王使宰渠伯糾來聘注云宰渠伯糾天子下大夫繫官氏且字定四年劉卷卒注云劉卷氏采不名且字古言表德之字謂之且字往往可證者如是蓋古二十而冠祇云某甫五十而後以伯仲某甫者所以藉伯仲也故鄭注禮之某甫如是何注春秋之札卷糾皆爲且字與鄭無不合作正義者多不能憭致轉寫多譌而其不譌者固可攷而知也經注之且字非許書則不憭矣若周頌傳曰萋且敬愼皃且此也則毛公傳於故訓者也

从几句　足有二橫句　一逗　其下地也

橫音光即桄字今俗語讀光去聲是也合鄭閟宮箋明堂位注言之有虞氏斷木爲四足而已夏后氏中足爲橫距之象周人足閒有橫橫下有跗似乎堂後有房故云大房按跗許作柎闌足也闌足者週圍之足空其底之下也造字之時象其直者四橫者二一置於地故以一象地子余切又千也切古音𡟃在五部

凡且之屬皆从且　𠀃　古文㠯爲且又㠯爲几

字上㠯爲二字衍文也古文且字無二一橫者鄭注明堂位曰有虞氏以梡斷木爲四足而已夏后氏始中足爲橫距是也又以爲几字者古文叚借之法几亦箸於地故几且同字古文字少此字大徐本捝去从小徐本補入

俎禮俎也謂禮經之俎也从半肉在且上仌爲半肉字如酉谷有半水字會意字也魯頌傳曰大房半體之俎也按半體之俎者少牢禮上利升羊載右胖下利升豕右胖載於俎是也故曰禮俎半部曰胖半體肉也側呂切五部

𠭯且往也且往言姑且往也匆遽之意从且此不用且之本義如豋巻不用豆之本義𠭯聲昨誤切五部篇韵字體皆不同

文三　重一

斤斫木斧也此依小徐本凡用斫物者皆曰斧斫木之斧則謂之斤象形橫者象斧頭直者象柄其下象所斫木舉欣切十三部凡斤之屬皆从斤按此篆象形之下當有一曰十六兩也六字乃與金部銖鈞兩部兩禾部秝合成五權十黍爲絫附見於絫下斗二升曰觳附見於鬲下說文之例正如此班固說五權曰斤明也卽爾雅毛傳之斤斤察也

斧所㠯斫也所㠯二字今補斧之爲用廣矣斤則不見於他用也葢其制有異矣白與黑相次文曰黼葢如畫斧然故亦曰斧藻从斤父聲方矩切五部

斨方銎斧也銎者斤斧空也毛詩傳曰隋銎曰斧方銎曰斨隋讀如妥謂不正方而長也从

斤爿聲七羊切十部詩曰又缺我斨豳風破斧文按許不偁七月偁此者明斧斨之用不專伐木也

斫擊也擊者攴也凡斫木斫地斫人皆曰斫矣从斤石聲之若切古音在五部

斸斫斸逗所吕斫也各本無斫斸所吕四字今補爾雅斫斸謂之定斫斸合二字成文斫之言鈎也斸之言斫也考工記車人注作句欘斤斧所以斫木斫斸所以斫地从斤句聲其俱切四部

斲斫斸也原作斫也今依全書通例正木部有欘字所以斫也齊謂之茲其蓋實一字从斤屬聲職玉切三部

斫也从斤𠁁聲小徐有聲鍇曰非聲鉉曰𠁁器也斤以斲之皆不知古音者也古音三部四部同入今音析入三覺竹角切

斲或从丮畫聲大徐作从畫从丮篆體作𣃔今依玉篇正畫聲猶𠁁聲也

釿劑斷也劑者齊也小徐無斷字釋名曰釿者謹也板廣不可得制削又有節則用此釿之所以詳謹令平滅斧迹也六書故曰釿魚斤切似鍚而小按此篆蓋从斤金聲讀若呻吟之吟其義謂以斤斧之屬制斷金鐵物也今俗閩謂戾斷堅爲釿斷當卽此字劉成國以謹也釋之蓋已失其義誤其音非許入斤部之恉矣从斤金聲聲字今補古音在七部大徐宜引切

所伐木聲也伐木聲乃此字本義用爲處所者叚借爲処字也若王所行在所之類是也用爲分別之詞者又从処所之義引申之若予所否者所不與舅氏同心者之類是也皆於本義無涉是真叚借矣从斤户聲疏舉

切五部

詩曰伐木所所。小雅伐木文首章伐木丁丁傳曰丁丁伐木聲次章伐木許許傳曰許許柿皃此許許作所所者聲相似不用柿皃之說用伐木聲之說者葢許以毛爲君亦參用三家也今按丁丁者斧斤聲所所則鋸聲也

斯，析也。以疊韵爲訓陳風曰墓門有棘斧以斯之傳曰斯析也叚借訓爲此亦疊韵也殷其靁傳曰斯此也从斤其聲。其聲未聞斯字自三百篇及唐韵在支部無誤而其聲在之部斷非聲也息移切十六部詩曰斧以斯之。

斮，斬也。斬者截也截者斷也斫用衺斮截用正从斤䂞聲。側略切古音在五部

斷，截也。戈部截下曰斷也今人斷物讀上聲物已斷讀去聲引申之義爲決斷讀丁貫切从斤㡭。會意徒玩切十四部廣韵徒管切㡭古文絕。見糸部

㫁，古文斷从㠯㠯古文叀字。見叀下周書曰㫁㫁猗無它技。秦誓文許所據壁中古文也

㫁，亦古文斷。

斪，柯擊也。柯廣韵作相从斤良聲。來可切按此音恐譌古音當讀如琅十部

新，取木也。取木者新之本義引申之爲凡始基之偁采芑傳曰田一歲曰菑二歲曰新田其一耑也从斤亲聲。當作从斤木辛聲非從亲聲也息鄰切十二部

斦，二斤也闕。二斤也言形而義在其中爾雅毛傳曰斤斤明也葢其義與闕者言其義其音未之聞也大徐語斤切質字从此

文十五　重三

斗　十升也賈昌朝作升十之也此篆叚借為斗隋之斗因斗形方直也俗乃製陡字象形有柄上象斗形下象其柄也斗有柄者葢象北斗當口切四部許說俗字人持十為斗魏晉以後作升似升非升似斤非斤所謂人持十也凡斗之屬皆从斗

斛　十斗也律厤志曰量者躍於龠合於合登於升聚於斗角於斛考工記豆實三而成觳受斗二升觳部亦曰斗二升曰觳然則謂觳即斛者謬也从斗角聲胡谷切三部

斝　玉爵也夏曰醆小徐如此大徐作琖皆許所無周禮量人音義曰琖側產反劉昌宗本作湔音同按古當用戔字後人以意加旁殷曰斝周曰爵見明堂位及毛詩傳魯祀周公爵用玉琖仍雕周禮祭統皆云玉爵然則三代皆飾玉可知故許統云玉爵也禮運醆斝及尸君非禮也鄭云先王之爵惟魯與王者之後得用之其餘諸侯用時王之器而已大雅洗爵奠斝箋云用殷爵者尊兄弟也明堂位注曰斝畫禾稼也从斗吅冂象形二徐本皆譌今正之如此从斗而上象其形也與爵同意爵从鬯从又而戶象形斝从斗而吅冂象形故云同意也此三爵者其狀各異今惟爵有存者耳古雅切古音在五部或說斝受六升考工記爵受一升而已醆斝未聞也或說斝容六升故字从斗

料　量也量者稱輕重也稱其輕重曰量稱其多少曰料其義一也知其多少斯知其輕重矣如稻重一秙為粟二十斗是也

引申之凡所量度豫備之物曰料讀去聲 从米在斗中 米在斗中非盈斗也視其淺深而可料其多少此會意 讀若遼 洛蕭切二部廣韵又去聲

斞 量也 此量讀平量之量 从斗臾聲 以主切古音在四部 周禮曰桼二斞 桼各本譌求今正攷工記弓人文鄭注斞輕重未聞許亦但云量也一弓之膠甚少與論語攷工記之庚絕異

斡 蠡柄也 此蠡非蟲齧木中乃本無其字依聲叚借之字見瓢字下又見𧯷字下方言則从瓜作𧓍矣楊雄曰瓢也郭云瓠勺也判瓠爲瓢以爲勺必執其柄而後可以挹物執其柄則運旋在我故謂之斡引申之凡執柄樞轉運皆謂之斡賈誼鵩鳥賦云斡流而遷張華勵志詩云太儀斡運皆是也或叚借筦字楚詞云筦維焉繫天極焉加或作斡字程氏瑤田云考工記旋蟲謂之幹蓋斡之譌也 从斗 瓢亦枓之類故从斗 倝聲 烏括切古音在十四部匡謬正俗云斡音筦不音烏活反引陸士衡愍思賦爲證按其字倝聲則顏說是也然俗音轉爲烏括切又作捾作斡亦於六書音義無甚害也 楊雄杜林說皆曰爲軺車輪斡也 漢志楊雄倉頡訓纂一篇杜林倉頡訓纂倉頡故各一篇軺車者小車也小車之輪曰斡亦取𣃍轉運之意亦本義之引申也

魁 羹斗也 斗當作枓古斗枓通用然許例以義爲別枓勺也抒羹之勺也史記趙襄子使廚人操銅枓以食代王及從者行斟陰令宰人以枓擊殺代王斟者羹汁也魁頭大而柄長毛詩傳曰大斗長三尺是也引申之凡物大皆曰魁如櫝弓不爲魁游俠傳曰閭里之俠原涉爲魁翟方進傳芋魁百官志里有里魁皆是

北斗七星魁方杓曲魁象首杓象柄也若國語注小皁曰魁即說文自字之叚借亦未嘗不取枓首之意从斗鬼聲苦回切十五部

斠平斗斛量也月令角斗甬正權槩鄭注角正皆謂平之也角者斠之叚借字今俗謂之校音如教因有書校讎字作此者音義雖近亦大好奇矣从斗冓聲古岳切古在三部四部之入聲

斟勺也勺玉篇廣韵作酌按許以盛酒行觴爲酌則水漿不曰酌枓曰勺用枓挹注亦曰勺詩洞酌彼行潦挹彼注茲則勺酌古通也勺之謂之斟引申之盛於勺者亦謂之斟方言斟汁也北燕朝鮮洌水之閒曰斟左傳羊斟不與趙世家張儀列傳廚人進斟是也又引申之凡增益謂之斟方言曰斟益也南楚凡相益而又少謂之不斟凡病少愈而加劇亦謂之不斟或謂之何斟言雖少損無所益也勺之斟之多少在己故凡處分曰斟勺今多用斟酌○左傳華元殺羊食士其御羊斟不與此羊斟謂羊汁也宋世家說此事云華元殺羊以食士其御羊羹不及可以證左傳之解矣傳當本作其御羊羊斟不與上羊其名也故字叔牂君子謂羊斟非人也其羊斟之謂平二斟字衍文淮南子作羊羹不斟謂不益也呂覽察微篇羊斟爲人名亦是淺人增斟也从斗甚聲職深切七部

斜抒也抒各本从木今正手部曰抒者挹也挹者抒也水部浚抒也革部鞔所以抒井也臼部舀抒臼也凡以斗挹出之謂之斜故字从斗音轉義移乃用爲衺俗人乃以人之衺正作邪物之衺正作斜其可歎有如此者从斗余聲讀若荼荼當作余今似嗟切古音在五部

斞挹也挹亦抒也詩箋禮注皆用斞皆謂挹酒於尊中也如鄭說則賓

箠之仇乃此字之叚借 从斗臾聲 舉朱切古音蓋在三部故鄭得以易仇字

㪵 量物分半也 量之而分其半故字从斗半漢書士卒食半菽孟康曰半五升器名也王劭曰言半量器名容半升也今按半卽㪵也廣韵㪵注五升然則孟康語升誤斗王劭語斗誤升當改正集韵云一曰升五十謂之㪵當有誤人日食五升菽略同周官之人月二鬴也字从半斗卽以五升釋之許意不尒 从斗半半亦聲 博幔切十四部

⿰旁斗 量旁溢也 大徐無旁非旁者溥也形聲包會意 从斗旁聲 普郞切十部

⿰䜌斗 抒扁也 扁各本作編誤玄應作⿰氵扁爲是依許義當作扁謂抒而扁之有所注也元和汪元亮曰今賣酒家汲酒於甕中之器名曰酒端傾入於扁甇而注於酒缾是其物也通俗文曰汲取曰⿰䜌斗 从斗䜌聲 俱願切十四部

斣 相易物俱等爲斣 从斗蜀聲 昌六切三部今南俗有此語而篇韵皆丁豆切按小徐本無此篆

⿰庣斗 斛旁有庣也 庣各本作斛庣今正斛旁有庣謂斛中有寬於方尺之處若作有斛庣是斛外有物名斛庣矣漢律厤志曰量者龠合升斗斛也其法用銅方尺而圜其外旁有庣焉鄭氏曰庣過也算方一尺所受一斛過九釐五豪然後成斛劉徽注九章算術曰晉武庫中所作銅斛其篆書字題斛旁云律嘉量斛方一尺而圜其外庣旁九釐五豪冪一百六十二寸深一尺積一千六百二十寸容十斗及斛底律嘉量斗方尺而圜其外庣旁九釐五豪冪一百六十二寸深一寸積一百六十二寸容一斗升居斛旁合龠在斛耳上與律厤志同按庣旁者謂方一

尺而又寬九氂五豪也不寬九氂五豪則不容十斗故製字从斗庣會意　从斗庣聲　形聲中包會意也土雕切二部庣字不見於許書今按即窕之異體穴部曰窕深肆極也釋言曰窕肆也又曰窕閒也毛傳曰窈窕幽閒也此以幽釋窈以閒釋窕窕訓肆則爲過乎方尺訓閒則爲方尺又寬九氂五豪从广與从穴同也今篆體去其首筆則非是爾雅釋文玉篇廣韵皆作斛　一曰突也　此即鄭氏過也之意也　一曰斛庣利也　此又一義

爾雅曰斛庣謂之疀古田器也　斛者金部銚之段借字銚者田器此云古田器者所以明六書之段借也詳銚下

升　十合也　十合各本作十龠誤今正律厤志曰合龠爲合十合爲升十升爲斗十斗爲斛而五量嘉矣作十龠則不可通古經傳登多作升古文段借也禮經注曰布八十縷爲升升字當爲登今之禮皆爲升俗誤已行久矣按今俗所用又作陞經有言升不言登者如周易是也有言登不言升者左傳是也　从斗象形　斛左耳爲升右耳爲合𠃊以象耳形也各本作亦象形非識蒸切六部

合龠爲合　龠容千二百黍　十字各本無今補不補則五量惟升斗斛見於本書且失其相參之數矣參下云增也一曰十黍之重正爲銖字張本鬲下云鼎屬實五觳又云斗二升曰觳正爲角部觳下無此義故補之亼部合下無一曰十龠爲合之文龠部下無一曰龠容千二百黍之文此處之當補正同鬲下非沾足也合龠爲合見律厤志而尚書正義引作十龠月令正義引作合通典引作十六典說唐制作合是漢書古本不同要以下文云合者合龠之量躍於龠合於合廣雅二龠

曰合龠之知十龠之非矣古者一分一合謂之判合段是十龠則此量不得名合不得云合於合合二龠爲合猶之十二銖兩之爲兩也

文十七 小徐十八

矛 酋矛也建於兵車長二丈 見考工記記有酋矛夷矛酋矛常有四尺夷矛三尋鄭注酋夷長短酋之言遒也酋近夷長矣按許不言夷矛者兵車所不建不常用也魯頌箋云兵車之法左人持弓右人持矛中人御 象形 考工記謂之刺兵其刃當直而字形曲其首未聞直者象其柲左右蓋象其英鄭風傳云重英矛有英飾也魯頌傳云朱英矛飾也按矛飾蓋縣毛羽據鄭箋則毛傳云重喬累荷也者所以縣毛羽也莫浮切三部

凡矛之屬皆从矛

𢦧 古文矛从戈

䂆 矛屬 廣韵曰短矛 从矛良聲 力當切十部

⿰矛害 矛屬从矛害聲 苦蓋切十五部

矠 矛屬 魯語矠魚鼈以爲夏槁韋昭云矠樅也樅刺魚鼈以爲槁儲也按此矠字引申之義也周禮作簎魚鼈注云謂杈刺泥中搏取之莊子揭鼈於江東京賦毒冒不族皆音近義同者也 从矛⿱𥫗昔聲讀若笮 士革切古音在五部按當依周禮檜昔反國語七亦反

矜 矛柄也 方言曰矛其柄謂之矜釋名曰矛冒也刃下冒矜也下頭曰鐏鐏入地也按曲禮戈曰鐏矛戟曰鐓金部渾言之不别也矜本謂矛柄故字从矛引申爲

戈戟柄故過秦論棘矜卽戟柄字从令聲令聲古音在真部故古叚矜爲憐毛詩鴻鴈傳曰矜憐也言叚借也釋言曰矜苦也其義一也若矜夸矜持矜式無羊傳矜矜以言堅彊菀柳傳矜危也皆自矛柄之義引申之葢矛柄㝡長直立於地埒誓曰偁爾戈立爾矛此謂戈柄短矛柄長也故諸義皆由是引申

从矛令聲　各本篆作矜解云今聲今依漢石經論語漂水校官碑魏受禪表皆作矜正之毛詩與天臻民旬塡等字韵讀如鄰古音也漢韋玄成戒子孫詩始韵心晉張華女史箴潘岳哀永逝文始入蒸韵由是巨巾一反僅見方言注過秦論李注廣韵十七真而他義則皆入蒸韵今音之大變於古也矛柄之字改而爲穜云古作矜他義字亦皆作矜从今聲又古今字形之大變也徐鉉曰居陵切又巨巾切此不達其原委之言也

𥎦　刺也从矛丑聲　女久切三部篇韵女六切

文六　重一

車　輿輪之緫名也　車之事多矣獨言輿輪者以轂輻牙皆統於輪軾較軫軹轛皆統於輿輈輿軸則所以行此輿輪者也故倉頡之制字但象其一輿兩輪一軸許君之說字謂之輿輪之緫名言輪而軸見矣渾言之則輿輪之緫名析言之則惟輿偁車以人所居也故攷工記曰輿人爲車

夏后時奚仲所造　左傳曰薛之皇祖奚仲居薛以爲夏車正杜云奚仲爲夏禹掌車服大夫然則非奚仲始造車也明堂位曰鉤車夏后氏之路也毛詩元戎傳曰元大也夏后氏曰鉤車先正也殷曰寅車先疾也周曰元戎先良也箋云鉤者鉤股曲直有正也俗本譌甚

今依釋名及音義改正葢奚仲時車制始備合乎句股曲直之法古史攷云少昊時加牛禹時奚仲加馬強為之說耳

象形 謂象兩輪一軸一輿之形此篆横視之乃得古音居在五部今尺遮切釋名曰古者曰車聲如居言行所以居人也今曰車車舍也行者所處若屋舍也韋昭辯釋名曰古惟尺遮切自漢以來始有居音按三國時尚有歌無麻遮字祇在魚歌韵內非如今音也古音讀如祛以言車之運行不讀如居但言人所居止老子當其無有車之用音義去於反此車古音也然考工記輿人為車是自古有居音韋說未愜也

凡車之屬皆从車

𨏖 籀文車 从戈者車所建之兵莫先於戈也从重車者象兵車聯綴也重車則重戈矣

軒 曲輈藩車也 謂曲輈而有藩蔽之車也曲輈者戴先生曰小車謂之輈大車謂之轅人所乘欲其安故小車暢轂梁輈大車任載而已故短轂直轅艸部曰藩者屏也服虔注左傳薛綜解東京賦劉昭注輿服志皆云車有藩曰軒皆同許說許於藩車上必云曲輈者以輈穹曲而上而後得言軒凡軒舉之義引申於此曲輈所謂軒轅也杜注左傳於軒皆曰大夫車定九年曰犀軒卿車

从車干聲 虛言切十四部藩俗作轓

輜 輜軿 逗 衣車也 五字依定九年左傳正義所引衣車謂有衣蔽之車非釋名所云所以載衣服之車也倉頡篇曰軿衣車也霍光傳曰昌邑王略女子載衣車李善二京賦注引張揖云輜車有衣車也左傳陽虎載蔥靈杜曰蔥靈輜車名賈逵曰蔥靈衣車也有蔥有靈

軿車歬衣也車後為輜 九字依文選任彥昇策秀才文劉孝標廣絕交論二注所引前有衣為軿

車後有衣爲輜車上文渾言之此析言之也軿之言屏也輜之言載也二篆互文見義輜亦有蔽軿亦可載故每渾言不別列女傳齊孟姬曰立車無軿非敢受命此軿爲蔽前之證也釋名曰軿車四面屏蔽婦人所乘二云四面未諦又曰有邸曰輜無邸曰軿邸如四圭有邸之邸讀如底宋書禮志引字林軿車有衣蔽無後轅其有後轅者謂之輜劉昭注輿服志引同而奪四字有後轅無後轅卽有邸無邸之說此於前衣後衣之外別爲一說

从車甾聲側持切一部

軿

輜軿也各本上解屛作軿車前衣車後也此解屛作輜車也皆誤今依全書通例正之輜軿俗多聯舉故備析言渾言之解周禮苹車之萃鄭曰苹猶屛也所用對敵自隱蔽之車也杜子春云苹車當爲軿車據此則兵車亦有軿車矣

从車幷聲薄丁切廣韵又部田切按古音當在十四部

轀

臥車也史記始皇崩於沙丘不發喪棺載轀涼車中百官奏事宦者輒從轀涼車中可其奏漢霍光傳載光屍柩以轀輬車孟康曰如衣車有窻牖閉之則溫開之則涼故名之轀輬車也師古曰轀輬本安車可以臥息後因載喪飾以柳翣故遂爲喪車耳轀者密閉輬者旁開窻牖各別一乘隨事爲名後人旣專以載喪又去其一總爲藩飾而合二名呼之耳按顏說是也本是二車可偃息者故許分解曰臥車始皇本紀上渾言曰轀輬車下言上轀車臭以屍實在轀車不在輬車也古二車隨行惟意所適

从車昷聲烏魂切十三部

輬

臥車也史記作涼

从車京聲呂張切十部

軺

小車也漢平帝紀立軺併馬服虔曰立軺立乘小車也

从車召聲以招切二部

輕

輕

車也三字句周禮輕車之萃鄭曰輕車所用馳敵致師之車也漢之發材官輕車亦謂兵車輕本車名故字从車引
申爲凡輕重之輕作音者乃以經之輕車讀遣政反古無是分別矣从車巠聲去盈切十一部輶
輕車也輶車卽輕車也本是車名引申爲凡輕之偁大雅德輶如毛箋云輶輕也此引申之義也从車
酉聲以周切三部詩曰輶車鑾鑣秦風四驖文傳曰輶輕也此本義也輣樓
車也樓各本作兵今正光武紀衝輣撞城李賢引許慎云輣樓車也李注文選亦曰樓車前書敘傳注鄧展作兵車
乃或用以改許書耳从車朋聲薄庚切古音在六部軘兵車也軘車見左傳宣十二
年襄十一年服虔曰屯守之車杜預曰兵車名从車屯聲徒魂切十三部䡴陷敶車
也敶者列也見攴部於此可見古戰陣字用此矣用陳者叚借字也作陣者俗字也大雅與爾臨衝傳曰臨臨車也衝
衝車也釋文曰說文作䡴陷陣車也定八年左傳主人焚衝釋文亦云爾前後漢書衝輣衝皆卽䡴字李善曰衝字略作䡴
从車童聲尺容切九部轈兵車高如巢以望敵也左傳
正義引兵高車加巢以望敵與釋文及今本不同今本爲長篇韵皆云若巢亦今本也今左傳作巢車杜曰巢車車上爲櫓此
正言櫓似巢不得言加巢宣十五年傳晉使解揚如宋楚子登諸樓車服虔曰樓車所以窺望敵軍兵法所謂雲梯者杜曰樓
車車上望櫓从車巢聲此形聲包會意鉏交切二部春秋傳曰楚子乘

轢車成十六年左傳文乘今本作登依九經字樣所引爲古本輯車輿也各本作車和輯也大
誤今正自轢篆以上皆車名自輿篆至軓篆皆車上事件其閒不得有車和之訓許書列字次弟有倫可攷而知也叚令訓爲
車和則此篆當與軑轙鑾軶軥轂𨍭諸篆爲類列子湯問篇唐殷敬順釋文引說文輯車輿也殷氏所見未誤大玄𥕦上九
崇崇高山下有川波其人有輯航可與過測曰高山大川不輯航不克也此輯謂輿山必輿川必航而後可過是古義見於子
雲之書非無可徵也輿之中無所不居無所不載因引申爲斂義喪大記檀弓之輯杖輯屨是也又爲和義爾雅輯和也版詩
毛傳同公劉傳曰和睦也引申義行本義遂廢淺人少可多怪改易許書此字从車之恉遂不可得而聞矣从車
咠聲秦入切七部輿車輿也車輿謂車之輿也攷工記輿人爲車注曰車輿也按不言爲輿
而言爲車者輿爲人所居可獨得車名也軾較軫軹轛皆輿事也从車舁聲以諸切五部𨎮
衣車蓋也衣車上文之輜軿是也四圍爲衣上爲蓋皆以蔽輿也故廁於輿下集韵云一曰戰車以遮矢
也从車曼聲曼之言幔也莫半切十四部軓車軾前也杜子春注大馭職鄭
司農注輈人後鄭注少儀皆曰軓謂車軾前也秦風陰靷鋈續傳曰陰揜軓也戴先生云車旁曰輢式前曰軓皆揜輿版也軓
以揜式前故漢人亦呼曰揜軓詩謂之陰攷工記輈人軓前十尺書或作軋大馭祭軋杜子春云軋當爲軓禮記少儀祭范鄭
曰大馭作祭軓軓與范聲同按其字蓋古文作軋今字作軓叚借作笵範又譌范此岐出之由也鄭於少儀注謂軾前於輈人

注云軓是軓法也謂輿下三面材輢軾之所尌持車正也其說亦互異攷工注取範圍之意謂軾前及兩輢所尌皆爲軓析言之則曰軾前

从車凡聲 大徐但云音範廣韵防鋄切古音在七部

周禮曰立當前軓 周禮大行人上公立當車軹侯伯立當前侯諸子立當車衡前侯自唐石經已下皆譌作前疾而詩小雅疏論語疏皆作前侯不誤此偁前軓從來謂前侯之異文今按非也葢周禮車軹本作前軓前軓者前乎軓也自車軓以至車衡八尺幾乎而前侯介其中前侯者前乎下垂拄地者也其相去尺寸之差也若作車軹謂軎頭則自軹至前侯凡七尺五寸有餘而自前胡距衡四尺有餘而已恐非也軹軓軌三字互譌甚多戴先生集中曾作文辨之今又知許引周禮軓字爲是軹乃字形之誤若侯誤爲軓聲形皆無當也○又按周禮注車軹軓也最不可通依輈人大馭注正之則必經文作軓注云車軓軓也以今字注古字也舊述漢讀攷說未了今於此正之

軾 車前也 此當作車輿前也不言輿者輿人爲車車鄭輿也輿之在前者曰軾在旁者曰輢皆輿之體非與輿二物也戴先生曰軾與較皆車闌上之木周於輿外非橫在輿中較有兩在兩旁軾有三面故說文槼言之曰車前軾卑於較者以便車前射御執兵亦因之伏以式敬玉裁謂輿四圍旁謂之輢前謂之軾軾卑於較二尺二寸說詳先生考工記圖

从車式聲 賞職切一部經傳多作式者古文叚借也

軺 車軨前橫木也 婁敬傳脫輓輅蘇林曰輅音凍洛之洛一木橫遮車前二人挽之三人推之劉昭注輿服志曰韵集云軛前橫木曰輅按軛前當依許作軨前輓輅之車用人不用牛馬疑有轅無軛也禮經旣夕篇賓

奉轡由馬西當前輅注曰輅轅縛所以屬引䟽曰謂以木縛車
轅上以屬引於上而挽之是喪車亦有轅無軛輅之見於經者
此而已矣若左傳梁由靡虢射輅秦伯狂狡輅鄭人皆謂車前
相接可以禽之此輅引申之義也故杜曰輅迎也應劭注漢云
輅謂以木當胷以挽車廣韵用之改其字作輅形與義皆非以
木當胷乃今之縴板與輅各物解嘲云婁敬委輅脫輓謂委車
前橫木脫縴板輅非胷前木也 **从車各聲** 洛故切五部按當依蘇林孟康廣韵音胡格反乃合若近代用
輅爲路車字其淺俗不足道也 **較 車輢上曲鉤也** 各本作車騎上曲銅也今依李善西京賦
七啓二注正攷工記車人以其廣之半爲之式崇以其隧之半
爲之較崇較高五尺五寸高於軾者二尺二寸也戴先生曰左
右兩較故衛風曰猗重較兮毛傳重較卿士之車因詩辭傳會
耳非禮制也玉裁按較之制葢漢與周異周時較高於軾高處
正方有隅故謂之較較之言角也至漢乃圜之如半月然故許
云車上曲鉤曲鉤言句中鉤也圜之則亦謂之車耳其飾則崔
豹云文官青耳武官赤耳西京賦云戴翠帽倚金較荀卿及史
記禮書云彌龍以養威彌許書作䪷解云乘輿金耳也皆謂較
爲龍形而飾以金司馬氏輿服志乘輿金薄繆龍爲輿倚較是
其義也下文公列侯安車倚鹿較然則較辨尊卑自周已然故劉
熙曰較在箱上爲辜較也重較其較重卿所乘也毛公謂重較
卿士之車必有所受之矣惟較可辜搉尊卑故其引申爲計較
之較亦作校俗作挍凡言校讎可用較字史籍計較字亦用覺 **从車爻聲** 古岳切古音讀如交在二部今
字作較周禮故書校作搉 **⿰車反 車耳反出也** 車耳即較也其反出者謂之⿰車反反出謂圜角有邪倚

向外者也漢景帝詔吏六百石以上皆長吏也或不更服出入閭里與民無異令長吏二千石車朱兩轓千石至六百石朱左轓應劭曰車耳反出所以爲之藩屏翳塵泥也二千石雙朱其次乃偏朱其左軓以簟爲之或用革按此說師古非之是也轓與軓兩物兩字轓蔽也許軒下云曲輈藩車字作藩詩之茀周禮之蔽左傳以藩載欒盈輿服志畫轓黑轓朱轓是也軓之反出者曰軓景帝紀自謂車蔽不得以車耳釋之也 从車反反亦聲 府遠切十四部

轛 車橫軨也 謂車闌也木部橫下曰闌木也攷工記曰參分軹圍去一以爲轛圍注兵車之轛圍二寸八十一分寸之十四轛式之植者橫者也鄭司農云謂車輿軨立者也按許云橫軨也橫訓闌則直者衡者皆在內矣漢人從衡字祇作衡不作橫橫者桄也後鄭又云轛者以其鄉人爲名按字所以从對與 从車對聲 追萃切十五部廣韵作轛 周禮曰參分軹圍去一㠯爲轛圍 輿人職文都隊切按鄭云轛之植者衡者也與轂末同名許君軹下云車輪小穿不言別義而此引參分軹圍之文令學者疑蓋其疏也

輒 車兩輢也 兩各本作雨今正車兩輢謂之輒按車必有兩輢如人必有兩耳故从耴耴耳垂也此篆在輢篆之先故輢篆下但云車旁而不言兩凡許全書之例皆以難曉之篆先於易知之篆如輯下云車輿也而後出輿篆輒下云車兩輢也而後出輢篆是也廣韵作車相倚也乃字之誤不可從凡專輒用此字者此引申之義凡人有所倚恃而妄爲之如人在輿之倚於輢也 从車耴聲 陟葉切八部

輢 車旁也 謂車兩旁式之

後較之下也注家謂之輢按輢者言人所倚也前者對之故曰轛旁者倚之故曰輢兵車戈殳戟矛皆插於車輢輢之上曰較

从車奇聲於綺切古音在十七部

𨊻 車約𨊻也 巾車職云孤乘夏篆卿乘夏縵大鄭曰夏赤也篆讀爲圭瑑之瑑夏瑑轂有約也玄謂夏篆五采畫轂約也夏縵亦五采畫無瑑耳玉裁謂鄭說夏瑑卽詩之約軝毛公所謂長轂之軝朱而約之也但許君篆作𨊻以約𨊻系之輿下文以約軝系之轂與二鄭迥異依許意葢謂轛輢軨等皆有物纏束之謂之約𨊻以赤畫之謂之夏𨊻鄉雖赤畫而無約謂之夏縵𨊻之言巡也巡繞之詞書此許之周禮說也

从車川聲敕倫切古音在十三部 周禮曰孤乘夏𨊻 故書作緣或爲篆此字形之異也許所據篆作𨊻此聲相近而異也 一曰下棺車曰𨊻 禮經有輴車玉篇廣韵皆謂𨊻輴同字也士喪禮遷於祖用軸注曰軸輁軸也狀如轉轔刻兩頭爲軹輁狀如長牀穿桯前後著金而關軸焉天子諸侯以上有四周謂之輴輴天子畫之以龍按惟天子諸侯殯葬朝廟皆用輴許云下棺車謂天子諸侯窆用𨊻也

轖 車箱交革也 各本革作錯李善七發注顏師古急就篇注作交革今從之車箱各本作車籍七發注同急就注廣韵作車藉皆不可通今以意正之曰車箱箱與籍字形之誤也毛大東傳曰服牝服也箱大車之箱也鄭曰大車平地任載之車竹部曰箱大車牝服也按箱本謂大車之輿引申之而凡車之輿皆得名箱此箱不謂大車也交革者交猶遮也謂以去毛獸皮鞔其外攷工記棧車欲弇注曰爲其無革鞔不堅易坼壞也飾車欲侈注曰飾車革鞔輿也大夫以上革鞔輿

巾車職士乘棧車注曰棧車不革鞔而漆之玉之玉路金路象路皆以革鞔而有玉金象之飾因有玉金象之名革路鞔之以革而漆之無他飾故偁革路木路不鞔以革漆之而已故偁木路凡革鞔謂之轖故急就篇曰革轖髹漆油黑蒼髹漆油黑蒼又在革轖之外巾車言孤卿夏大夫墨是也許所云約軧者葢在未鞔革之前約以固之鞔之則格空遮蔽故曰轖轖之言嗇也引申之爲結塞之偁故枚乘七發曰邪氣襲逆中若結轖也

从車嗇聲所力切一部

軨　車轖閒橫木　車轖閒蒙上文言之猶言車輿閒也木部曰橫闌木也車轖閒橫木謂車輢之直者衡者也軾輿車輢皆以木一橫一直爲方格成之如今之大方格然楚辭倚結軨兮長太息涕潺湲兮下霑軾戴先生曰軨者軾較下縱橫木總名即攷工記之軹轛也結軨謂軨之橫從交結倚軨而涕霑軾則是倚於輢內之軨故其涕得下霑軾也玉裁按惟此軨乃許所謂若曲禮僕展軨效駕軨即輪亦作轔士喪禮注所云轉轔展軨謂使馬梢動車輪也東京賦疏轂飛軨薛解曰飛軨以緹紬一作油廣八尺當作寸長拄地左青龍右白虎繫軸頭取兩邊飾二千石亦然但無畫耳此葢漢制卹古取以注急就篇之軨殊誤急就軹軾軫並言正謂橫直結軨耳

从車令聲郎丁切古音在十二部

䡼　軨或从霝司馬相如說軨从霝　葢亦凡將篇字也按古令或作霝作靈零或作霝苓或作蘦皆令霝通用之證左傳陽虎載蔥靈寢於其中而逃蔥葢本作囪初江切靈即䡼也文選四十八注引尚書大傳曰未命爲士不得有飛軨鄭注如今窗車也李尤小車銘曰軨之嗛虛疏達開通葢古者飾車鞔革更有不鞔革者露其窗櫺與木部櫺楯閒子

輈 軺車前橫木也軺車小車也木部曰橫闌木也軺車前橫木謂小車軾輢之直者衡者也
方言曰軺謂之輈按輈字恐有誤 从車君聲讀若羣羣大徐作帬牛尹切十三部方言牛
忿反 一曰讀若褌 軫 車後橫木也木部橫闌木也輿人注曰軫輿後橫
者也方言曰軫謂之枕秦風小戎俴收傳曰收軫也近戴先生曰輿下之材合而成方通名軫故曰軫之方也以象地也鄭注
專以輿後橫木爲軫以輢式之所尌三面材爲軓又以軓爲任正者如其說宜記於輿人今輈人爲之殆非也輿人爲式較軹
轛軫輢軓輈人爲輈衡軸伏兔記不言輢軓衡伏兔之度輢軓輿揜版耳衡圜準乎軸伏兔取節於輈當兔省文互見桐城姚
氏鼐曰記曰軫之方以象地蓋軫方六尺六寸記曰參分車廣以其一爲隧蓋以二尺二寸爲輿後其前廣如軫而深四尺四
寸以設立木焉是爲收毛公曰收軫也謂輿深四尺四寸收於軫矣非謂軫名收也玉裁按似姚氏之說爲完合輿下三面之
材輿後橫木而正方故謂之軫亦謂之收軫从㐱密緻之言也中庸振河海而不泄注曰振猶收也以振與軫同音而得其義
故曰猶鄭未嘗不謂合四面爲軫矣六分車廣以一爲軫圍輢軾所尌之圍亦在其中矣渾言之四面曰軫析言之輢軾所尌
曰軓輢後曰軫又析言之軾前曰軓許言車後橫木可知車後非無植者衡者以接於輢或其制庳於軾耳不獨有合於三面
材者也 从車㐱聲之忍切十三部 轐 車伏兔也戴先生曰伏兔謂之轐易小畜
九三輿脫輻大畜九二輿脫輹大壯九四壯於大輿之輹說文轐車伏兔也輹車軸縛也釋名展似人展也又曰伏兔在軸上

似之也又曰轐轉伏也伏於軸上也按轐轉實一字其下有革以縛於軸今易小畜作輻系傳寫者誤輻在轂與牙之閒非可脫者玉裁謂劉成國合轉於伏兔非也依許則伏兔名轐車軸之縛名轉迥然二物轐之言僕也毛傳曰僕附也爲伏兔之形附於軸上以革固之軥轄於兩伏兔閒者名曰當兔 从車業聲 博木切三部 周禮曰加軫與轐焉 考工記文鄭司農云轐讀如旃僕之僕謂伏兔也

䡲 車伏兔下革也 謂以革固之於軸上也革者生革可以爲縷束也 从車𠳋聲𠳋古文婚字 各本作古昏字又今正女部婚篆下曰𠳋籀文婚若依女部則此當作籀文婚字又全書惟此篆及巾部𢅥篆用爲聲而今本𢅥篆又譌从夒矣 讀若閔 眉殞切十三部按此音謂縛之緜密也與毛詩之緜緜韓詩之民民同義廣韵既有䡲云車軷兔下革又有輽云車軷兔下軓明是一而二之軓字必誤

軸 所目持輪者也 所以者三字今補軸所以持輪引伸爲凡機樞之偁若織機之持經者亦謂之軸是也小雅杼軸其空今本作柚乃俗誤耳若方言土作謂之杼木作謂之軸亦是引申之義杼作杼軸作柚皆非也方言杼軸與大東無涉 从車由聲 直六切三部

輹 車軸縛也 謂以革若絲之類纏束於軸以固軸也縛者束也古者束輈曰梁曰歷錄束軸曰轐亦曰鑿約轂曰約軝衣衡曰幦皆所以爲固皆見於許書輈束箸於外故詩箸其數軸束隱於輿下故不知其數釋名曰輹複也重複非一之言也輹當爲轐轉寫誤耳或曰輹當爲輻之誤若屐下云又曰轐轉當爲轐 从車复

聲芳六切三部易曰輿說輹說各本作脫許書必當用說今依周易正周易小畜九三大畜九二文也馬云車下縛也與許合其非輹明矣或作腹者叚借字或作輻者譌字

輮車网也今本作車軔篇韵皆作車輞輞譌爲軔見爾雅釋文輞从車旁罔葢俗古祇作网耳或曰許本有輞篆解曰車輞也在輮篆之上今軔篆即輞之誤然許有軔篆諸家引之疑未能明也車网者輪邊圍繞如网然攷工記謂之牙牙也者以爲固抱也又謂之輮輮行澤者反輮行山者仄輮大鄭曰牙世閒或謂之罔釋名曰輞罔也罔羅周輪之外也關西曰輮輮言曲揉也按牙亦作枒木部枒下曰一曰車网會也所以名牙者合衆曲而爲之如襍佩之牙亦曲體也亦謂之渠俗作轢尚書大傳大貝如車渠是也車网木必擇材攷工記注曰今世牙以橿爾雅注曰杻檍材中車輞又赤棶中爲車輞从車柔聲人九切三部按輮之言肉也凡物邊爲肉中爲好

𨏥車輮規也規者圜之匡郭也考工記曰規之以眡其圜萬之以眡其匡注曰輪中規則圜矣等爲萬蔞以運輪上輪中萬蔞則不匡刺也按此謂作輮之笵一曰一輪車今江東多用一輪車篇韵皆奪一从車熒省聲讀若熒渠營切十一部

輪有輻曰輪云有輻者對無輻而言也輪之言倫也从侖侖理也三十輻兩兩相當而不迆故曰輪

無輻曰輇鄭注周禮輇車云禮記或作槫或作輇注士喪禮曰載柩車周禮謂之輇車襍記謂之團或作輇或作槫聲讀皆相同耳未聞其正注襍記大夫載以輲車云輲讀爲輇或作槫注喪大記士葬用國車云輇字或作團是以又誤爲國

輇車柩車也又士喪禮注云其車之轝狀如牀中央有轅前後出設前後輅轝上有四周下則前後有軸以輇爲輪按鄭於禮經襍記兩引許叔重說文解字曰有輻曰輪無輻曰輇而以輲蜃團槫皆卽輇字但許不言喪車無輻也戴先生曰輇者輪之名輲者車之名不宜溷而一之注喪大記改輲爲輇亦誤詳見釋車 从車侖聲 力屯切十三部

轂 輻所湊也 湊者水上人所會也引申爲凡會之偁老子曰三十輻共一轂轂中空曰樔見木部 从車𣪊聲 古祿切三部

輥 轂齊等皃也 等者齊簡也因爲凡齊之偁齊等者等也輥者轂勻整之皃也戴先生曰齊等者不橈減也榦木圜甚 从車昆聲 昆者同也此舉形聲包會意也古本切十三部 周禮曰望其轂欲其輥 考工記輪人文鄭本作眼注曰眼出大皃也今按鄭本當是作睍睍者目出皃也轂之圜似之與許說略同

軝 長轂之軝也以朱約之 小雅斯干傳曰軝長轂之軝也朱而約之長轂者小戎所謂暢轂也傳曰暢轂長轂也大車轂長尺五寸兵車田車乘車轂長三尺二寸五分三尺二寸之長一爲賢得六寸四分三爲軹得尺九寸二分虛其一者畱以置輻也參分三尺二寸之長二在外一在內以置其輻二在外而三爲軹者在是一在內而一爲賢者在是考工記此軹字卽毛詩之軝字軹者同音叚借字也取此尺九寸二分者以革約之而朱其革詩所謂約軝也考工記詳之曰容轂必直陳篆必正施膠必厚施筋必數幬必負榦旣摩革色青白謂之轂之善說者曰容者治轂爲之形容也篆轂約也幬負榦者革轂相應無贏不足也旣摩革色青白者謂

丸桼之乾而以石摩平之革色青白善之徵也玉裁按容如製甲必先爲容之容先爲容轂之笵盛轂於中以治之飾之陳篆者刻畫其文而以革縷若絲嵌約之而後施膠𦃇筋而後幬之以渾革而丸桼之而摩之革色青白而後朱畫之容轂以下渾轂所同也幬而朱之軝所獨也本是幬而朱之毛云朱而約之許云以朱約之者旣朱則似先朱其革其意一也詩曰約軝錯衡皆謂文也錯衡文衡也文衡者巾部曰𢅏車衡上衣也葢爲衣而畫之○軹卽軝說本歙程氏瑤田通藝錄其說冣確於古音冣合而古無有言之者孰謂今人不勝古人也

从車氏聲 渠支切十六部

詩曰約軝錯衡 小雅采芑商頌烈祖文箋云約軝轂飾也

𩊚 軝或从革 以革鞔故从革

軹 車輪小穿也 輪當作轂輪人職曰五分其轂之長去一以爲賢去三以爲軹鄭司農云賢大穿也軹小穿也後鄭又改記文作去三爲賢程氏辨其非是詳見通藝錄許同先鄭

从車只聲 諸氏切十六部輪人爲輿參分較圍去一以爲軹圍注曰軹輢之植者衡者也與轂末同名轂末卽謂車輪小穿也按輢軨謂之軹軹之言稘也枝也稘徹多小意而止也以狀軹圍之小可說其意而轂末小穿取此名其意不可說

軎 車軸耑也 耑者物初生之題也因以爲凡顚之偁車軸之末見於轂外者曰軎軎之言遂也出也如鄭說轂末小穿曰軹而軎出於此穿外然古說軹軎多不分如大馭右祭兩軹故書軹爲軒杜子春云軒當作軹軹謂兩轊也是非合轂末軸末爲一乎今按少儀曰祭左右軌大馭曰祭兩軹於事實同少儀曰祭笵大馭曰祭軓笵軓於聲同本無不合祭兩轊所以祭輪也祭軓所以祭輿

也言輪輿而全車在是矣轂末曰軹乃大鄭別說子春未嘗謂轂末曰軹此注當是本作故書軒爲軹杜子春云軹當作軒謂网轊也或讀軒爲簪笄之笄蓋网軎左右出轂外如笄之出髮然有鐵牽以鍵之又似笄之毋髮也故其字从幵取上平岐頭之意若轂末之穿不可冒此名況當杜時軹訓网輢而不訓轂末小穿网輢非所當祭故易爲軒漢時故有軒字也漢時亦有訓軹爲軎者如劉熙曰軹指也如指而見於轂頭也非訓軹爲軎乎杜以軒改軹聖人正名之義也然則作說文者當云軒軎也从車幵聲讀若笄軎車軸耑也从車象形乃合而乃舍軒存軎軹不爲輢之直者衡者而訓爲車轂小穿軌不作軝祇作軌皆使古形古訓散佚無徵豈所謂涉獵廣博或有抵牾者與抑從今書則不錄故書如儀禮之從今文則不錄古文與

从車象形 謂以口象轂耑之孔而以車之中直象軸之出於外于歲切十五部○五經文字作軎繫擊之類從之又曰䜌䜌同上說文下隸變是則張所見說文作軎也**杜林說** 蓋倉頡訓纂一篇倉頡故一篇說如此

轊 軎或从彗 从車彗聲

輻 輪轑也 以上六篆言轂而及軸末之出於轂者故遂以湊於轂者終之也輻凡三十 **从車畐聲** 方六切三部

軑 車輨也 離騷曰齊玉軑而並馳王逸釋爲車轄非也玉篇廣韵皆云車轄轄皆輨之誤也 **从車大聲** 特計切十五部

輨 轂耑錔也 錔者以金有所冒也轂孔之裏以金裹之曰釭轂孔之外以金表之曰輨輨之言管也方言曰關之東西曰輨南楚曰軑趙魏之閒曰鍊鏅軑音大鍊音柬 **从車官聲** 古滿切十四部

轅 輈也 攷工記輈人爲輈車人爲大車之轅是輈與轅別也許渾言之者通偁則一也轅之言如攀援而上也 从車袁聲 雨元切十四部

輈 轅也 从車舟聲 張流切三部

𨏤 籒文輈 从籒文車也

輂 直轅車䡫也 按依車部䡫當系曲轅車且此處列字次弟應論車轅不應論衡縛韵會作直轅車也無䡫字爲是當從之直轅車大車也 从車具聲 具古音如舊居玉切三部

軏 車轅耑持衡者 衡者橫木長六尺六寸以施軶駕馬頸者也持衡者曰軏則衡與轅耑相接之關鍵也戴先生曰大車鬲以駕牛小車衡以駕馬轅耑持鬲其關鍵名輗輈耑持衡其關鍵名軏輈轅所以引車必施輗軏然後行信之在人亦交接相持之關鍵故孔子以輗軏喻信 从車元聲 魚厥切元之入聲也古音在十四十五部

軶 轅前也 曰轅前者謂衡也自其橫言之謂之衡自其扼制馬言之謂之軶隸省作軛毛詩韓奕作厄士喪禮今文作厄段借字也車人爲大車作鬲亦段借字西京賦作槅木部曰槅大車枙也枙當作軶 从車戹聲 於革切十六部

𨍭 軶軥也 軶軥之異名曰𨍭也𨍭之言圍也下圍馬頸也廣韵曰還也車相避也與古義異 从車軍聲 乎昆切十三部

軥 軶下曲者 軶木上平而下爲兩坳加於兩服馬之頸是曰軥韓奕毛傳曰厄烏噣也小爾雅曰衡扼也扼下者謂之烏啄釋名曰槅扼也所以扼牛頸也馬曰烏啄下向叉馬頸似烏開口向下啄物時也噣啄同字軶與軥同體左傳射兩軥而還服注車

軶所邊叉馬頸者 从車句聲 古候切四部亦平聲 轙 車衡載轡者 釋器曰載
轡謂之轙郭云車軶上環轡所貫也四馬八轡除驂馬內轡納
於軾前之觼在手者惟六轡驂馬外轡復有游環以與服馬四
轡同入軶上大環以便總持大環謂之轙東京賦龍輈華轙此
本義也郊祀歌靈禗禗象輿轙如淳曰轙者僕人嚴駕待發之
意此引申之義也整船亦曰艤同轙意 从車義聲 魚綺切古音在十七部漢書廣韵又音儀 钀
轙或从金獻 从金者環以金爲之獻聲與義聲古合音最近即義尊獻尊同音之理今爾雅鑣謂之钀
與轙異事 軜 驂馬內轡系軾前者 系各本作繫繫見糸部非其義也今正驂馬兩
內轡爲環系諸軾前故御者祇六轡在手秦風毛傳曰納驂內
轡也是則軜之言內謂內轡也其所入軾前之環曰觼角部曰
觼環之有舌者是也詩言觼軜者言施觼於軜也大戴
禮六官以爲轡司會均入以爲軜此引申叚借之義也 从車
內聲 奴荅切八部按內聲當在十五部而十五部字之入八部者自古然矣 詩曰沃㠯觼
軜 今小戎作鋈小徐本先輔後軜今易之 輔 春秋傳曰輔車相依 凡許書有
不言其義徑舉經傳者如斟下云詞之斟矣鶴下云鶴鳴九皋
聲聞于天艴下云色艴如也絇下云詩云素以爲絇兮之類是
也此引春秋傳僖公五年文不言輔義者義已具於傳文矣小
雅正月曰其車旣載乃棄爾輔傳曰大車旣載又棄其輔也無
棄爾輔員于爾輻傳曰員益也正義云大車牛車也爲車不言
作輔此云棄輔則輔是可解脫之物蓋如今人縛杖於輻以防

輔車也今按呂覽權勳篇曰宮之奇諫虞公曰虞之與虢也若車之有輔也車依輔輔亦依車虞虢之勢是也此卽詩無棄爾輔之說也合詩與左傳則車之有輔信矣引申之義爲凡相助之偁今則借義行而本義廢尠有知輔爲車之一物者矣人部曰俌輔也以引申之義釋本義也今則本字廢而借字行矣面部曰酺頰車也面酺自有本字周易作輔亦字之叚借也今亦本字廢而借字行矣春秋傳輔車相依許偁之於此者所以說輔之本義也所以說左氏也謂輔與車必相依倚也他家說左者以頰與牙車釋之乃因下文之脣齒而傅會耳固不若許說之善也

从車甫聲扶雨切五部

人頰車也小徐本箸此四字於甫聲下與上文意不相應又無一曰二字以別爲一義知淺人妄謂引傳未詮而增之也面部既有酺頰也之文則必不用借義爲本義矣若大徐本移輔篆於部末解曰人頰車也从車甫聲而無春秋傳曰輔車相依八字輔非眞車上物廁末似合許例然無解於面部業有酺篆也校許宜刪去四字

轑 車蓋弓也輪人爲蓋蓋弓二十有八以象恆星也鄭注曰弓者蓋橑也蓋弓曰轑亦曰橑橑者椽也形略相似也重棼亦偁重轑張激傳殿屋重轑是也釋名曰轑蓋叉也叉者今爪字非叉字玉部瑵下曰車蓋玉瑵以玉爲爪也詳彼注

从車尞聲盧晧切二部

一曰輻也輻三十湊轂亦如椽然故亦得轑名其物皆系於車者也故皆从車

⿴行車 車搖也未聞以篆之次第詳之此篆當亦謂車上一物而今失傳車搖當是譌字

从車行

一曰衍省聲小徐無行一曰三字古絢切十四部

⿱登車 軺車後登也廣韵

十六蒸四十二拯皆曰䡞輡車後登出字林今按不言出說文恐是呂氏後增之字非許舊也古車無不後登者 从車丞聲讀若易拯馬之拯 拯馬見周易明夷六二爻辭署陵切六部

載 椉也 椉者覆也上覆之則下載之故其義相成引申之謂所載之物曰載如詩載輸爾載下載音才再反是也引申之爲凡載物之偁如詩汎汎楊舟載沈載浮中庸天地之無不持載是也又叚借之爲始才之叚借也才者艸木之初也夏曰載亦謂四時終始也又叚借爲事詩上天之載毛傳曰載事也是也又叚爲語詞詩載馳載驅毛傳載辭也春日載陽箋云載之言則 从車𢦏聲 作代切一部韵會此下有易曰大車以載六字

軍 圜圍也 於字形得圜義於字音得圍義凡渾輝煇等軍聲之字皆兼取其義 四千人爲軍 王氏鳴盛說此句必譌按唐釋玄應引字林四千人爲軍是呂忱之誤也許書當作萬有二千五百人爲軍見周禮大司馬職旅篆下云軍之五百人爲旅師篆下云二千五百人爲師既皆偁之則此必偁無可疑者百人爲卒廿有五人爲兩不偁者以其制於字義相遠耳若万二千五百人以爲圜圍乃此篆之所由製 从包省从車 包省當作勹勹裹也勹車會意也舉云切十三部 車逗 兵車也 上車各本誤軍今正此釋从車之意惟車是兵車故勹車爲軍也

軷 出將有事於道必先告其神立壇四通尌茅以依神爲軷 此言軷之義 既祭犯軷 句 轢牲而行爲範軷 此言

範軷之義周禮大馭犯軷注曰行山曰軷犯之者封土爲山象以菩芻棘柏爲神主既祭之以車轢之而去喻無險難也春秋傳曰跋涉山川故書軷作罰杜子春云罰當爲軷軷讀爲別異之別謂祖道轢軷磔犬也詩云載謀載惟取蕭祭脂取羝以軷詩家說曰將出祖道犯軷之祭也聘禮曰乃舍軷飲酒於其側禮家說亦謂道祭玉裁按封立也各本作樹今正犯軷轢牲而行大徐作軷轢於牲而行非也山行之神主曰軷因之山行曰軷鄘風毛傳曰草行曰跋水行曰涉卽此山行曰軷也凡言跋涉者皆字之同音叚借鄭所引春秋傳本作軷涉山川今人輒改之**从車犮聲**蒲撥切十五部**詩曰取羝㠯軷**大雅生民文毛傳曰軷道祭也

範　範軷也三字句其義已見上故祇云範軷也**从車笵省聲**大徐音犯廣韵防鋄切七部**讀與犯同**不曰讀若犯而曰與同者其音義皆取犯讀若則但言其音而已按車軓字本作軓从車㔾聲鄭說曰軓法也輿下三面材輢式之所尌持車正也然則周易範圍字當作軓或作笵而範其叚借字也釋文曰鄭曰範法也馬王肅張作犯違此亦範犯同音通用之證也

䡾　載高皃䡾䡾車載高皃衞風庶姜孽孽毛云孽孽盛飾韓詩作䡾䡾長皃呂覽宋王作爲蘖臺高誘曰蘖當作䡾詩曰庶姜䡾䡾高長皃然則韓爲本字毛爲叚借字爾雅蘖蘖孽孽戴也亦載高之意也西京賦飛檐䡾䡾**从車巚聲**俗改作巘省聲不知古音者所爲也五葛切十五部

轄　車聲也轄與軸相切聲也史記大人賦輵轄漢書轄作蛒張揖曰輵蛒搖目吐舌皃則史記爲譌字矣**从車害聲**胡八切十五部廣韵又苦

蓋切

一曰轄逗鍵也鍵下曰鉉也一曰車轄此鍵轄二篆爲轉注也舝下曰車軸耑鍵也然則舝轄二篆異字而同義同音

轉還也還大徐作運非還者復也復者往來也運訓遂徙非其義也還即今環字从車專聲知戀切十四部亦陟兖切淺人分別上去異義無事自擾

輸委輸也委者委隨也委輸者委隨輸寫也以車遷賄曰委輸亦單言曰輸引申之凡傾寫皆曰輸輸於彼則彼贏而此不足故勝負曰贏輸不足則如隓壞然故春秋鄭人來輸平公羊穀梁皆曰輸者隓也左傳作渝渝變也从車俞聲式朱切古音在四部廣韵又傷遇切

輖重也謂車重也小雅戎車既安如輊如軒毛曰輊摯也考工記大車之轅摯鄭曰摯輖也士喪禮軒輖中鄭曰輖摯也摯摯輊同字輖雙聲許書有輖摯而已摯者依聲託事字也軒言車輕輖言車重引申爲凡物之輕重故禮經以之言矢周南叚輖爲朝字故毛傳曰輖朝也而說詩者或以本義釋之从車周聲職流切三部

輩若軍發車百兩爲輩兩各本作兩今正車之偁兩者謂一車兩輪無取二十四銖之兩此許之字例也若軍發車百兩爲輩蓋用司馬灋故言故以若發聲今司馬灋存者尟矣引申之爲什伍同等之偁如鄭注宮正云使之輩作輩學相勸帥也从車非聲非者兩翄形聲中有會意俗从北非聲也補妹切十五部

軋𨎌也𨎌大徐作輾非也匈奴傳曰有罪小者軋大者死顏曰謂輾轢其骨節按本謂車之𨎌於路引申之爲勢相傾从車乙聲此从甲乙爲聲非从燕乙也惟今韵則入十四點耳

烏轄切古音當在十二部

輾　轢也　碾其俗字也　从車㞋聲　軋从乙者言其難乙乙也輾从㞋者言其易也㞋者柔皮也尼展切十四部

轢　車所踐也　踐者履也轂下曰轢牲而行是也　从車樂聲　歷各切宋本如此郎擊切今本如此古音在二部

軌　車徹也　攴部曰徹者通也車徹者謂輿之下兩輪之閒空中可通故曰車徹是謂之車軌軌之名謂輿之下隋方空處老子所謂當其無有車之用也高誘注呂氏春秋曰兩輪之閒曰軌毛公匏有苦葉傳曰由輈以下曰軌合此二語知軌所在矣上歫輿下歫地兩旁歫輪此之謂軌毛云由輈以下則輿下之輈軌也輈下之軸軌也虛空之處未至於地皆軌也濡軌者水濡輪閒空虛之處而至於軸而至於輈則必入輿矣故濟盈軌無有濟濡軌之水者禮義之大防也毛何以不言兩輪之閒而言由輈以下乎曰兩輪之閒自廣陿言之凡言度涂以軌者必以之由輈以下自高庳言之詩言濡軌晏子言其深滅軌以之中庸車同軌兼廣陿高庳言之徹廣六尺軹崇三尺三寸天下同之同於天子所制之度也穀梁傳車軌塵卽曲禮之驅塵不出軌謂其塵之高廣一如軌之高廣而不過也車人徹廣六尺自其裏言之匠人注徹廣八尺自其表言之曰由輈以下曰軌曰兩輪之閒曰軌自其裏言之少儀祭左右軌史記車不得方軌自其表言之自軌徹之說不明訓之以地上之迹迹非不名軌徹也而迹豈軌徹也邶詩不能通乃以軓字易軌字而毛傳由輈以下復改作由輈以上郢書燕說沈錮千年矣許云車徹固已了然如後人之憒憒則許當云軌車轍也轍車迹也已矣故大史公言好學深思不若卜子言近思　从車九聲　軌从九者

九之言鳩也聚也空中可容也形聲中有會意古音居酉反在三部今音居洧反

𨋎 車迹也 兩輪之迹也迹者步處也因引申爲凡迹之偁兩輪之迹亦謂之軌徹而非軌徹之體也莊子曰夫迹履之所出而迹豈履也𨋎之言從也有所從來也又可從是以求其實也𨋎古字衹作從羔羊傳曰委蛇委蛇行可從迹也君子偕老傳曰委委行可委曲從迹也俗變爲蹤再變爲踪固不若用許書𨋎字矣 从車從省 大徐有聲字非也此以會意包形聲即容切九部

軼 車相出也 車之後者突出於前也楚辭軼迅風於清源禹貢沇水入于河泆爲滎漢志作軼鄭注司刑曰過失若舉刃欲斫伐而軼中人者皆本義之引申叚借也 从車失聲 形聲中有會意夷質切十二部

⿰車眞 車⿰車眞弘聲也 弘大徐作鈏非小徐作⿰金弘集韵作⿰車弘亦誤今正谹谷中響也宖屋響也弘弓聲也車聲⿰車眞弘借弓聲之字耳⿰車眞弘大聲 从車眞聲 廣韵口莖切按廣雅作⿰車眞玉篇作輤皆即此字也古音眞聲之字在十二部 讀若論語鏗尒舍琴而作 琴各本作瑟今正陸元朗所據論語作琴小徐手部亦作舍琴 一曰讀若掔 按臤聲堅聲與眞聲同在十二部

⿱埶車 抵也 抵者擠也擠者排也車抵於是而不過是曰⿱埶車如馬之不前曰樊鷙詳犬部⿱埶車與車重之摯⿱埶車輊轅本各義與輖又殊音而集韵總合爲一字誤矣小徐引潘岳賦如⿱埶車如軒今按潘作轅不作⿱埶車也 从車埶聲 陟利切十五部

軭 車戾也 戾者曲也考工記曰萬之以眡其匡也注云等爲萬蔞以運輪上輪

中萬蔞則不匡剌也輒不專謂輪凡偏戾皆是 从車匡聲 巨王切十部 軔 所㠯礙車也 所㠯二字今補玄應時已失之離騷朝發軔於蒼梧王逸曰軔支輪木也 从車刃聲 而振切十三部字林如戰反按此篆大徐在輮篆之前者輮下輞譌作軔遂先之以軔也 輟 車小缺復合者也 此與辵部之連成反對之義連者負車也聯者連也連本訓輦而爲聯合之偁其相屬也小缺而復合則謂之輟引申爲凡作輟之偁凡言輟者取小缺之意也論語耰不輟 从車叕聲 形聲中有會意陟劣切十五部按网部叕爲罬之重文 ⿰車多 礙也 礙者止也 从車多聲 康禮切古音在十七部 轚 車轄相擊也 轄者鍵也鍵在軎頭謂車軎相擊也諸書亦言車轂相擊 从車毄 會意殳部曰毄者相擊中也 毄亦聲 古歷切十六部 周禮曰舟輿轚互者 秋官野廬氏凡道路之舟車轚互者敘而行之注曰謂於迫隘處也穀梁傳曰御轚者不得入 ⿰車算 治車軸也 治篇韵皆作篹四字句鏇轉規圜之意 从車算聲 所眷切十四部 軻 接軸車也 接各本作接今正接者續木也軸所以持輪而兩木相接則危矣故引申之多迍曰轗軻趙邠卿曰孟子名軻字則未聞也而廣韵曰孟子居貧轗軻故名軻字子居 从車可聲 康我切十七部 ⿱殸車 車堅也 堅者剛也 从車殸聲 殸籒文磬此形聲中有會意也口莖切十部 ⿰車付 反推車令有

所付也反推車者謂不順也付與也本可不與而故欲與之至於逆推車以與之而不顧此說其字之會意也故其字从車付从車付會意讀若茸茸宋本小徐本作胥非也淮南氾論訓曰相戲以刃者大祖軵其肘高二云軵擠也讀近茸急察言之可知此茸之不誤矣廣韵曰軵推車也而隴切或作搑按手部搑推擣也漢司馬遷傳而僕又茸之蠶室師古曰茸人勇反推也謂推致蠶室之中也是搑茸軵三字通用集韵云軵或作輯或作軏皆必有據若淮南說林訓倚者易軵也注二云軵讀軵濟之軵覽冥訓斮徒馬圉軵車奉饟注二云軵推也讀楫拊之拊有譌字不可讀然大約以付爲形聲是高時固有兩讀也大徐而隴切九部

輇蕃車下庳輪也蕃當作藩藩車見軒字下庳者屋卑也因以爲凡卑之偁藩車而下爲卑輪葢所謂安車輪卑則車安矣未知是否从車全聲讀若饌市緣切十四部一曰無輻也見輪下

輗大車轅耑持衡者也轅與衡相接之關鍵也墨子曰吾不知爲車輗者巧也用咫尺之木不費一朝之事而引三十石之任此與小車之軏同用而異名許不與軏篆爲伍者大車別於小車也自輗至輂五篆皆言大車前文輦篆當亦廁此處从車兒聲五雞切十六部𨋲輗或从宜宜聲在十七部與十六部合韵㝡近棿輗又从木

軧大車後也大車以載任器牝負長八尺謂軫也其後必崇其闌與三面等非若小車之後也故曰軧軧之言底也从車氐聲丁禮切十五部

轃大車簣

也此以雙聲爲訓簀者牀棧也大車之藉似之小車謂之茵車重席也以虎皮者謂之文茵大車謂之轃竹木爲之

从車秦聲讀若臻側詵切十二部

轒淮陽名車穹隆轒淮陽漢國有縣九今開封府陳州以南是其地車穹隆卽車葢弓也方言曰車枸簍宋魏陳楚之閒謂之筱或謂之䉬籠秦晉之閒自關而西謂之枸簍西隴謂之橎南楚之外謂之篷或謂之隆屈郭云卽車弓也按許之穹隆卽䉬籠也許之轒葢卽橎字與抑淮陽謂之轒爲方言所不載也釋名曰隆強或曰車弓長楊賦碎轒轀别一義也

从車賁聲符分切十三部按此篆當與上轑葢弓也爲伍轑言其分轒言其合也廁此者後人亂之

輓大車後壓也壓當依玉篇作厭厭笮也所以鎮大車後者

从車宛聲於云切古音當在十三部篇韵云轒輓兵車漢書文選作轒轀

輦大車駕馬者也者字今補小司徒正治輂輂注曰輂駕馬所以載任器與許說同云大車駕馬者言者以別於駕牛也古大車多駕牛其駕馬者則謂之輂按左氏傳陳畚梮梮者土轝漢五行志作輂是梮乃輂之或字也史河渠書山行卽橋一作檋夏本紀正作檋漢溝洫志作山行則梮韋昭曰梮木器如今轝牀人轝以行也然則周禮輂之制四方如車之輿故曰轝或作轝或駕馬或人轝皆宜用之徙土則謂之土轝卽公羊之筍史記之箯輿也用之舁人則謂之橋橋卽漢書輿轎而越嶺之轎字也左氏正義謂梮字从手其說非是禮經輁軸輁卽輂字之異者注云輁狀如長牀是也夏禹四載乘輂葢亦馬引之不然何以云桀始乘人車攷古者所當辯也

从車共聲

居玉切按其聲古音在九部士喪禮軹九勇反是也淺人不知爲同字

𨏥 連車也。謂車輦聯而行有等差也左傳差車官名

一曰卻車抵堂爲𨏥。東京賦皇輿宿駕𨏥於東階薛解曰𨏥之言卻也謂卻於東階下天子未乘之時也

从車差省聲。讀若遲。士皆切按李善音柴是也古音在十七部

輦 輓車也。謂人輓以行之車也小司徒輂輦注曰輦人輓行所以載任器也司馬法云夏后氏謂輦曰余車殷曰胡奴車周曰輜輦夏后氏二十人而輦殷十八人而輦周十五人而輦故書輦作連鄭司農云連讀爲輦按夫部扶竝行也輦字从此輦設輅於車前用索輓之故从車扶會意扶在前車在後故連字下曰負車連輦古今字周禮管子皆作連此車名輦輓此車之人名輦者爾雅曰徒御不警徒輦者也毛傳同又詩我任我輦毛傳曰任者輦者釋名曰輦人所輦也

从車扶。扶在車前引之也。會意力展切十四部

輓 引車也。引車曰輓引申之凡引皆曰輓左傳曰或輓之或推之欲無入得乎史記借爲晚字

从車免聲。無遠切十四部俗作挽

軖 紡車也。紡者紡絲也凡絲必紡之而後可織紡車曰軖通俗文曰繅車曰軖尼心切別是一物繅與紡二事也木部曰欄者絡絲柎竹部曰篗所以收絲者糸部曰縒箸絲於筟車也又在繅之後紡之前俟再攷此非車也其偁車者何其用同乎車也其物有車名故其字亦从車

从車㞷聲。讀若狂。巨王切十部

一曰一輪車。別一義

轘 車裂人也。周禮條狼氏誓僕右曰殺

誓馭曰車轘注曰車轘謂車裂也从車睘聲胡慣切十四部按大徐云睘渠營切非聲當从環省此惑於毛詩青青睘睘爲韵而不知詩之睘睘乃煢煢之雙聲叚借也春秋傳曰轘諸栗門宣公十一年左傳文

斬截也截者斷也斤部斷截也周禮掌戮注曰斬以鈇鉞若今要斬也殺以刀刃若今棄市也本謂斬人引申爲凡絕之偁从車斤會意側減切八部斬法車裂也此說从車之意蓋古用車裂後人乃法車裂之意而用鈇鉞故字亦从車斤者鈇鉞之類也

轜喪車也从車重而而亦聲各本篆作輀解作从車而聲今更正文選注玉篇廣韵龍龕手鑑皆作轜从重而者蓋喪車多飾如喪大記所載致爲緐縟而者須也多飾如須之下垂故从重而亦以而爲聲也如之切一部

轟轟轟二字依文選注補羣車聲也从三車呼宏切古音在十二部李善曰倉頡篇云軥軥衆車聲也呼萌切今爲輷字音田玄應曰轟今作輷字書作軥同呼萌切按古字作軥今字作輷玉篇作輷皆當在眞臻部也

文九十九　重八

𠂤小𠂤也小𠂤𠂤之小者也廣雅本之曰𠂤細阜也今譌舛不可讀矣小𠂤曰𠂤國語叚借魁字爲之周語夫高山而蕩以爲魁陵糞土賈逵韋昭皆曰小阜曰魁卽許之𠂤也賈逵注見海賦其字俗作堆堆行而𠂤廢矣氏下云山

岸脅之堆旁箸欲落墫者曰氏小徐作堆大徐則刪之士冠禮注追猶堆也是追即𠂤之叚借字李善注七發曰追古堆字詩追琢其章追亦同𠂤葢古治金玉突起者爲𠂤穿穴者爲琢𠂤語之轉爲敦如爾雅之敦丘俗作墩詩敦彼獨宿傳以敦敦然釋之皆是也 象形 象小𨸏於𨸏故𠂤三成𨸏二成都回切十五部 凡𠂤之屬皆从𠂤

𡴎 危高也从𠂤屮聲讀若臬 魚列切十五部

官 吏事君也从宀𠂤 會意古九切十四部 𠂤猶衆也 𠂤不訓衆而可聯之訓衆以宀覆之則治衆之意也 此與師同意 入衆而帀□之與事衆而宀覆之其意同也

文三

說文解字第十四篇上

說文解字第十四篇下

金壇段玉裁注

𨸏大陸也也字今補釋地毛傳皆曰大陸曰阜李巡曰高平曰陸謂土地豐正名爲陸陸土地獨高大名曰阜阜最大名爲陵引申之爲凡厚凡大凡多之稱秦風傳曰阜大也鄭風傳曰阜盛也國語注曰阜厚也皆由土山高厚演之山無石者象形山下曰有石而高象形此言無石以別於有石者也詩曰如山如阜山與𨸏同而異也釋名曰土山曰阜象形者象土山高大而上平可層絫而上首象其高下象其三成也房九切三部凡𨸏之屬皆从𨸏𨺅古文上象絫高下象可拾級而上

陵大𨸏也釋地毛傳皆曰大阜曰陵釋名曰陵隆也體隆高也按引申之爲乘也上也躐也侵陵也陵夷也皆夌字之叚借也夊部曰夌越也一曰夌徲也夌徲卽陵夷也从𨸏夌聲力膺切六部

⿰阝鯀大𨸏也以其昆干鯀遠爲言从𨸏鯀聲胡本切十三部

阞地理也攷工記曰凡溝逆地防謂之不行注云溝謂造溝防謂脈理按力者筋也筋有脈絡可尋故凡有理之字皆从力防者地理也朸者木理也泐者水理也手部有扐亦同意从𨸏力聲盧則切一部

陰闇也闇者閉門也閉門則爲幽暗故以爲高明之反水之南山之北也从𨸏穀梁傳曰水北爲陽山南爲陽注云日之所照曰陽然則水之

南山之北爲陰可知矣水經注引伏虔曰水南曰陰公羊桓十六年傳注曰山北曰陰按山北爲陰故陰字从𨸏自漢以後通用此爲黔字黔古文作侌夫造化侌昜之气本不可象故黔與陰昜與陽皆叚雲曰山𨸏以見其意而已侌聲於今切七部

陽 高明也闇之反也从𨸏不言山南曰昜者陰之解可錯見也山南曰陽故从𨸏毛傳曰山東曰朝陽山西曰夕陽昜聲與章切十部

陸 高平地釋地毛傳皆曰高平曰陸从𨸏坴聲土部坴下曰土塊坴坴也然則陸从坴者謂其有土無石也大徐作从𨸏从坴坴亦聲力竹切三部

𨻰 籒文陸从古文𨸏省从籒文𠓜不从土者从𨸏而土見矣

阿 大陵曰阿釋地毛傳皆曰大陵曰阿从𨸏可聲烏何切十七部一曰阿曲𨸏也毛詩菁菁者莪在彼中阿傳云大陵曰阿考槃在阿傳曰曲陵曰阿各隨其宜解之也大雅有卷者阿傳曰卷曲也然則此阿謂曲𨸏也引申之凡曲處皆得偁阿是以緜蠻傳曰丘阿丘之曲阿宐之當棟處曰阿考工記四阿若今四注屋左傳楟有四阿毛傳偏高曰阿丘許書言谷口上阿也皆是也曲則易爲美故隰桑傳曰阿然美皃凡以阿言私曲言昵近者皆引申叚借也

陂 阪也陂與坡音義皆同凡陂必邪立故引申之義爲傾邪子虛賦罷池陂陀言旁穨也易無平不陂洪範無偏無陂从𨸏皮聲彼爲切古音在十七部一曰池也池各本作沱誤今依韵會正說詳水部池與沱形義皆別此云陂者池也故水部有池篆云陂也正考老轉注之例詩惟召南言沱餘多言池不可淆溷許書

沼池也洼深池也潢積水池也湖大陂也汥水都也滙一曰窊也洿一曰窊下也義皆同物豈可改爲沱乎陂得訓池者陂言其外之障池言其中所蓄之水故曰劉媼嘗息大澤之陂謂大澤之旁也曰叔度汪汪若千頃陂卽謂千頃池也湖訓大陂卽大池也陳風彼澤之陂傳曰陂澤障也月令注曰畜水曰陂凡經傳云陂池者兼言其内外或分析言之或舉一以互見許池與陂互訓渾言之也陂有叚波爲之者如漢諸侯王表曰波漢之陽西域傳曰傍南山北波河

阪坡者曰阪釋地毛傳皆曰陂者曰阪許云坡者曰阪然則坡陂異部同字也說卦傳其於稼也爲反生叚借反爲阪也从𨸏反聲府遠切十四部一曰澤障也陂爲澤障故阪亦同一曰山脅也山脅山脟也呂覽阪險原隰高注阪險傾危也小雅阪田箋曰崎嶇墝埆之處也

陬阪隅也謂阪之角也正月爲陬亦謂寅方在東北隅也引申爲凡隅之偁陬與隅疊韵爲訓从𨸏取聲子侯切四部

隅陬也隅與陬爲轉注廣雅曰陬角也小雅箋曰丘隅丘角也上言阪此不言阪者不主謂阪之隅也考工記宮隅城隅謂角浮思也大雅惟德之隅傳曰隅廉也今人謂邊爲廉角爲隅古不別其字亦作嵎作湡从𨸏禺聲噳俱切古音在四部偶平聲

險阻難也从𨸏僉聲虛檢切七部

限阻也廣韵度也齊也眄也皆其引申之義从𨸏艮聲乎簡切古音在十三部一曰門榍也此別一義而前義可包之木部曰榍門限也是爲轉注其字俗作㝫作㞧

阻險也

从𠂤且聲 大射儀且左還毋周注曰古文且爲阻堯典古文黎民俎飢鄭注云俎讀曰阻是皆古文叚借
字也側呂切五部 陮 陮隗 逗 高也 陮隗猶崔巍亦猶纍𡼏疊韵字也 从𠂤隹
聲 都皋切十五部 隗 陮隗也从𠂤鬼聲 五皋切十五部 阭 高也
从𠂤允聲 余準切玉篇余剸切十三十四部 一曰石也 𨹹 磊隊也
各本奪隊字今補磊隊猶磊𥕢也疊韵字 从𠂤厽聲 洛猥切古音在十六十七部之閒垂上聲 陗
陵也 凡斗直者曰陗李斯列傳曰樓季也而難五丈之限跛䍧也而易百仞之高陗塹之勢異也塹當爲漸陂陀者
曰漸斗直者曰陗凡閒出者曰庯陗斗俗作陡古書皆作斗 从𠂤肖聲 七笑切二部 陖 陗
高也 謂斗直而高也卑者雖直不得云陵此陵陗高也是峻陵之別也專言高者或未必陗
夋陵古叚借洒字爲之邶風曰新臺有洒傳曰洒高峻也峻卽陵之同音通用傳意謂經之洒卽陵之叚借也西聲夋聲古音
同在十三部釋丘曰望厓洒而高岸夷上洒下漘洒而高謂體斗直而頂高出也夷上洒下謂頂平不高出而體亦斗直也李
巡注甚明了而郭樸說誤 从𠂤夋聲 私閏切十三部 隥 仰也 仰者舉也登陟之道曰隥
亦作墱西都賦陵墱道而超西墉西京賦墱道邐倚以正東薛曰墱閣道也按閣道謂淩空如棧道者 从𠂤登
聲 都鄧切六部此以形聲包會意 陋 阸陝也 阸者塞也陝者隘也𨸏部曰隘者陋也然則陋與隘

爲轉注阸陜者如邊塞狹隘也故从𨸏引申爲凡鄙小之偁賈子曰反雅爲陋淮南注曰陋鄙小也 从𨸏㔷

聲 盧候切四部 陜 隘也从𨸏夾聲 侯夾切八部俗作陿峽狹 陟 登也

釋詁曰陟陞也毛傳曰陟升也陞者升之俗字升者登之叚借禮喪服注曰今文禮皆登爲升俗誤已行久矣據鄭說則古文

禮皆作登也許此作登不作升者許書說解不用叚借字也漢人用同音字代本字既乃不知有本字所謂本有其字依聲託

事者然也 从𨸏步 謂緣𨸏而步也𨸏有層次可尋是謂會意竹力切一部 𨺅 古文陟

陷 高下也 高下者高與下有懸絕之勢也高下之形曰陷故自高入於下亦曰陷義之引申也易曰坎陷

也謂陽陷陰中也凡深沒其中曰陷 从𨸏臽聲 大徐作从𨸏从臽臽亦聲戶猎切八部 一曰

陊也 隰 阪下溼也 釋丘曰下溼曰隰又曰陂者曰阪下者曰隰蓋上隰指平地言之下隰指

阪言之阪形圍高而其四旁窊溼處亦謂之隰也許用後說者以其字从𨸏也 从𨸏㬎聲 似入切七部

𨺇 攲隓也 各本奪隓字今補危部攲篆下曰攲隓也此亦曰攲隓也攲隓以雙聲成文謂傾側不安不能

久立也不容刪一字矣攲隓他書作崎嶇漢碑亦作崎嶇 从𨸏區聲 豈俱切古音在四部 隤 下

隊也 毄辭曰夫乾確然示人易矣夫坤隤然示人簡矣許冂部曰隺高至也引易夫乾隺然然則正與下隊作反對

語按隤與穨音同而義異如李陵傳隤其家聲斷不可作穨矣 从𨸏貴聲 杜回切十五部 隊 從

高隊也 隊隊墜正俗字古書多作隊今則墜行而隊廢矣大徐以墜附土部非許意釋詁隊落也釋文从墜而以隊附見傎矣左傳曰以成一隊杜注百人爲隊葢古語一隊猶言一堆物墮於地則聚因之名隊爲行列之偁後人以墜入至韵以隊入隊韵而莫測其原委矣 从𨸏㒸聲 徒對切十五部按當云直類切

䧄 下也 此下爲自上而下故厠於隊隕之閒釋詁曰降落也古多叚降爲夅夂部曰夅服也此今人讀下江切之正字詩召南我心則降毛傳曰降下也春秋經郕降于齊師何注曰降者自伏之文又齊人降鄣穀梁傳曰降猶下也皆夅之叚借字也分爲平去韵而昧其原委矣以地言曰降故从𨸏以人言曰夅故从夂午相承 从𨸏夅聲 此亦形聲包會意古巷切九部

𨻰 從高下也 釋詁曰隕落也毛傳曰隕隋也隋即陊字 从𨸏員聲 于敏切十三部 易曰有隕自天 姤九五爻辭

隉 危也 危者在高而懼也秦誓曰邦之杌隉易作臲卼許出部之槷䊩不安也皆字異而音義同 从𨸏从毀省 會意 徐巡曰隉凶也 後漢書杜林傳曰沛南徐巡始師事衛宏後更受林學林於西州得桼書古文尚書一卷以傳衛宏徐巡於是古文遂行隉凶也此巡之說秦誓也 賈侍中說隉灋度也 此葢亦賈侍中說古文秦誓也侍中受古文尚書於塗惲撰歐陽大小夏侯尚書古文尚書同異集爲三卷隉與臬雙聲臬者射𡋯的也有法度之意尚書立政篇臬訓法左傳陳之藝極藝亦臬之叚借賈謂隉爲臬之叚借故二云法度也此條可以證六書叚借依賈說則杌隉連

文杌當同抈訓搖動班固說不安也班固字孟堅右扶風安陵人楚令尹鬬班之後按漢書子文生
於瞢中而虎乳之楚人謂乳穀謂虎於檡故名穀於檡字子文楚人謂虎文班其子以爲號秦之滅楚遷晉代之閒因氏焉云
謂虎文班班卽許書辨字之叚借今之斑字也今本漢書奪去文字則文義不貫矣班爲白虎通義又爲離騷章句見於劉逵
張載所引此說隉不安也恐亦說尚書語許本之曰危也周書曰邦之阢隉秦誓文上偁三
家說而後偁經者明此書爲說字之書特偁經爲證也阢當是轉寫之誤當是本作抈或作兀未可定也今尚書作杌隉周易
作劓刖作臲卼鄭注字作倪仉許出部作槷𡴫其文不同如此阢者石戴土也非此之用讀若虹蜺之
蜺蜺用部作霓虫部蜺寒蜩也於此知漢人已叚借蜺爲霓矣霓平韵讀五兮翻入韵讀五的翻又五結翻隉當切五
結十五部阤小崩也大曰崩小曰阤吳都賦曰崩巒阤岑此其義也子虛賦曰登降阤靡上林賦曰巖阤
巇錡皆謂敧傾也後人多用陊爲之古書或用𨻳爲之从𨸏也聲丈爾切又弋爾切古音在十七部
隓敗城𨸏曰隓从𨸏𡋲聲許書無𡋲字蓋或古有此文或叒左爲聲皆未可知
𡐦爲篆文則隓爲古籒可知也山部嶞曰隓聲肉部隋曰隓省聲皆用此爲聲也小篆隓作𡐦隸變作墮俗作隳用墮爲崩落
之義用隳爲傾壞之義習非成是積習難反也虞書曰萬事墮哉墮本敗城𨸏之偁故其字从𨸏引申爲凡阤壞之偁許規切
古音在十七部𡐦篆文小篆則从土隋聲也先古籒後小篆者是亦先二後上之例也易爲不入嫷於土部

而隓爲重文也其字本从𨸏以壞𨸏爲義而壞城𡐦之故入𨸏部而𡐦爲重文也

𨺅仄也仄下曰側傾也从𨸏頃頃者頭不正也故从頁傾者人之仄也故从人𨺅者山阜之仄也故从𨸏禹貢西頃葢可作此字聲大徐作从𨸏从頃頃亦聲形聲兼會意也去營切十一部

陊落也艸部曰艸曰苓木曰落引申之凡自上而下皆曰落石部硩下曰上擿山巖空青珊瑚陊之吳都賦曰硩陊山谷按今字叚墮爲陊而叚陊爲陁義雖略相近而實本不同召南毛傳盛極則隋落者梅也又叚隋爲陊从𨸏多聲徒果切十七部

阬閬也閬者門高大之皃也引申之凡孔穴深大皆曰閬阬釋詁云虛也地之孔穴虛處與門同故曰閬也以疊韵爲訓詩曰皐門有伉然則門亦得偁阬也○今按閬訓迂遠疑本作阸俗作閬又譌閬耳阬塹亦阸阻也土部曰塹者阬也然則阬者塹也爲轉注从𨸏亢聲客庚切古音在十部讀如康俗字作坑

隫通溝句西都賦曰通溝大漕潰渭洞河㠯防水者也小徐及廣韵本如此隫與瀆不同瀆从水主謂水故解曰溝也隫从𨸏主謂地故曰通溝以防水防水猶禦水也通洞之溝水去迅速無滯不爲災通之言洞也洞者疾流也故其字讀若洞四瀆字當作此亦作四竇从𨸏賣聲徒谷切三部讀若洞大徐洞作瀆非也此許所聞舊音急就篇乘風縣鐘華洞樂皇象碑本洞作隫衣部襱或从賣聲作襩

𨽿古文隫从谷釋山曰山𧯜無所通谿

防隄也周禮稻人曰以防止水注云偃豬者畜流水之陂也防者豬旁隄也引申爲凡備禦之偁禮記鄭曰

錄云名曰坊記者以其記六藝之義所以坊人之失者也防之俗作坊　从𨸏方聲　符方切十部

𨹵　防或从土　俗字所由作坊也俗又以坊爲邑里之名

隄　唐也　唐塘正俗字唐者大言也叚借爲陂唐乃又益之土旁作塘矣隄與唐得互爲訓者猶陂與池得互爲訓也其實窊者爲池爲唐障其外者爲陂爲隄

从𨸏是聲　都兮切十六部按或作陻此猶鱗之定卽麟之題也

阯　基也　止下曰下基也阯與止音義皆同止者草木之基也阯者城阜之基也

从𨸏止聲　諸市切一部

址　阯或从土　左傳曰略基址

陘　山絕坎也　釋山曰山絕陘按今爾雅奪坎字郭注云連山中斷絕非是陘者領也孟子作徑云山徑之蹊趙注山徑山領也楊子法言作山𡷏之蹊皆卽陘字凡巠聲之字皆訓直而長者河北八陘一曰軹關陘二曰太行陘三曰白陘四曰滏口陘五曰井陘六曰飛狐陘七曰蒲陰陘八曰軍都陘戴先生水地記曰此皆兩山中隔以成隘道也軹關之山與太行中隔沁水其山脈來自大岳自陘之山與大行中隔丹水其山脈自發鳩別而東井陘滏口之山與白陘中隔漳水其山脈自清漳之源沾領別而東飛狐蒲陰之山與井陘中隔滹沱其山脈來自北岳軍都之山與蒲陰中隔桑乾水其山脈自大同府之外陰山別而東大行之名尤顯著故偁大行八陘元和郡縣圖志引述征記曰大行山首始於河內北至幽州凡有八陘後代史志地記多本其說於軹關已北軍都已南諸山槩目以大行其亦不達於理矣先生所論八陘冣爲明析而山絕坎之訓亦明凡天下之地勢兩山之閒必有川焉則兩川之閒必有山焉是爲坎

象坎者陷也陷者高下也高在下閒爲陷陘者一山在兩川之閒故曰山絶坎絶猶如絶流而渡之絶其莖理互於陷中也从𨸏巠聲戶經切十一部

附附婁小土山也左傳襄二十四年子大叔曰部婁無松柏杜注部婁小阜服虔曰喻小國風俗通義引左傳釋之曰言其卑小部者阜之類今齊魯之閒田中少高卬名之爲部矣按或作培塿依許則傳文本作附婁字从𨸏其本義也上蒲口反下路口反玉篇曰說文以坿爲坿益字从土此附作步口切小土山也玉裁謂土部坿益也增益之義宜用之相近之義亦宜用之今則盡用附而附之本義廢矣从𨸏付聲符又切按此音非也當云蒲口切四部春秋傳曰附婁無松柏左氏傳多古文許所見未誤

阺秦謂陵阪曰阺大𨸏曰陵坡曰阪秦人方言皆曰阺也漢書揚雄解嘲曰響若坻隤應劭云天水有大坂名曰隴坻其山堆旁箸崩落作聲聞數百里故曰坻隤案仲遠誤也依說文則巴蜀名山岸脅之旁箸欲落墮者曰氏氏崩聞數百里秦謂陵阪曰阺其字則氏與阺不同其語言則秦與巴蜀不同且氏主謂石故崩聲聞遠阺主謂土陵阪皆土阜也氏或譌作坻韋昭音若是理之是不誤阺字或作坻音丁兮丁禮二反高唐賦臨大阺之稸水是其正字也自仲遠合而一之古音十六十五部之別亦淆矣凡氐聲在十六部凡氏聲在十五部从𨸏氐聲丁禮切十五部

阢石山戴土也戴小徐作載釋山曰石戴土謂之崔嵬然則崔嵬一名阢也从𨸏兀聲五忽切十五部玉篇午回切

隒崖也崖者高邊也按

今俗語謂邊曰隒當作此字王風傳曰涘者厓也漘者水隒也蓋平者曰厓高起者曰隒釋山云重甗隒 从𨸏兼聲讀若儼 魚檢切七部八部

阸 塞也 塞先代切與窒寒字別塞者隔也阸之言扼也 从𨸏戹聲 於革切古音在十六部

隔 塞也 塞先代切各本作障今依西京賦注所引作塞也與土部塞隔也爲轉注廣韵亦曰塞也西京賦曰隴坻之隘隔閡華戎 从𨸏鬲聲 古覈切十六部

障 隔也从𨸏章聲 之亮切十部

隱 蔽也 艸部曰蔽茀小皃也小則不可見故隱之訓曰蔽若孟子隱几字則當爲㥯受部曰㥯有所據也 从𨸏㥯聲 於謹切十三部

隩 水隈厓也 厓山邊也引申之爲水邊隈厓謂曲邊也釋丘曰厓內爲隩外爲鞫毛詩瞻彼淇奧傳曰奧隈也奧者隩之叚借字也又芮鞫之即毛曰芮水厓也鞫究也鄭曰芮之言內也水之內曰隩水之外曰鞫漢書作⿰阝兒字林作堄 从𨸏奧聲 烏到切按當於六切三部

隈 水曲也 各本作水曲隩也今依西都海賦二注訂 从𨸏畏聲 烏恢切十五部

⿰阝臾 𨸏商 逗此蓋古語 小塊也 塊俗凷字 从𨸏从臾臾古文蕢字 見艸部艸部蕢器也謂一蕢之土而已去衍切十四部

䧍 水衡官谷也 未詳水衡官見漢書百官公卿表又天文志解谷晉灼曰谷名蓋非此 从𨸏解聲 胡買切十六部 一曰小谿 此別一義兩𨸏閒小谿曰䧍如小山別大山曰嶰也谿者山瀆之無

所通者也

隴　天水大阪也。地理志天水郡有隴縣。郡國志漢陽郡。永平十七年天水郡更名也。隴縣有大阪名隴坻。按坻卽上文阺字也。从𨸏龍聲。力鍾切。九部。

⿰阝衣　酒泉天⿰阝衣阪也。地理志酒泉郡天⿰阝衣縣。師古曰此地有天⿰阝衣阪故以名。从𨸏衣聲。於希切。十五部。

陝　弘農陝也。地理志弘農郡陝縣。後志同。今河南直隸陝州有陝縣。古虢國王季之子所封也。左傳曰虢仲虢叔王季之穆也。國語稱文王敬友二虢。杜預以爲皆文王母弟。馬融云虢叔同母弟。虢仲異母弟。今按同母異母不可知。據許祇云王季之子可也。地理志曰陝故虢國。東虢在熒陽。賈逵曰虢仲封東虢。制是也。虢叔封西虢。虢公是也。鄭語西有虞虢。韋曰虢虢叔之後。西虢也。又濟雒河潁之閒虢鄶爲大。韋曰虢東虢也。虢仲之後。按地理志及說文皆但云陝故虢國。不目爲西虢者。葢東周時東虢已滅於鄭。不須分別也。春秋晉滅虢。謂在陝之西虢。王季之子虢叔之後。从𨸏夾聲。十篇亦部下曰弘農陝字从此。失冄切。八部。

⿰阝𣞤　弘農陝東陬也。陬者隅也。从𨸏𣞤聲。武扶切。五部。

⿰阝卷　河東安邑陬也。从𨸏卷聲。居遠切。十四部。

陭　上黨陭氏阪也。地理志上黨郡有陭氏縣。葢因有陭氏阪以名也。今本郡國志作猗氏。因河東猗氏而誤。从𨸏奇聲。於离切。按當依漢書於義切。古音在十七部。

隃　北陵西隃鴈門是也。此八字用爾雅釋地。郭注曰鴈門山是也史記趙世家作先俞古西先同音也地理志鴈門郡秦置句注山在陰館按句注山一名西陘山一名鴈門山今在山西代州西北二十五里有鴈門關从𨸏俞聲傷遇切古音在四部

阮 代郡五阮關也地理志代郡有五原關阮者正字原者叚借字也成帝紀作五阮關如淳曰近捲反从𨸏元聲虞遠切十四部

陪 大𨸏也前云大𨸏曰陵矣此云大𨸏曰陪未聞 一曰右扶風郿有陪𨸏陪又爲𨸏名 从𨸏告聲苦沃切三部

陵 丘名从𨸏武聲方遇切五部

隕 丘名从𨸏貞聲陟盈切十一部

阠 丘名从𨸏丁聲讀若丁當經切十一部

隱 鄭地阪从𨸏爲聲許爲切釋文于詭切古音在十七部 春秋傳曰將會鄭伯於隱於當作于隱今經傳皆作鄬襄七年十有二月公會晉侯宋公陳侯衛侯曹伯莒子邾子于鄬三經同左氏傳曰及將會于鄬子駟相又不禮焉句本無鄭伯字許以此敘鄭事故增此二字凡引古書不無異同者例此

陼 如渚者陼丘水中高者也釋水曰水中可居者曰州小州曰渚釋丘曰如渚者陼丘謂在水中高而平如水中小州然也許本之爲說今爾雅作小洲曰陼如陼者陼丘漥渚通用 从𨸏者聲當古切五部

陳 宛丘也韵會有也 舜後嬀滿之所封毛傳誤曰陳者大皞虙戲氏之墟帝舜之冑有虞閼

父者爲周武王陶正武王賴其利器用與其神明之後封其子嬀滿於陳都於宛丘之側是曰陳胡公按今河南陳州府治是其地許必言宛丘者爲其字从𨸏也毛傳曰四方高中央下曰宛丘郭釋丘之宛中曰宛丘也陳本大皞之虛正字俗叚爲敶列之敶陳行而敶廢矣 从𨸏从木 大皞以木德王故字从木 申聲 直珍切十二部

𨻰 古文陳 按古文从申不从木

陶 再成丘也在濟陰 釋丘曰一成爲敦丘再成爲陶丘禹貢曰道沇水東流爲濟入于河泆爲滎東出于陶丘北地理志曰濟陰郡定陶縣禹貢陶丘在西南按定陶故城在今山東曹州府定陶縣西南古陶丘在焉 从𨸏匋聲 徒刀切古音在三部 夏書曰東至于陶丘 禹貢文 陶丘有堯城堯嘗所凥故堯號陶唐氏 謂堯始居於陶丘後爲唐侯故曰陶唐氏也

𨺅 耕㠯臿浚出下壚土也 耕謂耕者也臿當依十二篇甾部作疀古田器斗部引爾雅斛謂之疀是也郭樸曰斛疀古鍫鍤字浚者抒也抒者挹也壚者黑剛土也耕者用鍫抒取地下黑剛土謂之陘釋名曰鍤插地起土也或曰銷或曰鏵其板曰葉鏵即木部之苿苿者兩刃臿也 一曰耕休田也 謂爰田易耕者 从𨸏从土召聲 之少切二部

阽 壁危也 引申爲凡物之危漢文帝詔曰或阽於死亡如淳曰阽近邊欲墮之意 从𨸏 壁高故从𨸏 占聲 余廉切古音在七部服虔音反坫之坫孟康音屋檐之檐

除 殿陛

也殿謂宮殿殿陛謂之除因之凡去舊更新皆曰除取拾級更易之義也天保何福不除傳曰除開也 从𨸏取以漸而高之意 余聲 直魚切五部

階 陛也 因之凡以漸而升皆曰階木部曰梯木階也 从𨸏皆聲 古諧切十五部

阼 主階也 階之在東者古者天子踐阼臨祭祀故國運曰阼 从𨸏乍聲 昨誤切五部

陛 升高陛也 升登古今字古叚升爲登也自卑而可以登高者謂之陛賈誼曰陛九級上廉遠地則堂高陛無級廉近地則堂卑獨斷曰羣臣與至尊言不敢指斥故呼在陛下者而告之 从𨸏坒聲 旁禮切十五部

陔 階次也 近階之處也小雅有南陔序曰南陔孝子相戒以養也束皙詩曰循彼南陔言采其蘭是用階次之說矣而禮經賓出奏陔夏注曰以爲行節序以戒釋陔皆取引申叚借之義 从𨸏亥聲 古哀切一部

際 壁會也 兩牆相合之縫也引申之凡兩合皆曰際際取壁之兩合猶閒取門之兩合也詩菀柳鄭箋瘵接也此謂叚瘵爲際 从𨸏祭聲 子例切十五部

隙 壁際也 今本際下有孔字依文選沈約詠月詩注正左傳曰牆之隙壞誰之咎也際自分而合言之隙自合而分言之引申之凡坼裂皆曰隙又引申之凡閒空皆曰隙叚借以郤爲之 从𨸏𡭴 會意也𡭴者際見之白 𡭴亦聲 綺戟切古音在五部

陪 重土也 左傳曰分之土田陪敦注曰陪增也敦厚也諸侯之臣於天子曰陪臣取重土之義之引申也 一曰滿也 从𨸏咅聲 薄回切古音在

一部四部之閒一曰陪臣陪備也小徐本有此七字⿰阝彖道邊庳垣

也未聞从𠂤彖聲徒玩切十四部按篇韵皆丈轉切陾築牆聲也从

𠂤耎聲如乘切六部詩曰捄之陾陾大雅緜文毛傳曰捄虆也陾陾眾也度居也言

百姓之勸勉也登登用力也箋云捄捊也度猶投也築牆者捊聚壤土盛之以虆而投諸版中按箋與傳不異箋之投即傳之

居詩之捄謂捊土度謂投版中然後乃築之登登然則毛傳謂陾陾陾眾也爲長許謂築牆聲似非是又其篆从耎聲則與如乘

切相去甚遠依玉篇手部作捄之陑陑則之韵而聲可轉入蒸韵如耳孫之即仍孫也葢其字从𠂤故許必云築牆以傳合之

而聲則或譌爲耎聲陴城上女牆俾倪也土部曰堞城上女垣也凡小者謂之女

牆即女垣也俾倪疊韵字或作睥睨或作埤堄皆俗字城上爲小牆作孔穴可以窺外謂之俾倪左傳宣十二年守陴者皆哭

杜注陴城上俾倪釋名云城上垣曰俾倪言其孔中俾倪非常亦曰陴陴裨也言裨助城之高也亦曰女牆从𠂤

卑聲符支切十六部⿰𩫏阝籀文陴从𩫏隍城池也池之在城外者

也有水曰池無水曰隍矣矣字依水經注補周易泰上六城復于隍虞注曰隍城下

溝無水稱隍有水稱池从𠂤皇聲乎光切十部易曰城復于隍阹

依山谷爲牛馬圈也司馬相如上林賦揚雄傳左思吳都賦皆有此字郭樸李奇劉淵林

注皆略同許从𨸏去聲去魚切五部陒危也許義坙訓遠邊陘訓危以坙从土陘从𨸏

之故今義訓垂爲縣則訓陲爲邊邊陲行而邊垂廢矣从𨸏坙聲是爲切古音在十七部隖

小障也障隔也埤蒼云小障曰隖通俗文營居爲隖一曰庳城也庳猶卑也从

𨸏烏聲安古切五部院堅也从𨸏完聲王眷切十四部按宀部爲寏之或體

陯山𨸏陷也今則論行而陯廢矣从𨸏侖聲盧昆切十三部廣韵力迍切

陙水𨸏也水集韵作小从𨸏辰聲食倫切十三部⿰𨸏戔水𨸏也

从𨸏戔聲慈衍切十四部

文九十二　重九

𨺅兩𨸏之閒也从二𨸏似醉切按此字不得其音大徐依㒸讀也廣韵玉篇扶救

切又依𨸏音讀也凡𨺅之屬皆从𨺅⿰𨺅夬𨸏突也突者穿也謂兩𨸏閒

空闕處也从𨺅夬聲於決切十五部𨽍陋也𨸏部曰陋者阸陜也阸者塞也陜者隘也然則

四字相爲轉注从𨺅𦏧聲烏懈切十六部按此舉形聲包會意如人之咽喉也𦏧籀文嗌

字此見口部嗌下各本譌作隘今正隘篆文𨽍从𨸏益篆各本作籀今正𨽍籀文

也隘小篆也先籀而後篆者爲其字之从兩𨸏也𨽿塞上亭守𤋮火者也注見火部𤋮下彼云𤋮燧候表也總釋此二篆此云塞上亭守𤋮火者謂邊塞之上守望𤋮火之亭故其字从𨺅在阸隘之閒也从𨺅从火遂聲徐醉切十五部隧篆文𨽿省此爲小篆則知上爲籀文矣

文四　重二

厽絫坺土爲牆壁絫者今之累字土部曰一臿土謂之坺臿者今之鍫以鍫取田閒土塊令方整不散今里俗云坺頭是也亦謂之版光累之爲牆壁野外軍壁多如是民家亦如是矣軍壁則謂之壘象形像坺土積疊之形其音力詭切在古十六部大徐力軌切非也凡古厽聲之字在十六部畾聲之字在十五部此必當辨者也玉篇云厽尚書以爲參字按此謂西伯龕黎乃罪多參在上或作厽也凡厽之屬皆从厽

絫增也增者益也凡增益謂之積絫絫之隸變作累累行而絫廢古書時見絫字乃不識爲今之累字良僞切亦如是从厽糸會意系細絲也積細絲成繒積坺土成牆其理一也不入系部入厽部重厽也玉篇乃以入系部矣厽亦聲力軌切按當云力詭切在十六部一曰二字今增玉篇作又絫十黍之重也十黍爲絫而五權從此起十絫爲一銖二十四銖爲兩十六兩爲斤三十斤爲鈞四鈞爲石石許作䄷

垒 絫墼也墼者令適未燒者也已燒者爲令適今俗謂之塼古作專未燒者謂之墼今俗謂之土墼坺土則又未成墼者積坺土爲牆曰厽積墼爲牆曰垒此音同義異之字也土部曰軍壁曰壘此又音義皆異之字也玉篇之注甚誤故辨之禮喪服翦屏柱楣注曰於中門之外垒墼爲之今本垒皆譌壘急就篇墼壘壘亦當作垒葢俗字厽畾之不分者多矣

从厽土會意不入土部者重厽也 厽亦聲各本無此三字今依上篆補力軌切古在十六部委反

文三

四 侌數也自一篇列一部三部十三篇列二部二篇列八部三篇列十部數未備也故於此類列之 象四分之形謂囗像四方八像分也息利切十五部 凡四之屬皆从四

𠔀 古文四如此小篆略改之 亖 籀文四此筭法之二二如四也二字兩畫均長則三字亦四畫均長今人作篆多誤覲禮四享鄭注曰四當爲三書作三四字或皆積畫字相似由此誤聘禮注云朝貢禮純四只鄭志荅趙商問四當爲三周禮內宰職注天子巡守禮制幣丈八尺純四扨鄭志荅趙商問亦云四當爲三左傳是四國者專足畏也劉炫謂四當爲三皆由古字積畫之故按說文之例先籒文次古文此恐轉寫誤倒

文一　重二

宁 辨積物也 辨今俗字作辦音蒲莧切古無二字二音也周禮以辨民器辨具也分别而具之故其字从刀積者聚也宁與貯蓋古今字周禮注作緒史記作積著釋宮門屏之閒曰宁郭云人君視朝所宁立處毛詩傳云宁立久立也然則凡云宁立者正積物之義之引申俗字作佇作竚皆非是以其可宁立也故謂之宁齊風作著 象形 其旁有𥚄其下有阯其上有顛辦積之形也直呂切五部 凡宁之屬皆从宁

䍺 帾也所以盛米也 今本盛上有載依廣韵刪巾部曰帾載米䍺也二篆爲轉注今俗以艸爲之俗語如遁卽帾字也以竹爲之俗語如巨卽䍺字也皆所以盛米 从宁由 由缶也 十二篇曰東楚名缶曰由此必著爲缶者嫌其與艸部从𠀠田之畄相似也帾之宁物猶由之宁物也故从宁由會意不入由部者重宁也 宁亦聲 陟呂切五部

文二

叕 綴聯也 以綴釋叕猶以桒釋桑也聯者連也 象形 陟劣切十五部 凡叕之屬皆从叕

綴 合箸也 玄應書作合令箸也箸直略切古多段綴爲贅 从叕糸 聯之以絲也會意 叕亦聲 陟衛切十五部

文二

亞 醜也 此亞之本義亞與惡音義皆同故詛楚文亞駝禮記作惡池史記盧綰孫他之封惡谷漢書作亞谷宋時玉印曰周惡夫印劉原甫以爲卽條侯亞父 象人局背之形 像醜惡之狀也衣駕切古音在五部 賈侍中說㠯爲次弟也 別一義易上繫言天下之至賾而不可惡也荀爽惡作亞云次也尚書大傳王升舟入水鼓鐘惡觀臺惡將舟惡鄭注惡讀爲亞亞次也皆與賈說合 凡亞之屬皆从亞

䢝 闕 謂形音義之說皆闕也大徐衣駕切按两字讀如晋則其音傳矣

文二

五 五行也 古之聖人知有水火木金土五者而後造此字也 从二 像天地 侌昜在天地閒交午也 此謂乂也卽釋古文之意水火木金土相剋相生陰陽交午也疑古切五部 凡五之屬皆从五

乂 古文五如此 小篆益之以二耳古文像陰陽午貫之形毛詩七月鳴鵙王肅云當爲五月正爲古文五與七相近似

文二 重一

六 易之數侌變於六正於八 此謂六爲陰之變八爲陰之正也與下文言七九一例八篆已見二篇故類言之六爲陰之變九爲陽之變聖人以九六繫爻而不以七八金氏榜曰乾鑿度謂七八爲

彖九六爲變故彖占七八爻占九六一爻變者以變爻占是爻占九六也六爻皆不變及變兩爻以上者占之彖辭是彖占七八也公子重耳筮得貞屯悔豫皆八董因筮得泰之八穆姜筮得艮之八凡陰不變者爲八也从入八會意力竹切三部凡六之屬皆从六

文一

七昜之正也易用九不用七亦用變不用正也然則凡筮陽不變者當爲七但左傳國語未之見从一微侌從中衺出也謂ㄗ親吉切十二部凡七之屬皆从七

七

文一

九昜之變也列子春秋緐露白虎通廣雅皆云九究也象其屈曲究盡之形許書多作詰詘此云屈曲恐後人改之舉有切三部凡九之屬皆从九

馗九達道也釋宮曰九達謂之馗韓詩施于中馗佀龜背故謂之馗馗龜背中高而四下馗之四面無不可通似之龜古音如姬如鳩馗古音如求以疊韵爲訓也大徐本此下有馗高也三字非是从九首會意首猶向也故道字亦从首九亦聲古音在三部今渠追切

逵馗或从辵坴

今毛詩作此字逵高也故从坴故字今增徐楚金云坴高土也會意玉裁按坴亦聲

文二　重一

厹獸足蹂地也足著地謂之厹以蹂釋厹以小篆釋古文也先古文後小篆者上部先二之例也象形謂厶九聲人九切三部尒疋曰小徐作爾雅曰是也此蓋後人所改耳狐貍貛貉醜其足蹞其迹厹釋獸文狐貍貛今作貍狐貒郭注厹指頭處也蓋渾言之凡迹皆曰厹分析言之則各有名如爾雅所說凡厹之屬皆从厹

蹂篆文厹爾雅音義云古文爲蹂由不知說文之例而改之从足柔聲

禽走獸總名釋鳥曰二足而羽謂之禽四足而毛謂之獸許不同者其字从厹厹爲獸迹鳥迹不云厹也然則倉頡造字之本意謂四足而走者明矣以名毛屬者名羽屬此乃偁謂之轉移叚借及其久也遂爲羽屬之定名矣爾雅自其轉移者言之許指造字之本言之凡經典禽字有謂毛屬者有謂羽屬者有兼舉者故白虎通曰禽者何鳥獸之緫名从厹象形厹以像其足迹凶以像其首今聲巨今切七部禽离兕頭相佀此猶魚尾同燕尾能足同鹿足之意也

离山神也也字今補獸形形各本作也今正左傳螭魅罔兩杜注螭山神獸形周禮地示物魅正義引服虔左傳注螭山神獸形上林賦蛟龍赤螭如淳注曰螭山神也獸形按山神之字本不从虫从虫者

乃許所謂若龍而黄者也今左傳作螭魅乃俗寫之譌東京賦作魑亦是俗字徐鉉於鬼部增魑字誤矣薛綜二京解云魑魅
山澤之神也與許服說同本是山神而形如獸故其字从厹若今本作神獸則大誤矣 从禽頭 謂凶也
从厹 獸形則頭足皆獸矣 从屮 从屮若巂字之首像其冠耳巂謂凿从山从山者謂其爲山神也音丑知
切古音在十七部大徐呂支切 歐陽喬說离猛獸也 此別一義西都賦抲熊螭李注引歐
陽尚書說曰螭猛獸也漢書儒林傳歐陽事伏生世世相傳至曾孫高字子陽傳孫地餘地餘子政由是尚書世有歐陽氏學
藝文志歐陽章句三十一卷許云歐陽喬者蓋卽高古喬高通用許作离李善作螭者俗亂之也此蓋說今文毋誓史記作如
豺如離可證离離古通用周禮正義引服氏左傳注螭山神獸形或曰如虎而噉虎二說並列正同許氏若俗本說文前說改
爲山神獸也則與後說不別矣 萬 蟲也 謂蟲名也叚借爲十千數名而十千無正字遂久叚不歸學者昧其
本義矣唐人十千作万故廣韵万與萬別 从厹 蓋其蟲四足像獸 象形 與虫部蠆同象形蓋萬亦蠆之
類也無販切十四部 禹 蟲也 夏王以爲名學者昧其本義 从厹 蓋亦四足 象形 王矩切五
部 禹 古文禹 見漢書 [illegible] 周成王時州靡國獻[illegible]
人身反踵 足跟也作踵者誤 自笑笑卽上脣弇其目食
人 已上見周書王會篇郭樸云亦見尚書大傳 北方謂之土螻 博異名西山經說土螻狀

如羊而四角不同此爾雅曰𪊨𪊨如人被髮讀若費一名梟陽許作梟陽宋本及爾雅音義可證也他書多作梟羊者从禸象形囟像其首自像其手執人符未切十五部爾雅釋文引許扶味反禼蟲也殷玄王以爲名見漢書俗改用偰契字从禸象形讀與偰同私列切十五部𢍒古文禼

文七　重二

嘼獸牲也爾雅釋文引字林嘼𤛎也說文嘼牲也今本說文作𤛎也乃後人以字林改說文耳嘼牲二字連文禮記左傳皆云名子者不以畜牲是也牛部𤛎字下亦曰嘼牲也圈下曰養嘼之閑𡑍下曰讀若嘼牲之嘼今俗語多云畜牲嘼今多用畜畜者俗書段借而然爾雅釋嘼釋嘼必異其名者陸德明曰嘼是嘼養之名獸是毛蟲總號故釋嘼惟論馬牛羊雞犬釋獸通說百獸之名按尚書武成歸嘼今作歸獸二字不分久矣凡畜養古作嘼養象耳頭足禸地之形象耳謂吅象頭謂田象足禸地謂𠮛也許救切三部凡六畜當用此音今專讀丑六切非也古文嘼下从禸謂古文作𢍒也言此者謂古文本从禸象足蹂地小篆雖易其形特取整齊易書耳故以古文之形釋小篆凡嘼之屬皆从嘼

獸守備者也以疊韵爲訓能守能備如虎豹在山是也一曰兩足曰禽四足曰獸十字見爾雅音義與

釋鳥云二足而羽謂之禽四足而毛謂之獸合許於禹字下曰長尾禽總名也與此同與禽字下異 从嘼从犬少儀有守犬守禦宅舍者也犬故从之會意舒救切三部

文二

甲東方之孟昜气萌動 史記曆書曰甲者言萬物剖符甲而出也漢書律曆志曰出甲於甲月令注曰日之行春東從青道發生月爲之佐時萬物皆解孚甲月令曰孟春之月天氣下降地氣上騰天地和同艸木萌動今本小篆作甲古文作甲今正說詳戈部戎字下 从木戴孚甲之象 孚者夘孚也孚甲猶今言鄰也凡艸木初生或戴種於顛或先見其葉故其字像之下像木之有莖上像孚甲下覆也古狎切八部衞風毛傳曰甲狎也言甲爲狎之叚借字也又大雅會朝清明毛傳曰會甲也會讀如檜物之葢也會朝猶言第一朝此於雙聲取義貨殖傳葢一州漢書作甲一州 大一經曰 攷藝文志陰陽家有大壹兵法一篇五行家有泰一陰陽二十三卷泰一二十九卷然則許偁大一經者葢此類 人頭空爲甲 空各本作宜今依集韵作空爲善空腔古今字許言頭空履空頷空腔空皆今之腔也人頭空謂髑髏也 凡甲之屬皆从甲

甲古文甲始於一見於十歲成於木之象 宋本作始於十見於千或疑當作始於下見於上

文一　重一

乙 象春艸木冤曲而出侌气尚彊其出乙乙也 冤之言鬱曲之言詘也乙乙難出之皃史記曰乙者言萬物生軋軋也漢書曰奮軋於乙文賦曰思軋軋其若抽軋皆乙乙之叚借軋从乙聲故同音相叚月令鄭注云乙之言軋也時萬物皆抽軋而出物之出土艱屯如車之輾地澀滯 與丨同意 謂與自下通上之丨同意也乙自下出上礙於陰其書之也宜倒行於筆切十二部按李善乙音軋 乙承甲象人頸 以下皆冡大一經曰言之 凡乙之屬皆从乙

乾 上出也 此乾字之本義也自有文字以後乃用爲卦名而孔子釋之曰健也健之義生於上出上出爲乾下注則爲溼故乾與溼相對俗別其音古無是也 从乙乙物之達也 釋从乙之恉物達則上出矣 倝聲 倝者日始出光倝倝也然則形聲中有會意焉渠焉切又古寒切十四部 乾 籀文乾 倝蓋籀文倝故籀文朝籀文乾皆从之

亂 不治也从乙𤔔乙治之也 各本作治也从乙乙治之也从𤔔文理不可通今更正亂本訓不治不治則欲其治故其字从乙乙以治之謂詘者達之也轉注之法乃訓亂爲治如武王曰予有亂十人是也𤔔部𤔔不治也幺子相亂受治之也文法正同亦爲後人改竄不可讀郎段切十四部

尤 異也从乙又聲 羽求切古音在一部讀如怡

文四　重一

丙　位南方句萬物成炳然句侌气初起昜气將虧鄭注月令曰丙之言炳也萬物皆炳然箸見律書曰丙者言陽道箸明律曆志曰明炳於丙　从一入冂合三字會意陽入冂伏臧將虧之象也兵永切古音在十部　一者昜也釋篆體之一　丙承乙象人肩冡大一經　凡丙之屬皆从丙

文一

丁　夏時萬物皆丁實丁實小徐本作丁壯成實律書曰丁者言萬物之丁壯也律曆志曰大盛於丁鄭注月令曰時萬物皆強大　象形當經切十一部　丁承丙象人心冡大一經　凡丁之屬皆从丁

文一

戊　中宮也鄭注月令曰戊之言茂也萬物皆枝葉茂盛律曆志曰豐楙於戊　象六甲五龍相拘絞也六甲者漢書曰有六甲是也五龍者五行也水經注引遁甲開山圖曰五龍見教天皇被迹榮氏注云五龍治在五方爲五行神鬼谷子盛神法五龍陶注曰五龍五行之龍也許謂戊字之形像六甲五行相拘

絞也莫候切三部俗多誤讀戊承丁象人脅象大一經凡戊之屬皆从戊

成就也从戊丁聲氏征切十一部𢦩古文成从午

文二　重一

己中宮也戊己皆中宮故中央土其日戊己注曰己之言起也律曆志曰理紀於己釋名曰己皆有定形可紀識也引申之義爲人己言己以別於人者己在中人在外可紀識也論語克己復禮爲仁克己言自勝也象萬物辟藏詘形也辟藏者盤辟收斂字像其詰詘之形也此與巳止字絕不同宋以前分別自明以來書籍閒大亂如論語莫己知也斯己而已矣唐石經不譌宋儒乃不能了居擬切一部己承戊象人腹象大一經凡己之屬皆从己𢀒古文己己亥譌三豕者己與三形似也

巹謹身有所承也承者奉也受也按禮記借爲合巹字巹見豆部从己丞會意丞卽承也讀若詩云赤舄几几几几各本作己己非韵皆義釋文作几几今據以正之許讀同几今居隱切十五十三部之轉也

㠱長居也居各本作踞俗字也尸部曰居者蹲也長居謂箕其股而坐許云㠱居者卽他書之箕踞也玉篇云㠱卽跽字長跪也非許意許於足部跽下云長跪也與㠱別从

己其聲讀若杞暨己切一部按集韵𡘋𡘋古國名衞宏說與杞同葢衞宏以𡘋爲杞宋之杞此出唐人所謂衞宏官書多不可信即如此條乃因許語而附會之也

文三　重一

巳 蟲也謂蟲名或曰食象它象山海經曰巳蛇食象三歲而出其骨象形伯加切古音在五部按不言从己者取其形似而軵之非从己也凡巳之屬皆从巳

𢀳 𢀳擊也𢀳者反手擊也今之琵琶古當作𢀳𢀳从巳帚闕闕者闕其會意形聲之說也大徐博下切按此字當是从帚巳聲

文二

庚 位西方律書曰庚者言陰氣更萬物律曆志斂更於庚月令注曰庚之言更也萬物皆肅然更改秀實新成象秋時萬物庚庚有實也庚庚成實皃服虔漢書注曰庚庚橫皃也字象形古行切古音在十部讀如岡庚承己象人齎冡大一經按小徐駁李陽冰說从干𠬞象人兩手把干立不可從今各本篆皆從陽冰非也中口者象人齎凡庚之屬皆从庚

文一

辛 秋時萬物成而孰 律書曰辛者言萬物之新生故曰辛律曆志曰悉新於辛釋名曰辛新也物初新者皆收成也 金剛味辛 謂成孰之味也 辛痛卽泣出 故以爲艱辛字 从一辛 一者陽也陽入於辛謂之愆陽 息鄰切十二部 辛辠也 辛痛泣出辠人之象凡辠宰辜辥辭皆从辛者由此 辛承庚象人股 一象大經 凡辛之屬皆从辛

辠 犯灋也 从辛自 辛自卽酸鼻也 徂賄切十五部 言辠人戚鼻苦辛之𢝊 戚今之慼字此釋从辛自之恉 秦㠯辠似皇字改爲罪 此志改字之始也古有叚借而無改字罪本訓捕魚竹网从网非聲始皇易形聲爲會意而漢後經典多從之非古也

辜 辠也 周禮殺王之親者辜之鄭注辜之言枯也謂磔之按辜本非常重罪引申之凡有罪皆曰辜 从辛古聲 古乎切五部

㱙 古文辜从死 从古文死也

辥 辠也 此字古書內罕見 从辛㞋聲 㞋見𠂤部 私列切十五部

辤 不受也 聘禮辭曰非禮也敢注曰辭不受也按經傳凡辤讓皆作辭說字固屬叚借而學者乃罕知有辤讓本字或又用辤爲辭說而愈惑矣禮經一書多言辭曰謂其文辭如是也聘禮之辭曰非禮也敢則於辭爲逗謂辤則其辭如是也故鄭特注之以別於他處之言辭曰者哀六年左傳五辭而後許釋文曰辭本又作辤 从受辛 會意 受辛宜辤之也 釋會意之

恉世說新語蔡邕題曹娥碑黃絹幼婦外孫齏臼解之曰齏臼所以受辛辤字也按此正當作辭可證漢人辤辭不別耳似茲切一部

辝 籒文辤 和悅以卻之故从台

辭 說也 今本說譌訟廣韻七之所引不誤今本此說譌爲訟謟字下訟譌爲說其誤正同言部曰說者釋也 从𤔔辛 會意似茲切一部 𤔔辛猶理辜也 釋會意之恉依小徐本訂正

𤔲 籒文辭从司 易繫辭本亦作𤔲

文六　重三

辡 辠人相與訟也从二辛 會意方免切十二部 凡辡之屬皆从辡

辯 治也 治者理也俗多與辨不別辨者判也 从言在辡之閒 謂治獄也會意符蹇切十二部

文二

壬 位北方也侌極昜生 月令鄭注壬之言任也時萬物懷任於下律書曰壬之爲言任也言陽气任養萬物於下也律曆志曰懷任於壬釋名曰壬妊也陰陽交物懷妊至子而萌也 故易曰龍戰于野 坤上六爻辭 戰者接也 釋易之戰字引易者證陰極陽生也乾鑿度曰陽始

於亥乾位在亥文言曰爲其兼於陽故稱龍許君以亥壬合德亥壬包孕陽气至子則滋生矣象人褱妊之形如林切七部承亥壬㠯子生之敘也故舉坤上六爻辭坤上六在亥壬與巫同意巫像人兩袖舞壬像人腹大也壬承辛象人脛脛任體也冡大一經凡壬之屬皆从壬

文一

癸冬時水土平可揆度也揆癸疊韵律書曰癸之爲言揆也言萬物可揆度律曆志曰陳揆於癸象水從四方流入地中之形居誄切十五部癸承壬象人足冡大一經凡癸之屬皆从癸𥎨籀文从癶从矢癸像人足故从癶矢聲癸本古文小篆因之不改故先篆後籀而艸部葵作葵手部作揆知古形聲兼取二形也

文一　重一

子十一月昜气動萬物滋律書子者滋也言萬物滋於下也律曆志曰孳萌於子人㠯爲偁人各本譌入今正此與以朋爲朋攩以韋爲皮韋以烏爲烏呼以來爲行來以西爲東西

一例凡言以爲者皆許君發明六書叚借之法子本陽气動萬物滋之偁萬物莫靈於人故因叚借以爲人之偁象形象物滋生之形亦象人首與手足之形也即里切一部凡子之屬皆从子

子古文子从巛象髮也象髮與囟同意

子籒文子囟有髮巛也臂巛也脛人也在几上也木部曰𣏟者安身之几坐也

孕裹子也从子乃聲乃聲二字各本作从几誤今正艸部芀字人部仍字皆乃聲管子孕作𩙪从繩省聲可證也以證切六部

㝃生子免身也从子免按許書無免字據此條則必當有免字偶然逸之正如由字耳免聲當在古音十四部或音問則在十三部與免聲之在五部者迥不同矣但立乎今日以言六書免由皆不能得其象形會意不得謂古無免由字也㝃則會意兼形聲亡辯切十四部

字乳也人及鳥生子曰乳獸曰犍引申之爲撫字亦引申之爲文字敘云字者言孳乳而浸多也从子在宀下會意子亦聲疾置切一部

㝅乳也上文之乳謂生子也此乳者謂既生而乳哺之也左傳曰楚人謂乳穀其音乃苟切今本左傳作穀漢書作縠或作𣪊或作穀皆非也音亦如構从子𣪊聲大徐古候切非也當乃苟奴豆切三部一曰穀瞀也各本刪穀字今補此三字一句穀瞀疊韵荀子儒效篇作溝瞀漢書五行志作傋霿楚辭九辨作怐愗廣韵五十候作怐愗又作嗀瞀又作𥈹瞀其字皆上音寇下音茂其義皆謂愚蒙也山海經注穀

謷穀亦穀之譌此別一義也故言一曰孿一乳兩子也此謂人也孿之言連也从子䜌聲呂患切十四部孺乳子也以疊韵爲訓凡幼者曰孺子此其義也爾雅曰孺屬也亦以同音爲訓屬者聯也一曰輸孺也輸孺尚小也此二孺字各本無廣韵有之文義乃完於此見刪字者之無理亦周燕也黃倉庚也之類也輸孺疊韵字孺讀如儒方言十二曰儒輸愚也郭注儒輸猶愞𠎝也輸孺即儒輸也荀子修身篇偷儒憚事偷儒即輸孺从子需聲而遇切四部季少偁也叔季皆謂少者而季又少於叔从子稚省稚亦聲居悸切十五部孟長也从子皿聲莫更切古音在十部讀如芒爾雅孟勉也此借孟爲猛𠔀古文孟如此孽庶子也玉藻公子曰臣孽鄭注孽當作枿聲之誤也玉裁按此記文本作枿注曰枿當作孽後人因注改經又因經改注師古匡謬正俗未之知也凡木萌旁出皆曰櫱人之支子曰孽其義略同故古或通用固不必指爲聲誤何注公羊曰庶孽衆賤子猶樹之有櫱生得其義矣从子辥聲魚列切十五部孳孳孳彶彶生也孳孳二字各本無今依玄應書補攴部孜下曰孜孜彶彶也此云孳孳彶彶生也孜孳二字古多通用堯典鳥獸孳尾某氏傳曰乳化曰孳然則蕃生之義當用孳故从茲無怠之義當用孜故从攴从子茲聲按此篆从艸木多益之茲猶水部之滋也形聲中有會意五經文字云从𢆶非也𢆶本在先韵

耳子之切亦音字一部凡許書茲滋鷀孳慈鎡各本篆體皆謬今皆更正
孳籀文孳从絲謂絲聲也茲从艸絲省聲故小篆茲聲籀文絲聲一也
孤無父也孟子曰幼而無父曰孤引申之凡單獨皆曰孤孤則不相酬應故背恩者曰孤負孤則人輕賤之故鄭注儀禮曰不以己尊孤人也从子瓜聲古乎切五部
存恤問也恤憂也收也也爾雅曰在存也在存省士察也今人於在存字皆不得其本義从子在省大徐本作才聲今小徐本作在聲依韵會所引正楚金注曰在亦存也會意徂尊切十三部
𡥈放也放各本譌作效今依宋刻及集韵正放仿古通用許曰放逐也仿相似也孚訓放者謂隨之依之也今人則專用仿矣教字學字皆以孚會意教者與人以可放也學者放而像之也放分兩切从子爻聲古肴切二部按玉篇曰公孝切也說文又音交然則古肴切者出於說文音隱
疑惑也惑亂也从子止匕矢聲此六字有誤匕矢皆在十五部非聲疑止皆在一部止可爲疑聲匕部有𠤕未定也當作从子𠤕省止聲以子𠤕會意也語其切一部

文十五　重四

了𠃝也𠃝行脛相交也牛行腳相交爲𠃝凡物二股或一股結糾紾縛不直伸者曰了戾方言軫戾也郭注相了戾也淮南原道訓注楊倞荀卿注王砅素問注段成式酉陽雜俎及諸書皆有了戾字而或妄改之方言曰佻縣也郭注

了㑛縣物皃丁小反按他書引皆作了乚亦卽許之了尥也叚借爲憭悟字 从子無臂象形 象其足了戾之形盧鳥切二部 凡了之屬皆从了

孑 無又臂也 引申之凡特立爲孑詩曰孑孑干旄又曰靡有孑遺方言曰戟而無刃秦晉之閒謂之釨釨卽孑字左傳正作孑 从了乚 象形 居桀切十五部

孓 無ナ臂也 大荒西經有人名曰吳回奇左是無右臂郭注卽奇肱也又大荒之山有人焉是顓頊之子三面一臂郭注無左臂也廣雅孑孓蜎也郭樸云井中小蛣蟩赤蟲也 从了亅 象形 居月切十五部

文三 宋夢英書說文偏旁五百四十字有子部而無了部誤也郭忠恕與夢英書曰說文字源惟有五百四十部子字後校在子部按子字乃了字之譌當云子在了部

孨 謹也 大戴禮曰博學而孱守之正謂謹也引申之義爲弱小史記吾王孱王也韋昭曰仁謹皃與許合孟康曰冀州人謂愞弱爲孱此引申之義其字則多叚孱爲孨 从三子 會意服虔音鉏閑反孟康音如潺湲之潺見十四部 凡孨之屬皆从孨 讀若翦 旨沇切十四部

孱 迮也 按此迮當爲笮今之窄字也 从孨在尸下 士連切十四部廣韵又士山切 一曰呻吟也 呻吟見口部

孴 盛皃 文選靈光殿賦曰芝栭欑羅以戢孴李注戢孴眾皃 从孨从

曰讀若薿薿一曰若存 今魚紀切李善乃立切 孴 籒文孴从二子句絕一曰習即奇字朁 俗本曰多譌曰

文三　重一

𠫓 不順忽出也 謂凡物之反其常凡事之屰其理突出至前者皆是也不專謂人子 从到子 到今倒字倒子會意也他骨切十五部 易曰突如其來如不孝子突出不容於內也 此引易而釋之以明从倒子會意之恉也離九四曰突如其來如焚如死如棄如鄭注曰震爲長子爻失正突如震之失正不如其所如不孝之罪五刑莫大故有焚如死如棄如之刑如淳注王莽傳亦曰焚如死如棄如謂不孝子也皆與許合許蓋出於孟氏𠫓子之不順者謂之突如造文者因有𠫓字施諸凡不順者 𠫓即易突字也 倉頡之𠫓即易之突字非謂倉頡時已見爻辭正謂周易之突即倉頡之𠫓也此爻辭之用叚借也突之本義謂犬從穴中暫出𠫓之本義謂不順故曰用叚借按小徐本有此六字大徐本刪之由其不知許意也若近惠氏定宇校李鼎祚周易集解改作㐬如其來如則爲紕繆矣 凡𠫓之屬皆从𠫓

㐬 或从到古文子 𢀈古文子也故㐬爲倒古文子大徐於此下安即易突字四字惠氏之誤本此

育 養子使作善也 孟子曰中也養不中才也養不才 从𠫓 不从子而从倒

孑者正謂不善者可使作善也肉聲余六切三部虞書曰虞書當作唐書說在禾部教育子堯典文今尚書作胄子攷鄭注王制作胄注周官大司樂作育王肅注尚書作胄葢今文作育古文作胄也釋言曰育稚也故史記作教稚子邠風毛傳亦曰鬻子稚子也稚者當養以正二義實相因

毓 育或从每周禮周易蒙卦皆作此字每艸盛也養之則盛矣

疏 通也疋部曰𤴓通也疏與𤴓音義皆同皆从疋者疋所以通也鄭注月令明堂位辥解西京賦張注靈光殿賦皆訓疏爲刻鏤古𤴓疏䟽三字通用矣疏之引申爲疏闊分疏疏記从㐬从疋疋亦聲所葅切五部

文三　重二

丑 紐也律曆志曰紐牙於丑釋名曰丑紐也寒氣自屈紐也淮南天文訓廣雅釋言皆曰丑紐也糸部曰紐系也一曰結而可解十二月陰氣之固結已漸解故曰紐也十二月萬物動用事後漢書陳寵傳曰十二月陽氣上通雉雊雞乳地以爲正殷以爲春象手之形人於是舉手有爲又者手也从又而聯綴其三指象欲爲而溧冽氣寒未得爲也敕九切三部日加丑亦舉手時也上言月此言日每日太陽加丑亦是人舉手思奮之時各本譌作時加丑今改正凡丑之屬皆从

䏛 食肉也食肉必用手故从丑肉从丑肉會意不入肉部者重丑也丑亦

聲女久切三部 羞 進獻也宗廟犬名羹獻犬肥者獻之犬羊一也故从羊引申之凡進皆曰羞

今文尚書攵二曰羞用五事羞進也 从羊丑會意不入羊部者重丑也 羊所進也說从羊之

意从丑者謂手持以進也 丑亦聲息流切三部

文三

寅 髕也髕字之誤也當作濥史記淮南王書作螾律書曰寅言萬物始生螾然也天文訓曰斗指寅則萬物螾高注螾動生皃律曆志曰引達於寅釋名曰寅演也演生物也廣雅曰寅演也晉書樂志曰正月之辰謂之寅寅津也謂物之津塗按漢志廣雅演字皆濥之誤水部曰濥水脈行地中濥濥也演長流也俗人不知二字之別濥多誤爲演以濥釋寅者正月陽氣欲上出如水泉欲上行也螾之爲物詰詘於黃泉而能上出故其字从寅律書天文訓以螾釋寅 正月

昜气動句 去黃泉欲上出侌尚強也杜注左傳曰地中之泉故曰黃泉陰上強陽不能徑遂如宀之屋於上故从宀 象宀不達髕寅於下也髕寅字之誤也當作濥濥或曰當作螾螾宀象陰尚強臾象陽氣去黃泉欲上出弋真切十二部 凡寅之屬皆

从寅 [illegible] 古文寅下从土上象其形

文一 重一

卯 冒也二月萬物冒地而出 律書曰卯之爲言茂也言萬物茂也律曆志曰冒茆於卯天文訓曰卯則茂茂然釋名曰卯冒也載冒土而出也葢陽氣至是始出地 象開門之形 字象開門也莫飽切古音在三部 故二月爲天門 卯爲春門萬物已出 凡卯之屬皆从卯 卯 古文卯 按十干十二支之字皆古文也非後人所能造者而丣爲春門丣爲秋門尤㬎明然則卯酉皆古文而異者也

文一 重一

辰 震也三月昜气動靁電振民農時也物皆生 震振古通用振奮也律書曰辰者言萬物之蜄也律曆志曰振美於辰釋名曰辰伸也物皆伸舒而出也季春之月生氣方盛陽氣發泄句者畢出萌者盡達二月靁發聲始電至三月而大振動豳風曰四之日舉止故曰民農時 从乙匕 匕呼跨切變也此合二字會意乙象春艸木冤曲而出陰氣尚強其出乙乙至是月陽氣大盛乙乙難出者始變化矣 匕象芒達 匕字依韵會補芒達芒者盡達也 厂聲 鉉等疑厂非聲按厂呼旱切厂之古音不可攷文𠬝與元寒音轉亦冣近也今植鄰切古音在十三部 辰房星天時也 此將言从二先說其故也晶部曟字下曰房星爲民田時者从晶辰聲或省作晨此房星之字也而此云辰房星辱下云房星爲辰田候也則字亦

作辰爾雅房心尾爲大辰是也韋注周語曰農祥房星也房星晨正爲農事所瞻仰故曰天時引申之凡時皆曰辰釋訓云不辰不時也房星高高在上故从上 从二二古文上字凡辰之屬皆从辰

古文辰

耿也 心部曰耿辱也此之謂轉注儀禮注曰以白造緇曰辱 从寸在辰下 會意寸者法度也而蜀切三部 失耕時 故从辰 於封畺上戮之也 故从寸 辰者農之時也故房星爲辰 說从辰之意 田候也

文二 重一

巳也 律書曰巳者言萬物之巳盡也律曆志曰巳盛於巳淮南天文訓曰巳則生巳定也釋名曰巳畢布巳也辰巳之巳旣久用爲巳然巳止之巳故卽以巳然之巳釋之序卦傳蒙者蒙也比者比也剝者剝也毛詩傳曰虛虛也自古訓故有此例卽用本字不叚異字也小雅斯干箋云似讀爲巳午之巳巳續妣祖者謂巳成其宮廟也此可見漢人巳午與巳然無二音其義則異而同也廣雅釋言巳目也乃淺人所改近大興朱氏重刻汲古閣說文改爲己也殊誤 四月昜气巳出陰气巳臧 今藏字 萬物見 句 成彣彰 故曰巳也 故巳爲它象形 巳不可像也故以蛇象之蛇長而冤曲垂尾其字像蛇則象陽巳出陰巳藏矣此六

字一句讀巳者蛇象也不者古文𢀳也此近十二屬之說而與論衡物勢篇義各不同祥里切一部 凡巳之屬皆从巳

㠯 用也 用者可施行也凡㠯字皆此訓 从反巳 與巳篆形勢略相反也巳主乎止㠯主乎行故形相反二字古有通用者羊止切一部又按今字皆作以由隸變加人於右也 賈侍中說㠯意巳實也象形 㠯各本作巳今正㠯者我也意者志也㠯意巳實謂人意巳堅實見諸施行也凡人意不實則不見諸施行吾意巳堅實則或自行之或用人行之是以春秋傳曰能左右之曰以謂或ナ或又推吾指撝也賈與許無二義云象形者㠯篆上實下虛巳篆上虛下實由虛而實指事亦象形也一說象巳字之上而實其下

文二

午 啎也 啎者屰也 五月侌气啎屰昜冒地而出也 啎屰各本作午逆今正律書曰午者陰陽交故曰午律曆志曰咢布於午天文訓曰午仵也陰氣從下上與陽相仵逆也廣雅釋言午仵也按仵即啎字四月純陽五月一陰屰陽冒地而出故製字以象其形古者橫直交互謂之午義之引申也儀禮度而午注云一縱一橫曰午 象形 各本無此二字今補 此與矢同意 矢之首與午相似皆象貫之而出也疑古切五部 凡午之屬皆从午

啎 屰也 屰各本作逆今正逆迎也屰不

順也今則逆行而屰廢矣相迎者必相屰古亦通用逆爲屰攷儀禮之梧受爾雅釋名之梧丘太史公書之魁梧枝梧漢書之抵梧皆是啎之譌字啎屰也迎也遻也不識啎字乃多妄改管子七臣七主篇事無常而法令申不許則失國勢戰國策有樓啎呂覽明理篇亂世之民長短頡啎百疾高注啎迎也 从午吾聲 五故切五部 字皆左吾右午啎之或體也姚宏云字書無之過矣

文二

未 味也 口部曰味者滋味也 六月滋味也 韵會引作六月之辰也律書曰未者言萬物皆成有滋味也淮南天文訓曰未者昧也律曆志曰昧薆於未釋名曰未昧也日中則昃向幽昧也廣雅釋言曰未味也許說與史記同 五行木老於未 天文訓曰木生於亥壯於卯死於未此卽昧薆之說也 象木重枝葉也 老則枝葉重疊故其字象之無沸切十五部 凡未之屬皆从未

文一

申 神也 神不可通當是本作申如巳巳也之例謂此申酉之篆卽今引申之義也淺人不得其例妄改爲神攷諸古說無有合者律書曰申者言陰用事申則萬物故曰申律曆志曰申堅於申天文訓曰申者申之也皆以申釋申爲許

所本而今本淮南改申之作呻之其可改一而已或曰神當作身下云陰氣成體釋名晉書樂志玉篇廣韵皆云申身也許說身字从申省聲皆其證此說近是然恐尚非許意七月会气成體自申束韵會無體字陰气成謂三陰成爲否卦也古屈伸字作詘申亦叚信其作伸者俗字或以㕍入許書人部耳韓子外儲說曰申之束之今本申譌紳申者引長束者約結廣韵曰申伸也重也从臼自持也臼叉手也申與晨要同意當是从丨以象其申从臼以象其束亦有奪文丨卽余制切之厂字也失人切十二部吏㠯餔時聽事申旦政也餔者日加申時食也申旦政者子產所謂朝以聽政夕以修令公父文伯之母所謂卿大夫朝考其職夕序其業士朝而受業夕而習復也凡申之屬皆从申古文申虹陳篆下如此籀文申小篆改此作申禮晨字从此擊小鼓引樂聲也周禮小師鼓𣀦鄭司農云𣀦小鼓名周頌應田縣鼓箋云田當作𣀦𣀦小鼓在大鼓旁應鞞之屬也聲轉字誤變而作田从申柬聲羊晉切按依許則古音在十四部柬縛捽抴爲臾曳柬縛也縛柬也捽持頭髮也抴捈也捈臥引也臾字各本無今補柬縛而牽引之謂之臾曳凡史係獈死獄中皆當作此字臾曳者與之本義周禮與弓往體多來體寡往多殆卽牽引之意與凡云須臾者殆方語如是不關本義从申从乙乙象草木冤曲从申从乙者引之又冤曲之也羊朱切古音在四部臾曳

也臾曳已見上文故但云臾曳也此許之通例也臾曳雙聲猶牽引也引之則長故衣長曰曳地从申厂聲厂見十二篇余制切抴也象抴引之形此形聲包會意也余制切十五部

文四　重二

酉就也就高也律書曰酉者萬物之老也律曆志曰留孰於酉天文訓曰酉者飽也釋名曰酉秀也秀者物皆成也八月黍成可為酎酒此舉一物以言就黍以大暑而穜至八月而成猶禾之八月而孰也不言禾者為酒多用黍也酎者三重酒也必言酒者古酒可用酉為之故其義同曰就也凡从酒之字當别酒部解曰从酒省許合之疏矣象古文酉之形也古文酉謂丣也仿佛丣字之形而製酉篆此與弟从古文弟之形民从古文民之形華从古文華之形為一例周伯琦乃謂不可解矣與久切三部凡酉之屬皆从酉丣古文酉从丣从丣一以閉之丣為春門萬物已出丣為秋門萬物已入一閉門象也管子幼官篇春三卯同事秋三卯同事惠氏士奇云春當作三丣秋當作三丣取許書為說也虞翻别傳曰翻奏鄭玄解尚書違失云古大篆丣字讀當為桺古桺丣同字而以為昧甚違不知蓋闕之義玉裁按壁中古文尚書作昧谷鄭注尚書依之今文尚書作桺穀鄭注周禮縫人取之今文古文本有斷離合一者也鄭本不誤而仲翔謂其改丣為昧其他二事亦皆仲翔誤會說詳古

文尚書撰異凡畱桺聊劉字从丣

酒　就也所㠯就人性之善惡賓主百拜者酒也淫酗者亦酒也从水酉以水泉於酉月爲之酉亦聲子酉切三部一曰造也造古讀如就吉凶所造起也古者儀狄作酒醪禹嘗之而美遂疏儀狄見戰國策杜康作秫酒又見巾部曰少康作箕帚秫酒少康者杜康也按許書事物原始皆用世本此皆出世本

⿰酉冡　籀生衣也方言曰䴷麴也郭注云音蒙有衣麴从酉䴷所以爲酒也故字从酉冡聲包會意莫紅切九部

⿰酉甚　孰籀也从酉甚聲余箴切七部

釀　醖也作酒曰釀周禮酒人掌爲五齊三酒爲猶作也从酉襄聲女亮切十部

醖　釀也引申爲醖藉詩小宛箋禮記禮器注漢書匡張孔馬傳贊皆曰醖藉師古云謂如醖釀及薦藉道其寬博重厚也今人多作蘊藉失之遠矣毛詩叚借温字从酉𥁕聲於問切十三部

䣊　酒疾孰也廣韵云一宿酒謂一宿而孰也从酉弁聲芳萬切十四部

酴　酒母也米部籀酒母也此酴亦訓酒母則今之酵也玉篇曰麥酒不去滓飲也从酉余聲讀若廬同都切五部

釃　下酒也小雅曰釃酒有藇又曰有酒湑我傳曰以筐曰釃以藪曰湑湑莤之也引申爲分疏之義溝洫志云釃二渠以引河是也司馬相如傳借

灑 从酉麗聲所綺切十六部 一曰醇也不澆酒也按醇蓋誤字當作淳水部曰淳者淥也淥者浚也其義與下酒同耳而分爲二者言淳言淥則不專謂酒也淳見儀禮攷工記內則之純反

䣐 酒也玉篇曰以孔下酒也按謂涓涓而下也 从酉肙聲古玄切古音在十四部廣韵去聲

䤄 䣐也廣韵曰下酒也按謂滴瀝而下也在水部作瀝在酒部作䤄周禮量人作歷古文叚借 从酉䤄聲郎擊切十六部

醴 酒一宿孰也周禮酒正注曰醴猶體也成而汁滓相將如今恬酒矣按汁滓相將蓋如今江東人家之白酒滓卽糟也滓多故酌醴者用柶醴甘故曰如今恬酒恬卽甛也許云一宿孰則此酒易成與禮經以醴敬賓曰醴賓注多改爲禮賓 从酉豊聲盧啓切十五部

醪 汁滓酒也米部曰糟酒滓也許意此爲汁滓相將之酒醴爲一宿孰之酒與鄭異 从酉翏聲魯刀切古音在三部

醇 不澆酒也澆沃也凡酒沃之以水則薄不襍以水則曰醇故厚薄曰醇澆醇襍亦卽此字一色成體謂之醇純其叚借字 从酉𦎫聲常倫切十三部

醹 厚酒也大雅酒醴維醹傳曰醹厚也此以疊韵爲訓 从酉需聲而主切古音在四部 詩曰酒醴維醹

酎 三重醇酒也廣韵作三重釀酒當从之謂用酒爲水釀之是再重之酒也次又用再重之酒爲水釀之是三重之酒也杜預注左傳曰酒之新孰重者曰酎鄭注月令曰酎之言醇也謂重釀之酒也醇者

其義釀者其事實金壇于氏明季時以此法爲酒

从酉肘省聲 各本作从時省誤紂犽篆皆曰肘省聲今據正除柳切三部廣韵音胄李仁甫本同除犽切

朙堂月令曰孟秋天子飲酎 秋當作夏天子飲酎月令孟夏文也諸侯嘗酎見左傳

醠 濁酒也 醠周禮作盎古文叚借也鄭曰盎猶翁也成而翁翁葱白色如今酇白矣釋文云酇白今之白醝酒也宜作醝按鄭曰五齊泛醴尤濁縮酌者盎以下差清此非與許不合也但云差清則固濁也盎清於醴而濁於緹沈卽緹沈亦非全清也淮南說林訓清醠之美高注醠清酒亦與鄭意同

从酉盎聲 烏浪切十部

醲 厚酒也 鴻範文三曰農用八政鄭曰農讀爲醲然則凡厚皆得爲醲也

从酉農聲 女容切九部

䣵 重釀酒也从酉耳聲 此篆各本作䤄解云酒也从酉茸聲而容切廣韵玉篇皆有䣵無䤄解云重釀也玉篇列字正與說文次弟相合然則古本說文作䣵可知矣廣雅亦云䣵汝吏切今據以更正仍吏切一部○又按草部之茸亦耳聲也則䣵可而容切

酤 一宿酒也 商頌旣載清酤傳曰酤酒也小雅無酒酤我傳曰酤一宿酒也

一曰買酒也 論語鄉黨作沽

从酉古聲 古乎切五部亦上聲

[illegible] 酒也 玉篇曰酒厚

从酉𣉻省聲 陟離切十六部

[illegible] 泛齊行酒也 泛齊見周禮酒正鄭曰泛者成而滓泛泛然如今宜成醪矣行酒未聞疑是貨物行㪔之行謂行用之酒也行酒上疑當有一曰二字

从酉

監聲盧瞰切八部䤁酒味淫也淫者浸淫隨理也謂酒味淫液深長从酉竷省聲古禫切八部讀若春秋傳曰美而豔見左傳桓元年文十六年謂讀同豔

酷酒味厚也依廣韵訂引申爲已甚之義白虎通曰酷極也教令窮極也从酉告聲苦沃切三部

酓酒味苦也廣韵玉篇集韵小徐本皆同汲古閣所據宋本奪此篆此解而毛扆補之於部末夏本紀用爲壓字叚借也从酉今聲於剡切古音在七部

醰酒味長也廣韵玉篇皆云酒味不長也不是賸字集韵云酒味苦也由宋時說文以酓義系醰篆而奪酓之故耳汲古初刻時正如此或曰古酓醰同部疑無二字然小徐本分列畫然小徐作醰長味也按洞簫賦良醰醰而有味李注引字林醰甛同長味也同是賸字从酉覃聲徒紺切古音在七部按文選注大含切

〔酉朮〕酒色也謂酒之顏色也廣韵曰酒氣从酉朮聲普活切十五部

配酒色也本義如是後人借爲妃字而本義廢矣妃者匹也从酉己聲己非聲也當本是妃省聲故叚爲妃字又別其音妃平配去滂佩切十五部

〔酉弋〕酒色也从酉弋聲與職切一部

酌盛酒行觴也盛酒於觶中以飲人曰行觴投壺云命酌曰請行觴觶實曰觴詩曰我姑酌彼金罍取行觴之意曰泂酌彼行潦取盛酒之意从酉勺聲形聲包會意之若切二部

醮冠娶禮

祭也士冠禮若不醴則醮用酒三加凡三醮鄭曰酌而無酬酢曰醮士昏禮父醮子命之迎婦嫡婦則酌之以醴庶婦使人醮之酌之以酒鄭曰酒不酬酢曰醮依鄭說非謂祭也而許云冠娶禮祭事屬可疑詳經文不言祭也葢古本作冠娶妻禮也一曰祭也轉寫有奪與祭者別一義不蒙冠婚宋玉高唐賦醮諸神禮太一此後世醮祀之始見也从酉焦聲子肖切二部

⿰示焦 醮或从示按依此則有祭義審矣

⿰酉朁 㱃酒也㱃歠也歠㱃也㱃謂小㱃之从酉朁聲子朕切七部

酳 少少㱃也士昏禮注酳漱也酳之言演也安也漱所以潔口且演安其所食特牲少牢注意略同曲禮注以酒曰酳按禮禮記皆作酳許書作酌玉篇云酌酳同字是也攷士虞禮注少牢禮注皆云古文酳作酌特牲注云今文酳皆為酌三酌字必皆酌之字誤其一云今文者則古文之誤許於此字用古文禮故从酌禮記多用今文禮故記作酳酳从胤省聲从酉匀聲余刃切十二部

醻 獻醻主人進客也楚茨箋曰始主人酌賓為獻賓旣酌主人主人又自飲酌賓曰醻至旅而爵交錯以徧彤弓傳曰醻報也謂報客之酢也瓠葉傳曰醻道飲也謂主人必自飲如今俗之勸酒也从酉𠷎聲市流切三部

酬 醻或从州州聲

醋 客酌主人也瓠葉傳曰酢報也彤弓箋曰主人獻賓賓酢主人主人又飲而酌賓謂之醻从酉昔聲在各切五部按諸經多以酢為醋惟禮經尚仍其舊後人醋酢互易如種穜互易

釂 㱃酒俱盡也从

酉盃聲迷必切十二部 釂 飲酒盡也酒當作爵此形聲包會意字也曲禮注曰盡爵
曰釂按欠部𣤹酒盡也與此音義同而本部醮釂則各義水部曰潐盡也謂水也 从酉爵聲大徐嚼省
聲非也子肖切二部 酣 酒樂也張晏曰中酒曰酣引申為凡飽足之偁 从酉甘聲
胡甘切古音在七部 酖 樂酒也酒樂者因酒而樂樂酒者所樂在酒其義別也毛詩叚耽及湛以為
酖氓傳曰耽樂也鹿鳴傳曰湛樂之久也引申為凡樂之偁左傳曰宴安酖毒不可懷也從來謂即鴆字竊謂非也所樂非其
正卽毒也謂之酖毒 从酉冘聲丁含切古音在七部 醧 宴厶飲也厶各本作私今
正宴私各本作私宴今正小雅楚茨諸父兄弟備言燕私傳曰宴而盡其私恩也尚書大傳曰既侍其宗然後得燕私燕私者
何也祭已而與族人飲飲而不醉是不親醉而不出是不敬湛露傳曰夜飲燕私也宗子有事則族人皆侍不醉而出是不親
也醉而不出是渫宗也特牲饋食禮注曰尚書傳曰宗室有事族人皆侍終日大宗已侍於賓暮然後燕私燕私者何也祭已
而與族人飲也皆燕私之證今湛露傳亦譌為私燕矣宴私之飲謂之醧見韓詩魏都賦愔愔醧燕張載注云韓詩曰賓爾籩
豆飲酒之醧能者飲不能者已謂之醧東都賦登降飫宴之禮既畢李善引薛君韓詩章句曰飲酒之禮跣而上坐者謂之宴
今本跣上衍不字徐堅初學記引韓詩說冣詳曰夫飲之禮不脫屨而即序者謂之禮此句禮當作飫跣而上坐者謂之宴能飲者飲不
能飲者已謂之醧齊顏色均衆寡謂之沈閉門不出客謂之湎客字依詞釋文訂君子可以宴可以醧不可以沈不可以湎許云醧

宴私之飲也正謂跣而升堂能飲則飲不能則已本韓詩爲說也而毛詩常棣醧作飫釋言曰飫私也毛傳曰飫私也不脫屨升堂謂之飫毛之飫字於韓爲醧毛以不脫屨升堂釋飫韓分別飫醧之名數典獨詳以國語攷之周語虒傒曰夫禮之立成者爲飫昭明大節而已少曲與焉是以爲之日惕其欲教民戒也原公曰禘郊之事則有全烝王公立飫則有房烝親戚燕饗則有殽烝夫王公諸侯之有飫也將以講事成章建大德昭大物也故立成禮烝而已飫以顯物燕以合好歲飫不倦時宴不淫是則飫之禮大於宴醧故飫主於敬宴醧主於和飫必立成宴醧必坐飫在晝宴在夜飫必屨而升堂宴醧必跣飫以建大德昭大物公之至者不得云私宴醧主飲酒以親親故曰宴私且周語分別其禮曰王公立飫則有房烝親戚饗宴則有殽烝是則王公立飫同異姓皆在焉不專親戚宴醧則惟同姓而已故常棣湛露楚茨之燕私皆同姓也然則常棣當作醧不當作飫了然可見矣故許於醧曰宴私飲也用韓詩說也而非與毛說異也何以言之葢常棣醧爲正字飫爲音近叚借字以韵言之區聲與豆具孺同部而芺聲不同部毛韓各有所受往往毛多古字韓爲今字此一條韓爲正字毛爲叚借字如斯干如鳥斯革革訓翼韓作翱訓翅亦韓正字毛叚借也毛云飫私也者用爾雅釋言文葢作爾雅時常棣詩已作飫矣故爾雅云飫私也而毛仍之毛公知詩飫非國語飫也故足之曰脫屨升堂謂之飫即韓之脫屨升坐謂之宴也宴醧是一事言宴而醧在其中言脫屨升堂而能者飲不能者已在其中矣以詩爾雅之飫別國語之飫以脫屨升堂說爾雅之私毛義也下文又曰九族會曰和孺屬也王與親戚燕則尚毛是其爲燕醧而非國語之飫可知矣今毛傳作不脫屨升堂謂之飫者由不善讀毛者撫

取國語及韓詩說妄增不字自漢已然鄭君不能辯乃強爲之說曰聽朝爲公於堂爲私非古燕私之義也又云圖非常議大疑爲私非國語說也且兄弟既具箋云九族從上至高祖下至玄孫之親也屬者以昭穆相次序妻子好合箋云王與族人燕則宗婦內宗之屬亦從后於房中是鄭明知詩言燕私不得參之以立成之飫揔由此詩字作飫而義實醧讀者不據韓詩不攷燕飫之別莫得其解許君食部飫下云燕食也亦依毛義而失之角弓傳曰醧飽也醧即飫此飫之本義也

从酉區聲 依據切古音在四部讀如謳玉篇廣韵作醧於娛切

醵 會歠酒也 禮器注曰合錢飲酒曰醵

从酉豦聲 其虐切古音在五部其庶反

配 醵或从巨 巨聲也

酺 王悳布大歠酒也 禮器注引王居明堂禮曰仲秋乃命國醵蓋醵酺略同也漢文帝紀酺五日文穎曰音步漢律三人以上無故飲酒罰金四兩今詔橫賜得令會聚飲食五日也伏虔音蒲按周禮族師祭酺注酺者爲人物災害之神別一義

从酉甫聲 薄乎切五部

醅 醉飽也 後人用潑醅字謂酒未泲也與古義絕殊

从酉音聲讀若僰 匹回切古音在一部四部閒

醉 卒也卒其度量不至於亂也 以疊韵爲訓

从酉卒 此以會意包形聲卒亦聲也將遂切十五部

一曰酒潰也 此別一義潰當爲殨之誤若今酢蝛醉蝦之類

醺 醉也 謂酒氣薰蒸

从酉熏聲 聲字當刪許舉會意包形聲耳許云切十三部 詩

曰公尸來燕醺醺 大雅鳧鷖文今詩作來止熏熏上四章皆云來燕則作燕宜也醺醺恐淺人所改毛傳熏熏和悅也許以來燕熏熏釋此篆之从酉熏正與釋蘴釋麓釋刑釋庸之引易同例此亦引經釋會意之例也學者不悟久矣

醟 酗酒也 無逸曰酗于酒德 从酉熒省聲 爲命切十一部

酗 酒醟也 依尚書釋文訂書作酗某氏傳曰以酒爲凶曰酗周禮司救注亦云酗醟 从酉句聲 香遇切古音在四部

酲 病酒也 小雅憂心如酲傳曰病酒曰酲 一曰醉而覺也 節南山正義引說文無一曰二字葢有者爲是許無醒字醉中有所覺悟卽是醒也故酲足以兼之字林始有醒字二云酒解也見衆經音義葢義之岐出字之日增多類此 从酉呈聲 直貞切十一部

醫 治病工也 周禮有醫師食醫疾醫瘍醫獸醫 从殹从酉 四字各本無今補許書之例必先舉篆之从某从某或从某某聲而下又釋其从某之故往往云故从某者是也葢人所不憭者則釋之此从殹从酉於六書爲會意於其切古音在一部與醫翳字在十五部不同此以殹會意彼以殹形聲也 殹惡姿也 此說从殹之故殳部曰殹擊中聲也初不訓惡姿而疒部瘱劇聲也劇聲謂疲極之聲此从殹者瘱之省也如會下云會益也曾卽增壂下云壬朝廷也利下禾卽龢利下未卽味又辛卽辠尸卽屋皆叚借之法 醫之性然得酒而使 謂醫工之性多如是 故从酉 故字今補此說从酉之故以醫者多愛酒也 王育說 以上王說也

一曰殹病聲亦謂殹之省酒所目治病也故从酉殹前說殹酉各義後說合酉殹一義周禮有醫酒酒人辨四飲之物二曰醫醫非酒也而謂之酒者醫亦酒類也言此者此亦醫字从酉之一說醫本酒名也內則作臆古者巫彭初作醫此出世本巫彭始作治病工

莤禮句祭束茅加於祼圭而灌鬯酒是爲莤像神歆之也歆字各本作歆非今依韵會正周禮甸師祭祀共蕭茅鄭大夫云蕭或爲莤莤讀爲縮束茅立之祭前沃酒其上酒滲下去若神歆之故謂之縮縮浚也故齊桓公責楚不貢苞茅不入王祭不共無以縮酒許說本鄭大夫也惟鄭不言是祼祼儀耳許云加於祼圭者謂加於祼圭之勺也从酉艸以酒灌艸會意也所六切三部按周禮禮記內則二鄭所引左傳皆作縮然則縮者古文叚借字莤者小篆新造字故毛公伐木傳曰滑莤之也以藪曰滑說者謂藪艸也而周禮蕭茅或作莤酉皆漢人所用字或疑古文酉作丣則莤卽艸部之茆故古文尚書以茆爲縮不知汗簡所載古文尚書皆妄人所爲好言六書而不知其所以然者也春秋傳曰爾貢苞茅不入王祭不供無目莤酒春秋僖四年左氏傳文偁之以證縮酌用茅也鄭大夫注周禮鄭注郊特牲引傳皆作縮酒傳固二本不同一曰莤榼上窫也窫各本作塞乃邊塞字耳榼酒器也以草窒其上孔曰莤此別一義

醨薄酒也薄對厚言上文醲醇醹酎皆謂厚酒故謂厚薄爲醇醨今

人作漓乃俗字也屈原賦曰何不餔其糟而歠其醨 从酉离聲讀若離 呂支切古音在十七部

⿰酉韱 酢也 二字雙聲 从酉韱聲 初減切七部

酸 酢也 月令春三月其味酸鴻範曲直作酸 从酉夋聲 素官切十四部 關東謂酢曰酸

⿰酉畯 籒文酸从畯 畯聲也

䤈 酢漿也 水部漿下曰酢漿也酢漿謂䤈也䤈漿二篆爲轉注鄭注內則曰漿酢䤈也許書漿下當是酢䤈也後人改之耳鄭注周禮四飲曰漿今之䤈漿也絫言之曰䤈漿 从酉𢦏聲 徒奈切一部

醶 酢漿也 漿䤈醶三者同物 从酉僉聲 魚窆切七部今俗作釅

酢 醶也 酢本䤈漿之名引申之凡味酸者皆謂之酢上文醶酢也酸酢也皆用酢引申之義也 从酉乍聲 倉故切五部今俗皆用醋以此爲酬酢字

酏 黍酒也 周禮四飲四曰酏注曰今之粥也酏欲粥稀者之清也禮記內則黍酏注曰酏粥也或以酏爲醴注曰釀粥爲醴也按飲非酒也故五齊三酒掌於酒人六飲掌於漿人而許酏下曰黍酒醫下曰醫酒蓋許意與鄭說不同故賈侍中酏爲粥清爲別一說賈與鄭合也 从酉也聲 移爾切古音蓋在十七部釋文以支反 一曰甛也 謂恬酒 賈侍中說酏爲鬻清 鬻鍵也俗作粥耳鄭云酏飲粥稀者之清也本此凡鬻稀者謂之酏用爲六飲之一厚者謂之餰取稻米舉糔溲之小切狼臅膏以與稻米爲餰用爲醢人羞豆之實周禮謂餰爲酏鄭旣援內則以正之矣

醬 醢也从肉酉从肉者醢無不用肉也酒以龢醬也此說从酉之故爿聲卽亮切十部今俗作醬

𤖤 古文醬如此

𤅳 籒文作之陳之皆必以器故从皿

醢 肉醬也周禮醢人掌醓醢麋臡鹿臡麇臡蠃醢蠯醢蚳醢魚醢兔醢鴈醢凡醢皆肉也鄭曰作醢及臡者必先膊乾其肉乃復莝之襍以粱麴及鹽漬以美酒塗置甀中百日則成矣此醬从肉从酉之恉也許訓監云皿醢訓凡醢曰肉醬就字形別之耳从酉䀁聲大徐作从酉䀁䀁者䀁之或字呼改切一部

𧆹 籒文从艸謂芥醬榆醬之屬也从鹵謂鹽也从䀁猶从䀁聲也

⿱敄酉 ⿱敄酉䤈逗榆醬也榆醬用榆人爲之榆人者榆子中人也齊民要術曰作榆子醬法治榆子人一升擣末篩之清酒一升醬五升合和一月可食之景差大招吳酸蒿蔞王逸注曰或云⿱敄酉䤈⿱敄酉䤈卽榆醬也从酉敄聲莫候切三部

䤈 ⿱敄酉䤈也从酉俞聲田候切四部按或音茂逗或音牟頭或音模途皆疊韵也

⿰酉畢 擣榆醬也擣築也擣而爲之謂之⿰酉畢从酉畢聲蒲計切古音在十二部

⿰酉矞 醬也廣雅同玉篇曰醓醬也醓醬亦見廣雅从酉矞聲居律切十五部

⿰酉京 襍味也周禮漿人六飲鄭司農云涼以水和酒也玄謂涼今寒粥若糗飯襍水也內則有濫無涼鄭曰以諸和水也以周禮六飲校之則濫涼也紀莒之閒名諸爲濫按許作⿰酉京卽周官內則之涼字也襍味者卽以諸和水說也乾者爲桃諸

梅諸水漬爲桃濫於釋名可得其義也內則正義曰諸者衆襍之辭又按廣雅云䣼醬也疑襍味下本有醬字故廁於此若六飲之涼則已見水部**从酉京聲**呂釀切十部按當呂張切

𨣥　闕慈冉切八部

𨡭　闕而剡切七部按依玉篇廣韵上字下當云𨣥酓味薄也从酉漸聲下字下當云𨡭酓也从酉任聲二篆疊韵而今本但注闕字疑許書本無此二篆

酹　餟祭也食部餟下曰酹祭也與此爲轉注廣韵曰以酒沃地史記其下四方地爲餟食蓋餟酹皆於地餟謂肉故漢書作腏酹謂酒故从酉**从酉寽聲**郎外切十五部此篆舊在醶醳之閒非其次也故移於此

文六十七　重八

酋　繹酒也繹之言昔也昔久也多下曰从重夕夕者相繹也故重夕爲多然則繹酒謂日久之酒對酋爲疾孰酒醴酤爲一宿酒言之繹俗作醳周禮酒人三酒注曰事酒酌有事者之酒其酒則今之醳酒也昔酒今之酋久白酒所謂舊醳者也清酒今中山冬釀接夏而成郊特牲舊澤之酒注曰澤讀爲醳舊醳之酒謂昔酒也玉裁按許云繹酒葢兼事酒昔酒言之事酒謂繹酒昔酒謂舊繹之酒也酋之義引申之凡久皆曰酋久則有終大雅似先公酋矣傳曰酋終也**从酉水半見於上**謂八也酋上與谷上正同皆曰水半見繹酒糟滓下湛水半見於上故像之字秋切三部**禮有大酋掌酒官也**禮謂明堂月令仲冬乃命大酋注曰酒孰曰酋大酋者酒官之

長也

凡酋之屬皆从酋

𢍜 酒器也 凡酒必實於尊以待酌者鄭注禮曰置酒曰尊凡酌酒者必資於尊故引申以為尊卑字猶貴賤本謂貨物而引申之也自專用為尊卑字而別製罇樽為酒尊字矣

从酋廾以奉之 廾者竦手也奉者承也設尊者必竦手以承之祖昆切十三部

周禮六尊犧尊象尊著尊壺尊大尊山尊以待祭祀賓客之禮 見周禮司尊彝職犧作獻鄭司農云獻讀為犧犧尊飾以翡翠象尊以象鳳皇或曰以象骨飾尊著尊著略尊也或曰著尊著地無足壺者以壺為尊春秋傳曰尊以魯壺大尊大古之瓦尊山尊山罍也按毛詩閟之犧尊即獻尊也故許同大鄭作犧以待祭祀司尊彝詳之矣大行人賓客之祼亦必用彝饗禮食禮亦必用尊故約之曰以待祭祀賓客之禮

𡭎 尊或从寸 此與寺从寸意同有法度者也

文二 重一

戌 威也九月昜气微萬物畢成昜下入地也 威大徐作滅非火部曰威滅也本毛詩傳火死於戌陽氣至戌而盡故威从火戌此以威釋戌之指也律書曰戌者萬物盡滅淮南天文訓戌者滅也律曆志畢入於戌釋名戌恤也物當收斂矜恤之也九月於卦為剝五陰方盛一陽將盡陽下入地故其字从土中含一

五行土生於戊盛於戌 戊午合德天文訓曰土生於午壯於戌死

於寅从戊一 戊者中宮亦土也一者陽也戊中含一會意也 一亦聲 辛聿切十二部 凡戌之屬皆从戌

文一

亥 荄也十月微昜起接盛会 律曆志曰該閡於亥天文訓曰亥者閡也釋名曰亥核也收藏萬物核取其好惡真僞也許云荄也者荄根也陽氣根於下也十月於卦爲坤微陽從地中起接盛陰即壬下所云陰極陽生故易曰龍戰於野戰者接也 从二二古文上字也 謂陰在上也 一人男一人女也 其下从二人一人男一人女像乾道成男坤道成女 从乚象裹子咳咳之形也 咳與亥音同胡改切一部 春秋傳曰亥有二首六身 左傳襄三十年文孔氏左傳正義曰二畫爲首六畫爲身按今篆法身祇有五畫蓋周時首二畫下作六畫與今篆法不同也 凡亥之屬皆从亥

亥 古文亥 各本篆體譌繆今依宋本舊本更正希𧰨字皆與豕形略相似 亥爲豕 猶巳下云巳爲蛇也 與豕同 謂二篆之古文實一字也豕之古文見九篇豕部與亥古文無二字故呂氏春秋曰子夏之晉過衞有讀史記者曰晉師三豕涉河子夏曰非也是己亥也夫己與三相近豕與亥相似至於晉而問之則曰晉師己亥渡河也 亥而生子復從

一起此言始一終亥亥終則復始一也一下以韵語起此以韵語終

文一　重一

五十一部　文六百三　重七十四

凡八千七百一十七字

說文解字第十四篇下

說文解字第十五卷

後漢書儒林傳作說文解字十四篇捨敘而言也許沖及隋志唐志皆云十五卷合敘而言也大史公自序班氏序傳皆別自爲篇

金壇段玉裁注

敘曰 二字舊在下文此十四篇之上今審定移置於此左傳宣十五年正義引說文序云倉頡之初作書可證史記漢書法言大玄敘皆殿於末古箸書之例如此許書十四篇既成乃述其箸書之意而爲五百四十部㝡目記其文字都數作韵語以終之略放大史公自序云 古者庖犧氏之王天下也仰則觀象於天俯則觀法 當作灋 於地視鳥獸之文與地之宜近取諸身遠取諸物於是始作易八卦㠯垂憲象及神農氏結繩爲治而統其事 謂自庖犧以前及庖犧及神農皆結繩爲治而統其事也繫辭曰易之興也其於中古乎虞曰興易者謂庖犧也庖犧爲中古則庖犧以前爲上古黃帝堯舜爲後世聖人按依虞說則傳云上古結繩而治者神農以前皆是云後世聖人易之以書契者謂黃帝孝經緯援神契云三皇無文是五帝以下始有文字 庶業其緐 其同荀卿書之綦猶極也 飾僞萌生 萌生謂多也以上言庖犧作八卦雖卽文字之肇耑但八卦尚非文字自上古至庖犧神農專恃結繩事緐僞

兹漸不可枝爲下黃帝造書契張本黃帝之史倉頡倉或作蒼按廣韻云倉姓倉頡之後則作蒼非
也帝王世紀云黃帝史官倉頡衞恆四體書勢云昔在黃帝創
制造物有沮誦倉頡者始作書契以代結繩葢二人皆黃帝史
也諸書多言倉頡少言沮誦者文略也按史者記事
者也倉頡爲記事之官思造記事之法而文生焉見鳥獸
蹏迒之迹知分理之可相別異也分理猶文理初造
書契高誘注吕覽曰蒼頡生而知書寫倣鳥跡以造文章百工以乂乂治也萬品以
察葢取諸夬夬揚于王庭言文者宣教明化於
王者朝廷文卽謂書契也此引易象辭而釋之君子所以施祿及下
居德則忌也居德依許字例當作尻悳而不必改正者十四篇皆釋造字之恉其說解必用本義之字
而不用叚借有爲後人所亂者則必更正之敘則許所自製之
文不妨同彼時通用之字亦使學者知古今字詁不同故知敘
字不必同十四篇字也施祿及下謂能文者則
祿加之居德則忌謂律己則貴德不貴文也倉頡之初
作書葢依類象形故謂之文依類象形謂指事象形二者也指事亦所以象
形也文者逪畫也迒逪其畫而物像在是
如見迒而知其爲兎見速而知爲鹿也其後形聲相益
卽謂之字形聲相益謂形聲會意二者也有形則必有聲聲與形相軵爲形聲形與形相軵爲會意其後

爲倉頡以後也倉頡有指事象形二者而已其後文與文相合而爲形聲爲會意謂之字如易本祇八卦卦與卦相重而得六十四卦也

文者物象之本各本無此六字依左傳宣十五年正義補**字者言孳乳而寖多也**孳者汲汲生也人及鳥生子曰乳寖猶漸也字者乳也周禮外史禮經聘禮論語子路篇皆言名左傳反正爲乏止戈爲武皿蟲爲蠱皆言文六經未有言字者秦刻石同書文字此言字之始也鄭注二禮論語皆云古曰名今曰字按名者自其有音言之文者自其有形言之字者自其滋生言之大行人屬瞽史諭書名外史達書名於四方此韵書之始也中庸曰書同文此字書之始也周之韵書不傳而毛詩及他經韵語固在周之字書不傳而許君說文可補其闕○按析言之獨體曰文合體曰字統言之則文字可互稱左傳止戈皿蟲皆曰文是合體爲文也許君某部言文若干謂篆文言凡若干字謂說解語是則古篆通謂之文己語則謙言字也

箸於竹帛謂之書箸各本作著今正从竹此字古祇作者者者別事詞也別之則其事昭焯故曰者明而俗改爲著明別之則詞與事相黏連軿麗故引申爲直略切之附者張略切之衣者而俗亦皆作附著衣著或云說文無著改爲箸皆未得其原也者於竹帛附著而著明之於竹帛也古者大事書之於冊小事簡牘聘禮記曰百名以上書於冊不及百名書於方古用竹木不用帛用帛葢起於秦秦時官獄職務繁初有隸書以趨約易始皇至以衡石量書決事此非以縑素代竹木不可許於此兼言帛者葢檃括秦以後言之

書者如也謂如其事物之狀也聿部曰書者箸也謂昭明其事此云如也謂每一字皆如其物狀

已迄五帝三王之世改易殊體迄當爲訖訖止也迄俗此等蓋皆後人所改然漢碑多用迄或許不廢此字黃帝爲五帝之首自黃帝而帝顓頊高陽帝嚳高辛帝堯帝舜爲五帝夏禹商湯周文武爲三王其間文字之體更改非一不可枚舉傳於世者槩謂之倉頡古文不皆倉頡所作也

封于泰山者七十有二代靡有同焉于當作於泰當作大封大山者七十二家見管子韓詩外傳司馬相如封禪文史記封禪書封禪書曰古者封泰山禪梁父者七十二家而夷吾所記者十有二焉無懷氏虙羲氏神農炎帝黃帝顓頊帝俈堯舜禹湯周成王也援神契曰三皇無文而無懷虙羲在五帝前曷云有文字乎五帝以前亦有記識而已非必成字黃帝以下乃各著其字故檃括之曰七十二代靡有同焉

周禮八歲入小學大戴禮保傅篇曰古者年八歲而出就外舍學小藝焉履小節焉束髮而就大學學大藝焉履大節焉盧景宣注曰外舍小學謂虎門師保之學也大學王宮之東者束髮謂成童白虎通曰八歲入小學十五入大學是也此大子之禮尚書大傳曰公卿之大子大夫元士嫡子年十三始入小學見小節而踐小義年二十而入大學見大節而踐大義此世子入學之期也又曰十五始入小學十八入大學謂諸子性晚成者至十五入小學其早成者十八入大學內則曰十年出就外傳居宿於外學書計者謂公卿以下教子於家也玉裁按食貨志曰八歲入小學學六甲五方書計之事白虎通曰八歲毀齒始有識知入學學書計許亦曰周禮八歲入小學皆是泛言教法非專指王大子內則六年教之數與方名已識字已知算矣至十歲乃就外傅講求六

書之理九數之法故曰十年學書計與他家云八歲入小學異者所傳不同也周禮無八歲入小學之文因保氏并系之周禮

保氏教國子先㠯六書

周禮保氏教國子六藝五曰六書國子者公卿大夫之子弟師氏教之保氏養之而世子亦齒焉六書者文字聲音義理之總匯也有指事象形形聲會意而字形盡於此矣字各有音而聲音盡於此矣有轉注段借而字義盡於此矣異字同義曰轉注異義同字曰段借有轉注而百字可一義也有段借而一字可數義也字形字音之書若大史籀著大篆十五篇殆其一耑乎字義之書若爾雅其最著者也趙宋以後言六書者匈衿陿隘不知轉注段借所以包括詁訓之全謂六書爲倉頡造字六法說轉注多不可通戴先生曰指事象形形聲會意四者字之體也轉注段借二者字之用也聖人復起不易斯言矣

一曰指事

劉歆班固首象形次象事指事卽象事鄭衆作處事非也

指事者視而可識察而見意

見意各本作可見今依顏氏藝文志注正意舊音如憶識意在古音第一部以下每書二句皆韵語也

丄丅是也

丄丅各本作上下非今正此謂古文也有在一之上者有在一之下者視之而可識爲上下察之而見上下之意許於丄部曰丄高也此指事丅底也此指事序復舉以明之指事之別於象形者形謂一物事晐衆物專博斯分故一舉日月一舉丄丅所晐之物多日月祇一物學者知此可以得指事象形之分矣指事亦得稱象形故乙丁戊己皆指事也而丁戊己皆解曰象形子丑寅卯皆指事也而皆解曰象形一二三四皆指事也而四解曰象形有事則有形故指事皆得曰象形而其實不能溷指事不可以會意

殽合兩文爲會意獨體爲指事徐楚金及吾友江艮庭往往認會意爲指事非也

二曰象形 象當作像像者侶也象者南越大獸也自易大傳已叚借矣劉歆班固鄭衆亦皆曰象形

象形者畫成其物隨體詰詘日月是也

詰詘見言部猶今言屈曲也日下曰實也大陽之精象形月下曰闕也大陰之精象形此復舉以明之物莫大乎日月也有獨體之象形有合體之象形獨體如日月水火是也合體者从某而又象其形如眉从目而以𠃊象其形箕从竹而以𠀠象其形衺从衣而以冄象其形疇从田而以𠃬象耕田溝詰屈之形是也獨體之象形則成字可讀軵於从某者不成字不可讀說解中往往經淺人刪之此等字半會意半象形一字中兼有二者會意則兩體皆成字故與此別

三曰形聲 劉歆班固謂之象聲形聲卽象聲也其字半主義半主聲半主義者取其義而形之半主聲者取其聲而形之不言義者不待言也得其聲之近似故曰象聲曰形聲鄭衆作諧聲諧詒也非其義

形聲者吕事爲名取譬相成江河是也

事兼指事之事象形之物言物亦事也名卽古曰名今曰字之名譬者諭也諭者告也以事爲名謂半義也取譬相成謂半聲也江河之字以水爲名譬其聲如工可因取工可成其名其別於指事象形者指事象形獨體形聲合體其別於會意者會意合體主義形聲合體主聲聲或在左或在右或在上或在下或在中或在外亦有一字二聲者有亦聲者會意而兼形聲也有省聲者旣非會意又不得其聲則知其省某字爲之聲也

四曰會意 劉歆班固鄭衆皆曰會意會者合也合二體之意也

一體不足以見其義故必合二體之意以成字會意者比類合誼以見指撝武信是也誼者人所宜也先鄭周禮注曰今人用義古書用誼誼者本字義者叚借字指撝與指麾同謂所指向也比合人言之誼可以見必是信字比合戈止之誼可以見必是武字是會意也會意者合誼之謂也凡會意之字曰从人言曰从止戈人言止戈二字皆聯屬成文不得曰从人从言从戈从止而全書內往往為淺人增一从字大徐本尤甚絕非許意然亦有本用兩从字者固當分別觀之有似形聲而實會意者如拘鉤笱皆在句部不在手金竹部莽莫葬不入犬日死部𦫳糾不入廾系部之類是也

五曰轉注劉歆班固鄭衆亦皆曰轉注轉注猶言互訓也注者灌也數字展轉互相為訓如諸水相為灌注交輸互受也轉注者所以用指事象形形聲會意四種文字者也數字同義則用此字可用彼字亦可漢以後釋經謂之注出於此謂引其義使有所歸如水之有所注也里俗作註字自明至今刊本盡改舊文其可歎矣

轉注者建類一首同意相受考老是也建類一首謂分立其義之類而一其首如爾雅釋詁第一條說始是也同意相受謂無慮諸字意恉略同義可互受相灌注而歸於一首如初哉首基肇祖元胎俶落權輿其於義或近或遠皆可互相訓釋而同謂之始是也獨言考老者其顯明親切者也老部曰老者考也考者老也以考注老以老注考是之謂轉注蓋老之形从人毛匕屬會意考之形从老丂聲屬形聲而其義訓則為轉注全書內用此例不可枚數但類見於同部者易知分見於異部者易忽如人部但裼也衣部裼但也之類學者宜通合觀

之異字同義不限於二字如裼羸裎皆曰但也則與但爲四字窒寘皆曰𡫳也則與𡫳爲三字是也爾雅首條初爲衣之始哉爲才之叚借字才者艸木之初首爲人體之始基爲牆始肇爲肁之叚借肁者始開祖爲始廟元爲始胎爲婦孕三月俶爲始也落之爲始義以反而成權輿之爲始蓋古語是十一者通謂之始非一其首而同其異字之義乎許云考者老也老者考也舉其切近著明者言之其他若初才首基肁祖元胎俶落權輿等字之皆爲始未嘗不義同爾雅也有參差其辭者如初下曰始也始下曰女之初也同而異異而同也有綱目其辭者如詞爲意內言外而矤爲兄詞者爲別事詞魯爲鈍詞曾爲詞之舒尒爲詞之必然矣爲語已詞乃爲詞之難是也有云之言者如孔子云貉之言貉貉惡也狄之言淫辟也是也凡經傳內云之言亦云之爲言者視此有云猶者如丕下云一猶天也爾下云麗爾猶靡麗也夲下云大十猶兼十人也茍下云勹口猶慎言也𡫳下云㠭猶齊也是也凡傳注中云猶者視此有以叚借爲轉注者如會下云曾益也曾卽增皀下云匕合也匕卽比[illegible]下云允進也允卽[illegible]是也凡爾雅及傳注以叚借爲轉注者視此爾雅訓哉爲始謂哉卽才之叚借也毛傳訓瑕爲遠謂瑕卽遐之叚借也故轉注中可包叚借必二之者分別其用也既叚借而後與叚義之字相轉注未叚借則與本義之字相轉注也轉注之說晉衞恆唐賈公彥宋毛晃皆未誤宋後乃異說紛然戴先生荅江愼修書正之如日月出矣而爝火猶有思復然者由未知六書轉注叚借二者所以包羅自爾雅而下一切訓詁音義而非謂字形也玉裁按衞恆四體書勢曰轉注者以老注考也此申明許說也而今晉書譌爲老壽考也則不可通毛晃曰六書轉注謂一字數義展轉注釋而後可通後世不得其說

六曰假借劉歆班固鄭衆皆作假借六書之次第鄭衆一象形二會意三轉注四處事五假借六諧聲所言并其敘劉歆班固一象形二象事三象意四象聲五轉注六假借與許大同小異要以劉班許所說爲得其傳蓋有指事象形而後有會意形聲有是四者爲體而後有轉注假借二者爲用戴先生曰六者之次第出於自然是也學者不知轉注則亦不知假借爲何用矣假當作叚又部曰叚借也然則人部當云借叚也叚借者古文初作而文不備乃以同聲爲同義轉注專主義猶會意也叚借兼主聲猶形聲也

假借者本無其字依聲託事令長是也託者寄也謂依傍同聲而寄於此則凡事物之無字者皆得有所寄而有字如漢人謂縣令曰令長縣萬戶以上爲令減萬戶爲長令之本義發號也長之本義久遠也縣令縣長本無字而由發號久遠之義引申展轉而爲之是謂叚借許獨舉令長二字者以今通古謂如今漢之縣令縣長字即是也原夫叚借放於古文本無其字之時許書有言以爲者有言古文以爲者皆可薈萃舉之以者用也能左右之曰以凡言以爲者用彼爲此也如來周所受瑞麥來麰也而以爲行來之來烏孝鳥也而以爲烏呼字朋古文鳳神鳥也而以爲朋攩字子十一月陽氣動萬物滋也而人以爲偁韋相背也而以爲皮韋西鳥在巢上也而以爲東西之西言以爲者凡六是本無其字依聲託事之明證本無來往字取來麥字爲之及其久也乃謂來爲來往正字而不知其本訓此許說叚借之明文也其云古文以爲者洒下云古文以爲灑埽字疋下云古文以爲詩大雅字丂下云古文以爲巧字臤下云古文以爲賢字㫃下云古文以爲魯衞之魯哥下云古文以爲歌字詖下云古文以爲

頗字昷下云古文以爲醜字爰下云古文以爲車轅字𣪍下云
周書以爲討字此亦皆所謂依聲託事也而舉來烏朋子韋西
六字不同者本有字而代之與本無字有異然或叚借在先製
字在後則叚借之時本無其字非有二例惟前六字則叚借之
後終古未嘗製正字後十字則叚借之後遂有正字爲不同耳
許書又有引經說叚借者如㚼人姓也而引商書無有作㚼謂
鴻範叚㚼爲好也𦳝火不明也而引周書布重𦳝席釋云𦳝席
也謂顧命叚𦳝爲蔑也堲古文垐以土增大道上也而引唐書
朕堲讒說殄行釋云堲疾惡也謂堯典叚堲爲疾也圛回行也
而引商書曰圛釋云圛者升雲半有半無謂鴻範叚圛爲駱驛
也枯槀也而引夏書唯箘輅枯釋云木名謂叚枯槀之枯爲木
名也此皆許偁經說叚借而亦由古文字少之故與云古文以
爲者正是一例大氐叚借之始始於本無其字及其後也旣有
其字矣而多爲叚借又其後也且至後代譌字亦得自冒於叚
借博綜古今有此三變以許書言之本無難易二字而以難鳥
蜥易之字爲之此所謂無字依聲者也至於經傳子史不用本
字而好用叚借字此或古古積傳或轉寫變易有不可知而如
許書每字依形說其本義其說解中必自用其本形本義之字
乃不至矛盾自陷而今日有絕不可解者如㥑爲愁憂爲行和
旣畫然矣而愁下不云㥑也云憂也𡨥爲窒塞爲隔旣畫然矣
而窒下不云𡨥也云塞也但爲裼袒爲衣縫解旣畫然矣而裼
下不云但也云袒也如此之類在他書可以託言叚借在許書
則必爲轉寫譌字蓋許說義出於形有形以範之而字義有一
定有本字之說解以定之而他字說解中不容與本字相背故
全書譌字必一一諟正而後許免於誣許之爲是書也以漢人
通借緐多不可究詰學者不識何字爲本字何義爲本義雖有

倉頡爰歷博學凡將訓纂急就元尚諸篇楊雄杜林諸家之說
而其篆文既亂襍無章其說亦零星閒見不能使學者推見本
始覩其會通故爲之依形以說音義而製字之本義昭然可知
本義既明則用此字之聲而不用此字之義者乃可定爲叚借
本義明而叚借亦無不明矣

及宣王大史籀著大篆十五篇與古文或異

大史官名籀人名也省言之曰史籀漢藝文志云史籀十五篇自注周宣王大史作大篆十五
篇又云史籀篇者周時史官教學童書也然則其姓不詳記傳
中凡史官多言史某而應劭張懷瓘顏師古及封演聞見記郭
忠恕汗簡引說文皆作大史史籀或疑大史而史姓恐未足據
大篆十五篇亦曰史籀篇亦曰史篇王莽傳徵天下史篇文字
孟康云史籀所作十五篇古文書也此古文二字當易爲大篆
大篆與倉頡古文或異見於許書十四篇中者備矣凡云籀文
作某者是也或之云者不必盡異也蓋多不改古文者矣籀文
字數不可知尉律諷籀書九千字乃得爲史此籀字訓讀書與
宣王大史籀非可牽合或因之謂籀文有九千字誤矣大篆之
名上別乎古文下別乎小篆而爲言曰史篇者以官名之曰籀
篇籀文者以人名之而張懷瓘書斷乃分大篆及籀文爲二體
尤爲非是又謂籀文亦名史書尤非凡漢書元帝紀王尊傳嚴
延年傳西域傳之馮嫽後漢書皇后紀之和熹鄧皇后順烈梁
皇后或云善史書或云能史書皆謂便習隸書適於時用猶今
人之工楷書耳而自應仲遠注漢已云史書周宣王大史籀所
作大篆十五篇也殊爲繆解許偁史篇者三皕下云此燕召公
名史篇名醜匋下云史篇讀與缶同姚下云史篇以爲姚易知
史篇不徒載篆形亦有說解班志云建武時亡六篇唐玄度云

建武中獲九篇章帝時王育爲作解說所不通者十有二三許蓋取王育說與至孔子書六經

左丘明述春秋傳皆以古文六經易書詩禮樂春秋也始見小戴經解莊子天運孔子書六經以古文者以壁中經知之左氏古文者於張蒼所獻知之皆見下文古文大篆二者錯見此云皆以古文兼大篆言之六經左傳不必有古文而無籀文也下文云取史籀大篆或頗省改兼古文言之不必所省改皆大篆而無古文也秦書八體一曰大篆二曰小篆不言古文知古文已包於大篆中也王莽改定古文有六書一曰古文二曰奇字即古文而異者三曰篆書即小篆不言大篆知古文奇字二者內已包大篆也呂氏春秋云倉頡造大篆是古文亦可偁大篆之證

厥意可得而說謂雖當詭更正文玩其所習蔽所希聞之世而眞古文之意未嘗不可說也

其後諸侯力政不統於王其後謂孔子歿而微言絕七十子終而大義乖也

惡禮樂之害己而皆去其典籍見孟子

分爲七國韓趙魏燕齊楚秦

田疇異畮如周制六尺爲步步百爲畮秦孝公二百四十步爲畮

車涂異軌車之轍廣曰軌因以軌名涂之廣七國時車不依轍廣八尺之定制或廣或陝焉涂不依諸侯經涂七軌環涂五軌野涂三軌之制名以意爲之故曰車涂異軌也

律令異灋如商鞅爲左庶長定變法之令

衣冠異制如趙武靈王效胡服爲惠文冠前插貂尾又服韠齊王之冠注冠楚王之解豸冠是也

言語異

聲文字異形謂大行人屬瞽史喻書名聽聲音之制廢而各用其方俗語言各用其私意省改之文字也言語異聲則音韵歧文字異形則體製惑車同軌書同文之盛於是乎變矣秦始皇帝初兼天下丞相李斯乃奏同之罷其不與秦文合者以秦文同天下之文秦文卽下文小篆也本紀曰二十六年書同文字斯作倉頡篇藝文志曰倉頡一篇上七章秦丞相李斯作中車府令趙高作爰歷篇志曰爰歷六章車府令趙高作車上當有中字伏儼曰中車府令主乘輿路車者也大史令胡毋敬作博學篇志曰博學七章大史令胡毋敬作司馬彪曰大史令掌天時星曆胡毋姓也公羊音義史記索隱毋皆音無或作父毋字非也李之七章趙之六章胡毋之七章各爲一篇漢志取目合爲倉頡一篇者因漢時閭里書師合爲三篇斷六十字以爲一章凡五十五章幷爲倉頡篇故也六十字爲一章者凡五十五然則自秦至司馬相如以前小篆祇有三千三百字耳淺人云倉頡大篆有九千字大篆之多三倍於小篆其說之妄不辨而可知矣皆取史籒大篆或頗省改省同媘女部曰媘少減也亦作渻水部曰渻減也省者減其緐重改者改其怪奇如民弟華西皆象古文之形所謂改也書中載秦刻石也攺二字此又刻石與其小篆異者如古文之有奇字也云取史籒大篆或頗省改者言史籒大篆則古文在其中大篆旣或改古文小篆復或改古文大篆或之云者不盡省改也不改者多則許所列小篆固

皆古文大篆其不云古文作某籀文作某者古籀同小篆也其既出小篆又云古文作某籀文作某者則所謂或頗省改者也所謂小篆者也篆者引書之謂大史籀作者大篆則謂李斯等作者小篆以別之小篆藝文志作秦篆凡許書中云篆書者小篆也云籀文者大篆也是時秦燒滅經書滌除舊典大發吏卒興戍役官獄職務繁皆詳始皇本紀初有隸書以趣約易趣疾走也而古文由此絕矣藝文志曰是時始造隸書矣起於官獄多事苟趨省易施之於徒隸也晉衛恆曰秦既用篆奏事繁多篆字難成卽令隸人佐書曰隸字唐張懷瓘曰秦造隸書以赴急速爲官司刑獄用之餘尚用小篆焉按小篆既省改古文大篆隸書又爲小篆之省秦時二書兼行而古文大篆遂不行故曰古文由此絕秦時刻石皆用小篆漢初人不識科斗其證也自爾秦書有八體爾猶此也藝文志史籀十五篇下卽次之以八體六技而不言其篇數韋昭注八體用許說一曰大篆不言古文者古文在大篆中也上云古文由此絕何也古文大篆雖不行而其體固在刻符蟲書等未嘗不用之也二曰小篆其時所最重也三曰刻符魏書江式表符下有書字符者周制六節之一漢制以竹長六寸分而相合四曰蟲書新莽六體有鳥蟲書所以書旛信也此蟲書卽書旛信者五曰摹印卽新莽之繆篆也六曰署書木部曰檢書署也凡一切封檢題字皆曰署題榜亦曰署冊

部曰扁者署 七曰殳書 蕭子良曰殳者伯氏之職也古者
也从戶冊 文旣記笏武亦書殳按言殳以包
凡兵器題識不必專謂殳 八曰隸書 所以便於官獄職務
漢之剛卯亦殳書之類 也自刻符而下其漢
志所謂六技與刻符旛信摹印署書殳書皆不離 漢興有
大篆小篆而詭變各自爲體故與左書偁六技
艸書 衞恆曰漢興而有艸書不知作者姓名至章帝時齊相
杜度號善作之宋王愔曰元帝時史游作急就章解散
隸體麤書之章艸之始也按艸書之偁起於草稾趙壹云起秦
之末殆不始史游其各字不連緜者曰章草晉以下相連緜者
曰今艸猶隸之有漢隸今隸也漢人所書曰漢隸晉唐以下楷
書曰今隸艸書又爲隸書之省文字之變已極故許蒙八體而
附著之於此言其不可爲典 尉律 謂漢廷尉所守律令也百
要也漢趙壹有非艸書一篇 官公卿表曰廷尉秦官掌
刑辟藝文志曰漢興蕭何草律刑法志所謂蕭何捃摭秦法取
其宜於時者作律九章也此以下至輒舉劾之說漢律所載取
人之 學僮十七已上 僮今之 始試 句絕謂始 諷籒書
制 童字 應攷試也
九千字乃得爲史 史各本作吏今依江式傳正周禮注
曰倍文曰諷竹部曰籒讀書也毛詩
傳曰讀抽也方言曰抽讀也抽卽籒籒讀二文爲轉注尙書克
由繹之由繹卽籒繹也史記云紬史記石室金匱之書如淳云
抽徹舊書故事而次述之紬亦卽籒字也今本說文言部讀下
云誦書也不合故訓誦乃籒之誤耳凡古卜筮抽繹卦爻本義
而爲辭者因以籒名之今左傳作繇俗作䌛許偁則作卜籒籒
之說明而許所謂諷籒書者可明矣諷籒書九千字者諷謂能

背誦尉律之文籒書謂能取尉律之義推演發揮而繕寫至九
千字之多諷若今小試之默經籒書若今試士之時藝上云始
試則此乃試之之事也藝文志試學童諷書九千字以上乃得
爲史無籒字得爲史得爲郡縣史也周禮史十有二人注曰史
掌書者又史掌官書以贊治注曰贊治若今起文書草也後漢
書百官志郡大守郡丞縣令若長縣丞縣尉各置諸曹掾史

又吕八體試之 八體漢志作六體攷六體乃亡新時所立漢初蕭何草律當沿秦八體耳班志固以
試學童爲蕭何律文也自學僮十七至輒舉劾之許與班略異
而可互相補正班云大史試學童許則云郡縣以諷籒書試之
又以八體試之而後郡移大史試之此許詳於班也班云諷書
許則云諷籒書此亦許詳於班也班云六體許則云八體此許
覈於班也班云以爲尚書御史史書令史許云尚書史此班詳
於許也班云吏民上書字或不正輒舉劾許不言吏民上書此
亦班詳於許也班書之成雖在許前而許不必見班書因別有所本矣

郡移大史并課 句絕

取者吕爲尚書史 大史者大史令也并課者合而試之也上文試以諷籒書九千字謂試其
記誦文理試以八體謂試其字迹縣移之郡郡移之大史大史
合試此二者取讀殿冣之冣其冣者用爲尚書令史也尚書令
史十八人二百石主書藝文志曰以爲尚書御史史書令史云
史書令史者謂能史書之令史也漢人謂隸書爲史書故孝元
帝孝成許皇后王尊嚴延年楚王侍者馮嫽後漢孝和帝和熹
鄧皇后順烈梁皇后北海敬王睦樂成靖王黨安帝生母左姬
魏胡昭史皆云善史書大致皆謂適於時用如貢禹傳云郡國
擇便巧史書者以爲右職又蘇林引胡公云漢官假佐取內郡

善史書者給佐諸府也是可以知史書之必爲隸書向來注家
釋史書爲大篆其繆可知矣石建自詭馬不足一馬援糾繆臯
爲四羊其可證也葢漢承秦後切於時用莫若小篆隸書也志
兼言御史令史御史之令史卽百官志之蘭臺令史許不及之
者以下文云字或不正輒舉劾之乃尚書所職非御史所職也
○光武紀注引漢制度曰帝之下書有四一曰策書二曰制書
三曰詔書四曰誡敕策書者編簡也其制長二尺短者半之篆
書起年月日稱皇帝以命諸侯王三公以罪免亦賜策而以隸
書用尺一木兩行惟此爲異也制書者帝者制度之命其文曰
制詔三公皆璽封尚書令印重封露布州郡也詔書者詔告也
其文曰告某官某官云如故事誡敕者謂敕刺史太守其文曰有詔
敕某官它皆倣此按此知漢人除策諸侯王用木簡篆書外它
皆用縑素隸書而已絕無用大篆之事也
書或不正輒舉劾之
劾者用法以糾有罪也百
官志曰民曹尚書主凡吏民今本奪民字上書事然則吏民上
書字或不正輒舉劾正民曹尚書事而令史實佐之者也此以
上言漢初尉律之法如此
今雖有尉律不課
今者許謂當其時也謂不試以諷籀尉律九千
字也
小學不修
謂不以八體試之也漢志自史籀十五篇下至杜林倉頡故一篇總之爲小學十家四十
五篇謂之小學者八歲入小學所教也
莫達其說久矣
莫解六書之說也玉裁按漢之取人蕭何
初制用律及八體書迄乎孝武依丞相御史言用通一藝以上
補卒史乃後吏多文學之士合說文藝文志及儒林傳參觀可
見葢始用律後用經而文學由之盛始試八體後不
試第聽閭里書師習之而小學衰矣故言今以惜之
孝宣皇

帝時召通倉頡讀者句絕此通倉頡讀者齊人而失其姓名藝文志云徵齊人能通倉頡讀者是也張敞從受之謂令張敞從此人學如晁錯之從伏生受尚書張叔等十餘人詣京師受業博士或學律令也張敞從受之藝文志曰倉頡多古字俗師失其讀宣帝時徵齊人能正讀者張敞從受之傳至外孫之子杜林爲作訓故按云倉頡多古字者謂倉頡篇中大半古文大篆且周秦時所用音義在漢時則爲古字如張揖古今字詁所記者是也俗師失其讀者失其音義也正讀者正其音義張敞字子高河東平陽人子吉吉子竦字伯松博學文雅過於敞郊祀志曰美陽得鼎獻之有司多以爲宜薦見宗廟張敞好古文字按鼎銘勒而上議曰此鼎殆周之所以褒賜大臣大臣子孫刻銘其先功臧之於宮廟者也不宜薦見宗廟制曰京兆尹議是涼州刺史杜業業漢書作鄴似當從許作業杜鄴字子夏本魏郡繁陽人也其母張敞女從敞子吉學問得其家書吉子竦又從鄴學問亦著於世尤長小學鄴子林亦有雅材其正文字過於鄴竦沛人爰禮沛依六篇邑部當作郝此亦從俗也亏部平下曰爰禮說其一端也講學大夫秦近講學大夫新莽所設官名儒林傳蕭秉陳俠歐陽政爲王莽講學大夫秦近或曰即桓譚新論云秦近君說堯典篇目兩字至十餘萬言說曰若稽古三萬言者也亦能言之謂已上共五人皆能說倉頡讀也杜業在哀帝時爰禮秦近皆在平帝及亡新時孝平皇帝時徵禮等百餘人令說文字未央廷中以禮爲小學

元士孝平紀元始五年徵天下通知逸經古記天文曆算鍾律小學史篇方術本艸及以五經論語孝經爾雅教授者在所爲駕一封軺傳遣詣京師至者數千人王莽傳曰元始四年徵天下通一藝教授十一人以上及有逸禮古書毛詩周官爾雅天文圖讖鍾律月令兵法史篇文字通知其意者皆詣公車令記說廷中紀傳所說正是一事爰禮等百餘人說文字未央廷中正其時也禮等通小學史篇文字者也史篇孟康云史籒所作十五篇也玉裁按楊雄傳曰史篇莫善於倉頡是則凡小學之書皆得係史篇藝文志曰至元始中徵天下通小學者以百數各令記字於庭中楊雄取其有用者以作訓纂篇

黃門侍郎楊雄楊从木或从手者誤本傳奏羽獵賦除爲郎給事黃門采㠯作訓纂篇志曰訓纂一篇楊雄作楊雄傳曰史篇莫善於倉頡作訓纂凡倉頡已下十四篇凡五千三百四十字羣書所載略存之矣

凡若最括也最括者都數也倉頡已下十四篇謂自倉頡至於訓纂共十有四篇篇之都數也五千三百四十字字之都數也藝文志曰漢時閭里書師合倉頡爰歷博學三篇斷六十字以爲一章凡五十五章幷爲倉頡篇此謂漢初倉頡篇祗有三千三百字也志又曰武帝時司馬相如作凡將篇無復字元帝時黃門令史游作急就篇成帝時將作大匠李長作元尚篇皆倉頡中正字也凡將則頗有出矣此謂三家所作惟凡將之字有出倉頡篇外者也志又曰至元始中徵天下通小學者以百數各令記字於庭中楊雄取其有用者以作訓纂篇順續倉頡又易倉頡中重復之字凡八十九章此謂雄所作訓纂凡三十四

章二千四十字合五十五章三千三百字凡八十九章五千三百四十字也班但言章數許但言字數而數適相合不數急就元尚者皆倉頡中字既取倉頡可不之數也不數凡將者凡將字雖或出倉頡外而必晐於訓纂中故亦不之數也訓纂續倉頡而無複倉頡之字且易倉頡中自複者故五千三百四十字一無重複也然則何以云十四篇也合李斯趙高胡毋敬司馬相如史游李長楊雄所作而言之計字則無複計篇則必備也本祇有倉頡爰歷博學凡將急就元尚訓纂七目又析之爲十四其詳不可聞矣漢初蓋倉頡爰歷博學爲三倉班於倉頡一篇自注云上七章則爰歷爲中博學爲下可知也自楊雄作訓纂以後班固作十三章和帝永元中郎中賈魴又作滂喜篇梁庾元威云倉頡五十五章爲上卷楊雄作訓纂記滂喜爲中卷賈升郎更續記彥音盤均爲下卷人偁爲三倉元魏江式亦云是爲三倉蓋自張揖作三倉訓詁陸璣詩疏引三倉說郭璞作三倉解詁魏晉時早有三倉之偁韋昭注漢云班固十三章疑在倉頡下篇三十四章之內然則賈魴所作有三十四章而班之十三章在其中許所云五千三百四十字不數班賈所作也楊雄訓纂終於滂熹二字滂熹者言滂沱大盛賈魴用此二字爲篇目而終於彥均二字故庾氏云楊記滂喜賈記彥均隨志則云楊作訓纂賈作滂喜其實一也喜與熹古通用熹者大盛之意彥音盤大也大學人之彥聖彥一作盤是也懷瓘書斷云倉頡訓纂八十九章合賈廣班三十四章凡百二十三章文字備矣按八十九章五千三百四十字又增三十四章二千四十字凡七千三百八十字許全書凡九千三百五十三文蓋五千三百四十字之外他采者三千十三字班賈之篇未嘗不在网羅之內且班賈而外亦且偕歸漁獵之中班前於許賈則同時

許卽不見班賈之書而未央廷中百餘人所說楊雄所未采凡將所出倉頡外藝文志所云別字十三篇者具焉是皆許之所本也自倉頡至彥均章皆六十字凡十五句句皆四言許引幼子承詔郭注爾雅引考妣延年是也凡將七言如蜀都賦注引黃潤纖美宜製禪藝文類聚引鐘磬竽笙筑坎侯是也急就今尚存前多三言後多七言元尚今無考若隨志所載班固大甲篇在昔篇蓋卽在十三章內崔瑗飛龍篇蔡邕聖皇篇黃初篇吳章篇蔡邕女史篇皆由其字已具三倉中故不得列於三倉也若藝文志又偁倉頡傳一篇楊雄倉頡訓纂一篇杜林倉頡訓纂一篇杜林倉頡故一篇此四篇者又皆漢人釋倉頡五十五章之作五十五章四言爲句如今童子所讀千字文此四篇者如顏師古王伯厚之釋急就篇也自倉頡至彥均漢魏時蓋皆以隸書書之或以小篆書之皆閭里書師所教習謂之史書

及亡新居攝使大司空甄豐等校文書之部

校今之挍字也古無挍字借校字爲之

自以爲應制作

王莽傳曰莽奏起明堂辟雍靈臺制度甚盛立樂經自言盡力制禮作樂事

頗改定古文

頗者閒見之詞於古文閒有改定如疊字下云新以爲疊从三日太盛改爲三田是其一也

時有六書

與周禮保氏六書同名異實莽之六書卽秦八體而損其二也

一曰古文孔子壁中書也

下文詳之秦有小篆隸書而古文由此絕故惟孔子壁中書爲古文故六書首此

二曰奇字卽古文而異者也

分古文爲二儿下云古文奇字人也无下云奇字無也許書二見蓋其所

記古文中時有之不獨此二字矣楊雄傳云劉歆之子棻嘗從
雄學奇字按不言大篆者大篆卽包於古文奇字二者中矣張
懷瓘謂奇字卽籀文其跡有石鼓文存非是 三曰篆書卽小篆 上文所謂小篆 秦始
皇帝使下杜人程邈所作也 按此十三字當在下文左書卽秦隸書之下上
文明言李斯趙高胡毋敬皆取史籀大篆省改所謂小篆則作
小篆之人旣顯白矣何容贅此自相矛盾耶況蔡邕聖皇篇云
程邈刪古立隸文而蔡琰衞恆羊欣江式庾肩吾王僧虔酈道
元顏師古亦皆同辭惟傳聞不一或晉時許書已譌是以衞巨
山疑而未定耳下杜人程邈爲衙獄吏得罪幽繫雲陽增減大
篆體去其緐複始皇善之出爲御史名書曰隸書下杜江式張
懷瓘皆作下邽庾肩吾書品作下邳邈說文無此字蓋古祗作藐 四曰左書卽秦隸書
左今之佐字小徐本作左而後大叔佐夏不畫一蓋許敘從俗
作佐後人或以古字改之而又不盡改也左書謂其法便捷可
以佐助篆所不逮上文云初有隸書以趣約易不言
誰作故此補之曰秦始皇帝使下杜人程邈所作也 五曰繆
篆所以摹印也 摹規也規度印之大小字之多少而刻之繆讀綢繆之繆上文秦文八體五曰摹印
六曰鳥蟲書所以書幡信也 幡當作旛漢人俗字以幡爲之書旛謂書旗幟
書信爲書符卪上文四曰蟲書此曰鳥蟲書謂其或像鳥或像
蟲鳥亦偁羽蟲也按秦文八體尚有刻符署書殳書此不及之
者二書之體不離乎摹印書旛之體故舉二以包三古文則
析爲二以包大篆莽意在復古應制作故不欲襲秦制也

壁中書者已下尊崇古籀述己作書之意故承壁中書而釋之魯恭王壞孔子宅而得禮記尚書春秋論語孝經劉歆移書讓大常博士曰魯恭王壞孔子宅欲以爲宮得古文於壞壁中逸禮三十有九書十六篇藝文志曰魯恭王壞孔子宅欲以廣其宮得古文尚書及禮記論語孝經凡數十篇皆古字也景十三王傳曰於其壁中得古文經傳按古文傳謂記及論語也許所謂得禮者禮古經也志言禮古經五十六卷出於魯淹中及孔氏與后氏戴氏經十七篇相似多三十九篇十七篇卽唐以後所謂儀禮多出之三十九篇漢儒莫爲之注遂亡○記者謂禮之記也河閒獻王傳禮與禮記爲二此亦當云禮禮記轉寫奪一禮字耳志云記百三十一篇七十子後學者所記也明堂陰陽三十三篇古明堂之遺事也王史氏二十一篇七十子後學者也隨志劉向考校經籍得記百三十篇明堂陰陽記三十三篇孔子三朝記七篇王史氏記二十一篇樂記二十三篇凡五種合二百十四篇經典釋文敘錄引劉向別錄云古文記二百十四篇是也謂之古文記則以上皆爲古文可知○尚書者志言尚書古文經四十六卷爲五十七篇以考伏生經二十九篇得多十六篇劉歆亦云得古文逸書十六篇要之伏生所有以及所無皆爲古文矣○春秋蓋謂春秋經也志言春秋古經十二篇是也春秋經傳班志不言出誰氏據許下云北平侯張蒼獻春秋左氏傳意經傳皆其所獻古經與傳別然則班云春秋古經十二篇左氏傳三十卷皆謂蒼所獻也而許以經系之孔壁以傳系之北平侯恐非事實或曰春秋二字衍文○論語志云論語古二十一篇出孔子壁中兩子張篇是也齊論語則二十二篇魯論語則

二十篇○孝經者志云孝經古孔氏一篇二十二章是也孝經一篇十八章漢長孫氏江翁后蒼翼奉張禹各自名家經文皆同唯孔氏壁中古文爲異○以上皆古文以其出於壁中故謂之壁中書晉人謂之科斗文王隱曰大康元年汲郡民盜發魏安釐王冢得竹書漆字科斗之文科斗文者周時古文也其字頭麤尾細似科斗之蟲故俗名之焉據此則科斗文乃晉人里語而孔安國敘尚書乃有科斗文字之僞其爲作僞固顯然可見矣

又北平侯張蒼獻春秋左氏傳

孝惠三年乃除挾書之律張蒼當於三年後獻之然則漢之獻書張蒼最先漢之得書首春秋左傳而平帝時乃立博士何也秦禁挾書而蒼身爲秦柱下御史遂藏左氏至漢弛禁而獻之亦可以知秦法之不行矣此亦壁中諸經之類也故類記之論衡說左傳卅篇出恭王壁中恐非事實

郡國亦往往於山川得鼎彝其銘卽前代之古文皆自相佀

何休云亦者兩相須之意銘字不見於金部由古文士喪禮作名許從古文禮也而此作銘者不廢今字也佀像也郡國所得秦以上鼎彝其銘卽三代古文如郊祀志上有故銅器問李少君少君曰此器齊桓公十年陳於柏寢已而案其刻果齊桓公器又美陽得鼎獻之有司多以爲宜薦見宗廟張敞按鼎銘勒而上議凡若此者亦皆壁中經之類也皆自相似者謂其字皆古文彼此多相類

雖叵復見遠流

流小徐本作沬蓋誤

其詳可得略說也

玄應引三倉曰叵不可也許可部無此字以可急言之卽爲不可如試可乃已卽試不可乃已也而此有叵字者不廢今字也

雖不可再見古昔原流之詳而其詳亦可得略說之就恭王所
得北平所獻以及郡國所得鼎彝古文略具於是故王莽時六
書不得古文便以壁中書爲古文反古復始之道莫之能易也　而世人大共非訾　禮記鄭注
曰口毀曰訾　吕爲好奇者也故詭更正文　詭當作恑變也　鄉壁
虛造不可知之書　鄉俗用向爲之　變亂常行吕燿於世　此謂
世人不信壁中書爲古文非毁之謂好奇者改易正字向孔氏之壁憑空造此不可知之書指爲古文變亂常行以燿於世也
正文常行世人謂秦隸書也　諸生競逐說字解經誼　誼各本譌作誼今正誼義古今
字藝文志曰後世經傳既已乖離博學者又不思多聞闕疑之義而務碎義逃難便辭巧說破壞形體說五字之文至於二三
萬言後進彌以馳逐故幼童而守一藝白首而後能言　稱秦之隸書爲倉頡時
書云父子相傳何得改易　謂諸生之爭逐說字解經義也稱秦隸書即倉頡書
云此積古以來父傳之子者安能有所改易而乃謂其非古文乃輒刱造不可知之書爲古文也說字以解經本無不合患在
妄說隸書之字如下文所舉　乃猥曰馬頭人爲長　謂馬上加人便是長字會意曾不知
古文小篆長字其形見於九篇明辨晳也今馬頭人之字罕見蓋漢字之尤俗者　人持十爲斗　今所
見漢隸字斗作升與升字什字相混正所謂人持十也斗見十四篇小篆即古文也本是像形字　虫者屈

中也蟲从三虫而往往叚虫爲蟲許多云蟲省聲是也但虫蟲見十三篇本像形字所謂隨體詰詘隸字祇令筆畫有橫直可書本非从中而屈其下也如許書於民酉字曰从古文之體小篆有變古文令可書者隸書亦有變小篆令可書者其道一也廷尉說律至㠯字斷法猶之說字解經義也苛人受錢

苛之字止句也通典陳羣劉邵等魏律令序曰盜律有受所監臨受財枉法雜律有假借不廉令乙有所呵人受錢科有使者驗賂其事相類故分爲請賕律按訶責字見三篇言部俗作呵古多以苛字荷字代之漢令乙有所苛人受錢謂有治人之責者而受人錢故與監臨受財假借不廉使者得賂爲一類苛从艸可聲假爲訶字並非从止句也而隸書之尤俗者乃譌爲岢說律者曰此字从止句句讀同鉤謂止之而鉤取其錢其說無稽於字意律意皆大失今廣韵七歌曰岢止也虎何切玉篇止部云岢古文訶亦皆譌字耳而不若岢之甚若此者甚衆不可勝數也

皆不合孔氏古文謬於史籀文字以倉頡史籀爲正故必兼舉之不曰倉頡古文而曰孔氏古文者漢時惟孔子壁中書爲倉頡古文也鼎彝之銘則合於孔氏古文者也俗儒啚夫啚俗本作鄙非啚者嗇也田夫謂之嗇夫翫其所習蔽所希聞不見通學未嘗覩字例之條字例之條謂指事象形形聲會意轉注叚借六書也藝文志曰安其所習毀所不見終以自蔽此學者之大患也怪舊埶而善野言埶今藝字也五音韵譜作執亦

通　㠯其所知爲祕妙　妙古作眇眇取精細之意故以目小之義引申叚借之後人別製妙文蔡邕題曹娥碑有幼婦之言知其字漢末有之許書不錄者晚出之俗字也而不廢此字者可從者則不廢从女少聲於古造字之義有合古好从女子妥从女爪安从宀女旻从女日周禮㜸从女㪔男女者人之大欲存焉故古造字多有取於此凡俗字不若馬頭人人持十之已甚者許所不廢也　究洞聖人之微恉　究窮也洞同迵迵者達也恉者意也　又見倉頡篇中幼子承詔　幼子承詔葢倉頡篇中之一句也倉頡篇例四字爲句今許書言部無詔字葢許以誥字包之古曰誥秦漢曰詔義同音近　因曰古帝之所作也其辭有神僊之術焉　曰大徐作號幼子承詔葢指胡亥卽位事俗儒啚夫旣謂隸書卽倉頡時書因謂李斯等所作倉頡篇爲黃帝之所作以黃帝倉頡君臣同時也其云幼子承詔者謂黃帝乘龍上天而少子嗣位爲帝也無稽之談漢人乃至於此哉　其迷誤不諭豈不悖哉　諭猶曉也悖亂也自世人大共非訾以下至此皆言尉律不課小學不修莫達其說之害葢自不試以諷籒尉律九千字不課以八體書專由通一藝進身而不讀律則不知今矣所書皆隸書而隸書之俗體又日以滋蔓則不知古矣以其滋蔓之俗體說經有不爲經害者哉此許自言不得不爲說文解字之故孟子曰予豈好辨哉予不得已也古聖賢作述皆必有所不得已焉爾後魏江式亦以篆形謬錯隸體失眞追來爲歸巧言爲辯小兔爲䨲神蟲爲蠶皆不合古文大篆及許氏說請撰集字書號曰

古今文字書曰予欲觀古人之象虞書臯陶謨文言必遵修舊文而不穿鑿尚書日月星辰山龍華蟲作會宗彝藻火黺絺黹黻希繡以五采彰施于五色作服日月以下像其物者實皆依古人之像爲之古文是也像形像事像意像聲無非像也故曰古人之像文字起於像形日月星辰山龍華蟲宗彝藻火粉米黺黻皆像其物形卽皆古像形字古畫圖與文字非有二事帝舜始取倉頡依類像形之文用諸衣裳以治天下故知文字之用大矣虙羲倉頡觀於天地人物之形而畫卦造書契帝舜法伏羲倉頡之像形以爲旗章衣服之飾大舜之智猶修舊不敢穿鑿況智不如舜者乎孔子曰吾猶及史之闕文今亡矣夫論語衛靈公篇文蓋非其不知而不問人用己私私當爲厶是非無正巧說衺辭使天下學者疑藝文志曰古制書必同文不知則闕問諸故老至於衰世是非無正人用其私故孔子曰吾猶及史之闕文也今亡矣夫蓋傷其寖不正蓋文字者上蓋釋論語之辭此蓋承上起下之辭經藝之本六藝字古當祇作埶埶種也六經爲人所治如種植於其中故曰六藝後人種埶字作藝六藝又加云作藝蓋皆俗字許書當是用埶王政之始歬人所㠯垂後後人所㠯識古故曰本立而道生知天下之至嘖而不可亂也上句

論語學而篇文下句易繫辭傳文今敘篆文合㠯古籀此㠯下至蓋闕如也自述作書之例也篆文謂小篆也古籀謂古文籀文也許重復古而其體例不先古文籀文者欲人由近古以攷古也小篆因古籀而不變者多故先篆文正所㠯說古籀也隸書則去古籀遠難以推尋故必先小篆也其有小篆已改古籀古籀異於小篆者則以古籀駢小篆之後曰古文作某籀文作某此全書之通例也其變例則先古籀後小篆如一篇二下云古文丄丅下云篆文二先古文而後篆文者以旁帝字从二必立二部使其屬有所从凡全書有先古籀後小篆者皆由部首之故也博采通人至於小大信而有證小大論語云賢者識其大者不賢者識其小者是也中庸曰無徵不信可信者必有徵也徵證也證驗也許君博采通人載孔子說楚莊王說韓非說司馬相如說淮南王說董仲舒說劉歆說楊雄說爰禮說尹彤說逯安說王育說莊都說歐陽喬說黃顥說譚長說周成說官溥說張徹說甯嚴說桑欽說杜林說衛宏說徐巡說班固說傅毅說皆所謂通人也而賈侍中逵則許所從受古學者故不書其名必云賈侍中說稽譔其說稽留止也稽留而攷之也譔專教也譔音與詮同詮具也稽攷詮釋或以說形或以說音或以說義三者之說皆必取諸通人其不言某人說者皆根本六藝經傳務得倉頡史籀造字本意因形以得其義與音而不爲穿鑿將㠯理羣類羣類謂如許沖所云天地鬼神山川艸木鳥獸蚰蟲襍物奇怪王制禮儀世閒人事靡不畢載皆以文字之說說其條理也解謬誤謂說形說音說義有謬誤者皆得解判之也曉學

者達神恉曉者明之也達猶通也恉者意也達神恉者使學者皆通憭於文字之形之音之義也神恉者
恉事象形形聲會意轉注叚借神妙之恉也
分別部居不相襍廁也居當作凥凡居
處字古用凥後世乃用居爲之許從俗也廁猶置也分別部居不相襍廁謂分別爲五百四十部也周之字書漢時存者史籀
十五篇其體式大約同後代三倉許所引史篇三姚下匋下奭下略如後代倉頡傳倉頡故秦之倉頡爰歷博學合爲倉頡篇
者每章十五句每句四字訓纂滂憙同之凡將篇每句七字急就同之其體例皆襍取需用之字以文理編成有韵之句與後
世千字文無異所謂襍廁也識字者略識其字而其形或譌其音義皆有所未諦雖有楊雄之倉頡訓纂杜林之倉頡訓纂倉
頡故而散而釋之隨字敷演不得字形之本始字音字義之所以然許君以爲音生於義義箸於形聖人之造字有義以有音
有音以有形學者之識字必審形以知音審音以知義聖人造字實自像形始故合所有之字分別其部爲五百四十每部各
建一首而同首者則曰凡某之屬皆从某於是形立而音義易明凡字必有所屬之首五百四十字可以統攝天下古今之字
此前古未有之書許君之所獨刱若網在綱如裘挈領討原以納流執要以說詳與史籀篇倉頡篇凡將篇亂襍無章之體例
不可以道里計顏黄門曰其書隱栝有條例剖析窮根原不信其說則冥冥不知一點一畫有何意焉此冣爲知許者矣萟舉
一形以統衆形所謂隱栝有條例也就形以說音義所謂剖析窮根源也是以史篇三倉自漢及唐遞至放失而說文遂嫥行
於世如左公毛公之詩傳春秋傳皆後出而率循獨永久勿替也按史游急就篇亦曰分別部居不襍廁而其所謂分別者如

姓名爲一部衣服爲一部飲食爲一部器用爲一部急就之例如是勝於李斯胡毋敬趙高司馬相如楊雄所作諸篇散無友紀者故自述曰急就奇觚與衆異也然不無待於訓詁訓詁之法又莫若據形類聚故同一分別部居而功用殊矣

萬物咸覩靡不兼載許沖云天地鬼神山川艸木鳥獸蚰蟲襍物奇怪王制禮儀世間人事靡不畢載蓋史游之書以物類爲經而字緯之許君之書以字部首爲經而物類緯之也

厥誼不昭爰朙㠯諭誼兼字義字形字音而言昭明也諭告也許君之書主就形而爲之說解其篆文則形也其說解則先釋其義若元下云始也丕下云大也是也次釋其形若元下云从一从兀丕下云从一从不是也次說其音若兀爲聲不爲聲及凡讀若某皆是也必先說義者有義而後有形也音後於形者審形乃可知音卽形卽音也合三者以完一篆說其義而轉注叚借明矣說其形而指事象形形聲會意明矣說其音而形聲叚借愈明矣一字必兼三者三者必互相求萬字皆兼三者萬字必以三者彼此交錯互求說其義而轉注叚借明者就一字爲注合數字則爲轉注異字同義爲轉注異義同字則爲叚借故就本形以說義而本義定本義既定而他義之爲借形可知也故曰說其義而轉注叚借明也說其形而指事象形形聲會意明者說其形則某爲指事某爲象形某爲獨體之象形某爲合體某爲合二字之會意某爲合二字之形聲某爲會意兼有形聲皆可知也說其聲而形聲叚借愈明者形聲必用此聲爲形叚借必用此聲爲義

其偁易孟氏書孔氏詩毛氏禮周官春秋左氏論語孝經漢田

何以易授丁寬寬授田王孫王孫授施讎孟喜梁丘賀喜授白光翟牧後漢洼丹觟陽鴻任安范升楊政皆傳孟氏易而虞翻自其高祖光至翻五世皆治孟易故仲翔孟學爲尤邃孟易者許君易學之宗也　孔氏有古文尚書孔安國以今文字讀之因以起其家司馬遷亦從安國問故遷書載堯典禹貢洪範微子金縢諸篇多古文說孔氏者許書學之宗也　毛公趙人也治詩爲河閒獻王博士毛氏者許學詩之宗也　高堂生傳士禮十七篇而禮古經五十六卷出壁中有大戴小戴慶氏之學許不言誰氏者許禮學無所主也古謂之禮唐以後謂之儀禮不言記者言禮以該記也　周官經六篇王莽時劉歆置博士古謂之周官經許鄭亦謂之周禮不言誰氏者許周禮學無所主也　春秋古經十二篇左氏傳三十卷出壁中及張蒼家左氏者許春秋學之宗也　論語不言誰氏者學無所主也　孝經亦不言誰氏者學無所主也許沖以爲魯國三老所獻議郎衛宏所校　以上爲班志之六藝九種而不言樂者以禮周官該樂也偁者揚也揚者舉也許書內多舉諸經以爲證以爲明論厥誼之助

皆古文也　此反對上文皆不合孔氏古文謬於史籀而言所謂萬物兼載爰明以諭者皆合於倉頡古文不謬於史籀大篆不言大篆者言古文以該大篆也所說之義皆古文大篆之義所說之形皆古文大篆之形所說之音皆古文大篆之音故曰皆古文也然則所偁六藝皆以言古文大篆卽六藝之外所偁載籍如老子淮南王伊尹韓非司馬法之類六藝孟氏孔氏毛氏左氏外所偁諸家如韓詩魯詩公羊春秋之類亦皆以言古文大篆也且逐字說之不必有所偁者無非以言古文大篆之字形字音字義也上文萬物咸覩靡不兼載厥誼不昭爰明以諭正謂全書皆發揮古文言

其偁易孟氏書孔氏詩毛氏禮周官春秋左氏論語孝經謂全書中明諭厥誼往往取證於諸經非謂偁引諸經皆壁中古文本也易孟氏之非壁中明矣古書之言古文者有二一謂壁中經籍一謂倉頡所製文字雖命名本相因而學士當區別如古文尚書古文禮此等猶言古本非必古本字字皆古籀今本則絕無古籀字也且如許書未嘗不用魯詩公羊傳今文禮然則云皆古文者謂其中所說字形字音字義皆合倉頡史籀非謂皆用壁中古本明矣所說字形字音字義皆合倉頡史籀則周禮保氏所教六書指事象形形聲會意轉注叚借字例之條大明於天下俗儒啚夫迷誤不諭者可昭然共諭矣 其

於所不知蓋闕如也 此用論語子路篇語蓋闕疊韵字凡論語言如或單字字如躩如是或重字申申如夭夭如是或疊韵雙聲字踧踖如鞠躬如蓋闕如是蓋舊音如割漢書儒林傳曰疑者丘蓋不言蘇林曰丘蓋者不言所不知之意也如淳曰齊俗以不言所不知爲丘蓋丘蓋荀卿書作區蓋丘區闕三字雙聲許全書中多箸闕字有形音義全闕者有三者中闕其二闕其一者分別觀之書凡言闕者十有四容有後人增竄者如單下大也从吅甲吅亦聲闕此謂从甲之形不可解也𨛜从反邑𨙵从反丮𠃨从反卩卯从卩沝从二水灥从三泉皆云闕謂其音讀缺也𢀳下直云闕謂形義音皆缺也戠下云闕从戈从音謂其義及讀若缺也

說文解字第一

一部一

二部二古文上字蒙一而交之短畫在長畫之上有物在一之上也其別於二字者二兩畫長短均也各本二篆作上非

示部三交示者示从二蒙二而交之也二者古文上

三部四蒙示有三垂而以三交之

王部五蒙三而交之从一毌三也

玉部六亦蒙三而交之

玨部七蒙王而交之凡竝之重之而又有屬者則別為部如玨之屬有班𤣩是也並之重之而無屬則不別為部如祘在示部之末是也

气部八文象形而交此者為其列多不過三

士部九蒙上以一毌三交之以十合一

丨部十王玉中皆有丨以毌之故交之以丨

屮部十一蒙引而上行之丨也

艸部十二蒙屮而交之

蓐部十三 蒙艸而次之

茻部十四 蒙艸而次之

說文解字第二

小部十五 仍蒙丨而次之

八部十六 蒙小从八而次之以八余居八部而所屬有余余蓋古本此下有余部

釆部十七 釆者八之類皆象分別之形也故次於此

半部十八 蒙八而次之

牛部十九 蒙半从八牛而次之

犛部二十 蒙牛而次之

告部二十一 蒙牛而次之

口部二十二 蒙告从口而次之

凵部二十三 張口也故次於此

吅部二十四 蒙口而次之

哭部二十五蒙吅而次之

走部二十六有形不相蒙者此是也

止部二十七蒙走从止而次之

癶部二十八蒙止𣥂二文而次之

步部二十九亦蒙止𣥂二文次之

此部三十蒙止而次之

正部三十一蒙止而次之

是部三十二蒙正而次之

辵部三十三仍蒙止而次之

彳部三十四蒙辵从彳而次之

廴部三十五蒙彳而次之

㢟部三十六蒙廴而次之兼蒙止

行部三十七蒙彳部彳亍二文而次之

齒部三十八 仍蒙止而次之

牙部三十九 牙之形無所蒙而其爲物齒屬也故次於此

足部四十 仍蒙止而次之

疋部四十一 仍蒙止

品部四十二 遠蒙口而次之

龠部四十三 蒙品而次之

冊部四十四 蒙龠从冊而次之

說文解字第三

㗊部四十五 蒙品而次之

舌部四十六 仍蒙口

干部四十七 蒙舌从干而次之

𧮫部四十八 仍蒙口

只部四十九 仍蒙口

㕯部五十仍蒙口

句部五十一仍蒙口

丩部五十二蒙句从丩而次之

古部五十三仍蒙口

十部五十四蒙古从十而次於此

卅部五十五蒙十而次之

言部五十六仍蒙口

誩部五十七蒙言而次之

音部五十八蒙言而次之

䇂部五十九蒙言从辛而次之

丵部六十其形下體類辛而次之

菐部六十一蒙丵而次之

廾部六十二蒙菐从廾而次之

𠬞部六十三反廾故次之

共部六十四蒙廾而次之

異部六十五蒙廾而次之

舁部六十六蒙廾而次之

𦥑部六十七蒙舁从臼而次之

晨部六十八蒙臼而次之

爨部六十九蒙臼蒙廾而次之

革部七十古文革从臼故蒙臼而次於此

鬲部七十一形無所蒙以物可爨而次之

䰜部七十二蒙鬲而次之

爪部七十三蒙臼而次之

丮部七十四義同爪故次之

鬥部七十五蒙丮而次之

又部七十六白之形从彐从ナ也故蒙白而次之以又ナ

ナ部七十七

史部七十八蒙又而次之

支部七十九蒙又而次之

𦘒部八十蒙又而次之

聿部八十一蒙聿而次之

畫部八十二蒙聿而次之

隶部八十三仍蒙又

臤部八十四仍蒙又

臣部八十五蒙臤从臣而次之

殳部八十六仍蒙又

殺部八十七蒙殳而次之

几部八十八蒙殳从几而次之

寸部八十九仍蒙又

皮部九十仍蒙又

㼱部九十一蒙皮而次之

攴部九十二仍蒙又

教部九十三蒙攴而次之

卜部九十四蒙攴从卜而次之

用部九十五蒙卜而次之

爻部九十六卦爻之事與卜相近故次於此

㸚部九十七蒙爻而次之

說文解字第四

旻部九十八仍蒙攴而次之

目部九十九蒙旻从目而次之

䀠部一百蒙目而次之

眉部一百一蒙目而次之

盾部一百二蒙目而次之

自部一百三字形略與目字形相似故次之

白部一百四白與自一字如亣與大一字

鼻部一百五蒙自而次之

皕部一百六蒙白部之百字而次之

習部一百七蒙白而次之

羽部一百八蒙習从羽而次之

隹部一百九羽傳於隹故次之

奞部一百十蒙隹而次之

萑部一百十一蒙隹而次之

𦫳部一百十二蒙萑从𦫳而次之

苜部一百十三蒙𦫳而次之

羊部一百十四 蒙𦍌而次之

羴部一百十五 蒙羊而次之

瞿部一百十六 仍蒙䀠蒙隹而次之

雔部一百十七 仍蒙隹

雥部一百十八 仍蒙隹

鳥部一百十九 鳥與隹同物故次之

烏部一百二十 蒙鳥而次之

𠦒部一百二十一 形無所蒙

冓部一百二十二 上體與𠦒相似故次之

幺部一百二十三 形無所蒙

𢆶部一百二十四 蒙幺而次之

叀部一百二十五 蒙幺而次之

玄部一百二十六 蒙幺而次之

予部一百二十七形略與幺相似故次於此

放部一百二十八形無所蒙仍遠蒙攴也

𠬪部一百二十九遠蒙爪蒙又

𣪠部一百三十蒙𠬪从又

歺部一百三十一蒙𣪠从歺

死部一百三十二蒙歺而次之

冎部一百三十三亦蒙歺

骨部一百三十四蒙冎而次之

肉部一百三十五蒙骨从肉而次之

筋部一百三十六蒙肉而次之

刀部一百三十七不必蒙上

刃部一百三十八蒙刀而次之

㓞部一百三十九蒙刀而次之

丯部一百四十蒙㓞从丯而次之

耒部一百四十一蒙丯而次之

角部一百四十二首與刀相似故蒙刀而次之

說文解字第五

竹部一百四十三上不蒙

箕部一百四十四蒙竹而次之

丌部一百四十五蒙箕之足而次之

左部一百四十六遠蒙三篇之𠂇

工部一百四十七蒙左从工而次之

㠭部一百四十八蒙工而次之

巫部一百四十九蒙工而次之

甘部一百五十上不蒙

曰部一百五十一蒙甘而次之

曰部一百五十二蒙甘从口而次之

乃部一百五十三上不蒙

丂部一百五十四與乃略相似故次之

可部一百五十五蒙丂而次之

兮部一百五十六蒙丂而次之

号部一百五十七蒙丂而次之

亏部一百五十八蒙丂而次之

喜部一百五十九上不蒙

壴部一百六十蒙喜从壴而次之

鼓部一百六十一蒙壴而次之

豈部一百六十二蒙壴从豆而次之

豆部一百六十三蒙上次之以豆

豊部一百六十四蒙豆而次之

豐部一百六十五 蒙豆而次之

䖒部一百六十六 蒙豆而次之

虍部一百六十七 蒙䖒从虍而次之

虎部一百六十八 蒙虍而次之

虤部一百六十九 蒙虎而次之

皿部一百七十上 不蒙

凵部一百七十一 皿之類也故次之

去部一百七十二 蒙凵而次之

血部一百七十三 蒙皿而次之

丶部一百七十四上 不蒙

丹部一百七十五 蒙丶而次之

青部一百七十六 蒙丹而次之

井部一百七十七 井與丹形似故次之

皀部一百七十八上不蒙

鬯部一百七十九亦从匕故次之

食部一百八十亦从匕故次之

亼部一百八十一蒙食从亼而次之

會部一百八十二蒙亼而次之

倉部一百八十三蒙食而次之

入部一百八十四蒙亼而次之

缶部一百八十五不蒙上而首略相似

矢部一百八十六略有似缶處

高部一百八十七

冂部一百八十八不蒙上以冂之小篆作冋似高之下體故次之

亯部一百八十九蒙高形相似

京部一百九十蒙高而次之

亯部一百九十一蒙高而次之

㫗部一百九十二倒亯而次之

畗部一百九十三蒙高而次之

㐭部一百九十四仍蒙入

嗇部一百九十五蒙㐭而次之

來部一百九十六蒙嗇从來而次之

麥部一百九十七蒙來而次之

夊部一百九十八蒙麥从夊而次之

舛部一百九十九蒙夊而次之

舜部二百蒙舛而次之

韋部二百一蒙舛而次之

弟部二百二事近皮韋故次之

夂部二百三形似夊故次之

久部二百四形似夂故次之

桀部二百五仍蒙舛

說文解字第六

木部二百六

東部二百七蒙木而次之

林部二百八蒙木而次之

才部二百九不蒙上以下十餘部皆以艸木之事而類次

叒部二百十不蒙上

之部二百十一不蒙上

帀部二百十二蒙倒之而次之

出部二百十三形近之而次之

𣎵部二百十四不蒙上

生部二百十五

乇部二百十六

𠂹部二百十七

𠌶部二百十八蒙𠂹而次之

華部二百十九蒙𠌶而次之

禾部二百二十仍蒙木而次之

稽部二百二十一蒙禾而次之

巢部二百二十二仍蒙木

桼部二百二十三仍蒙木

束部二百二十四仍蒙木

㯻部二百二十五蒙束而次之

囗部二百二十六蒙束从囗而次之

員部二百二十七蒙囗而次之

貝部二百二十八蒙員从貝而次之

邑部二百二十九仍蒙口而次之
𨛜部二百三十蒙邑而次之

說文解字第七

日部二百三十一
旦部二百三十二蒙日而次之
倝部二百三十三蒙旦而次之
㫃部二百三十四蒙倝从㫃而次之
冥部二百三十五仍蒙日
晶部二百三十六蒙日
月部二百三十七月者日之類也故次之
有部二百三十八蒙月而次之
朙部二百三十九蒙月而次之
囧部二百四十蒙朙从囧而次之

夕部二百四十一 蒙月而次之

多部二百四十二 蒙夕而次之

毌部二百四十三 不蒙上

马部二百四十四 不蒙上

𣐺部二百四十五 蒙马而次之

卤部二百四十六 不蒙上

齊部二百四十七 不蒙上

朿部二百四十八 不蒙上遠蒙木也

片部二百四十九 亦遠蒙木

鼎部二百五十 蒙片而次之

克部二百五十一 不蒙上

彔部二百五十二 克之類也故次之

禾部二百五十三 不蒙上

秝部二百五十四蒙禾而次之

黍部二百五十五蒙禾而次之

香部二百五十六蒙黍而次之

米部二百五十七禾之類也故次之

毇部二百五十八蒙米而次之

臼部二百五十九蒙毇从臼而次之

凶部二百六十形似臼故次之

朩部二百六十一不蒙上

𣏟部二百六十二蒙朩而次之

麻部二百六十三蒙𣏟而次之

尗部二百六十四不蒙上

耑部二百六十五不蒙上

韭部二百六十六不蒙上

瓜部二百六十七 不蒙上

瓠部二百六十八 蒙瓜而次之

宀部二百六十九 不蒙上

宮部二百七十 蒙宀而次之

呂部二百七十一 蒙宮从呂而次之

穴部二百七十二 蒙宀而次之

㝱部二百七十三 蒙宀而次之

疒部二百七十四 蒙㝱从爿而次之

冖部二百七十五 不蒙上

𠔿部二百七十六 蒙冂而次之

冃部二百七十七 蒙冃而次之

㒳部二百七十八 蒙冂而次之

网部二百七十九 蒙冂而次之

襾部二百八十 蒙冂而次之

巾部二百八十一 蒙冂而次之

市部二百八十二 蒙巾而次之

帛部二百八十三 蒙巾而次之

白部二百八十四 蒙帛从白而次之

㡀部二百八十五 蒙巾而次之

黹部二百八十六 蒙㡀而次之

說文解字第八

人部二百八十七 不蒙上

𠤎部二百八十八 倒人而次之

匕部二百八十九 反人而次之

从部二百九十 並人而次之

比部二百九十一 反从而次之

北部二百九十二二人相背而次之

丘部二百九十三蒙北而次之

㐺部二百九十四从三人故次之

𡈼部二百九十五蒙人而次之

重部二百九十六蒙𡈼而次之

臥部二百九十七仍蒙人

身部二百九十八蒙人而次之

㐆部二百九十九反身也故次之

衣部三百衣从二人也故次之近篆衣者多失其形

裘部三百一蒙衣而次之

老部三百二蒙人而次之

毛部三百三蒙老从毛而次之

毳部三百四蒙毛而次之

尸部三百五象人臥故次之

尺部三百六蒙尸而次之

尾部三百七蒙毛蒙尸而次之

履部三百八蒙尸而次之

舟部三百九蒙履从舟而次之

方部三百十蒙舟而次之

儿部三百十一仍蒙人

兄部三百十二蒙儿而次之

兂部三百十三蒙儿而次之

皃部三百十四蒙儿而次之

𠃬部三百十五蒙儿而次之

先部三百十六蒙儿而次之

秃部三百十七蒙儿而次之

見部三百十八蒙儿而次之
覞部三百十九蒙見而次之
欠部三百二十仍蒙儿
㱃部三百二十一蒙欠而次之
㳄部三百二十二蒙欠而次之
旡部三百二十三反欠故次之

說文解字第九

頁部三百二十四蒙儿而次之
百部三百二十五蒙頁从百而次之
面部三百二十六蒙百而次之
丏部三百二十七形似雖蔽其面故次於此
首部三百二十八蒙頁而次之
県部三百二十九倒首故次之

須部三百二十蒙頁而次之

彡部三百二十一蒙須从彡而次之

彣部三百二十二蒙彡而次之

文部三百二十三蒙彣从文而次之

髟部三百二十四蒙彡而次之

后部三百二十五上不蒙

司部三百二十六反后故次之

卮部三百二十七形似后而次之

卩部三百二十八蒙卮从卩而次之

印部三百二十九蒙卩而次之

色部三百四十蒙卩而次之

卯部三百四十一蒙卩而次之

辟部三百四十二蒙卩而次之

勹部三百四十三不蒙上

包部三百四十四蒙勹而次之

茍部三百四十五蒙勹而次之

鬼部三百四十六不蒙上

甶部三百四十七蒙鬼頭而次之

厶部三百四十八蒙鬼从厶而次之

嵬部三百四十九蒙鬼而次之

山部三百五十蒙嵬从山而次之

屾部三百五十一蒙山而次之

屵部三百五十二蒙山而次之

广部三百五十三

厂部三百五十四蒙屵广从厂而次之

丸部三百五十五蒙厂部仄而次之

危部三百五十六蒙厂部厃而次之

石部三百五十七蒙厂而次之

長部三百五十八不蒙上

勿部三百五十九

冄部三百六十不蒙上

而部三百六十一不蒙上

豕部三百六十二不蒙上

㣇部三百六十三豕之類也故次之

彑部三百六十四蒙㣇从彑而次之

豚部三百六十五蒙㣇而次之

豸部三百六十六足似豕故次之

㒸部三百六十七足似豕故次之

易部三百六十八亦四足故次之

豸部三百六十九 亦四足故次之

說文解字第十

馬部三百七十 亦四足故次之

廌部三百七十一 亦四足故次之

鹿部三百七十二 頭似廌故次之

麤部三百七十三 蒙鹿而次之

㲋部三百七十四 足似鹿而次之

兔部三百七十五 字形似㲋而次之

萈部三百七十六 足似兔而次之

犬部三百七十七 形不蒙上皆四足類也故次之

㹜部三百七十八 蒙犬而次之

鼠部三百七十九 亦四足類故次之

能部三百八十 足似鹿仍蒙鹿而次之

熊部三百八十一篆能而次之

火部三百八十二篆熊从火而次之

炎部三百八十三篆火而次之

黑部三百八十四篆炎而次之

囪部三百八十五篆黑从古文囪而次之

焱部三百八十六仍篆火

炙部三百八十七仍篆火

赤部三百八十八仍篆火

大部三百八十九篆赤从犬而次之

亦部三百九十篆大而次之

夨部三百九十一篆大而次之

夭部三百九十二篆大而次之

交部三百九十三篆大而次之

尣部三百九十四蒙大而次之

壺部三百九十五蒙大而次之

壹部三百九十六蒙壺而次之

㚔部三百九十七蒙大而次之

奢部三百九十八蒙大而次之

亢部三百九十九蒙大而次之

夲部四百蒙大而次之

夰部四百一蒙大而次之

亣部四百二大之異體也故次之

夫部四百三蒙亣而次之

立部四百四蒙亣而次之

竝部四百五蒙立而次之

囟部四百六不蒙

思部四百七蒙囟而次之

心部四百八蒙思从心而次之

惢部四百九蒙心而次之

說文解字第十一

水部四百十不蒙上

沝部四百十一蒙水而次之

瀕部四百十二蒙沝部涉而次之

𡿨部四百十三以下十部皆水之類也

巜部四百十四蒙𡿨而次之

川部四百十五蒙𡿨而次之

泉部四百十六蒙川而次之

灥部四百十七蒙泉而次之

永部四百十八蒙水而次之

𠂢部四百十九蒙永而次之

谷部四百二十仍蒙水

仌部四百二十一水所成也故次之

雨部四百二十二水之自天者也故次之

雲部四百二十三蒙雨而次之

魚部四百二十四水中物也故次之

𩺰部四百二十五蒙魚而次之

燕部四百二十六尾似魚故次之

龍部四百二十七魚類也故次之

飛部四百二十八蒙龍象飛形而次之

非部四百二十九蒙飛而次之

卂部四百三十蒙飛而次之

說文解字第十一

乞部四百三十一 以下四部蒙飛皆言鳥事

不部四百三十二

至部四百三十三

西部四百三十四

鹵部四百三十五 蒙西而次之

鹽部四百三十六 蒙鹵而次之

戶部四百三十七 不蒙上

門部四百三十八 蒙戶而次之

耳部四百三十九 形似戶而次之

𦣝部四百四十

手部四百四十一

𠦬部四百四十二 以上皆人體事故類次之

女部四百四十三

毋部四百四十四 蒙女而次之

民部四百四十五

丿部四百四十六

厂部四百四十七

乁部四百四十八 反厂而次之

氏部四百四十九 蒙乁而次之

氐部四百五十 蒙氏而次之

戈部四百五十一

戉部四百五十二 蒙戈而次之

我部四百五十三 蒙戈而次之

亅部四百五十四

琴部四百五十五

乚部四百五十六

亾部四百五十七蒙乚而次之

匸部四百五十八蒙乚而次之

匚部四百五十九形似匸而次之

曲部四百六十

甾部四百六十一

瓦部四百六十二

弓部四百六十三

弜部四百六十四

弦部四百六十五蒙弓而次之

系部四百六十六

說文解字第十三

糸部四百六十七蒙系从糸而次之

素部四百六十八蒙糸而次之

絲部四百六十九

率部四百七十

虫部四百七十一

䖵部四百七十二

蟲部四百七十三

風部四百七十四

它部四百七十五蒙虫而次之

龜部四百七十六蒙它而次之

黽部四百七十七蒙它而次之

卵部四百七十八蒙黽下體之形而次之

二部四百七十九不蒙上

土部四百八十蒙二而次之

垚部四百八十一蒙土而次之

堇部四百八十二 蒙土而次之
里部四百八十三 蒙土而次之
田部四百八十四 里从田故次之
畕部四百八十五 蒙田而次之
黃部四百八十六 蒙田而次之
男部四百八十七 蒙田而次之
力部四百八十八 蒙男从力而次之
劦部四百八十九 蒙力而次之

說文解字第十四

金部四百九十 不蒙上
幵部四百九十一 不蒙上
勺部四百九十二 不蒙上
几部四百九十三 不蒙上

且部四百九十四蒙几而次之
斤部四百九十五不蒙上
斗部四百九十六不蒙上
矛部四百九十七不蒙上
車部四百九十八不蒙上自勺至此皆器物也
𠂤部四百九十九不蒙上
𨸏部五百蒙𠂤而次之
𨺅部五百一蒙𨸏而次之
厽部五百二不蒙上
四部五百三不蒙上
宁部五百四略似四而次之
叕部五百五略似宁而次之
亞部五百六略似叕而次之

五部五百七四之類也故次之

六部五百八五之類也故次之

七部五百九

九部五百十

禸部五百十一蒙九而次之

嘼部五百十二蒙禸而次之

甲部五百十三不蒙上

乙部五百十四十干爲類

丙部五百十五

丁部五百十六

戊部五百十七

己部五百十八

巴部五百十九似己而次之

庚部五百二十
辛部五百二十一
辡部五百二十二 蒙辛而次之
壬部五百二十三
癸部五百二十四
子部五百二十五 以下十二支爲類
了部五百二十六 蒙子而次之
孨部五百二十七 蒙子而次之
𠫓部五百二十八 蒙子而次之
丑部五百二十九
寅部五百三十
卯部五百三十一
辰部五百三十二

巳部五百三十三
午部五百三十四
未部五百三十五
申部五百三十六
酉部五百三十七
酋部五百三十八蒙酉而次之
戌部五百三十九
亥部五百四十

說文解字第十五卷上

說文解字第十五卷下

金壇段玉裁注

此十四篇後漢書儒林傳亦云許愼作說文解字十四篇傳於世葢許不云十五卷也愼子沖乃合十四篇及敘偁十五卷以獻此後序錄家或云十四篇或云十五卷所以不同也五百四十部也林罕字源偏旁小說增一部序云五百四十一字郭忠恕與夢英書云見寄偏旁五百三十九字張參和撰吳均增補復古編序說文以五百四十二字爲部容相傳部數稍有異同要異者甚微可存而不論也九千三百五十三文重一千一百六十三今依大徐本所載字數覈之正文九千四百卌一增多者七十八文重文千二百七十九增多者百一十六文此由列代有沾註者今難盡爲識別而亦時可裁僞去太去甚略見注中解說凡十三萬三千四百四十一字今依大徐所載說解字數凡十二萬二千六百九十九較少萬七百四十二字此可證說解中歷代妄删字奪去字至於如此之多篆文多於本始說解少於厥初其增損皆由後人今未可強說耳大史公自序內云凡百三十篇五十二萬六千五百字實兼自序言之然則許云解說十三萬三千四百四十一字者實兼敘言之其建首也立一爲耑耑物初生之題也引申爲凡始之偁謂始於一部方㠯類聚物㠯羣分類聚謂同部也羣分謂異

部也同條牽屬屬者連也共理相貫貫古音冠其字古作毌毌者穿也同條共理謂五百
四十部相聯綴也襍而不越辵部曰越踰也引易襍而不越此作越者彼依易文此依俗用也據
形系聯系者繫也聯者連也謂五百四十部次弟大略以形相連次使人記憶易檢尋如八篇起人部則全篇三
十六部皆由人而及之是也雖或有以義相次者但十之一而已部首以形爲次以六書始於象形也每部中以義爲次以六
書歸於轉注也後許爲字書者字林最目之先後今不傳嗣此顧希馮玉篇其目以義爲次而乖謬不可通者如兄弟二目次
於人儿父臣男民夫予我身女諸部之閒而不知兄之本義訓茲長不訓䍜弟之本義訓韋束次弟不訓叔季訓䍜弟訓叔季者
其引申之義耳如顧目次則此二篆失其本義又如毛部而部次於羽角皮革之閒而不知毛謂眉髮之屬而謂人須引申乃
用於鳥獸如顧目次此二篆失其本義誤以人體系諸物體也引而申之古屈伸字多作詘信亦作申說
文人部有伸篆解云屈伸近字也謂由一形引之至五百四十形也㠯究萬原究者窮也謂天地鬼神山
川艸木鳥獸蚰蟲襍物奇怪王制禮儀世閒人事莫不畢舉畢終於亥畢猶竟也終古作冬冬者四時
盡也引伸爲凡盡之偁後人叚終字爲之知化窮冥知化窮冥卽易之知化窮神也于時大
漢于亯也聖德熙明毛傳曰緝熙光明也承天稽唐敷崇殷中
謂光武封禪也龔奉天命稽攷唐堯故事巡守至于岱宗柴望秩于山川用希尊崇之禮大盛封泰山禪梁父升中于天刻石

紀號也殷者盛也中猶成也告成成功也 遐邇被澤渥衍沛滂 渥者霑也厚也衍如水潮
之盛溢也滂者沛也沛之義不見於本篆下而古書多用之葢古祇作巿水之大至如艸木之盛後人乃叚沛水字爲之如盈
暖字水奐字後人乃叚温深也 廣業甄微學士知方 謂光武立五經十四博士初建三雍
明帝卽位親行其禮肅宗大會諸儒於白虎觀考詳同異又詔高才生受古文尚書毛詩穀梁左氏春秋以网羅遺逸孝和亦
數幸東觀覽閱書林 探賾索隱厥誼可傳 探取也賾初也深也索者索之叚借字小徐本
作索誼義古今字自于時大漢至此謂當此經學大明之時而惟小學不修莫達其說訊其所習蔽所希聞故作此十四篇也
粵在永元困頓之季 漢和帝永元十二年歲在庚子爾雅曰歲在庚曰上章在子曰困頓
孟陬之月 爾雅曰正月爲陬月 朔日甲申 後漢書賈逵於和帝永元十三年卒時年七十
二然則許之譔說文解字先逵卒一年用功伊始葢恐失隊所聞也自永元庚子至建光辛酉凡歷二十二年而其子沖獻之
曾曾小子 曾曾猶俗云層層也曾之言重也古者曾孫通曰曾孫是以詩謂成王爲曾孫左傳曰曾孫蒯
聵敢昭告皇祖文王 祖自炎神 炎帝神農氏也居姜水因以爲姓亦曰厲山氏厲山一作列山其後甫許
申呂皆姜姓之後 縉雲相黃 黃帝以雲紀官服虔曰其夏官爲縉雲氏賈逵左傳解詁云縉雲氏姜姓
也炎帝之苗裔當黃帝時任縉雲之官也按韋昭云黃帝滅炎帝之子孫而有天下非滅神農也 共承高

辛 共音恭謂共工也國語共工虞於湛樂淫失其身庶民弗助禍亂並興賈侍中云共工炎帝之後姜姓也顓頊氏衰共工氏侵陵諸侯與高辛氏爭王也淮南原道訓云共工與高辛氏爭爲帝宗族殘滅繼嗣絕祀高注共工以水行霸於伏羲神農閒者非堯時共工也按共工當高陽高辛嬗代之時故淮南書或云與顓頊爭爲帝或云與高辛氏爭爲帝所云顓頊者亦謂帝顓頊高陽之後裔耳高注謂在伏羲神農閒非也張湛注列子云共工氏與霸於伏羲神農之間其後苗裔恃其強與顓頊爭爲帝然則共工之後皆偁共工矣國語堯命禹治水共之從孫四岳佐之賈逵曰共共工也許摘共字訓爲共工實本國語云承高辛承者奉也受也諱其爭帝之事若言黃帝時有縉雲氏高辛時有共工夏禹時有大岳周時有呂叔此之謂世

祿

大岳佐夏呂叔作藩 佐者左之俗字漢碑多作佐蓋既用左爲ナ則造佐爲左矣毛傳曰藩屏也艸部同屏者蔽也國語大子晉曰共之從孫四嶽佐伯禹皇天嘉之胙禹以天下賜姓曰姒氏曰有夏胙四岳國命爲侯伯賜姓曰姜氏曰有呂韋注以國爲氏也左傳言大岳亦言四岳外傳言四岳亦言四伯皆謂一人非謂四人毛傳云堯之時姜氏爲四伯掌四嶽之祀述諸侯之職於周則有甫有申有齊有許也按大嶽姜姓爲禹心呂之臣故封呂侯取其地名與心呂義合也呂侯歷夏殷之季而國微故周武王封文叔於許以爲周藩屏杜預世族譜云許姜姓與齊同祖堯四嶽伯夷之後也大子晉曰申呂雖衰齊許猶在蓋東遷之初申呂未滅東遷以後齊許偁盛矣此云呂叔謂文叔也文叔者出於呂故謂之呂叔

俾侯于許 許邑部作鄦云炎帝大嶽之胤甫侯所封讀若許然則字當作鄦爲叔重氏姓

而此祇作許者其字葢自詩春秋已皆段許爲之漢時地理亦作許縣故仍而不改不欲駭俗此所謂本有其字依聲託事者
依託既久不便更張況覽古書惟史記鄭世家僅存鄦字葢司馬所見載籍或存古字也地理志申在南陽宛縣王符潛夫論
云申城在南陽宛北序山之下宛西三十里有呂按漢宛縣今爲河南南陽府城漢許縣今在河南許州州東三十里有故許
昌城鄦下言甫侯所封此云呂叔所侯者甫卽呂也故詩言甫不言呂國語言呂不言甫尚書呂刑卽甫刑呂叔甫侯皆謂文
叔也今地理志作大叔周穆王時呂侯是其胄也 世祚遺靈 祚古作胙漢碑多作祚許從之世胙猶世
禄也周語曰胙四岳國命爲侯伯許正用此胙字靈之言令也令善也古鼎彝銘以霝冬爲令終鄭箋毛詩曰靈善也
自彼徂召 謂自許往遷汝南召陵縣也左傳僖四年昭十四年定四年之召陵漢爲縣屬汝南晉改屬頴
川今河南許州郾城縣縣東四十五里有故召陵城漢時召陵有萬歲里許氏所居也又有郎里見於許書闞駋說召陵曰召
高也然則召同卲卩部曰卲高也是也 宅此汝瀕 瀕厓也宅居也居此汝水之厓葢自文叔以下二十
四世當戰國初楚滅之後有遷召陵者爲許君之先許詳此者放史記之自序其先也 竊卬景行 詩曰
高山卬止景行行止八篇云卬望欲有所庶及也引詩高山卬止此又隱栝二句而偁之景行大道也 敢涉聖
門 聖門謂凡造六藝之五帝三王周公孔子又左氏及倉頡史籀之門庭也 其弘如何節彼
南山 言大道聖門之大比於南山之高峻也節高峻皃山部曰𡸖高山之卪也詩之節葢𡸖之段借字 欲

罷不能罷猶置也既竭愚才此六句自言用功等於顏苦孔之卓也惜道之味甘下曰美也从口含一一道也聞疑載疑穀梁傳曰春秋信以傳信疑以傳疑少儀曰毋身質言語注云聞疑則傳疑水經注曰聞疑書疑立乎後漢以說古文字之形音義其不能無疑者衆矣聞疑而載之於書以俟後世賢人君子所以衛道也如不爲此則六書之學絕矣司馬氏不爲史記則孔子左氏春秋之學絕矣皆干城大道勇敢而爲之者也皆不以小疵掩其大醇演贊其志演長流也故凡推廣之曰演文王演周易是也贊者見也易曰幽贊於神明而生蓍孔子贊周易是也志者識也古志識同字演贊其志謂推演贊明惜道載疑所知識者也次列微辭次猶敘也列猶陳也微同㣲㣲者眇也眇者今之妙字凡粗者爲惡精者爲妙易曰眇萬物而爲言文賦曰眇衆慮而爲言辭者說也次列微辭謂敘陳其㣲眇之說解也說文解字皆微辭也於文言說於字言解者互言之說者說釋也解者判也知此者稀稀猶少也自許而前自許而後知此道味者少矣劉歆作七略班固述藝文志學者所奉爲高山景行者也而六藝略中以孝經爾雅小爾雅古今字爲孝經家以史籀八體倉頡凡將急就元尚訓纂別字倉頡傳倉頡訓纂倉頡故爲小學家於小學家言周官六書象形象事象意象聲轉注叚借是矣而不知爾雅三卷小爾雅一篇古今字一卷此與小學家之倉頡傳楊雄倉頡訓纂杜林倉頡訓纂倉頡故同爲訓詁之書皆古六書之所謂轉注叚借者不當畫而二之當合此爲小學類而以孝經五經襍議弟子職說合於論語家爲一家六藝九種易爲八種庶經與傳分別井然不當分

合舛繆一至於斯也且曰象形象事象意象聲轉注叚借六者
造字之本此語實爲巨繆指事象形形聲會意者造字之法也
轉注叚借者用字之法也有史籀八體倉頡凡將急就元尚訓
纂別字等篇以著指事象形形聲會意之文字乃有倉頡傳倉
頡訓纂倉頡故等篇又自古有爾雅三卷二十篇小爾雅一篇
古今字一卷皆所以說轉注叚借之用者其不當岐視明矣一
而二之至今學者膠柱鼓瑟謂小學專爲字形六書爲六撲字
形而爾雅之學乃别一事晦盲沈痼莫能箴其膏肓起其廢疾
許說之迴異於班者終古曾莫之知故知許所云知此者稀者
信也許以九千三百五十三文當爾雅史籀篇倉頡篇之字形
以每字之義當爾雅倉頡傳倉頡故之訓釋以象某形从某形
从某聲說其形以某聲讀若某說其音二者補古人所未備其
書以形爲主經之爲五百四十部以義緯之又以音緯之後儒
茍取其義之相同相近者各比其類爲一書其條理精密勝於
爾雅遠矣後儒茍各類其同聲者介以三百篇古音之部分如
是爲一書周秦漢之韵具在此矣故許一書可以爲三書○劉
班之以爾雅小爾雅古今字別於史籀篇倉頡篇及釋倉頡篇
者蓋謂爾雅小爾雅所言者六經古字古義倉頡傳倉頡訓纂
倉頡故所言者今字今義實有不同不知古今非有異字爾雅
小爾雅所列之字未嘗出史籀十五篇倉頡凡將等篇外也但
同此字而古今用者不同叚借依託致緐故又有說古今字之
書班既以古今字一卷附於爾雅矣則應合諸小學家顯然也
又況爾雅小爾雅古今字三者皆以統攝六藝附之小學則當
專附之孝經則不當若五經雜議十八篇弟子職一篇說三篇
皆非小學之言亦非孝經之詁孝經於六藝名經而實傳故宜
以孝經及說孝經各篇及五經雜議十八篇弟子職一篇說三

篇合於論語家爲學者幼少所習之傳

黨昭所尤

黨許書無此字漢書黨可徵幸段黨爲之或然之詞也尤者訧之叚借字毛傳曰訧過也許曰訧辠也言此道既尟知者則稽譔此書雖以自信容或明昭過謬之處莫爲諟正乎

庶有達者理而董之

庶冀也達者通人也理猶治也董督也正也督者如衣之督其裻縫也董與裻雙聲督與裻疊韵非通人不能治之非通人治之不能正其譌缺自有說文以來世世不廢而不融會其全書者僅同耳食強爲注解者往往眯目而道白黑其他字林字苑字統今皆不傳玉篇雖在亦非原書要之無此等書無妨也無說文解字則倉籀造字之精意周孔傳經之大恉薶縕不傳於終古矣玉裁之先百三公自河南隨宋南渡居金壇縣十六代至先王父諱文食貧力學善誨後進不倦著書法心得錄生先考諱世續事父母至孝卅二歲喪親終其身每祭必泣以赤貧好學厲行授徒嚴課程善開導謂食人之食而訓其子弟必求無媿於心每誦先王父詩句云不種硯田無樂事不撑鐵骨莫支貧㠯是律己教四子務讀經書勿溺時藝嘉慶六年生玄孫義正

恩賜七葉衍祥扁並拜白金黄緞之

賜八年年九十四終於蘇反葬於金壇大坝頭著有物恆堂制義長子即玉裁也年十三學使者博野尹公諱會一錄取博士弟子授以朱子小學生平敬守是書年二十六舉於鄉歷任貴州玉屏四川巫山知縣四十六以父年已七十一遂引疾歸養五十五避橫屰奉父還居蘇州閶門外下津橋始年二十八時識東原戴先生於京師好其學師事之遂成六書音均表五卷古文尚書撰異卅二卷詩經小學卅卷毛詩故訓傳略說卅卷復以向來治說文解字者多不能通其條毌攷其文理因悉心校其譌字爲之

注凡三十卷謂許以形爲主因形以說音說義其所說義與他書絕不同者他書多叚借則字多非本義許惟就字說其本義知何者爲本義乃知何者爲叚借則本義乃叚借之權衡也故說文爾雅相爲表裏治說文而後爾雅及傳注明說文爾雅及傳注明而後謂之通小學而後可通經之大義始爲說文解字讀五百四十卷既乃隱栝之成此注發軔於乾隆丙申落成於嘉慶丁卯剖析既繇疵纇不免召陵或許其知己達者仍俟諸後人○自其建首也至末皆用韵語耑分毌聯原此合古音第十三十四部也冥明中滂方此合古音第九第十第十一部也傳年申神辛藩靈瀕門山此合古音第十二第十三第十四部而靈讀爲令令字如易傳之真清有時合用也能才疑辭尤之此古音之第一部也漢人用韵自元成至桓靈大氐同此一之下曰道立於一化成萬物亥之下曰亥而生子復從一起於六書每事爲二句亦皆韵語也

召陵萬歲里 郡國志一里百家里魁掌之 公乘 漢仍秦制爵一爵曰公士八爵曰公乘公乘者言其得乘公家之車也荀綽曰吏民爵不得過公乘公乘者軍吏之爵祿最高者也 艸莽臣

沖 士相見禮曰凡自偁於君士大夫則曰下臣宅者在邦則曰市井之臣在野則曰艸茅之臣宅者謂致仕者去官而居宅茅古文作苗孟子作莽沖爵公乘而不仕故自偁艸莽臣 稽首再拜 稽篇末作䭫二徐本同不應一篇而乖異如此葢沖本从俗皆作稽後人或以古字改之參差不壹凡許自序及沖上書用字皆同漢人不必合於其全書所謂古今字也其全書說解之語必依用本字本義令全書形與義畫一所謂成一家之言也首部曰䭫下

首也是本字經傳及漢人多用稽是叚借字凡說解內俗本
誤改者如龢調也故調下曰龢也不當作唱和之和𡫳窒也
故窒下曰𡫳也不當作邊塞之塞但裼也故裼下曰但也不
當作綻裂之袒匌帀徧也故帀下曰匌也不當作周密之周
厶姦衺也故姦下曰厶也不當作禾名之私飾㕞也故㕞下
曰飾也不當作許不錄之拭居蹲也故蹲下曰居也不當作
俗用之踞位立也故立下曰位也不當作俗逗字之住䃺碎
也故碎下曰䃺也不當作石磑之䃺繼縮也故縮下曰繼也
不當作絹悟覺也故覺下曰悟也不當作寤灸灼也故灼下
曰灸也不當作炙惪愁也故愁下曰惪也不當作行和之憂
凡若此類許必枘鑿相應斷不矛盾自陷全書　上書皇
內有似此者皆淺人所竄改當從其朔者也
帝陛下 孝安帝也 臣伏見陛下神明盛德承遵聖
業上考度於天 考者攷之叚借字 下流化於民先天而
天不違 違古祗作韋相背也 後天而奉天時萬國咸寧 萬本
蟲名用為數名所謂本無其字依聲託事而終未製字終古
叚借者後世乃造万字寧同寍寍安也所謂本有其字而叚
借者 神人以和 和當作龢此從俗作和 猶復深惟五經之妙 惟思
也許云孔子書六經此云五經者合樂於禮則為五經也故
莊子天運篇有六經之目禮記經解篇列詩書樂易禮春秋
為六大史公自序列易禮書詩樂春秋為六藝文志列六藝
略沖亦云六藝羣書之詁而漢立五經博士惟樂無買許君

以五經傳說臧否不同於是撰爲五經異義然則云六經者古古相傳之說也云五經者漢人所習也皆爲漢制謂光武好經術立五經十四博士又以李封爲春秋左氏博士博采幽遠窮理盡性以至於命章帝建初中大會諸儒於白虎觀考詳同異親臨稱制如石渠故事顧命史臣著爲通義又詔高才生受古文尚書毛詩穀梁左氏春秋先帝謂孝和帝詔侍中騎都尉賈逵修理舊文殊藝異術王教一耑苟有可以加於國者靡不悉集賈逵字景伯扶風平陵人也九世祖誼父徽從劉歆受左氏春秋兼習國語周官又受古文尚書於塗惲學毛詩於謝曼卿逵悉傳父業尤明左氏國語爲之解詁五十一篇章帝使出左氏傳大義長於二傳者具條奏之又詔撰歐陽大小夏侯尚書古文同異集爲三卷復令撰齊魯韓詩與毛氏異同幷作周官解故和帝永元三年以爲左中郎將八年復爲侍中領騎都尉內備帷幄兼領祕書近署甚見信用云修理舊文殊藝異術靡不悉集者和帝紀云十三年春正月丁丑帝幸東觀覽書林閱篇籍博選術藝之士以充其官此皆用侍中說爲之安帝永初四年詔謁者劉珍及五經博士校定東觀五經諸子傳記百家藝術整齊脫誤是正文字此安帝之繼述先帝也沖名侍中者君前臣名也許六言賈侍中說不言賈逵說者弟子不敢名其師也左傳君子曰苟有可以加於國家者棄其邪可也沖語本左氏易曰窮神知化德之盛也

轂辭傳文書曰人之有能有爲使羞其行而國其昌鴻範文羞進也偁此者上爲殊藝悉集作證下爲齎獻父書起本

臣父故大尉南閣祭酒慎故猶今言前任也閤各本譌作閣今正古書閤之誤閣者多矣閤爲閨閤小門閣爲庋閣之處太尉南閣祭酒謂太尉府掾曹出入南閣者之首領也百官志太尉掾史屬二十四人黃閣主簿錄省衆事黃閣卽南閣也沈約宋志三公黃閣者天子當陽朱門洞開三公近天子引嫌故黃其閤陳元爲司空南閣祭酒見經典釋文言南閤以別於他曹今說文各本於弟一行署曰漢太尉祭酒許慎記太尉祭酒四字相聯不通如淳曰祭祠時尊長以酒沃酹故吳王濞於宗室中爲祭酒豈太尉有數人而叔重爲之祭酒乎其不然可知矣後漢書儒林傳曰許慎字叔重汝南召陵人也性淳篤少博學經籍馬融常推敬之時人爲之語曰五經無雙音春許叔重古平聲爲郡功曹舉孝廉再遷除汶長卒於家初慎以五經傳說臧否不同於是撰爲五經異義又作說文解字十四篇皆傳於世按史不言其爲太尉南閣祭酒由郡功曹舉孝廉卽應劭漢官儀云世祖詔自今以後審四科辟召及刺史二千石察茂才尤異孝廉之吏務盡實覈也凡史云故某官者皆謂最後致仕之一任沖云故太尉南閣祭酒不云故汶長然則疑汶長落職又至京師充三府掾已而歸里卒於家不得云終於汶長也後漢書獨行傳魯平先爲陳留太守後爲博士亦其證

本從逵受古學古學者古文尚書詩毛氏春秋左氏傳及倉頡古文史籀大篆之學也逵卒於永元十三年許於逵

受古學故江式論書表云逵郎汝南許愼古學之師也蓋聖人不妄作皆有依

據論語曰蓋有不知而作之者我無是也今五經之道昭炳光明蒙上

深惟五經之妙博采幽遠逵復修理舊文許從賈受古學言之許於五經既有五經異義爲今學古學所折衷矣

而文字者其本所由生有文字而後有五經故曰本立而道生自周

禮漢律皆當學六書貫通其意於經獨言周禮者舉一以晐六藝也

必兼言漢律者知古而不知今不可以爲政故四科辟召三曰明達法令足以決疑且尉律之制諷籒書九千字乃得爲

史又以八體試之自尉律不課小學不修至說律苛人受錢者妄生謬解六書不講以律誤人猶以經禍人也恐

巧說衺辭使學者疑藝文志曰後世經傳既已乖離博學者又不思多聞闕疑之義

而務碎義逃難便辭巧說破壞形體愼博問通人考之於逵折衷於逵也

作說文解字一書之名惟見沖奏中既曰說文又曰解字者古曰文今曰字言文字以晐古文籒

文小篆三體言說解以全晐指事象形形聲會意轉注叚借六書每字先說解其義次說解其形次說解其音說釋也解

判也後世從省但目爲說文六藝羣書之詁周禮言三物者六德六行六藝也言六藝者禮

樂射御書數也漢人言六藝者司馬遷劉歆班固謂六經也周之六藝主習其事漢之六藝主習其文文與事未有不相

兼而習者抑周時以六藝羣栝技能爲六德六行之助孔子所云志道據德依仁游藝也漢時以六藝統攝古聖載籍晐六德六行六藝之大全漢之有六經實卽周之教民三物也周人所習之文以禮樂詩書爲急故左傳曰說禮樂而敦詩書王制曰春秋教以禮樂冬夏教以詩書而周易其用在卜筮其道冣精微不以教人春秋則列國掌於史官亦不以教人故韓宣子適魯乃見易象與魯春秋此二者非人所常習明矣二云魯春秋者獨得周公之法與晉史不同也孔子雅言惟詩書執禮而七十二子身通六藝謂或通其一二不必一人而兼六藝也六藝足以攝羣書必兼言羣書者容有不見六藝而見羣書者也漢律亦羣書之一也詁者訓故言也凡前古所傳曰故言

皆訓其意訓者順其理而說之也而天地鬼神山川艸木鳥獸蚰蟲雜物奇怪王制禮儀儀依許祇當作義此亦從俗用儀世間人事莫不畢載凡十五卷凡者冣括之詈也沖云十五卷則此敘別爲一卷明矣許云十四篇者不數敘言之也沖云十五卷者兼舉敘也十三萬三千四百四十一字不言五百四十部九千三百五十三文重千一百六十三者已詳於敘矣十三萬三千四百四十一字蓋兼每篇說解及敘言之敘亦說解也自敘凡五千三十字以今各篇所載說解字數十二萬二千六百九十九併此爲十二万七千七百二十九於二許所謂十三万三千四百四十一字尚不足五千七百十二字

慎前已詔書校

書東觀校者今之校字經典祗作校許以詔書校書東觀不見本傳葢安帝永初四年詔謁者劉珍及五經博士校定東觀五經諸子傳記百家藝術整齊脫誤是正文字儒林傳則云大后詔劉珍與劉騊駼馬融校定東觀五經諸子云云與和帝紀同馬融傳亦云永初四年拜爲校書郎中詣東觀典校秘書葢此時分司其事者史不盡載許亦其一也許於和帝永元十二年已刱造說文歷十一年至永初四年復校書東觀其涉獵者廣故其書以博而精也又十有一年而書成推詳許之行事先後葢其官終於大尉南閤祭酒故沖署曰故大尉南閤祭酒凡言故者皆謂方罷之一任漢詔書皆如此自祭酒解職而病而遣沖獻說文自是而卒於家曰今愼已病遣臣齎詣闕葢自召陵遣沖也然則爲洨長必在爲大尉掾之先而校書東觀其在爲大尉掾後與玉海曰洛陽宮殿名云東觀在洛陽南宮教小黃門子孟生李喜等元帝之世史游爲黃門令輿服志曰禁門曰黃闥中人主之故曰黃門宦者傳曰永平中中常侍四人小黃門十人迄乎延平中常侍至有十一人小黃門二十人教小黃門事亦受詔爲之孟生李喜小黃門二人名也㠯文字未定未奏上沖言當其時未奏上者以文字未定也既云文九千三百五十三重千一百六十三解說十三萬三千四百四十一字則文字已定矣何以云未定也古人著書不自謂是時有增刪改竄故未死以前不自謂成司馬闕其十篇班氏或言當考皆以任重道遠死而後已許雖綱舉目張而文字實緐聞疑傳疑不無待於更正今有由聲屮聲免聲而無正篆以及凡可疑者皆因未定而未竟也逮病且

死則自謂不能致力而命子奏上矣今愼已病遣臣齎詣闕齎者持遺也詣送致也闕者東都之兩觀也東京賦曰建象魏之兩觀旌六典之舊章愼又學孝經孔氏古文說以下至并上述附奏古文孝經說之意古文孝經者孝昭帝時魯國三老所獻藝文志曰古文尚書者出孔子壁中武帝末魯恭王壞孔子宅欲以廣其宮而得古文尚書及禮記論語孝經孔安國悉得其書以古文尚書獻之按志於禮論語孝經下皆不言安國獻壁中文然則安國所得雖多而所獻者獨尚書一種而已淹中所出之禮古經魯國三老所獻之古文孝經皆即恭王壁中所得而安國未獻者也孝經至昭帝時魯國三老乃獻之建武時建武光武帝年號給事中議郎衛宏所校云給事中議郎者議郎有不給事中者也百官志議郎六百石衛宏字敬仲東海人范史言作毛詩序爲古文尚書作訓旨而不言其校古文孝經皆口傳官無其說謹撰具一篇并上撰亦具也丌部曰巽具也古不从手此从手者隨俗也藝文志孝經古文二十二章與孝經十八章異劉向曰庶人章分爲二曾子敢問章分爲三又多一章凡二十二章班固曰孝經經文諸家皆同惟孔氏壁中古文爲異父母生之續莫大焉故親生之膝下諸君說不安處古文字讀皆異桓譚新論云古孝經千八百七十一字今異者四百餘字按衞宏校而爲之說未著書僅口傳故外閒有其說官徒有三老所獻而無其說

也許學其說於宏沖傳其說於父乃撰而上之如公羊春秋自子夏至漢景時胡毋子都乃箸竹帛而近世有僞造孔安國孝經注者吁可怪也惜沖之說不傳耳許受古學於賈侍中他經古學皆得諸侍中孝經學獨得諸衞宏故必分別言之亦使孝經古文說官有其書以扶微學

臣沖誠惶誠恐頓首頓首死辠死辠䭬首再拜㠯聞皇帝陛下

起末皆云稽首再拜而末稽首之上云誠惶誠恐頓首頓首死罪死罪東漢人文字多如此見於今者若蔡邕戍邊上章蔡質所記立宋皇后儀皆見漢書注漢百石卒史碑見隸釋與此而四周禮九𢬵一曰稽首吉拜也頭至地也二曰頓首凶拜卽稽顙也頭叩地也三曰空首吉凶皆有之卽拜手也頭至手也稽首頓首吉凶不相兼是以周制惟喪稽顙惟大變用頓首如左傳穆嬴申包胥之頓首卽稽顙也獨斷曰漢承秦法羣臣上書皆言昧死言王莽盜位慕古法去昧死曰稽首光武因而不改意非不善也而仍兼言頓首死罪爲請罪之辭遂使一簡一行之閒吉凶二拜竝出殊爲非禮說詳釋拜

建光元年九月己亥朔二十日戊午上

建光元年安帝卽位之十五年歲在辛酉自和帝永元十二年歲在庚子至此凡廿二年

召上書者汝南許沖詣左掖門外會

宋本無外字凡言掖門者謂正門之旁門手部曰掖者一曰臂下也其字古作亦今作掖門之在旁如臂與脅之有閒也云左掖門者謂北宮東面掖門對下朱雀掖門爲南面掖門言也會者謂上書者多

皆會於令并齎所上書所上書謂說文解字十五卷孝經孔氏古文說一篇并齎者合此也而齎上之也九月二十日沖所言先達於上即命至左掖門進所上二種十月十九日中黃門饒喜百官志中黃門冗從僕射一人六百石中黃門比百石㠯詔書賜召陵公乘許沖布四十匹即日受詔朱雀掖門百官志曰北宮朱爵司馬主南掖門古今注曰永平二年十一月初作北宮朱爵南司馬門敕勿謝

說文解字第十五卷下

說文解字注後敘

段先生作說文解字注沅時爲之校讎且慫恿其速成既成又日望其刻以行也癸酉之冬刻事甫就而沅適游閩至是刻將過半矣先生以書告且屬爲後敘沅謂世之名許氏之學者夥矣究其所得未有過於先生者也許氏著書之例以及所以作書之恉皆詳於先生所爲注中先生亦自信以爲於許氏之志什得其八矣沅更何所言哉先生命序之意蓋謂沅研誦其中十有餘年矣作篆以正其體編音均十七部以諧其聲必有能以約而說詳者沅於是即所見而曒之曰許書之要在明文字之本義而已先生發明許書之要在善推許書每字之本義而

已矣經史百家字多叚借許書以說解名不得不專言本義者也本義明而後餘義明引申之義亦明叚借之義亦明形以經之聲以緯之凡引古以證者於本義於餘義於引申於叚借於形於聲各指所之罔不就理蓺謐之譌衍羼袳之譌奪罔不灼知列字之次弟後人之竄益罔不畢見形聲義三者皆得其雜而不越之故焉縣是書以爲旳而許氏箸書之心以明經史百家之文字亦無不由此以明孔子曰必也正名蓋必形聲義三者正而後可言可行也亦必本義明而後形聲義三者可正也沅先大父艮庭徵君生平服膺許氏箸尚書注疏既畢復從事於說文解字及見先生作而輟業焉沅之有事

於校讎也先徵君之意也今先徵君音容旣沓

先生獨神明不衰靈光巋然書亦將傳布四方

而沅學殖荒陋莫罄高深瞻前型之邈然幸後

學之多賴愉快無極感慨從之至於許書之例

有正文皆見于說解者有重文皆見于說解者

此沅之私見而先生或當以爲然者也皆于此

以更質諸先生時嘉慶十有九年秋八月覩炙

學者江沅謹拜敘于閩浙節署

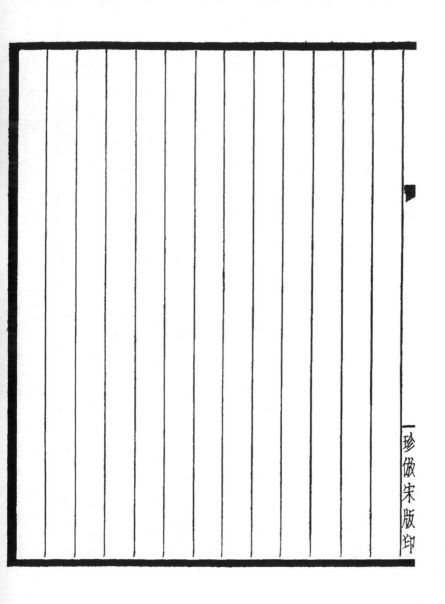

跋

渙聞諸先生曰昔東原師之言僕之學不外以字攷經以經攷字余之注說文解字也葢竊取此二語而已經與字未有不相合者經與字有不相謀者則轉注叚借爲之樞也先生自乾隆庚子去官後注此書先爲長編名說文解字讀抱經盧氏雲椒沈氏曾爲之序既乃簡練成注海內延頸望書之成已三十年於茲矣會徐直卿學士偕其友胡竹巖明經積城力任刊刻江子蘭師因率渙同司校讎得朝夕誦讀而苦義蘊閎深非淺涉所能知也敬述先生所示箸書之大要分贈同人竊謂小學明而經無不可明矣乙亥三月受業長洲陳渙拜手敬書

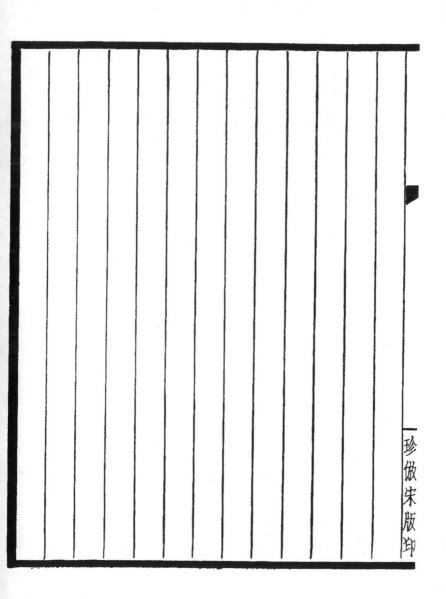

說文解字讀序

文與字古亦謂之名春官外史掌達書名于四方秋官大行人九歲屬瞽史論書名名者王者之所重也聖人曰必也正名乎鄭康成注周官論語皆謂古者謂之名今世謂之字字之大端形與聲而已聖人說字之形曰一貫三爲王推一合十爲士儿象人脛之形在人下故詰屈黍可爲酒从禾入水也牛羊之字以形舉也視犬之字如畫狗也此皆以形而言也其說字之聲曰烏盱呼也取其助氣故以爲烏呼狗叩也叩氣吠以守粟之爲言續也貉之爲言惡也皆以聲而言也春秋時人亦多能言其義如止戈爲武反正爲乏皿蟲爲蠱二首六身爲亥皆見於

左氏傳故孔子曰今天下書同文知當時尚無
有亂名改作者自隸書行而篆之意寖失今所
賴以見制字之本源者惟漢許叔仲說文而已
後世若邯鄲淳江式呂忱顧野王輩咸宗尚其
書唐宋以來如李陽冰郭忠恕林罕張有之流
雖未嘗不遵用而或以私意增損其閒則亦未
可爲篤信而能發明之者逮於勝國益猖狂滅
裂許氏之學寖微我
朝文明大啟前輩往往以是書提倡後學於是
二徐說文本學者多知珍重然其書多古言古
義往往有不易得解者則又或以其難通而疑
之夫不通衆經則不能治一經況此書爲義理
事物之所統彙而以寡聞尠見之胸用其私智

小慧妄爲穿鑿可乎吾友金壇段若膺明府於周秦兩漢之書無所不讀於諸家小學之書靡不博覽而別擇其是非於是積數十年之精力專說說文以鼎臣之本頗有更易不若楚金爲不失許氏之舊顧其中尚有爲後人竄改者漏落者失其次者一一考而復之悉有左證不同肊說詳稽博辨則其文不得不繁然如楚金之書以繁爲病而若膺之書則不以繁爲病也何也一虛辭一實證也蓋自有說文以來未有善於此書者匪獨爲叔重氏之功臣抑亦以得道德之指歸政治之綱紀明彰禮樂而幽通鬼神可以砭諸家之失可以解後學之疑斯眞能推廣聖人正名之旨而其有益於經訓者功尤大

也文弨年七十猶幸得見是書以釋見聞之陋故爲之序以識吾受益之私云爾乾隆五十有一年中秋前三日杭東里人盧文弨書於鍾山講舍之須友堂

說文部目分韵

說文五百四十部始一終亥分屬十四篇猝難檢尋宋李仁甫五音韵譜本改依陸法言二百六韵編次較原書易得其部首今先生依始一終亥成注復命煥用仁甫法始東終乏爲目所以便學者也其或與廣韵小異者徐鼎臣音切用唐韵或不與廣韵同仁甫仍之耳嘉慶乙亥春三月長洲陳煥編

一東

東德紅切六上二 工古紅切五上五 豐敷戎切五上二十三 風方戎切十三下三 蟲直弓切十三下二 熊羽弓切十上十二 弓居戎切十二下二十一 宮居戎切七下十

三鍾

从疾容切八上四 龍力鍾切十一下十七 凶許容切七上三十止

四江

囪楚江切十下一

五支

支章移切三下十　卮章移切九上十四　𠂹是爲切六下八　皮符羈切三下二十一　乁弋支切十二下六　䖒許羈切五上二十四　危魚爲切九下七

六脂

隹職追切四上十二　尸式脂切八上十九止　厶息夷切九上二十五　夊楚危切五下二十四　雈息遺切四上十三　龜居追切十三下五　眉武悲切四上四

七之

之止而切六下二　甾側詞切十二下十九　而如之切九下十二　思息茲切十下二十三　絲息茲切十三上三　司息茲切九上十三　𦣝與之切十二上十　箕居之切五上二　丌居之切五上三　犛里之切二上六

八微

非甫微切十一下十九飛甫微切十一下十八衣於希切八上十四㐆於機切八上十三韋宇非切五下二十七囗羽非切六下十七

九魚

魚語居切十一下十四𩺰語居切十一下十五凵去魚切五上二十九且子余切十四上五疋所菹切二下十一舁以諸切三上二十二

十虞

亐羽俱切五上十六𠌶況于切六下九夫甫無切十下十九毋武扶切十二下二巫武扶切五上七須相俞切九上七几市朱切三下十九殳市朱切三下十七

十一模

麤倉胡切十上四壺戶吳切十下十一虍荒烏切五上二十五烏哀都切四上二十三止

十二齊

亝祖奚切七上十七西先稽切十二上四禾古兮切六下十一稽古兮切六下十二兮胡雞切五上十四

十四皆

𠦒古懷切十二上十二止

十五灰

嵬五灰切九上二十六止　𠂤都回切十四上十止　來洛哀切五下二十二　才昨哉切六上四止

十七真

申失人切十四下三十七　身失人切八上十二　辰植鄰切十四下三十三　晨食鄰切三上二十四

臣植鄰切三下十六　人如鄰切八上一　儿如鄰切八下六　辛息鄰切十四下二十二　頻符真切十一下二　民彌鄰切十二下三　㲋詳遵切十一下七　寅弋真切十四下三十一　巾居銀切七下二

十

十九臻

屾所臻切九下二

二十文

文無分切九上十　彣無分切九上九　雲王分切十一下十三

二十一欣

斤舉欣切十四上六　筋居銀切四下十六　堇巨斤切十三下十一　犾語斤切十上九

二十二元

吅況袁切二上十　言語軒切三上十二

二十三魂

䖵古䰟切十三下一　門莫奔切十二上八　豚徒䰟切九下十六

二十五寒

干古寒切三上三　歺昨干切四下十　丹都寒切五下一

二十六桓

丸胡官切九下六　雈胡官切四上十四　萈胡官切十上七　毌古丸切七上十三　𠦒北潘切四下一

耑多官切七下五

二十七刪

𠬜普班切三上十九

二十八山

山所閑切九下一 虤五閑切五上二十七 臤苦閑切三下十五

一先

先蘇前切八下十一 田待年切十三下十三 幵古賢切十四上二 弦胡田切十二下二十三 玄胡涓切四下六

二仙

㳄敘連切八下十七 羴式連切四上十八 㢟丑連切二下六 䇂去虔切三上十五 宀武延切七下九 泉疾緣切十一下六 川昌緣切十一下五 叀職緣切四下五 員王權切六下十八

三蕭

卤徒遼切七上十六 県古堯切九上六 幺於堯切四下三 垚吾聊切十三下十 髟必凋切九上十一

五肴

爻胡茅切三下二十七 交古爻切十下九 包布交切九上二十一 勹布交切九上二十 巢鉏交切六

下十三

六豪

高古牢切五下十三　毛莫袍切八上十七　刀都牢切四下十七　夲土刀切十下十六

八戈

戈古禾切十二下九　禾戶戈切七上二十三　多得何切七上十二　它託何切十三下四

九麻

麻莫遐切七下三　巴伯加切十四下二十　奢式車切十下十四　車尺遮切十四上九　牙五加切二

下九　䔢戶瓜切六下十　瓜古華切七下七

十陽

羊與章切四上十七　方府良切八下五　匚府良切十二下十七　亾武方切十二下十五　長直良切九

上九　香許良切七上二十六　畕居良切十三下十四　王雨方切一上五

十一唐

倉七岡切五下九　亢古郎切十下十五　允烏光切十下十　黃乎光切十三下十五

十二庚

庚古行切十四下二十一　行戶庚切二下七　明武兵切七上九　生所庚切六下六　京舉卿切五下十

六　卿去京切九上十八　兄許榮切八下七

十四清

晶子盈切七上六

十五青

青蒼經切五下二　丁當經切十四下十七　冂古熒切五下十四　冥莫經切七上五

十六蒸

仌筆陵切十一下十一

十七登

能奴登切十上十一

十八尤

丘去鳩切八上七　裘巨鳩切八上十五　牛語求切二上五　酋字秋切十四下三十九　舟職流切八

下四雔市流切四上三十矛莫浮切十四上八厸於虯切四下四丩居虯切三上八

二十一侵

心息林切十下二十四壬如林切十四下二十四先側琴切八下八林力尋切六上三音於今切三上十四㐺魚音切八上八金居音切十四上一琴巨今切十二下十三

二十二覃

男那含切十三下十六

二十三談

三穌甘切一上四甘古三切五上八

二十四鹽

鹽余廉切十二上六炎于廉切十上十四

二十七銜

彡所銜切九上八

二腫

廾居竦切三上十八

四紙

只諸氏切三三上五　氏承旨切十二下七　豕式視切九下十三　是承旨切二下二　𣏟之壘切十一下

一　此雌氏切二上十六止　𢖬才規才棨二切十下二十五止　豸池尒切九下十七　𡚱力几切三下二

十八止　毀許委切七上二十八

五旨

旨職雉切五上十六　矢式視切五下十二　水式軌切十一上全部　死息姊切四下十二　兕徐姊

切九下十八　黹陟几切七下二十六止　夂陟侈切五下二十九　履良止切八下三　厽力軌切十四下

三　癸居誄切十四下二十五　几居履切十四上四　匕卑履切八上三

六止

止諸市切二上十三　齒昌里切二下八　耳而止切十二上九　史疏士切三下九　士鉏里切一上九

子即里切十四下二十六　巳詳里切十四下三十四　里良止切十三下十二　喜虛里切十上十七

己居擬切十四下十九

七尾

尾無斐切八下二十 豈墟稀切五上二十 虫許偉切十三上五止 鬼居偉切九上二十三

八語

鼠書呂切十上十 黍舒呂切七上二十五 宁直呂切十四下五 呂力舉切七下十一 女尼呂切十二下一 予余呂切四下七

九麌

羽王矩切四上十一 雨王矩切十一下十二 丶知庾切五上三十二止

十姥

土它魯切十三下九 鹵郎古切十二上五 虎呼古切五上二十六 古公戶切三上九 鼓工戶切五上十九 兆公戶切八下十 戶侯古切十二上七 五疑古切十四下八 午疑古切十四下三十五

十一薺

米莫禮切七上二十七 氐丁禮切十二下八 豊盧啓切五上二十二 乚胡禮切十二下十六

十二蟹

廌 宅買切 十上二

十五海

亥 胡改切 十四下四十一 止 乃 奴亥切 五上十一

十六軫

廴 余忍切 二下五

十九隱

乚 於堇切 十二下十四

二十阮

㫃 於幰切 七上四

二十一混

𣠔 胡本切 六下十六 丨 古本切 一上十 止

二十三旱

厂 呼旱切 九下五

二十四緩
卵盧管切十三下七
二十七銑
丏彌兖切九上四　犬苦泫切十上八　く姑泫切十一下三
二十八獮
舛昌兖切五下二十五　孨旨兖切十四下二十八　㼱而兖切三下二十二　辡平免切十四下二十三
㠭知衍切五上六
二十九篠
鳥都了切四上二十二　了盧鳥切十四下二十七
三十小
小私兆切二上一　𠬪平小切四下九
三十一巧
卯莫飽切十四下三十二　爪側狡切三下四

三十二晧
丂苦浩切五上十二　夰古老切十下十七　夭於兆切十下十八　冃莫保切七下十六　老盧晧切八
上十六　艸倉老切一下二
三十三哿
可肯我切五上十三　我五可切十二下十一　ナ臧可切三下八
三十四果
火呼果切十上十三
三十五馬
馬莫下切十上一　冎古瓦切四下十三　丫工瓦切四上十五　瓦五寡切十二下二十
三十六養
象徐兩切九下二十止　㒳良獎切七下十八　弜其兩切十二下二十二　亯許兩切五下十七　网
文紡切七下十九　上時掌切一上二
三十七蕩

茻 摸朗切 一下四止

三十八梗

丙 兵永切 十四下十六 皿 武永切 五上二十八 永 于憬切 十一下八 囧 俱永切 七上十

三十九耿

黽 莫杏切 十三下六

四十靜

井 子郢切 五下三

四十一迥

竝 蒲迥切 十下二十一 鼎 都挺切 七上二十 壬 他鼎切 八上九

四十四有

有 云久切 七上八 九 舉有切 十四下十一 久 舉友切 五下三十 韭 舉友切 七下六 臼 其九切 七上二十九

酉 與久切 十四下三十八 缶 方久切 五下十一 不 方久切 十二上三 𨸏 房久切 十四下一

𨺅 房久切 十四下二 𦣻 書九切 九上五 百 書九切 九上二 手 書九切 十二上十一 禸 人九切 十四下

十二
丑敕久切十四下三十

四十五厚

㫗胡口切五上十八 后胡口切九上十二 口苦后切二上八 走子苟切二上十二 斗當口切十四上七

四十七寑

品丕飲切二下十二 㐭力甚切五下二十 㱃於錦切八下十六

四十八感

𣐺胡感切七上十五 马乎感切七上十四

五十剡

㷋以冄切十下二 冄而琰切九下十一 广魚儉切九下四

五十五范

凵口犯切二上九

一送

㝱莫鳳切七下十三

三用

用余訟切三下二十六　重柱用切八上十　共渠用切三上二十

四絳

𨛜胡絳切六下二十一止

五寘

朿七賜切七上十八

六至

至脂利切十二上三　示神至切一上三　二而至切十三下八　四息利切十四下四　自疾二切四上六　白疾二切四上七　希羊至切九下十四　鼻父二切四上八　比毗二切八上五

七志

異羊吏切三上二十一

八未

未 無沸切十四 下三十六 气 去既切一 上八 㞼 居未切八 下十八止

九御

去 丘據切五 上三十

十遇

句 九遇切 三上七 䀠 九遇切 四上三 瞿 九遇切四 上十九 壴 中句切五 上十八

十一暮

步 薄故切二 上十五 素 桑故切十 三上二 兔 湯故切 十上六 瓠 胡誤切 七下八

十二霽

弟 特計切五 下二十八 系 胡計切十二 下二十四止

十三祭

毳 此芮切 八上十八 㓞 居例切九 下十五 厂 余制切十 二下五 㡀 毗祭切七 下二十五

十四泰

大 徒蓋切 十下五 貝 博蓋切六 下十九 會 黃外切 五下八 巜 古外切十 一下四

十五卦

𠂢匹卦切十一下九 𣏟匹卦切七下二

十六怪

丯古拜切四下二十

十八隊

耒盧對切四下二十一

十九代

隶徒耐切三下十四

二十一震

刃而振切四下十八 舜舒閏切五下二十六 盾食閏切四上五 𣎵匹刃切七下一 囟息進切十下二

卂息晉切十一下二十止 寸倉困切三下二十 印於刃切九上十六

二十八翰

倝古案切七上三 半博幔切二上四 爨七亂切三上二十五止 旦得案切七上二

三十一襉

釆 蒲莧切 二上三

三十二霰

見 古甸切八 下十三 燕 於甸切十 一下十六 片 匹見切七 上十九

三十三線

面 彌箭切 九上三

三十五笑

覞 弋笑切八 下十四

三十六效

敎 古孝切三 下二十四 皃 莫敎切 八下九

三十七号

号 胡到切五 上十五 告 古奧切 二上七 冃 莫報切七 下十七

三十八箇

左 則箇切 五上四

三十九過

臥 吾貨切 八上十一

四十禡

襾 呼訝切 七下二十　亞 衣駕切 十四下七　七 呼跨切 八上二

四十一漾

放 甫妄切 四下八　鬯 丑諒切 五下五

四十三映

誩 渠慶切 三上十三

四十五勁

正 之盛切 二下一

四十九宥

又 于救切 三下七　嘼 許救切 四下十三

五十候

冓古候切四下二　戊莫候切十四下十八　鬥都豆切三下六　豆徒候切五上二十一

六十梵

欠去劍切八下十五

一屋

哭苦屋切二上十一　谷古祿切十一下十　卜博木切三下二十五　攴普木切三下二十三　木莫卜切六上一　禿他谷切八下十二　彔盧谷切七上二十二　鹿盧谷切十上三　畐房六切又芳逼切五下十九　目莫六切四上二　尗式竹切七下四　肉如六切四下十五　竹陟玉切五上一　六力竹切十四下九　臼居玉切二上二十三　菐蒲沃切三上十七

二燭

束書玉切六下十五　蓐而蜀切一下三　足卽玉切二下十　凵丘玉切十二下十八　玉魚欲切一上六

四覺

角古岳切四下二十二止　珏古岳切一上七　学士角切三上十六

五質

日人質切七上一　率所律切十三上四　七親吉切十四下十　桼親吉切六下十四　一於悉切一上一　壹於悉切十下十二　乙於筆切十四下十五

六術

出尺律切六下四　戌辛律切十四下四　聿余律切三下十二

八物

勿文弗切九下十　甶敷勿切九上二十四　巿分勿切七下二十二

十月

月魚厥切七上七　戉王伐切十二下十　曰王伐切五上十　旻火劣切四上一　亅衢月切十二下十二

十一沒

𠫓他骨切十四下二十九　骨古忽切四下十四

十二曷

屵五葛切九下三　𣦵五割切四下十一　亣他達切十下十八

十三末

癶北末切二上十四 朩普活切六下五

十四黠

㓞恪八切四下十九 乙烏轄切十二上一 八博拔切二上二 殺所八切三下十八 㕯女滑切三上六

十六屑

卪子結切九上十五 𥄕徒結切又讀若末四上十六 頁胡結切九上一 穴胡決切七下十二 血呼決切五上三十 丿匹蔑切又房密切十二下四

十七薛

舌食列切三上二 屮丑列切一下一 叕陟劣切十四下六 桀渠列切五下三十一止

十八藥

龠以灼切二下十三 勺之若切十四上三 叒而灼切六下一 辵丑略切二下三 㲋丑略切十上五 谷其虐切三上四

十九鐸

𩫏古博切五下十五

二十陌

白旁陌切七下二十四　帛旁陌切七下二十三　乇陟格切六下七　丮几劇切三下五

二十一麥

麥莫獲切五下二十三　冊楚革切二下十四　疒女戹切七下十四　革古覈切三十一　畫胡麥切三下十三

二十二昔

夕祥易切七上十一　尺昌石切八下一　赤昌石切十下四　炙之石切十下三　石常隻切九下八　彳丑亦切二下四　亦羊益切十下六　易羊益切九下十九　辟必益切九上十九

二十三錫

糸莫狄切十三上一　冖莫狄切七下十五　秝郎擊切七上二十四　鬲郎激切三下二　䰜郎激切三下三

二十四職

食乘力切五下六 矢阻力切十下七 色所力切九上十七 嗇所力切五下二十一 力林直切十三下

十七 筍己力切九上三十二 皕彼力切四上九

二十五德

北博墨切八上六 黑呼北切十上十五止 克苦得切七上二十一

二十六緝

習似入切四上十 亼秦入切五下七 十是執切三上十 入人汁切五下十 㗊阻力切三上一 立力及

切十下二十 邑於汲切六下二十 皀皮及切五下四

二十七合

卅蘇沓切三上十一 帀子荅切六下三 雥徂合切四上二十一

二十九葉

㚔尼輒切十下十三 聿尼輒切三下十一

三十怗

劦胡頰切十三部下十八止

三十二狎

甲古狎切十四部下十四

說文部目分韻

六書音韻表

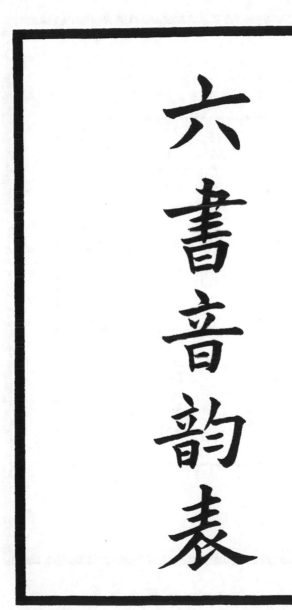

四部備要

經部

上海中華書局據經韻樓
原刻本校刊

桐鄉 陸費逵 總勘
杭縣 高時顯 吳汝霖 輯校
杭縣 丁輔之 監造

韵書始萌芽於魏李登聲類積三百餘年至隋陸灋言切韵梗槩之涂乃具然皆就其時之語言音讀參校異同定其遠近洪細往往有意求密而用意太過強生區別至如虞夏商周之文六書之假借諧聲詩之比音協句以成歌樂茫乎未之考也唐初因灋言撰本爲選舉士人作律詩之用視二百六韵中字數多者限以獨用字數少者合比近兩韵或三韵同用苟計字多寡而已宋吳棫作韵補於韵目下始有古通某古轉聲通某之云其分合最爲疎舛鄭庠作古音辨僅分陽支先虞尤覃六部近崑山顧炎武更析東陽耕蒸而四析魚歌而二故列十部吾郡老儒江愼修永於眞已下十四韵侵已下九韵各析而二蕭宵肴豪及尤矦幽亦爲二故列十三部古音之學以漸加詳如是前九年段君若膺語余曰支佳一部也脂微齊皆灰一部也之咍一部也漢人猶未嘗淆借通用晉宋而後乃少有出入迄

乎唐之功令支注脂之同用佳注皆同用灰注咍同用於是古
之截然爲三者罕有知之余聞而偉其所學之精好古有灼見
卓識又言眞臻先與諄文殷魂痕爲二尤幽與矦爲二得十七
部今官於蜀地且數年政事之餘優而成是書曰六書音均表
凡爲表者五撰述之意表各有序說既詳之矣其書始名詩經
韻譜羣經韻譜嘉定錢學士曉徵爲之序玆易其體例且增以
新知十七部葢如舊也余昔感於其言五支六脂七之有分癸
巳春寓居浙東取顧氏詩本音章辨句析而諷誦乎經文歎始
爲之之不易後來加詳者之信足以補其未逮顧氏轉矦韻入
虞江氏轉虞韻字入矦此江優於顧然顧氏槧鐸有分而江氏
不分此顧優於江若夫五支異於六脂猶清異於眞也七之又
異於支脂猶蒸又異於清眞也寔千有餘年莫之或省者一旦
理解按諸三百篇劃然豈非稽古大快事歟時余略記入聲之

說未暇卒業今樂觀是書之成也不惟字得其古人音讀抑又多通其古義許叔重之論假借曰本無其字依聲託事夫六經字多假借音聲失而假借之意何以得訓詁音聲相爲表裏訓詁明六經乃可明後儒語言文字未知而輕憑臆解以誣聖亂經吾懼焉段君又有詩經小學書經小學說文考證十七部古韵表等書將繼是而出視逃其難相與鑿空者於治經孰得孰失也乾隆丁酉孟春月休寧戴震序

予友金壇段君若膺六書音均表既成有問於予者曰是書何以作讀之將何用也曰是書爲古音而作也古今語言不同古音不明不獨三代秦漢有韵之文不能以讀其無韵之文假借轉注音義不能知立乎今日而譯三代秦漢之音是書爲之舌人也曰鄭氏庠陳氏第顧氏炎武江氏永之書何如曰鄭氏諸人之書善矣或分所當合或合所當分得是書而義始備也曰

今官韵依劉淵之一百十七部而顧氏江氏及是書依陸氏灋
言二百六部之舊何也曰必依二百六部之舊而後可由今韵
以推古韵也如支脂之分爲三尤與矦元與魂痕各分爲二皆
與三百篇合而一百十七部者厺之遠也曰是書何以於顧氏
十部江氏十三部之後確然定爲十七部也曰詩三百篇之韵
確有是十七部而顧氏江氏分析未備其平入分配多未審是
書上泝三百篇下沿廣韵廣韵分爲數韵而三百篇合爲一韵
者則爲一部三百篇在此部而廣韵遂入於他部是爲古今音
轉移不同是書弟一表及弟四表古本音之義也然則一韵而
廣韵析爲數韵者何也曰音之變也冬鍾之後而爲東支脂之
之後而爲佳皆咍耕清之斂而爲青真之斂而爲先十七部皆
有是也弟二表何以作也曰今韵於同一諧聲之偏旁而互見
諸部古音則同此諧聲卽爲同部故古音可審形而定也曰以

古之本音正後人合韵協音之說之非矣而仍言合韵何也曰
古與今異部是爲古本音如丘謀尤古在之咍部而今在尤幽
部曹菽茅滔古在尤幽部而今在蕭宵肴豪部是也古與古異
部而合用之是爲古合韵如母字古在之咍部詩凡十七見而
蝃蝀協雨與字古在蒸登部詩凡五見而大明協林心是也知
其分而後知其合知其合而後愈知其分凡三百篇及三代秦
漢之音研求其所合又因所合之多寡遠近及異平同入之處
而得其次第此十七部先後所由定而第三表及第四表古合
韵之義也曰古四聲與今四聲不同何也曰古今部分之轉移
不同若是其四聲之轉移不同猶是也其言表何也曰㬥諸外
以示人也是太史公十表之義也其言音均何也曰古言均今
言韵也韵韻皆不見於說文而韵字則見於薛尚功所載曾侯
鐘銘是也其冠以六書何也曰知此而古指事象形諧聲會意

之文舉得其部分得其音韵知此而古假借轉注舉可通故曰六書音均表也然則讀之而苦其難何也曰於今韵則依廣韵部分於字書則宗說文解字於古音則竆三百篇及羣經有韵之文於言古音之書則考顧氏音學五書江氏古韵標準以三百篇及周秦所用正漢魏以後轉移之音而歷代音韵沿革源流以見而陸氏部分之故以見而顧氏江氏之未協者以見彼吳氏棫楊氏慎毛氏奇齡之書無論矣問者曰有是哉遂書之以爲釋例乾隆丁酉五月南匯吳省欽沖之甫

原序

金壇段君懋堂撰次詩經韵譜及羣經韵譜成予讀而善之迺序其端曰自文字肇啓即有音聲比音成文而詩教興焉三代以前無所謂聲韵之書然詩三百篇具在參以經傳子騷類而劉之引而伸之古音可僂指而分也許叔重云倉頡初作書依類象形故謂之文其後形聲相益即謂之字文字者終古不易而音聲有時而變五方之民言語不通近而一鄉一聚猶各操土音彼我相嗤矧在數千年之久乎謂古音必無異於今音此夏蟲之不知有冰也然而太古寖遠則於六書諧聲之旨漸離其宗故惟三百篇之音爲最善而昧者乃執隋唐之韵以讀古經有所齟齬屢變其音以相從謂之叶韵不惟無當於今音而古音亦滋茫昧矣明三山陳氏始知攷毛詩屈宋賦以求古音近世崐山顧氏婺源江氏攷之尤博以審今段君復因顧江兩

家之說證其違而補其未逮定古音爲十七部若網在綱有條
不紊竆文字之源流辨聲音之正變洵有功於古學者已古人
以音載義後人區音與義而二之音聲之不通而空言義理吾
未見其精於義也此書出將使海內說經之家奉爲圭臬而因
文字音聲以求訓詁古義之興有日矣詎獨以存古音而已哉
乾隆庚寅四月九日嘉定錢大昕書

戴東原先生來書

大箸辨别五支六脂七之如清真蒸三韵之不相通能發自唐以來講韵者所未發今春將古韵考訂一番斷從此說爲確論然軓管欲作序者屢而苦於心不精姑俟稍安閒爲之目近極緐擾也癸巳十月卅日震頓首

寄戴東原先生書乙未十月

玉裁自幼學爲詩卽好聲音文字之學甲戌乙亥閒從同邑蔡丈一帆遊始知古韵大略庚辰入都門得顧亭林音學五書讀之驚怖其考據之博癸未遊於先生之門觀所爲江愼修行略又知有古韵標準一書與顧氏少異然實未能深知之也丁亥自都門歸憶古韵標準所稱元寒桓刪山先仙七韵與真諄臻文欣魂痕七韵三百篇內分用不如顧亭林李天生所云自真至仙古爲一韵之說與舍弟玉成取毛詩細繹之果信又細繹

之真臻二韻與諄文欣魂痕五韻三百篇內分用而江氏有未
盡也蕭宵肴豪與尤侯幽分用矣又細繹之則侯與尤幽三百
篇內分用而江氏有未盡也支脂之微齊佳皆灰咍九韻自來
言古韻者合爲一韻及細繹之則支佳爲一韻脂微齊皆灰爲
一韻之咍爲一韻而顧氏江氏均未之知也又細繹其平入之
分配正二家之踳駁遂書詩經所用字區別爲十七部既攷其
出入而得其本音又詳其斂侈而識其音變又察其高下遲速
而知四聲古今不同又觀其會通而知協音合韻自古而有於
諧聲推測其條理於假借轉注默會其指歸薶緼千年一旦軒
露成詩經韻譜羣經韻譜各一帙己丑再至都門程蕺園舍人
賞之第其書簡略無注釋不可讀是年冬寓法源寺側之蓮華
菴鍵戶燒石炭從邵二雲孝廉借書竟爲注釋每一部畢孝廉
輒取寫其副至庚寅二月書成錢辛楣學士以爲鑿破混沌爲

作序三月銓授貴州玉屏縣壬辰四月二入都時先生館於洪
素人戶部之居以是書請益先生云體裁尚未盡善玉裁旋奉
命發四川候補八月至蜀後署理富順及南溪縣事又辦理
化林坪站務王師申討金酋儲待輓輸無敢稍懈怠然毎處分
公事畢漏下三鼓輒篝鐙改竄是書以爲常今年夏六月偕同
官朱雲駿入報銷局輿趣略同暇益潛心商訂九月書成爲表
五一曰今韵古分十七部表别其方位也二曰古十七部諧聲
表定其物色也三曰古十七部合用類分表洽其指趣也四曰
詩經韵分十七部表臚其美富也五曰羣經韵分十七部表資
其參證也改名曰六書音均表均卽古韵字也鶡冠子曰五聲
不同均成公綏曰音均不恆陶者以鈞作器樂者以均審音十
七部爲音均音均明而六書明六書明而古經傳無不可通玉
裁之爲是書葢將使學者循是以知假借轉注而於古經傳無

疑義而恐非好學深思尠能心知其意也抑先生嘗言尤矦兩韵可無用分玉裁攷周秦漢初之文矦與尤相近而必獨用先生又言十七部次第不能深曉支脂之析爲三部能發自唐以來講韵者所未發但何以不列於一處而以之第一脂第十五支第十六玉裁按十七部次第出於自然非有穿鑿取第三表細繹之可知也之咍音與蕭尤近亦與蒸近脂微齊皆灰音與諄文元寒近支佳音與歌戈近實韵理分劈之大耑先生又言顧亭林平仄通押之說未爲非所定四聲似叜張大甚玉裁按今四聲不同古猶古部分不同今抽繹遺經雅記塈可自信其非妄以上三者皆不敢爲苟同之論惟求研審音韵之真而已夫鄭璞爾雅注於烏尤宋祁唐書修於益州玉裁入蜀數年幸適有成書而所爲詩經小學書經小學說文考證古韵十七部表諸書亦漸次將成今輒先寫六書音均表一部寄呈座右願

先生爲之序而糾其疵謬則幸甚幸甚玉裁頓首

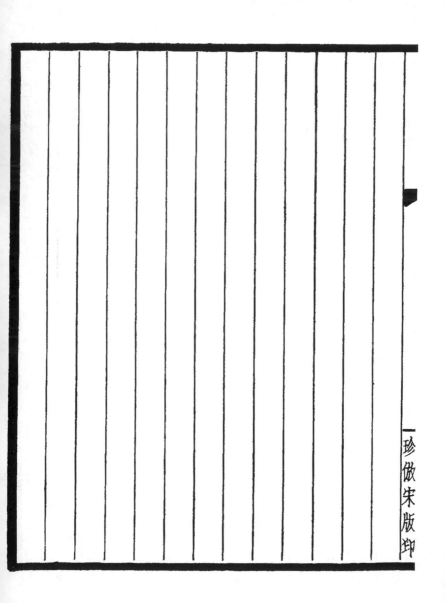

六書音均表

四川候補知縣前貴州玉屛縣知縣臣段玉裁記

今韻古分十七部表第一
古十七部諧聲表第二
古十七部合用類分表第三
詩經韻分十七部表第四
羣經韻分十七部表第五

凡五萬二千三百二十五字

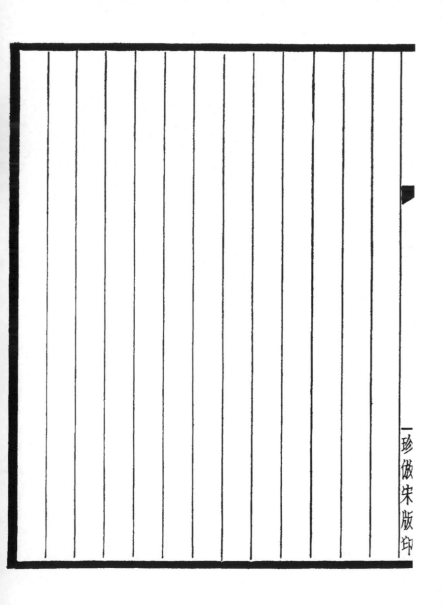

今韵古分十七部表　六書音均表一

今世所存韵書廣韵最古廣韵二百六部蓋放於隋陸灋言戴東原編修聲韵考曰灋言書今不傳宋廣韵卷首猶題云陸灋言撰本長孫納言箋注而集韵韵例曰先帝時令陳彭年丘雍因灋言韵就爲刊益然則廣韵之二百六韵蓋灋言舊目自唐初有同用獨用之功令以便屬文之士聲韵考曰唐封演聞見記云陸灋言撰爲切韵先仙刪山之類屬文之士苦其苛細國初許敬宗等詳議以其韵窄奏合而用之然則廣韵同用獨用之注乃唐初功令至南宋劉淵新刊禮部韵略遂併同用之韵爲一韵而爲部百有七今取百有七部之書考求古音今音混淆未明無由討古音之源也宋鄭庠分古韵爲六部近崑山顧炎武據依廣韵部分分古韵爲十部而婺源江永又分爲十三部鄭氏東冬江陽庚青蒸入聲屋沃覺藥陌錫職爲一部支微齊佳灰爲一部魚虞歌麻爲一部真文元寒刪先入聲質物月曷黠屑爲一部蕭肴豪尤爲一部侵覃鹽咸入聲緝合葉洽爲一部其說合於漢魏及唐之杜甫韓愈所用而於

周秦未能合也顧氏考三百篇作詩本音二百六部分爲十東冬鍾江爲一部支脂之微齊佳皆灰咍入聲質術櫛物迄月沒曷末黠鎋屑薛麥昔錫職德爲一部魚虞模侯入聲藥鐸陌爲一部真諄臻文欣元魂痕寒桓刪山先仙爲一部蕭宵肴豪尤幽入聲屋沃燭覺爲一部歌戈麻爲一部陽唐爲一部庚耕清青爲一部蒸登爲一部侵覃談鹽添咸銜嚴凡入聲緝合盍葉怗洽狎業乏之爲一部較鄭氏爲密矣江氏訂其於三百篇所用有未合者作古韻標準二百六部分爲十三東冬鍾江爲一部支脂之微齊佳皆灰咍入聲麥昔錫職德爲一部魚虞模入聲藥鐸陌爲一部真諄臻文欣魂痕入聲質術櫛物迄沒爲一部元寒桓刪山先仙入聲月曷末黠鎋屑薛爲一部蕭宵肴豪爲一部歌戈麻爲一部陽唐爲一部庚耕清青爲一部蒸登爲一部尤侯幽入聲屋沃燭覺爲一部侵入聲緝爲一部覃談鹽添

咸銜嚴凡入聲合盇葉怗洽狎業乏爲一部較諸顧氏益密而仍於三百篇有未合者今旣泛濫毛詩理順節解因其自然補三家部分之未備聲平入相配之未確定二百六部爲十七部表於左

第一部	七之 十六咍	六止 十五海	七志 十九代	二十四職 二十五德
第二部	三蕭 四宵 五肴 六豪	二十九篠 三十小 三十一巧 三十二晧	三十四嘯 三十五笑 三十六效 三十七号	

第三部	十八尤 二十幽	四十四有 四十六黝	四十九宥 五十一幼	一屋 二沃 三燭 四覺
第四部	十九侯	四十五厚	五十候	
第五部	九魚 十虞 十一模	八語 九麌 十姥	九御 十遇 十一暮	十八藥 十九鐸

第六部	第七部	第八部
十六蒸 十七登	二十一侵 二十四鹽 二十五添	二十二覃 二十三談 二十六咸 二十七銜 二十八嚴 二十九凡
四十二拯 四十三等	四十七寑 五十琰 五十一忝	四十八感 四十九敢 五十二豏 五十三檻 五十四儼 五十五范
四十七證 四十八嶝	五十二沁 五十五豔 五十六㮇	五十三勘 五十四闞 五十七陷 五十八鑑 五十九釅 六十梵
	二十六緝 二十九葉 三十怗	二十七合 二十八盍 三十一洽 三十二狎 三十三業 三十四乏

第九部	第十部	第十一部
一東 二冬 三鍾 四江	十陽 十一唐	十二庚 十三耕 十四清 十五青
一董 二腫 三講	三十六養 三十七蕩	三十八梗 三十九耿 四十靜 四十一迥
一送 二宋 三用 四絳	四十一漾 四十二宕	四十三映 四十四諍 四十五勁 四十六徑

第十二部

十七真	十九臻	一先		
十六軫	二十七銑			
二十一震	三十二霰			
五質	七櫛	十六屑		

第十三部

十八諄	二十文	二十一欣	二十三魂	二十四痕
十七準	十八吻	十九隱	二十一混	二十二很
二十二稕	二十三問	二十四焮	二十六慁	二十七恨

第十四部

二十二元	二十五寒	二十六桓	二十七刪	二十八山	二仙
二十阮	二十三旱	二十四緩	二十五潸	二十六產	二十八獮
二十五願	二十八翰	二十九換	三十諫	三十一襉	三十三線

第十五部	第十六部	第十七部
六脂 八微 十二齊 十四皆 十五灰	五支 十三佳	七歌 八戈 九麻
五旨 七尾 十一薺 十三駭 十四賄	四紙 十二蟹	三十三哿 三十四果 三十五馬
六至 八未 十二霽 十三祭 十四泰 十六怪 十七夬 十八隊 二十廢	五寘 十五卦	三十八箇 三十九過 四十禡
六術 八物 九迄 十月 十一沒 十二曷 十三末 十四黠 十五鎋 十七薛	二十陌 二十一麥 二十二昔 二十三錫	

第一部第十五部第十六部分用說

廣韻上平七之十六咍上聲六止十五海去聲七志十九代入聲二十四職二十五德爲古韻第一部上平六脂八微十二齊十四皆十五灰上聲五旨七尾十一薺十三駭十四賄去聲六至八未十二霽十三祭十四泰十六怪十七夬十八隊二十廢入聲六術八物九迄十月十一沒十二曷十三末十四黠十五鎋十七薛爲古韻第十五部上平五支十三佳上聲四紙十二蟹去聲五寘十五卦入聲二十陌二十一麥二十二昔二十三錫爲古韻第十六部

五支六脂七之三韻自唐人功令同用鮮有知其當分者矣今試取詩經韻表第一部第十五部第十六部觀之其分用乃截然且自三百篇外凡羣經有韻之文及楚騷諸子秦漢六朝詞章所用皆分別謹嚴隨舉一章數句無不可證或有二韻連用

而不辨爲分用者如詩相鼠二章齒止俟第一部也三章體禮死第十五部也魚麗二章鱧旨第十五部也三章鯉有第一部也板五章懠毗迷尸屎葵資師第十五部也六章篪圭攜第十六部也孟子引齊人言雖有智慧二句第十五部也雖有鎡基二句第一部也屈原賦寧與騏驥抗軛二句第十六部也寧與黃鵠比翼二句第一部也秦瑯邪臺刻石自維廿六年至莫不得意凡二十四句以始紀子理士海事富志字載意韵第一部也自應時動事至莫不如畫凡十二句以帝地懈辟易畫韵第十六部也倘以相鼠齒與禮死成文魚麗鯉與旨爲韵則自亂其例而非韵玉裁讀坊本詩經竹竿二章泉源在左淇水在右女子有行遠父母兄弟每疑右爲古韵第一部字弟爲第十五部字二字古鮮合用及考唐石經宋本集傳明國子監注疏本皆作遠兄弟父母而後其疑豁然三部自唐以前分別最嚴蓋

如真文之與庚青與侵稍知韻理者皆知其不合用也自唐初功令不察支脂之同用佳皆同用灰咍同用而古之畫爲三部始湮沒不傳迄今千一百餘年言韻者莫有見及此者矣古七之字多轉入於尤韻中而五支六脂則無有此三部分別之大槩也

職德爲第一部之入聲術物迄月沒曷末黠鎋薛爲第十五部之入聲陌麥昔錫爲第十六部之入聲顧氏於三部平聲既合爲一故入聲亦合爲一古分用甚嚴卽唐初功令陌麥昔同用錫獨用職得同用亦未若平韻之混合五支六脂七之爲一矣

第二部第三部分用說

下平三蕭四宵五肴六豪上聲二十九篠三十小三十一巧三十二晧去聲三十四嘯三十五笑三十六效三十七號爲古韻第二部十八尤二十幽上聲四十四有四十六黝去聲四十九

宥五十一幼入聲一屋二沃三燭四覺爲古韻第三部詩經及
周秦文字分用畫然顧氏誤合爲一部江氏古韻標準旣正之
矣
顧氏於平聲合二部爲一故第二部之字轉入於第三部入聲
者不能分別而箋識之也
第三部之入聲顧氏割其半入魚模韻如屋讀烏獨讀徒之類
皆漢後之轉音非古本音卽以侯合魚之誤也

第三部第四部第五部分用說

下平十九侯上聲四十五厚去聲五十候爲古韻第四部上平
九魚十虞十一模上聲八語九麌十姥去聲九御十遇十一暮
入聲十八藥十九鐸爲古韻第五部詩經及周秦文字分用畫
然顧氏誤合侯於魚爲一部江氏又誤合侯於尤爲一部皆攷
之未精顧氏合侯於魚其所引據皆漢後轉音非古本音也侯

古音近尤而別於尤近尤故入音同尤別於尤故合諸尤者亦
非也
弟二弟三弟四弟五部漢以後多四部合用不甚區分要在三
百篇故較然畫一載馳之驅矦不連下文悠曹憂爲一韵山有
蓲之蓲楰婁驅愉不連下章栲杻埽考保爲一韵南山有臺之
枸楰耇後不連上章栲杻壽茂爲一韵左氏傳專之渝攘公之
羭不與下文蕕臭爲一韵此弟四部之別於弟三部也株林之
駒株不與馬野爲一韵板之渝驅不與怒豫爲一韵史記甌窶
滿溝不與汙邪滿車爲一韵此弟四部之別於弟五部也
古弟三部之字多轉入於屋覺藥鐸韵中弟三部之字多轉入
於蕭宵肴豪韵中弟四部之字多轉入於虞韵中弟五部平聲
之字多轉入於麻韵中入聲之字多轉入於陌麥昔韵中此四
部分別之大槩也

左氏傳鸜鵒童謠首二句鵒辱及末二句鵒哭第三部也羽野馬第五部也跦侯襦第四部也巢遙勞驕第二部也一謠而可識四部之分矣

第五部第十六部入聲分用說

第五部入聲與第十六部入聲周秦漢人分用晉宋而下多以第五部入聲之字韵入於第十六部鄭氏合藥陌錫爲一部未爲審矣

第六部獨用說

下平十六蒸十七登上聲四十二拯四十三等去聲四十七證四十八嶝爲古韵第六部自古獨用無異辭鄭庠合諸庚青爲一部其說甚疏而南宋劉淵併證嶝入徑韵元陰時夫併拯等入迥韵爲唐功令所未識合而以臆見誤合之者

第七部第八部分用說

下平二十一侵二十四鹽二十五添上聲四十七寑五十琰五十一忝厺聲五十二沁五十五豔五十六㮇入聲二十六緝二十九葉三十怗爲古韵弟七部下平二十二覃二十三談二十六咸二十七銜二十八嚴二十九凡上聲四十八感四十九敢五十二豏五十三檻五十四儼五十五范厺聲五十三勘五十四闞五十七陷五十八鑑五十九釅六十梵入聲二十七合三十八盍三十一洽三十二狎三十三業三十四乏爲古韵弟八部廣韵平上厺入末四韵其次弟本如是唐功令鹽添同用咸銜同用嚴凡同用上聲琰忝同用豏檻同用儼范同用厺聲豔㮇同用陷鑑同用釅范同用入聲葉怗同用洽狎同用業乏同用宋景德四年崇文院上校定切韵五卷明年大中祥符元年勑改名大宋重修廣韵同用獨用皆仍唐舊粤三十一年爲景祐四年修禮部韵略以賈昌朝請韵窄者凡十三處許令附近通用葢合嚴於鹽添合凡於咸銜合儼於琰忝合范於豏檻合釅於豔㮇合梵於陷鑑合業於葉怗合乏於洽狎幷合欣於文合隱於吻合焮於問合迄於物又合廢於隊代爲十有三處今廣韵上厺聲末四韵各本改同禮部韵略及集韵與平入聲齟齬此係禮部韵略頒行後校廣韵者依新例塗改詩三百篇遂相沿舛謬幸其參差不治尚可稽尋詳見聲韵攷

分用晝然漢以後乃多合用非三百篇卽合用也顧氏合而一之江氏旣正之矣

第九部獨用說

上平一東二冬三鍾四江上聲一董二腫三講去聲一送二宋三用四絳爲古韵第九部古獨用無異辭江韵音轉近陽韵古音同東韵也鄭庠以東冬江陽庚青蒸合爲一部其說疏矣

第十部獨用說

下平十陽十一唐上聲三十六養三十七蕩去聲四十一漾四十二宕爲古韵第十部古獨用無異辭

第十一部獨用說

下平十二庚十三耕十四清十五青上聲三十八梗三十九耿四十靜四十一迥去聲四十三映四十四諍四十五勁四十六徑爲古韵第十一部古獨用無異辭

第十二部第十三部第十四部分用說

上平十七眞十九臻下平一先上聲十六軫二十七銑去聲二十一震三十二霰入聲五質七櫛十六屑爲古韵第十二部十八諄二十文二十一欣二十三魂二十四痕上聲十七準十八吻十九隱二十一混二十二很去聲二十二稕二十三問二十四焮二十六慁二十七恨爲古韵第十三部二十二元二十五寒二十六桓二十七刪二十八山下平二仙上聲二十阮二十三旱二十四緩二十五潸二十六產二十八獮去聲二十五願二十八翰二十九換三十諫三十一襉三十三線爲古韵第十四部三百篇及羣經屈賦分用畫然漢以後用韵過寬三部合用鄭庠乃以眞文元寒刪先爲一部顧氏不能深考亦合眞以下十四韵爲一部僅可以論漢魏閒之古韵而不可以論三百篇之韵也江氏考三百篇辨元寒桓刪山仙之獨爲一部矣而

真臻一部與諄文欣魂痕一部分用尚有未審讀詩經韻表而後見古韻分別之嚴

唐虞時明明上天爛然星陳日月光華宏予一人第十二部也南風之薰兮可以解吾民之愠兮第十三部也卿雲爛兮糺縵縵兮日月光華旦復旦兮第十四部也三部之分不始於三百篇矣

第十二部入聲質櫛韻漢以後多與第十五部入聲合用三百篇分用畫然如東方之日一章不與二章一韻都人士三章不與二章一韻可證

第十七部獨用說

下平七歌八戈九麻上聲三十三哿三十四果三十五馬去聲三十八箇三十九過四十禡爲古韻第十七部古獨用無異辭漢以後多以魚虞之字韻入於歌戈鄭氏以魚虞歌麻合爲一

部乃漢魏晉之韵非三百篇之韵也
古第十七部之字多轉入於支韵中
古十七部平入分配說
二十四職二十五德陸灋言以配蒸登韵攷毛詩古韵爲之咍
韵之入聲
一屋二沃三燭四覺陸灋言以配東冬鍾江韵攷毛詩古韵爲
尤幽韵之入聲
十八藥十九鐸灋言以配陽唐韵攷毛詩古韵爲魚虞模之入
聲
二十六緝以下八韵古分二部其平入相配一也
五質七櫛十六屑灋言以配真臻先韵與毛詩古韵合
六術八物九迄十月十一沒十二曷十三末十四黠十五鎋十
七薛灋言以配諄文欣元魂痕寒桓刪山仙韵攷毛詩古韵爲

脂微齊皆灰之入聲

二十陌二十一麥二十二昔二十三錫瀍言以配庚耕清青韵

攷毛詩古韵爲支佳韵之入聲

今韵同用獨用未允說

瀍言二百六部綜周秦漢魏至齊梁所積而成典型源流正變包括貫通長孫納言謂爲酌古沿今無以加者可稱瀍言素臣如支脂之三韵分之所以存古類之所以適今用意精深後人莫測也今韵支脂之同用佳皆同用灰咍同用則第一部第十五部第十六部之界蕪尤矣同用則第三部第四部之畧泯真諄同用元魂痕同用先仙同用則第十二部第十三部第十四部之區畫靡漫入聲質術同用屑薛同用則第十二部與第十五部相紛糅矣唐初功令蓋沿陳隋之習而不師古然如支與脂之同用則唐以前上自商頌下迄隋季未見有一篇蹈此者

唐之杜甫執精文選及庾信諸家故所爲近體詩用五支韵者凡二十七首不襍脂之一字其意蓋以許敬宗所定未善也若南宋劉淵併證嶝入徑韵元陰時夫併拯等入迥韵則弟六部弟十一部之大閑潰決唐功令所未議合而妄合之又與平聲齟齬其不學無術之甚矣唐以前支韵必獨用隨舉篇章皆足爲證文選所載不必覼縷卽如周興嗣千字文上和下睦夫唱婦隨已下用十韵不襍脂之一字庾信楊柳歌用二十七韵不襍脂之一字唐人之謹守六朝家法者惟杜甫近體詩如陪鄭廣文遊何將軍山林萬里戎王子憶過楊柳渚二首重過何氏山雨尊仍在一首九日楊奉先會白水崔明府一首贈畢四一首元日寄韋氏妹一首秦州襍詩唐堯眞自聖一首過南鄰朱山人水亭一首過故斛斯校書莊燕入非傍舍一首送王侍御往東川放生池祖席一首宴戎州楊使君東樓一首雲安九日鄭十八攜酒陪諸公一首宿昝一首鸂鶒一首猿一首從驛次草堂復至東屯茅屋峽內歸田客一首孟冬一首和江陵宋大少府暮雨後同諸公及舍弟宴書齋一首紫宸殿退朝口號一首秋興昆吾御宿自逶迤一首傷春鶯入新年語一首贈崔十三評事公輔一首偶題一首同豆盧峯知字韵一首復愁江上亦秋色一首解悶憶過瀘戎摘荔枝一首承聞河北諸道節度入朝歡喜口號絶句漁陽突騎邯鄲兒一首凡五支韵必獨用韓愈答崔立之八十二韵亦獨用五支

古十七部本音說

三百篇音韵自唐以下不能通僅以爲協音以爲合韵以爲古人韵緩不煩改字而已自有明三山陳第深識確論信古本音與今音不同如鳳鳴高岡而啁噍之喙盡息也自是顧氏作詩本音江氏作古韵標準玉裁保殘守闕分別古音爲十七部凡一字而古今異部以古音爲本音以今音爲音轉如尤讀怡牛讀疑丘讀欺必在第一部而不在第三部者古本音也今音在十八尤者音轉也舉此可以隅反矣

第一部之韵音轉入於尤第三部尤幽韵音轉入於蕭宵肴豪第四部矦韵音轉入於虞第五部魚虞模韵音轉入於厤第六部蒸韵音轉入於侵第七部侵鹽韵音轉入於覃談咸銜嚴凡第二部至第五部第六部至第八部音轉皆入於東冬鍾第九部東冬鍾韵音轉入於陽唐第十部陽唐韵音轉入於庚第十

一部庚耕清青韵音轉入於真第十二部真先韵音轉入於文欣魂痕第十三部文欣魂痕韵音轉入於元寒桓刪山仙第十三部第十四部音轉皆入於脂微第十五部脂微齊皆灰韵音轉入於支佳第十六部支佳韵音轉入於脂齊歌麻第十七部歌戈韵音轉亦多入於支佳此音轉之大較也

四江一韵東冬鍾轉入陽唐之音也不以其字襍廁之陽唐而別爲一韵繫諸一東二冬三鍾之後別爲一韵以箸今音也繫諸一東二冬三鍾之後以存古音也長孫訥言所謂酌古沿今者是也其例甚善而他部又未能準是例惟二十幽一韵爲尤韵將轉入蕭之音十九臻一韵爲真韵將轉入諄之音亦用此例之意

說文而下字林所載卽多說文所無苟有合於指事象形形聲會意之法攷文者所不廢也三百篇後孔子贊易老子言道德

五千餘言用韵卽不必皆同詩漢代用韵甚寬離爲十七者幾不可別識晉宋而降迄於梁陳音轉音變積習生常區別旣多陸韵遂定皆古今聲音之自然攷文者不能變今音而一反諸三代也

古十七部音變說

古音分十七部矣今韵平五十有七上五十有五去六十入三十有四何分析之過多也曰音有正變也音之斂侈必適中過斂而音變矣過侈而音變矣之者音之正也咍者之之變也如同一台聲而怡飴在之韵咍怠在咍海韵蕭宵者音之正也肴豪者蕭宵之變也如同一肖聲而宵消在宵韵梢旓在肴韵同一高聲歊在宵韵蒿膏在豪韵尤矦者音之正也屋者音之變也入聲沃燭爲正音屋韵過侈爲音變魚者音之正也虞模者魚之變也如都古音豬荼古音舒之類蒸者音之正也登者蒸之變也如去聲韵目證嶝二字皆登聲嶝字古音同證侵者音之正也鹽添者侵之變也如廉古音林占古音鍼嚴凡者音

之正也覃談咸銜者嚴凡之變也嚴凡猶第十四部之元韻覃談咸銜猶第十四部之寒桓刪山也侵猶第十二部之眞韻鹽添猶第十二部之先韻冬鍾者音之正也東者冬鍾之變也鍾爲正音冬韻稍後東韻過後陽者音之正也唐者陽之變也耕清者音之正也庚青者耕清之變也庚音後青音斂眞者音之正也先者音之變也如田古音陳塡古音塵之類諄文欣者音之正也魂痕者諄文欣之變也如魂云聲雲芸妘沄在文韻痕艮聲垠齦在欣韻元者音之正也寒桓刪山仙者元之變也脂微者音之正也齊皆灰者脂微之變也支者音之正也佳者支之變也歌戈者音之正也麻者歌戈之變也大略古音多斂今音多侈之變爲咍脂變爲皆支變爲佳歌變爲麻眞變爲先侵變爲鹽變之甚者也其變之微者亦審音而分析之音不能無變變不能無分明乎古有正而無變知古音之甚諧矣

古四聲說

古四聲不同今韻猶古本音不同今韻也攷周秦漢初之文有

平上入而無去洎乎魏晉上入聲多轉而爲去聲平聲多轉爲仄聲於是乎四聲大備而與古不侔有古平而今仄者有古上入而今去者細意搜尋隨在可得其條理今學者讀三百篇諸書以今韵四聲律古人陸德明吳棫皆指爲協句顧炎武之書亦云平仄通押去入通押而不知古四聲不同今猶古本音部分異今也明乎古本音不同今韵又何惑乎古四聲不同今韵哉如戒之音亟慶之音羌亯饗之音香至之音質學者可以類求矣

古平上爲一類去入爲一類上與平一也去與入一也上聲備於三百篇去聲備於魏晉或謂四聲起於永明其說非也永明文章沈約謝脁王融輩始用四聲以爲新變五字之中音韵悉異一句之內角徵不同梁武帝不好焉而問周捨曰何謂四聲捨曰天子聖哲是也謂如以此四字成句是卽行文四聲諧協之旨非多文如梁武不知平上去入爲何物而捨以此四字代平上去入也取宋書謝靈運傳論及南史沈約庾肩五陸厥傳梁書王筠傳讀之自明

第二部平多轉爲入聲第十五部入多轉爲厺聲第二部樂篇爵綽較虐謔藥鑿沃櫟駁的翟濯翯躍蹻熇藐削溺等字繹三百篇皆平聲漢人不皆讀平矣至第十五部古有入聲而無厺聲隨在可證如文選所載班固西都賦平原赤勇士厲而下以厲竄檖靡㢠折噬殺爲韵厲竄檖噬讀入聲左思蜀都賦軌躅八達而下以達出室術駟瑟恤爲韵駟讀入聲吳都賦高門鼎貴而下以貴傑裔世轍設噎爲韵貴裔世讀入聲魏都賦均田畫疇而下以列翳悅世爲韵翳世讀入聲鬣首之豪而下以傑闕設晰裔髮爲韵晰裔讀入聲郭璞江賦以獻月聒蛞豁碣爲韵獻讀入聲江淹擬謝灋曹詩以汭別袂雪爲韵汭袂讀入聲擬謝臨川詩以缺設絕澈晰決蔽汭逝雪穴滅瘞說爲韵晰蔽汭逝瘞讀入聲灋言定韵之前無厺不可入至灋言定韵以後而謹守者不知古四聲矣他部皆準此求之

古無厺聲之說或以爲怪然非好學深思不能知也不明乎古四聲則於古諧聲不能通如李陽冰校說文於臬字曰自非聲徐鉉於裔字曰㕯非聲是也於古假借轉注尤不能通如卒於畢郢之郢本程字之假借顛沛之沛本跋字之假借而學者罕知是也

古今不同隨舉可徵說

古音聲不同今隨舉可證如今人兄榮字讀入東韵朋棚字讀入東韵佳字讀入厤韵母富婦字讀入虞遇韵此音轉之徵也子字不讀卽里切側字不讀莊力切此音變之徵也上韵內之字多讀爲去韵此四聲異古之徵也今音不同唐音卽唐音不同古音之徵也

音韵隨時代遷移說

今人槩曰古韵不同今韵而已唐虞而下隋唐而上其中變更正多槩曰古不同今尚皮傅之說也音韵之不同必論其世約而言之唐虞夏商周秦漢初爲一時漢武帝後洎漢末爲一時魏晉宋齊梁陳隋爲一時古人之文具在凡音轉音變四聲其遷移之時代皆可尋究

古音韵至諧說

明乎古本音則知古人用韵精嚴無出韵之句矣明乎音有正

變則知古人咍音同之先音同眞本無詰屈聱牙矣明乎古四聲異今韻則知平仄通押去入通押之說未爲審矣古文音韻至諧自唐而後昧茲三者皆歸之協韻二字

古音義說

字義不隨字音爲分別音轉入於他部其義同也音變析爲他韵其義同也平轉爲仄聲上入轉爲去聲其義同也今韻例多爲分别如登韵之能爲才能咍韵之能爲三足鼈之韵之台爲台予咍韵之台爲三台星六魚之譽爲毀譽九御之譽爲稱譽十一暮之惡爲厭惡十九鐸之惡爲醜惡者皆拘牽瑣碎未可以語古音古義

古諧聲說

一聲可諧萬字萬字而必同部同聲必同部明乎此而部分音變平入之相配四聲之今古不同皆可得矣

諧聲之字半主義半主聲凡字書以義爲經而聲緯之許叔重之說文解字是也凡韵書以聲爲經而義緯之商周當有其書而亡佚久矣字書如張參五經文字爿部冓部𣎆部以聲爲經是倒置也韵書如陸灋言雖以聲爲經而同部者蕩析離居矣

古假借必同部說

自爾雅而下詁訓之學不外假借轉注二耑如緇衣傳適之館舍粲餐也適之館舍爲轉注粲餐爲假借也七月傳壺瓠叔拾也叔拾爲轉注壺瓠爲假借也粲壺自有本義假借必取諸同部故如真文之與蒸侵寒刪之與覃談支佳之與之咍斷無有彼此互相假借者

古本音不同今音故如夏小正借養爲永詩儀禮借蠲爲圭古永音同養蠲音同圭也古音有正而無變故如借田爲陳借荼爲舒古先韵之田音如真韵之陳模韵之荼音如魚韵之舒也

古四聲不同今韵故如僭害爲曷僭胥爲小見學記爲肖見漢書古
害聲如曷小肖聲皆如胥也故必明乎此三者而後知假借

古轉注同部說

訓詁之學古多取諸同部如仁者人也義者宜也禮者履也春
之爲言蠢也夏之爲言假也子孳也丑紐也寅津也卯茂也之
類說文神字注云天神引出萬物者也祇字注云地祇提出萬
物者也麥字注云秋穜厚薶故謂之麥神引同十二部祇提同
十六部麥薶同第一部也劉熙釋名一書皆用此意爲訓詁

凡八千二百一十二字

表一

古十七部諧聲表

六書之有諧聲文字之所以日滋也攷周秦有韵之文某聲必在某部至賾而不可亂故視其偏旁以何字爲聲而知其音在某部易簡而天下之理得也許叔重作說文解字時未有反語但云某聲某聲卽以爲韵書可也自音有變轉同一聲而分散於各部各韵如一某聲而某在厚韵媒腜在灰韵一每聲而悔晦在隊韵敏在軫韵畮痗在厚韵之類參縒不齊承學多疑之要其始則同諧聲者必同部也三百篇及周秦之文備矣輒爲十七部諧聲偏旁表補古六埶之散逸類列某聲某聲分繫於各部以繩今韵則本非其部之諧聲而闌入者憭然可攷矣

第一部 陸韵平聲之咍上聲止海去聲志代入聲職德

絲聲　台聲　枲聲　里聲

貍聲　來聲　思聲　其聲

匠聲　龜聲　𠩺聲　犛聲

又聲　有聲　尤聲　右聲

而聲　丌聲　辺聲與十三部近別　㞢聲隸作之

事聲　蚩聲　市聲　某聲

才聲　𢦏聲　在聲　母聲

佩聲　久聲　臺聲　式聲

㠯聲隸作以　能聲　矣聲　疑聲

亥聲　郵聲　牛聲　茲聲

玆聲　畐聲　富聲　不聲

丕聲石經作丕　甾聲　巛聲　甾聲

辭聲　司聲　𦣞聲　采聲

友聲　否聲　音聲　宰聲

啚聲　止聲　齒聲　巳聲

己聲	耳聲	士聲	喜聲
寺聲	時聲	史聲	吏聲
負聲	畁聲與十五部畀別	緷聲	戒聲
婦聲	舊聲	乃聲	異聲
北聲	食聲	戠聲	子聲
音聲	意聲	再聲	葡聲
備聲	直聲	悳聲	圣聲
弋聲	則聲	賊聲	革聲
或聲	彧聲	息聲	亟聲
力聲	阞聲	棘聲	嗇聲
黑聲	匿聲	畟聲	色聲
塞聲	仄聲	夨聲	𠬝聲
服聲	麥聲	克聲	㝵聲

得聲　伏聲　牧聲　墨聲

皕聲　苟聲與四部苟別

右諧聲偏旁見於今韵他部內者皆從第一部

轉入

第二部陸韵平聲蕭宵肴豪上聲篠小巧晧去聲嘯笑效号

毛聲　樂聲　喿聲　澡聲

尞聲　小聲　丿聲　少聲

䙴聲隸作票　麃聲　曓聲　㬥聲二字隸通作暴

夭聲　芺聲　敫聲　卓聲

勞聲　龠聲　翟聲　爵聲

交聲　虐聲　高聲　喬聲

刀聲　召聲　到聲　兆聲

苗聲　䍃聲　要聲　爻聲

肴聲　斈聲與三部孝別　敎聲　芈聲

爂聲　巢聲　弔聲　堯聲

卿聲　盜聲　勺聲　雀聲

弱聲　皃聲　貌聲　梟聲

号聲　號聲　了聲　𠬪聲

皀聲

右諧聲偏旁見於今韵他部內者皆從第二部

轉入

第三部陸韵平聲尤幽上聲有黝去聲宥幼入聲屋沃燭覺

九聲　厹聲　尻聲　州聲

求聲　流聲　六聲　坴聲

鼀聲　休聲　舟聲偏旁石經作月　㥑聲

憂聲　汓聲　游聲　曹聲

攸聲　條聲　修聲　脩聲
肅聲　尗聲　叔聲　戚聲
夒聲　秋聲　夲聲同斗　翏聲
舀聲　髟聲　猋聲　卯聲
丣聲　畱聲　周聲　矛聲
柔聲　敄聲　包聲　匋聲
焦聲　䊰聲　[illegible]聲　暠聲
壽聲　孚聲　𢆶聲　幽聲
酉聲　酓聲　臭聲　𡨥聲同叟
牢聲　爪聲　叉聲古文爪　蚤聲
丩聲　收聲　囚聲　秀聲
冃聲　冃聲　冒聲　好聲
報聲　手聲　老聲　牡聲

畜聲 [illegible]聲 雔聲 帚聲

𦣻聲古文百 百聲 頁聲亦古文百 道聲

守聲 皁聲 𨸏聲隸作阜 夅聲

缶聲 由聲 宂聲宂徹字與八部宂十二部宂別 戊聲

丑聲 丂聲 考聲 保聲

𠈃聲古文𠈃 簋聲 劉聲 肘聲

受聲 棗聲 韭聲 夒聲隸偏旁改同憂

臼聲 咎聲 艸聲 草聲俗作皁

夰聲 昊聲 孝聲 祝聲

鳥聲 谷聲 匋聲 族聲

屋聲 獄聲 哭聲 足聲

束聲 欶聲 匊聲 臼聲

學聲 竹聲 ⿱竹匊聲 復聲

肉聲偏旁石經作月　告聲　育聲　毒聲

畜聲　賣聲　辱聲　蓐聲

佰聲古文夙　曲聲　玉聲　奧聲

圥聲　㱿聲　蜀聲　木聲

珏聲　彔聲與十四部彖別　臬聲　逐聲

菐聲　豖聲與十五部豕別　卜聲　攴聲隸作文

局聲　夙聲說文作𠘑　鹿聲　㚇聲

𦏧聲隸作孰　秃聲　目聲

右諧聲偏旁見於今韻他部內者皆從弟三部

轉入

弟四部陸韵平聲侯上聲厚去聲候

婁聲　句聲　朱聲　禺聲

壴聲　尌聲　廚聲　區聲

蓲聲　侯聲　𠘧聲與十五部几別　殳聲

需聲　須聲　俞聲　芻聲

后聲　取聲　冣聲與十五部最別　聚聲

後聲　臾聲　侮聲　口聲

禺聲　厚聲　付聲　府聲

走聲　奏聲　丶聲　主聲

斗聲　冓聲　豆聲　具聲

屚聲　寇聲　晝聲　部聲

豎聲　斲聲

右諧聲偏旁見於今韵他部內者皆從第四部

轉入

第五部陸韵平聲魚虞模上聲語麌姥去聲御遇暮入聲藥鐸

且聲　沮聲　者聲　奢聲

父聲　甫聲　尃聲與十四部專別　浦聲
亐聲隸作于　粤聲　荂聲　夸聲
雩聲　瓠聲　夫聲　牙聲
叚聲與十四部段別　豭聲　家聲　車聲
巴聲　吳聲　虍聲　處聲
盧聲　虘聲　雐聲　古聲
居聲　各聲　洛聲　路聲
瓜聲　烏聲　於聲古文烏　与聲
與聲　卸聲　御聲　亦聲
䠶聲同射　厺聲　亞聲　惡聲
魚聲　䲆聲　穌聲　舍聲
余聲　涂聲　素聲　䀠聲
瞿聲　襾聲　賈聲　莫聲俗作暮

庶聲 度聲 席聲 麤聲
巨聲 榘聲 壺聲 奴聲
舁聲 圖聲 乎聲 乍聲
土聲 夕聲 無聲 毋聲
巫聲 石聲 疋聲與三部足別 馬聲
呂聲 鹵聲 下聲 女聲
処聲 羽聲 兆聲 雨聲
五聲 吾聲 予聲 午聲
許聲 戶聲 雇聲 武聲
鼠聲 黍聲 禹聲 鼓聲
鼓聲 夏聲 宁聲 烏聲
隻聲 蒦聲 旅聲 寡聲
圉聲 蠱聲 若聲 魯聲

豦聲　屰聲　㡿聲隸作厈俗作斥　朔聲

凵聲　兔聲　睪聲　[illegible]聲

擇聲　谷聲與三部谷不同　卻聲　𦎫聲與十三部𦎫別

𩫏聲隸作郭　㦸聲隸作戟　乇聲　笮聲

貉聲　蒦聲　炙聲　白聲

帛聲　尺聲　百聲　赤聲

赦聲　赫聲　咢聲說文作㖾　壑聲

亰聲　罩聲　霸聲　叒聲

乍聲

右諧聲偏旁見於今韻他部內者皆從第五部

轉入

第六部陸韻平聲蒸登上聲拯等去聲證嶝

瞢聲　夢聲　蠅聲　朋聲

弓聲　曾聲　升聲　雁聲
灷聲　朕聲　興聲　夌聲
亙聲（與十四部亘別）　恆聲　丞聲　烝聲
承聲　徵聲　兢聲　厶聲（古文厷）
厷聲（肱同）　仌聲（隸作冫）　登聲　豋聲（說文作𢍜）
椉聲　仍聲　爯聲　稱聲
巹聲　⿱艹巹聲

右諧聲偏旁見於今韻他部內者皆從第六部

轉入

第七部（陸韻平聲侵鹽添上聲寑琰忝去聲沁豔㮇入聲緝葉怗）

咸聲　鹹聲　㐭聲　林聲
心聲　今聲　念聲　金聲
酓聲　欽聲　歆聲　凡聲

風聲　𢆉聲　南聲　㚔聲與十一部幸別

杋聲　男聲　琴聲　彡聲

㝷聲　甚聲　音聲　兂聲

兓聲　朁聲　㑴聲　錦聲

罙聲與十五部突別　壬聲　任聲　品聲

㸒聲與二部䍃別　淫聲　占聲　黏聲

𤣩聲隸作之　三聲　參聲　㦰聲

韱聲　𢎘聲說文作马　氾聲　从聲

兼聲　廉聲　僉聲　閃聲

㐁聲　甛聲　冄聲　㐭聲

稟聲　審聲　弇聲　猒聲

厭聲　咠聲　戢聲　及聲

立聲　溼聲　亼聲　㬎聲

隰聲　合聲　拾聲　邑聲

雥聲　雧聲　入聲　十聲

叶聲　聶聲　習聲　燮聲

龖聲　劦聲　協聲　疌聲

廿聲　卅聲

右諧聲偏旁見於今韵他部內者皆從第七部

轉入

第八部陸韵平聲覃談咸銜嚴凡上聲感敢豏檻儼范去聲勘闞陷鑑釅梵入聲合盍洽狎業乏

凾聲　臽聲　衉聲　監聲

鹽聲　炎聲　剡聲　熊聲

燚聲　𣪘聲籀文敢字說文作𠭖　厰聲　嚴聲

广聲　詹聲　斬聲　毚聲

甘聲　奄聲　𡕥聲　欠聲

兂聲與宂別古宂在三部　妾聲　甲聲　業聲

涉聲　瀺聲　業聲　疌聲

聶聲　巤聲　耴聲與四部取別　夾聲

盍聲　𦐇聲　𠧪聲　籋聲

沓聲　帀聲

右諧聲偏旁見於今韻他部內者皆從第八部

轉入

第九部陸韻平聲東冬鍾江上聲董腫講去聲送宋用絳

中聲　躳聲　宮聲　東聲

重聲　童聲　龍聲　公聲

蟲聲　冬聲　夅聲　降聲

隆聲　丰聲　奉聲　夆聲

逢聲　用聲　甬聲　庸聲

从聲　䢖聲　囪聲　悤聲

同聲　農聲　邕聲　雝聲雍同

宋聲　戎聲　封聲　容聲

工聲　巩聲　空聲　送聲

充聲　共聲　雙聲　冢聲

蒙聲　凶聲　匈聲　兇聲

夅聲　宗聲　崇聲　嵩聲

豐聲　眾聲　尨聲　厖聲

竦聲　冡聲　茸聲

右諧聲偏旁見於今韵他部內者皆從弟九部

轉入

弟十部陸韵平聲陽唐上聲養蕩去聲漾宕

王聲　行聲　衡聲　㞷聲

匡聲 往聲 狂聲 罔聲
岡聲 黃聲 廣聲 昜聲
鍚聲 陽聲 湯聲 爿聲
牆聲 將聲 臧聲 永聲
方聲 㫄聲 旁聲 皇聲
亢聲 兵聲 炗聲 京聲
羊聲 羕聲 毀聲 𧟄聲襄隸作
庚聲 康聲 唐聲 皀聲
鄉聲 卿聲 上聲 畺聲
彊聲 強聲 兄聲 桑聲
爽聲 刅聲與十三部刃別 梁聲 彭聲
央聲 昌聲 囧聲 明聲
㒳聲 兩聲 倉聲 相聲

亯聲隸作亨享　向聲　尙聲　堂聲
象聲　皿聲　孟聲　卬聲
慶聲　丙聲　叓聲　章聲
商聲　亡聲　巟聲　䙴聲隸作䙴
長聲　良聲隸作良　量聲　䕭聲
誩聲　競聲　香聲　弜聲
秉聲　黽聲　㞷聲　卿聲
竝聲　亢聲　匚聲
右諧聲偏旁見於今韵他部內者皆從第十部
轉入

第十一部陸韵平聲庚耕清青上聲梗耿靜迥去聲映諍勁徑

熒聲　丁聲　成聲　亭聲
正聲　生聲　盈聲　鳴聲

殸聲籀文磬　𡈼聲與七部壬別　廷聲　呈聲

戠聲　戴聲　青聲　鼎聲

名聲　平聲　盈聲　寧聲

甯聲　嬰聲　甹聲　敬聲

冂聲　冥聲　鼏聲　爭聲

頃聲　幵聲　幷聲　貞聲

霝聲　巠聲　井聲　耿聲

冋聲古文作冋　鼏聲　𡴘聲隸作幸　晶聲

省聲

右諧聲偏旁見於今韻他部內者皆從第十一部轉入

第十二部陸韻平聲真臻先上聲軫銑去聲震霰入聲質櫛屑

秦聲　卂聲　人聲　儿聲古文奇字人

粦聲　頻聲　寅聲　丏聲
𡧍聲　賓聲　㞋聲　身聲
旬聲　甹聲　信聲　辛聲
亲聲　新聲　令聲　天聲
田聲　千聲　年聲　因聲
命聲　申聲　陳聲　電聲
仁聲　眞聲　顚聲　佞聲
匀聲　訇聲　㒼聲　閵聲
進聲　扁聲　臣聲　臤聲
賢聲　堅聲　辡聲　弦聲
黽聲　民聲　隶聲　畺聲
玄聲見一先　牽聲　引聲　矜聲
胤聲見二十一震　八聲　佾聲　穴聲

匹聲　必聲　宓聲　瑟聲
𥁕聲　普聲从白與五部普別今作替　實聲　吉聲
壹聲　頡聲　質聲　七聲
壼聲　卪聲隸省點　即聲　節聲
日聲　疾聲　臮聲　桼聲
漆聲　至聲　室聲　畢聲
一聲　乙聲　血聲　徹聲
逸聲　印聲　𢑏聲隸作抑　失聲
𠛱聲隸作別
右諧聲偏旁見於今韵他部內者皆從第十二部轉入

第十三部陸韵平聲諄文欣魂痕上聲凖吻隱混很去聲稕問焮慁恨

先聲　辰聲　晨聲　脣聲

困聲 㬰聲 屯聲 春聲
門聲 殷聲 分聲 釁聲
蓴聲 𥃩聲（今作艮） 西聲 垔聲
免聲 昏聲（不从民） 孫聲 奔聲
賁聲 君聲 員聲 㬎聲
鰥聲 昆聲 𦎫聲 𢾾聲（隸作敦）
璊聲 川聲 雲聲 云聲
存聲 巾聲 侖聲 堇聲
𡔷聲 文聲 彣聲 吝聲
閔聲 豩聲 豳聲 軍聲
斤聲 刃聲 典聲 𥁕聲
溫聲 縕聲 亶聲 熏聲
焚聲 彬聲 豚聲 盾聲

㐱聲　舛聲　孱聲　飧聲

寸聲　筋聲　蚰聲　𡈼聲

㥯聲　隱聲　乚聲　圂聲

橐聲

右諧聲偏旁見於今韻他部內者皆從弟十三部轉入

弟十四部陸韻平聲元寒桓刪山仙上聲阮旱緩潸產獮去聲願翰換諫襉線

叀聲　專聲　袁聲　睘聲

釆聲與一部采別　𢍏聲　卷聲　𠨷聲

巽聲　厂聲　屵聲　彥聲

雁聲　鴈聲　旦聲　半聲

𢆉聲　言聲　泉聲　遷聲

歎聲　難聲　厵聲原同　䜌聲

官聲 珏聲 瞏聲 展聲

卵聲 爰聲 反聲 閒聲

亘聲隸作亘 宣聲 桓聲 見聲

連聲 莧聲 寬聲 卝聲張參曰說文以爲古卵字

𢍏聲 𨙻聲隸作䙴 夗聲 宛聲

〈聲篆文作畎 干聲 岸聲 旱聲

罕聲 妟聲 宴聲 匽聲

安聲 晏聲 㫃聲 倝聲

𣦼聲 亶聲 曼聲 柬聲

闌聲 蘭聲 吅聲 雚聲

單聲 患聲 奐聲 夐聲

肩聲 弁聲覍同 毌聲 貫聲

番聲 潘聲 㒼聲 閑聲

廛聲　丹聲　焉聲　肰聲
縣聲　然聲　元聲　完聲
冠聲　肙聲　山聲　戔聲
衍聲　憲聲　㪔聲　散聲
濽聲　𣏟聲　樊聲　延聲
鬳聲　獻聲　㳄聲與十五部次別　羨聲
䜌聲　耑聲　段聲　燕聲
丸聲　虔聲　韓聲　鮮聲
䙴聲　𠬞聲隸作攀　𡨄聲隸作寒　褰聲
姦聲　面聲　般聲　煩聲
贊聲　祘聲　彖聲　筭聲
㕣聲與九部公別　沿聲　衮聲　班聲
建聲　算聲　𠦒聲　犬聲

删聲　片聲　雋聲與十六部巂別　扶聲

允聲　夋聲　㒼聲　㝵聲

癹聲从瓦誤　斲聲

右諧聲偏旁見於今韵他部內者皆從第十四部轉入

第十五部陸韵平聲脂微齊皆灰上聲旨尾薺駭賄去聲至未霽祭泰怪夬隊廢入聲術物迄月沒曷末黠鎋薛

妻聲　飛聲　皆聲　自聲

帥聲　歸聲　厶聲與六部厶別　私聲

夊聲　衣聲　鬼聲　嵬聲

甶聲　貴聲　畾聲　眔聲

褱聲　綏聲　枚聲　几聲

禾聲與十七部禾別　示聲　視聲　祁聲

殺聲　𢼸聲　豈聲　微聲
非聲　口聲（與四部口別）　韋聲　幾聲
隹聲　崔聲　唯聲　隼聲（同鵻）
夷聲　匕聲　尼聲　旨聲
稽聲　耆聲　[illegible]聲　屍聲
犀聲　虫聲　屖聲　[illegible]聲
畏聲　希聲　氐聲（與十六部氏別）　底聲
厎聲　奞聲　黹聲　夊聲
師聲　威聲　癸聲　比聲
皀聲　米聲　麋聲　辠聲
罪聲　伊聲　委聲　回聲
囘聲（古文回）　尸聲　次聲　戾聲
利聲　𥝢聲（古文利）　黎聲　毀聲

毀聲 尒聲 爾聲 镾聲

豐聲與九部豐別 死聲 弟聲 朿聲

美聲 𣏟聲 此聲 火聲

水聲 矢聲 兕聲 二聲

履聲 肄聲 棄聲 𠦒聲

𢷎聲 兊聲 气聲 旡聲

既聲 㤅聲 愛聲 胃聲

吠聲 四聲 豕聲 家聲

季聲 𥝢聲 惠聲 卒聲

未聲 市聲與一部市別 位聲 率聲

朮聲 𢓊聲古文作退 出聲 隶聲

彗聲 慧聲 凷聲 尉聲

犮聲 對聲 頪聲 類聲

內聲　孛聲　貝聲　乂聲

砅聲　蠇聲　厲聲　匃聲

曷聲　卨聲　羍聲　丯聲

㓞聲　契聲　害聲　折聲

哲聲　帶聲　戌聲　歲聲

薉聲　外聲　世聲　貰聲

欮聲　厥聲　威聲　祭聲

医聲　殹聲　𡿪聲　列聲

大聲　𡗜聲籀文大　癹聲　發聲

伐聲　乀聲　戉聲　亅聲

叕聲　寽聲　氒聲　𠯑聲隸作舌

聒聲　屮聲　𡴀聲　辥聲

辥聲　櫱聲　⿰木獻聲　⿰車獻聲

桀聲 㚔聲與七部㚔十一部幸別 逹聲 月聲
舌聲口舌字从干 最聲 奪聲 截聲
秫聲 聿聲 律聲 弗聲
叏聲 乞聲 系聲 衰聲
妃聲 配聲 肥聲 兀聲
自聲 臬聲 白聲亦自字與五部白別 畀聲
朮聲秫省作朮 曳聲 𠛱聲隸作制 鼻聲
旻聲 祟聲 𣪊聲 𥨍聲
竄聲 末聲 夬聲 勿聲
叡聲 器聲 埶聲與七部𡎺別 㡀聲
敝聲 乚聲 內聲 彗聲
盇聲 繼聲 會聲 巜聲
杀聲 殺聲 介聲 甶聲

畀聲从丌　苜聲　剌聲與十六部刺別　賴聲

骨聲　太聲　突聲　乙聲與十二部乙別

曰聲與十二部日別　乾聲　曶聲　址聲

𠟗聲籀文銳　劂聲　鬱聲　㡀聲

毳聲　夬聲　埶聲

右諧聲偏旁見於今韵他部內者皆從第十五部轉入

第十六部陸韵平聲支佳上聲紙蟹去聲寘卦入聲陌麥昔錫

支聲　巂聲　知聲　是聲

智聲　卑聲　斯聲　乁聲

氏聲　祇聲　疧聲　厂聲

虒聲　圭聲　佳聲　戹聲

奚聲　兒聲　規聲　鳺聲

訨聲　彖聲與十四部彖別　蠡聲从彖非　厽聲
[illegible]聲　匸聲與十部匸別　豸聲　麗聲
危聲　兮聲　只聲　廌聲
益聲　蠲聲　帝聲　啻聲隸作商與十部商別
適聲　易聲　析聲　晳聲
朿聲與三部束別　策聲　速聲籒文迹　責聲隸作責
刺聲　辟聲　鬲聲　[illegible]聲
鷊聲　[illegible]聲　臭聲與三部臭別　鶪聲
解聲　厄聲　戹聲　狄聲
迹聲　秝聲　厤聲　歷聲
役聲　鬩聲　畫聲　𠂢聲
派聲　冊聲　㱿聲　繫聲
系聲　[illegible]聲　買聲

右諧聲偏旁見於今韻他部內者皆從弟十六部轉入

弟十七部陸韻平聲歌戈麻上聲哿果馬去聲箇過禡

它聲　沱聲　佗聲　冎聲

咼聲　過聲　哥聲　爲聲

皮聲　丂聲　可聲　何聲

离聲　離聲　也聲　地聲

施聲　迆聲　義聲　儀聲

羲聲　加聲　嘉聲　多聲

宐聲　奇聲　猗聲　坐聲

麻聲　靡聲　我聲　羅聲

罹聲　詈聲　罷聲　羆聲

𠂢聲　垂聲　𠤎聲與十五部匕別　化聲

吹聲　𠂇聲　左聲　沙聲

瓦聲　𨻰聲　隋聲　墮聲

遳聲　坐聲　禾聲　和聲

鯀聲　果聲　裸聲　朵聲

雀聲　貨聲　瑣聲　惢聲

臥聲　戈聲　羸聲　𠦍聲

斛聲同𢇍

右諧聲偏旁見於今韵他部內者皆從弟十七部轉入

右十七部諧聲凡不可知者及疑似不明者缺之不以會意淆不以漢後音韵惑溯洄㳂流什得其八九矣

凡四千六百零一字

說文解字注表二

古十七部合用類分表

今韵二百六部始東終乏以古韵分之得十有七部循其條理以之咍職德爲建首蕭宵肴豪音近之故次之幽尤屋沃燭覺音近蕭故次之矦音近尤故次之魚虞模藥鐸音近矦故次之是爲一類蒸登音亦近之故次之侵鹽添緝葉怗音近蒸故次之覃談咸銜嚴凡合盍洽狎業乏音近侵故次之是爲一類之二類者古亦交互合用東冬鍾江音與二類近故次之陽唐音近冬鍾故次之庚耕清青音近陽故次之是爲一類真臻先質櫛屑音近耕清故次之諄文欣魂痕音近真故次之元寒桓删山仙音近諄故次之是爲一類脂微齊皆灰術物迄月沒曷末黠鎋薛音近諄元二部故次之支佳陌麥昔錫音近脂故次之歌戈麻音近支故次之是爲一類易大傳曰方以類聚物以羣分是之謂矣學者誠以是求之可以觀古音分合之理可以求

今韻轉移不同之故可以綜古經傳假借轉注之用可以通五方言語清濁輕重之不齊輒依其類表於左

類	部	平聲	上聲	去聲	入聲
第一類	第一部	平聲之咍	上聲止海	去聲志代	入聲職德
第二類	第二部	平聲蕭宵肴豪	上聲篠小巧晧	去聲嘯笑效号	
	第三部	平聲尤幽	上聲有黝	去聲宥幼	入聲屋沃燭覺
	第四部	平聲侯	上聲厚	去聲候	
	第五部	平聲魚虞模	上聲語麌姥	去聲御遇暮	入聲藥鐸
第三類	第六部	平聲蒸登	上聲拯等	去聲證嶝	
	第七部	平聲侵鹽添	上聲寑琰忝	去聲沁豔㮇	入聲緝葉怗
	第八部	平聲覃談咸銜嚴凡	上聲感敢豏檻儼范	去聲勘闞陷鑑釅梵	入聲合盍洽狎業乏

第四類	第九部	平聲東冬鍾江 去聲送宋用絳	上聲董腫講
	第十部	平聲陽唐 去聲漾宕	上聲養蕩
	第十一部	平聲庚耕清青 去聲映諍勁徑	上聲梗耿靜迥
第五類	第十二部	平聲真臻先 去聲震霰	上聲軫銑 入聲質櫛屑
	第十三部	平聲諄文欣魂痕 去聲稕問焮慁恨	上聲準吻隱混很
	第十四部	平聲元寒桓刪山仙 去聲願翰換諫襉線	上聲阮旱緩潸產獮
第六類	第十五部	平聲脂微齊皆灰 去聲至未霽祭泰怪夬隊廢	上聲旨尾薺駭賄 入聲術物迄月沒曷末黠鎋薛
	第十六部	平聲支佳 去聲寘卦	上聲紙蟹 入聲陌麥昔錫
	第十七部	平聲歌戈麻 去聲箇過禡	上聲哿果馬

古合韵說

古本音與今韵異是無合韵之說乎曰有聲音之道同源異派弇侈互輸協靈通氣移轉便捷分爲十七而無不合不知有合

韻則或以爲無韻如顧氏於谷風之嵬萎怨思齊之造士抑之
告則瞻卬之鞏後易象傳之文炳文蔚順以從君是也或指爲
方音顧氏於毛詩小戎之參與中韻七月之陰與沖韻公劉之
飲與宗韻小戎之音與膺弓滕興韻大明之興與林心韻易屯
象傳之民與正韻臨象傳之命與正韻離騷之名與均韻是也
或以爲學古之誤江氏於離騷之同調是也或改字以就韻如
毛詩匏有苦葉改軌爲軌以韻牡無將大車改疷爲痻以韻塵
劉原甫欲改烝也無戎之戎爲戍以韻務是也或改本音以就
韻如毛詩新臺之鮮顧氏謂古音徙小雅杕杜之近顧氏謂古
音悸是也其失也誣矣

古合韻次弟近遠說

合韻以十七部次弟分爲六類求之同類爲近異類爲遠非同
類而次弟相附爲近次弟相隔爲遠

古異平同入說

入爲平委平音十七入音不能具也故異平而同入職德二韵爲第一部之入聲而第二部第六部之入音卽此也屋沃燭覺爲第三部之入聲而第四部及第九部之入音卽此也藥鐸爲第五部之入聲而第十部之入音卽此也質櫛屑爲第十二部之入聲亦卽第十一部之入音術物迄月沒曷末黠鎋薛爲第十五部之入聲亦卽第十三部第十四部之入音陌麥昔錫爲第十六部之入聲而第十七部之入音卽此也合韵之樞紐於此可求矣

第二部與第一部同入說

第二部與第一部合用最近毛詩儦儦俟俟韓詩作駓駓騃騃說文作伾伾俟俟儦在第二部駓伾在第一部也史記太史公自序幽厲昏亂旣喪酆鎬陵遲至赧洛邑不祀祀在第一部鎬

在第二部合韵也漢書序傳元后娠母月精見表遭成之逸政自諸舅陽平作威誅加卿宰母宰第一部表第二部舅第三部合韵也第二部入音同第一部如太史公自序子羽暴虐漢行功德以第二部之虐合韵第一部之德讀如匿上林賦以第二部之約弱削皪藐字合韵第一部之飾服郁側字約讀如薏削讀如息弱讀如食皪讀如力藐讀如墨此其同入之證也古音多斂自音後變爲肴豪韵鮮能知其入音矣

第六部與第一部同入說

第六部與第一部合用最近其入音同第一部如得來之爲登來螟蟘之爲螟螣得蟘在第一部登螣在第六部也陸韵以職德配蒸登非無見矣

第四部與第三部同入說

第四部與第三部合用最近其入音同第三部

弟九部與弟三部同入說

弟九部入音同弟三部故陸韵以屋沃燭覺配東冬鍾江也

弟十部與弟五部同入說

弟十部入音同弟五部故陸韵以藥鐸配陽唐也

弟十一部與弟十二部同入說

弟十一部與弟十二部合用最近其入音同弟十二部如今文尙書辨秩史記作平程屈賦九章亦以程韵匹又儀禮古文鼏皆爲密今文尙書惟刑之謐哉史記作惟刑之靜程鼏靜在弟十一部秩匹密謐在弟十二部也陸韵以陌麥錫昔配庚耕清青於音理未審

弟十三部與弟十四部與弟十五部同入說

弟十三部弟十四部與弟十五部合用最近其入音同十五部如黽勉爲蠠沒亦爲蜜勿氤氳爲壹鬱勉氳弟十三部沒勿鬱

弟十五部也毛詩以按徂旅孟子作以遏徂莒呂刑其罰百鍰史記作其罰百率按鍰弟十四部遏率弟十五部也

弟十七部與弟十六部同入說

弟十七部與弟十六部合用最近其入音同弟十六部

古諧聲偏旁分部互用說

諧聲偏旁分別部居如前表所刻矣閒有不合者如裘字求聲而在弟一部朝字舟聲而在弟二部牡字土聲而在弟三部侮字每聲而在弟四部股投字殳聲而在弟五部仍孕字乃聲而在弟六部參字㐱聲而在弟七部枼字世聲而在弟八部送字倂聲而在弟九部彭字彡聲而在弟十部嬴字𣎆聲而在弟十一部矜字今聲而在弟十二部存字才聲而在弟十三部憲字害省聲而在弟十四部截字雀聲而在弟十五部狄字亦省聲而在弟十六部那字冄聲而在弟十七部此類甚多即合韵之

理也

古一字異體說

凡一字異體者卽可徵合韵之條理以弟十六部言之鶂或爲鷊逖古爲逷兒聲鬲聲狄聲易聲同在本部也芰或爲茤鬄或爲髢舓或爲䑛輗或爲⿰車宜弛或爲㢮支聲易聲兒聲虒聲在十六部多聲也聲它聲在十七部此可見次弟相近合用之理鷊或爲⿰赤鳥說本相如速改爲迹起於李斯鬲聲朿聲在十六部赤聲亦聲在弟五部此可見次弟相遠合用之理他部皆準此求之

古異部假借轉注說

古六書假借以音爲主同音相代也轉注以義爲主同義互訓也作字之始有音而後有字義不外乎音故轉注亦主音假借取諸同部者多取諸異部者少轉注取諸同部異部者各半十

七部爲假借轉注之維綱學者必知十七部之分然後可以知十七部之合知其分知其合然後可以盡求古經傳之假借轉注而無疑義（異部假借如常棣借務爲侮大田借螣爲蟘文王有聲借減爲洫雨無正借荅爲對之類異部轉注如愛隱也曾重也蒸塵也之類）方言如萌櫱之櫱秦晉之閒曰肄水火之火齊言曰焜此同部轉注假借之理也如關西曰迎關東曰逆荊郊之鄙謂淫曰遙齊魯之閒鮮聲近斯趙魏之東實寔同聲此異部合韵之理也

六書說

文字起於聲音六書不外謠俗六書以象形指事會意爲形以諧聲轉注假借爲聲又以象形指事會意諧聲爲形以轉注假借爲聲又以象形指事會意諧聲轉注假借爲形以十七部爲聲六書猶五音十七部猶六律不以六律不能正五音不以十七部不能分别象形指事會意諧聲四者文字之聲韵鴻殺而

得其轉注假借故十七部曰音均均者勻也徧也一部之內其
音勻圓如一也均韵古今字轉注異字同義假借異義同字其
源皆在音均說文解字者象形指事會意諧聲之書也爾雅廣
雅方言釋名者轉注假借之書也陸灋言切韵爲音韵之書然
古十七部藏薶未悟不可以通古經傳之文今特表而出之箸
其分合周秦漢人詁訓之精微後代反語雙聲疊韵音紐字母
之學胥一以貫之矣
凡二千七百七十八字

表三

詩經韵分十七部表

十七部之分於詩經及羣經導其源派也諦觀毛詩用韵第一部第十五部第十六部之分第二第三第四第五部之分第十二第十三第十四部之分以及入聲之分配皆顯然不辨而自明孟子曰博學而詳說之將以反說約也宋蘇氏之言曰參伍錯綜八面受敵沛然應之而莫禦焉顧氏詩本音江氏古韵標準雖以三百篇爲據依未取三百篇之文部分而彙譜之也玉裁紬繹有年依其類爲之表因其自然無所矯拂俾學者讀之知周秦韵與今韵異凡與今韵異部者古本音也其於古本音有齟齬不合者古合韵也本音之謹嚴如唐宋人守官韵合韵之通變如唐宋詩用通韵不以本音蔑合韵不以合韵惑本音三代之韵昭昭矣凡本音鐵其字之旁以識之△凡合韵規其字之外以識之○

第一部陸韵平聲之咍上聲止海去聲志代入聲職德

絲治訧邶綠衣三章　霾來來思終風二章　思來雄雉三章　淇思姬謀泉水一章　異貽靜女三章　尤思之鄘載馳四章○此篇分章從朱　蚩絲絲謀淇丘期媒期衛氓一章　思哉六章　淇思之竹竿一章　期哉塒來思王君子于役一章　佩思來鄭子衿二章　鋂偲齊盧令三章　哉其之之思哉其之之思魏園有桃一二章　期之秦小戎二章　梅裘哉終南一章　思佩渭陽二章　梅絲絲騏曹鳲鳩二章　貍裘豳七月四章　騏絲謀小雅皇皇者華三章　疚來采薇三章　來疚杕杜四章　來又南有嘉魚四章　臺萊基期南山有臺一章　來期思白駒三章　時謀萊矣十月之交五章　(膴)謀小旻五章　箕謀巷伯二章　丘詩之七章　來疚大東二章　裘試四章　梅尤四月四章　期時來頍弁二章　能又時賓之初筵二章　(呶)僛郵四章　牛哉黍苗二章　(膴)飴謀龜時茲大雅緜三章　絲基抑九章　富時疚茲召旻五章　牛右周頌我將　之思哉茲敬之　紑(俅)基牛鼒絲衣　駓騏伾期才魯頌駉二章○以上平聲

采友周南關雎四章○此分章從鄭　否母葛覃三章　苢采苢有芣苢一章苢苢苢二三章
同　趾子麟之趾一章　沚事召南采蘩一章　子子子殷其靁一二三章　汜以
以悔江有汜一章　矣李子何彼襛矣二章　裏已邶綠衣一章　子否否友匏有
苦葉四章　沚以谷風三章　久以旄丘二章　子耳四章　齒止止俟鄘相鼠二章
右母衛竹竿二章○從唐石經遠兄弟父母今本誤爲遠父母兄弟則非韵　背痗伯兮四章　李
玖木瓜三章　涘母母有王葛藟二章　李子子玖丘中有麻三章・子里杞母
鄭將仲子一章　洧士褰裳二章　晦已子喜風雨三章　畝母齊南山三章　子已
止魏陟岵一章　屺母二章　食食唐有杕之杜一二章　采已涘右沚秦蒹葭三章
鯉子陳衡門三章　已矣墓門一章　耜趾子畝喜豳七月一章　止杞母小雅
四牡四章　杞母杕杜三章　鯉有魚麗三章　有時六章　杞李子母子已南山
有臺三章　載喜右彤弓二章　沚喜菁菁者莪二章　里子六月二章　喜祉久友
鯉矣友六章　芑畝試采芑一章　止試三章　有俟友右子吉日三章　海
止友母沔水一章　士止祈父二章　仕子已殆仕節南山四章　士宰史氏

十月之交四章 里痗八章 仕殆使子使友雨無正六章 止否小旻五章 克
富又小宛二章 采負似三章 梓止母裏在小弁三章 祉已巧言二章 恥久
恃蓼莪三章 子子子子大東四章 紀仕有四月六章 杞子事母北山一章
止起楚茨五章 理畝信南山一章 畝耔薿止士甫田一章 止子畝喜右
否畝有敏三章 戒事耜畝大田一章 止子畝喜四章 右有有似裳裳
者華四章 友喜車舝一章 否史恥怠賓之初筵五章 識又同上 食誨載食
誨載食誨載緜蠻一二三章 時右大雅文王一章 已子二章 止子四章 涘止
子大明四章 止右理畝事緜四章 母婦思齊一章 (造)士五章 悔祉子
皇矣四章 芑仕子文王有聲八章 祀子敏止生民一章 祀子二章 字翼三章
秠芑秠畝芑負祀六章 時祀悔八章 時子既醉五章 士士子八章
紀友士子假樂四章 里有公劉六章 饎子母泂酌一章 止士使子卷阿
七章 式止晦蕩五章 時舊七章 友子抑六章 李子八章 否事耳
子十章 子止悔十二章 里喜能忌桑柔十章 紀宰(氏)右止里雲漢七章

事式崧高二章　子里韓奕四章　理海江漢三章　子似祉四章　子已六章
誨寺瞻卬三章　倍事四章　富忌五章　(茂)止召旻四章　里里舊七章
鮪鯉祀福周頌潛　祀子雝　祉母同上　以婦士耜畝載芟　耜畝
良耜　始有子魯頌有駜三章　子耳閟宮三章　熾富背試五章○此篇分章從朱
喜母士有祉齒八章　有始子商頌玄鳥　里止海同上　子士長發七章

○以上上聲

得服側周南關雎三章　革緎食召南羔羊二章　側息殷其靁二章　側特忒鄘柏
舟二章　麥北弋桑中二章　麥極載馳四章　極德衛氓四章　側服有狐三章
麥國國食王丘中有麻二章　飾力直鄭羔裘二章　食息狡童二章　克得得
極齊南山四章　襋服魏葛屨一章　棘食國極園有桃二章　輻側直億特
食伐檀二章　麥德國國直碩鼠二章　翼棘稷食極唐鴇羽二章　棘域息
葛生二章　棘息息特秦黃鳥一章　翼服息曹蜉蝣二章　翼服候人二章　棘
忒忒國鳲鳩三章　(豳)麥豳七月六章　克得伐柯一章　福食德小雅天保五章

翼服戒棘采薇五章　牧來載棘出車一章　棘德湛露三章　飭服急國六月一章　則服二章　翼服服國三章　翼奭服革采芑二章　蓄特富異我行其野三章　翼棘革斯干四章　特克則得力正月七章　輻載意九章　德國雨無正一章　蜮得極側何人斯八章　食北巷伯六章　德極蓼莪四章　載息大東三章　來服四章　息國北山四章　息直福小明五章　棘稷翼億食祀侑福楚茨一章　祀食福式稷敕極億四章　備戒告五章　翼或穡食信南山三章　陟賊大田二章　祀黑稷祀福四章　翼福鴛鴦二章　棘極國青蠅二章

福德賓之初筵四章　息暱極菀柳一章　側極緜蠻三章　翼國大雅文王三章　億服四章　德福七章　翼福國大明三章　直載翼緜五章　載備祀福旱麓四章　德色革則皇矣七章　亟來囿伏靈臺二章　式則下武三章　德服四章　北服文王有聲六章　富凝食生民四章　背翼福行葦八章○此分章從鄭　德福既醉一章　子德假樂一章　福億二章　翼德翼則卷阿五章　息國極慝德民勞三章　克服德力蕩三章　國德德側四章　告則抑二章　賊則八章

國忒德棘十二章　穡食桑柔六章　賊國力七章　極背克力十五章

德直國崧高八章　則德烝民一章　德則色翼式力二章　棘極江漢三章

德國六章　戒國常武一章　翼克國五章　塞來六章　忒背極慝識織瞻卬三章　稷極周頌思文　德則魯頌泮水四章　德服馘五章　稷福穋麥國穡閟宮一章　忒稷三章　國福商頌殷武四章　翼極五章○以上入聲

〔古本音〕

訧尤聲在此部詩綠衣一見今入尤　尤尤聲在此部詩載馳四月二見周易六見今入尤　郵郵聲在此部詩賓之初筵一見今入尤　謀某聲在此部詩泉水氓皇皇者華巷伯緜五見左傳三見今入尤　丘丘聲在此部詩氓巷伯二見左傳一見戰國策齊謠與箕頤能韵今入尤　裘裘聲在此部詩終南七月大東三見左傳一見學記一見今入尤　疚久聲在此部詩采薇杕杜大東召旻四見今入宥　又又聲在此部詩南有嘉魚小宛賓之初筵四見今入宥　牛牛聲在此部詩黍苗我將絲衣三見易一見屈賦二見今入尤　龜龜聲在此部詩緜一見易頤初九與頤韵漢褚少孫所引古傳下有靈龜與上有兔絲韵今入尤始見於史記龜策傳班固幽通賦李尤辟廱賦宋讀曲歌

紑不聲在此部詩絲衣一見今入尤　富畐聲在此部詩我行其野小宛瞻卬召旻閟宮五見易三見今入宥　友

友聲在此部詩關雎匏有苦葉六月吉日沔水雨無正車舝假樂抑九見左傳閔二年與右韻屈賦橘頌與理韻今入有
否否聲在此部詩葛覃匏有苦葉小旻甫田賓之初筵抑七見易二見今入有有又聲在此部詩芣苢葛藟魚麗
吉日四月甫田裳裳者華公劉有駜閟宮玄鳥十二見屈賦一見今入有右右聲在此部詩竹竿蒹葭彤弓吉日甫田
裳裳者華文王縣雲漢我將十見左傳一見今入有宥玖久聲在此部詩木瓜丘中有麻二見說文云讀若芑今入
有久久聲在此部詩旄丘六月蓼莪三見易二見今入有負負聲在此部詩小宛生民二見周書金縢丕子之責
史記作負子古負音近丕今入有婦婦聲在此部詩思齊載芟二見屈賦一見今入有秠丕聲在此部詩生民
二見今入有侑有聲在此部詩楚茨一見今入宥舊舊聲在此部詩蕩召旻二見今入宥服𠬝聲在此部詩
關雎有狐葛屨蜉蝣候人采薇六月采芑大東文王下武文王有聲蕩泮水十六見易四見士冠禮三見公冠篇一見武
王踐阼篇一見爾雅釋訓一見今入屋輻畐聲在此部詩伐檀正月二見今入屋福畐聲在此部詩天保小明
楚茨大田鴛鴦賓之初筵文王大明旱麓行葦既醉假樂潛閟宮殷武十四見易五見士冠禮一見公冠篇一見考功記
梓人一見爾雅釋訓一見今入屋牧牧聲在此部詩出車一見易一見屈賦一見今入屋或或聲在此部詩信南
山一見公冠篇與祿服德福極韻今入屋囿有聲在此部詩靈臺一見讀如弋司馬相如封禪文與喜韻張衡東京賦
與事備韻讀如以今入宥韻屋韻葢昉於景差大招劉向九歎伏伏聲在此部詩靈臺一見易一見今入屋葍畐聲

在此部詩我行其野一見今入屋　畐畐聲在此部詩生民一見今兼入屋　祐右聲在此部易二見今入宥　○
母母聲在此部詩葛覃竹竿葛藟將仲子南山陟岵四牡杕杜南山有臺沔水小弁蓼莪北山思齊泂酌雝閟宮十七
見今入厚　畝本作畮每聲在此部詩南山七月采芑信南山甫田大田緜生民載芟良耜十二見今入厚　○能
㠯聲在此部詩賓之初筵一見易二見今兼入登等　○敏每聲在此部詩甫田生民二見今入軫　暱匿聲在此
部詩菀柳一見今入賓　○霾貍聲在此部詩終風一見今入皆始見於顏延之和謝靈運一首韵迷萋泥淮偕懷
等字　鋂每聲在此部詩盧令一見今入灰　媒某聲在此部詩氓一見屈賦二見今入灰　梅每聲在此部詩終南
鳲鳩四月三見今入灰　龜龜聲在此部今又入脂始見於曹植七啟與歸機飛韵　駓丕聲在此部詩駉一見招
魂與鬵牛災韵今入脂　伾丕聲在此部詩駉一見今入脂　否否聲在此部今又入旨　悔每聲在此部詩江有
汜皇矣生民抑四見屈賦二見今入賄入隊　洧有聲在此部詩褰裳一見今入旨　晦每聲在此部詩風雨蕩二
見今入賄入隊　秠丕聲在此部今又入脂入旨　鮪有聲在此部詩潛一見今入旨　佩佩聲在此部詩子衿渭陽
二見屈賦四見今入隊　痗每聲在此部詩伯兮十月之交二見今入隊　戒戒聲在此部詩采薇楚茨大田常武
四見易一見屈賦二見秦泰山刻石文與治誨志事嗣韵今入怪　背北聲在此部詩伯兮行葦桑柔瞻卬閟宮五見
今入隊　誨每聲在此部詩緜蠻瞻卬四見左傳一見秦泰山刻石文與治志事嗣戒韵今入隊　每母聲在此部左

傳僖二十八年與謀韵今入灰**鄙**啚聲在此部屈賦一見今入旨**怪**圣聲在此部屈賦二見今入怪**薶**貍聲在此部左傳一見今入皆**備**葡聲在此部詩楚茨旱麓二見易一見屈賦一見今入至**憊**備聲在此部易二見今入怪

○**革**革聲在此部詩羔芉采芑斯干皇矣四見易三見秦琅邪臺刻石文與得極福殖賊式韵今入麥**麥**麥聲在此部詩桑中載馳丘中有麻碩鼠閟宮五見今入麥**馘**或聲在此部詩泮水一見今入麥

〔古合韵〕

俅本音在第三部絲衣以韵紑基牛鼒**造**本音在第三部乾象傳與道咎（久）首韵是也思齊以韵士此正古合韵而顧氏云無韵矣考古第一部與第三部合用不可枚數如老子持而盈之節已保守咎道爲韵屈原惜往日佩好代意爲韵遠遊疑浮爲韵賈誼鵩鳥賦憂疑爲韵班彪北征賦憂留災爲韵班婕妤自悼賦以時思詩蠻茲滋災期韵周求幽流休又以碁期之韵流憂浮休曹全碑以首韵里紀市圯皆之咍與尤幽合韵而支脂二部合尤幽者絕少是以之咍部內字多轉入於尤韵而支脂二部內字未嘗轉入於尤韵知古合韵即音轉之權輿也顧氏之與脂與支三部尤與蕭二部皆混合不分於思齊之造士召旻之茂止七月之穋麥抑之告則楚茨之備戒告皆不得其韵於漢人合用皆指爲混讀以爲誤之最多者無若班婕妤自悼賦蓋惟不知其分又以不知其合矣**茂**本音在第三部詩五見召旻以韵止正古合韵而顧氏亦云無韵**告**本音在第三部入聲詩四見楚茨以韵備戒抑以韵則爾雅釋訓以韵忒食則慝正古合

韻顧氏於抑二章則云無韻於楚茨五章則以備戒位爲韻不知備戒字今韻在第十五部古韻在第一部第一部與第三部音近是以備戒與告合韻位字古今音皆在第十五部與第一部備戒字次第相遠而少通矣

穋本音在第三部七月以韻麥閟宮以韻稷福麥國穡讀如力

祿本音在第三部公冠篇以韻彧服德極讀如力

毒本音在第三部爾雅釋訓以韻德忒食讀如極

鞫本音在第三部爾雅釋訓以韻慝職屈賦懷沙以韻默讀如亟

○膴本音在第五部小旻以韻謀繇以韻飴謀龜時茲古合韻也韓詩小旻作民雖靡腜繇作周原腜腜則用本韻而非合韻

呶本音在第五部賓之初筵以韻僛郵讀如疑

○螣本音在第六部音螣大田假借爲蟘字以韻賊此合韻也說文引詩作厺其螟蟘則在本韻

○急本音在第七部六月以韻飭服熾國爾雅釋訓以韻福極德直力服息讀如亟

○用本音在第九部易剝象傳以韻災尤載豐象傳以韻災志事讀如以亦古合韻

○節本音在第十二部離騷合韻服字讀如側此今韻卽卽字入職韻之所因也

○世本音在第十五部讒鼎銘曰顯爲韻世怠合韻錢辛楣詹事說

出本音在第十五部屈賦思美人合韻佩異態竢

沫本音在第十五部離騷合韻茲字

○氏本音在第十六部十月之交以韻士宰史雲漢以韻紀宰右止里亦古合韻也荀子寶珍隨珠不知佩兮佩亦第十六部字而以韻異媒之亦第一部與第十六部合韻

第二部

陸韻平聲蕭宵肴豪上聲篠小巧晧去聲嘯笑效号

芼樂周南關雎五章　藻潦召南采蘋一章　悄小少摽邶柏舟四章　暴笑敖悼
終風一章　夭勞凱風一章　籥翟爵簡兮三章　旄郊鄘干旄一章　綽較謔虐
衛淇奧三章　敖郊驕鑣朝勞碩人四章　勞朝暴笑悼氓五章　刀朝河廣
二章　桃瑤木瓜二章　苗搖王黍離一章　樂樂君子陽陽二章　消麃喬搖
鄭清人二章　漂要蘀兮一章　樂謔藥樂謔藥溱洧二章　倒召齊東方未明一
章　驕忉甫田一章　滔儦敖載驅四章　桃殽謠驕魏園有桃一章　苗勞郊
郊號碩鼠三章　鑿襮沃樂唐揚之水一章　鑣驕秦駟驖三章　櫟駮樂晨風二章
巢苕忉陳防有鵲巢一章　皎僚糾悄月出一章　炤燎紹慘三章　搖朝
忉檜羔裘一章　膏曜悼三章　飄嘌弔匪風一章　苗膏勞曹下泉一章　蓼
蜩豳七月四章　譙消翹搖嘵鴟鴞三章消作翛誤○　蒿昭恌傚敖小雅鹿鳴二章
郊旄旄出車二章　罩樂南有嘉魚一章　苗囂旄敖車攻三章　嗷勞驕鴻雁
三章　苗朝搖白駒一章　沼樂炤虐殽正月十一十二章　勞囂十月之交七章
盜暴巧言三章　蒿勞蓼莪一章　號勞北山五章　刀毛勞信南山五章　鷮教

車舝二章　的爵賓之初筵一章　藻鎬魚藻一章二三章同　敎傚角弓二章　瀌消驕

七章　苗膏勞黍苗一章　沃樂隰桑二章　高勞朝漸漸之石一章　燎勞大雅旱麓

五章　廟(保)思齊三章　濯翯沼躍靈臺三章　(舟)瑤刀公劉二章　寮囂笑蕘

板三章　虐謔蹻耄謔熇藥四章　昭樂懆藐教虐耄抑十一章○吳棫目開元中修

五經文字我心慘慘爲懆　削爵濯溺桑柔五章　藐蹻濯崧高四章　到樂韓奕五章

苗麃周頌載芟　樂樂樂魯頌有駜一二三章　藻蹻蹻昭笑敎泮水二章○以上

平聲

〔古本音〕

襮襮聲在此部詩唐揚之水一見今入沃　暴暴聲在此部詩終風巧言三見今兼入屋　沃芺聲在此部詩唐揚之水隰桑二見韓詩外傳載夏臣之歌與樂蹻樂韵今入沃　熇高聲在此部詩板一見今入沃　翯高聲在此部詩靈臺一見今入覺　較爻聲在此部詩淇奧一見今入覺　駁交聲在此部詩晨風一見今入覺　濯翟聲在此部詩靈臺桑柔崧高三見爾雅釋魚蜃小者珧陸德明曰珧衆家本皆作濯知濯古音同珧也今入覺第二部古多平聲今多轉入他部爲入聲矣　樂樂聲在此部詩關雎溱洧唐揚之水晨風南有嘉魚正月隰桑抑韓奕九見離騷與

邈韻遠遊與橋韻今入覺

邈　貌聲在此部屈賦一見今入覺

藐　貌聲在此部詩抑嵩高二見今入覺○

籥　龠聲在此部詩簡兮一見今入藥

爵　爵聲在此部詩賓之初筵桑柔三見今入藥

綽　卓聲在此部詩淇奧一見今入藥

虐　虐聲在此部詩淇奧正月板抑四見今入藥

謔　虐聲在此部詩淇奧溱洧板四見今入藥

藥　樂聲在此部詩溱洧板三見今入藥

櫟　樂聲在此部詩晨風一見今入藥

濯　翟聲在此部今又入藥

躍　翟聲在此部詩靈臺一見今入藥

蹻　喬聲在此部詩板崧高泮水四見今兼入藥

溺　弱聲在此部詩桑柔一見今入藥

削　肖聲在此部詩桑柔一見今入藥

鑿　鑿聲在此部詩唐揚之水一見宋玉九辨與(國)教樂高韻今入鐸

樂　樂聲在此部今又入鐸

熇　高聲在此部今又入鐸

襮　暴聲在此部今又入鐸○按簡兮三章淇奧二章溱洧一二章唐揚之水一章靈臺三章板四章抑十一章皆第二部平聲苟列之第五部入聲斯鉏鋙而不類矣○

翟　翟聲在此部詩簡兮一見今入陌

趯　翟聲在此部詩草蟲首二句喓喓趯趯爲韻今入錫

櫟　樂聲在此部今又入錫

的　勺聲在此部詩賓之初筵一見今入錫

弔　弔聲在此部詩匪風一見今兼入錫

溺　弱聲在此部今又入錫

〔古合韻〕

滔　本音在第三部江漢與浮游求韻是也載驅四章合韻儦敖字

糾　本音在第三部月出一章合韻皎僚悄字

蜩　本音在第三部王褒九懷與州脩牛流休悠浮求懤儔怞韻是也七月四章合韻葽字

譙　本音在第三部鴟鴞以韻

消翹搖曉字　保本音在第三部詩四見思齊三章合韻廟字　舟本音在第三部公劉二章合韻瑤刀字〇

慘本音在第七部月出合韻照燎紹字

第三部陸韻平聲尤幽上聲有黝去聲宥幼入聲屋沃燭覺

鳩洲逑周南關雎一章　流求二章　逵仇兔罝二章　休求漢廣一章　舟流憂游邶柏舟一章　舟游求救谷風四章　漕悠游憂泉水四章　悠漕憂鄘載馳一章　滺舟游憂衞竹竿四章　憂求憂求憂求王黍離一二三章　脩歗歗淑中谷有蓷二章　蕭秋采葛二章　潚膠瘳鄭風雨二章〇潚作瀟誤　休慆憂休唐蟋蟀三章　聊條聊條椒聊一二章　周游有杕之杜二章　收輈秦小戎一章　袍矛仇無衣一章　荍椒陳東門之枌三章　蕭周曹下泉二章　茅綯豳七月七章　銶遒休破斧三章　裒求小雅常棣二章　柔憂采薇二章　舟浮休菁菁者莪四章　矛讎節南山八章　憂休十月之交八章　流休雨無正五章　觩柔(敖)求桑扈四章　浮流(髦)憂角弓八章　幽膠隰桑三章　茅猶白華一章　臭孚大雅文王七章　求孚下武二章　(揄)蹂叟浮生民七章　曹牢匏公劉四章　游休酋卷阿二章　休

逑（怓）憂休民勞二章　柔劉憂桑柔一章　浮滔游求江漢一章　游騷常武三章
苞流五章　收瘳瞻卬一章　優憂六章　觩柔（敖）休周頌絲衣　陶囚魯頌
泮水五章　觩搜七章　球旒休絿柔優酋商頌長發四章　○以上平聲
昴禂猶召南小星二章　包誘野有死麕一章　冒好報邶日月二章　手老擊鼓四章
（軌）牡匏有苦葉二章○從考工記注禮記正義唐石經作軓改爲軌以韻牡者非也　慉讎售谷風五章
埽道道醜鄘牆有茨一章　報好報好報好衛木瓜一二三章　陶翿（敖）王君
子陽陽二章　罦造憂覺兔爰二章　好造鄭緇衣二章　狩酒酒好叔于田二章
鴇首手阜大叔于田三章　軸陶抽好清人三章　手䰞好遵大路二章　酒
老好女曰雞鳴二章　好報三章　茂道牡好齊還二章　栲杻埽考保唐山有樞
二章　皓繡鵠憂揚之水二章　褎究好羔裘二章　好好有杕之杜二章　阜手
狩秦駟驖一章　阜手小戎二章　簋飽權輿二章　缶道翿陳宛丘三章　皓懰
受慅月出二章　棗稻酒壽豳七月六章　蚤韭八章　務（戎）小雅常棣四章　埽
簋牡舅咎伐木二章　壽茂天保六章　罶酒魚麗一二三章同　栲杻壽茂南山

有臺四章　草考湛露二章　櫜好醻彤弓三章　雝老猶醜采芑四章　好阜草

狩車攻二章　戊禱好阜阜醜吉日一章　苞茂好猶斯干一章　卯醜十月之交

一章　猶(集)咎道小旻三章　道草擣老首小弁二章　醻究七章　好草巷伯

五章　受昊六章　酒咎北山六章　蕘洲妯猶鼓鐘三章　飽首考楚茨六章

酒牡考信南山五章　阜好莠大田二章　首阜舅頍弁三章　首酒魚藻三章

首酒瓠葉二章三章同　首炮酒醻四章　首罶飽苕之華三章　草道何草不黃

四章　槱(趣)樸大雅棫樸一章　欲孝文王有聲三章　道草茂苞褎秀好生民五章

祝究蕩三章　酒(紐)抑三章　(苟)雝報六章　寶好桑柔六章　寶保崧高五章

考保蒸民三章　道考韓奕一章　首休考壽江漢六章　(福)保烈文　牡考

周頌雝　壽考同上　壽保載見　造(孜)考孝閔予小子　鳥蓼小毖　糾(趙)

蓼朽茂良耜　牡酒魯頌有駜二章　茆酒酒老道醜泮水三章　○以上上聲

谷谷周南葛覃一二章　角族麟之趾三章　角屋獄獄足召南行露二章　樕鹿

束玉野有死麕二章　鞠覆育毒邶谷風五章　束讀讀辱鄘牆有茨三章　祝六

告干旄三章 陸軸宿告衛考槃三章 告鞫齊南山三章 曲藚玉玉族魏汾沮洳三章 匊篤唐椒聊二章 六燠無衣二章 驅 續轂馵玉曲秦小戎一章

薁菽豳七月六章 屋穀七章 蜀宿東山一章 陸復宿九罭三章 谷木小雅伐木一章 穀祿足天保二章 穀玉鶴鳴二章 谷束玉白駒四章 穀粟穀族黃鳥一章 蓫宿畜復我行其野二章 祿僕祿屋正月三章 屋穀祿椓獨十三章 粟獄卜穀小宛五章 木谷六章 鞫畜育復腹蓼莪四章 濁穀四月五章

奧蹙菽戚宿覆小明三章 奏 祿楚茨六章 霂渥足穀信南山二章 木

附 欲屬角弓六章 綠匊局沐采綠一章 束獨白華一章 夙育 稷 民大雅生民一章

俶告既醉三章 祿僕七章 鹿穀谷桑柔九章 迪復毒十一章 谷穀

拾 十二章 肅穆周頌雝 角續良耜○以上入聲

〔古本音〕

漕轉聲在此部詩泉水載馳二見今入豪 歗肅聲在此部詩中谷有蓷一見今入嘯 蕭肅聲在此部詩采葛下泉二見九歌山鬼與憂韵今入蕭 潚肅聲在此部詩風雨一見今兼入蕭 膠翏聲在此部詩風雨隰桑二見今入

有
慆舀聲在此部詩蟋蟀一見今入豪
聊丣聲在此部詩椒聊一見戰國策民無所聊與上下相愁韵今入蕭
條攸聲在此部詩椒聊一見今入蕭
袍包聲在此部詩無衣一見今入豪
荍收聲在此部詩東門之枌一見張參五經文字云勤由反今入宵
椒叔聲在此部詩東門之枌一見今入宵
茅矛聲在此部詩七月白華二見離騷與留韵今入肴
綯匋聲在此部詩七月一見今入豪
舀舀聲在此部詩生民或揄說文引作或舀今兼入小
曹𣍘聲在此部詩公劉一見劉安招隱士與留咆留韵今入豪
牢牢聲在此部詩公劉一見今入豪
匏包聲在此部詩公劉一見今入肴
滔舀聲在此部詩江漢一見今入豪
騷蚤聲在此部詩常武一見今入豪
苞包聲在此部詩斯干生民常武三見今入肴
陶匋聲在此部詩君子陽陽清人泮水三見今入宵豪
昴卯聲在此部詩小星一見今入巧
包包聲在此部詩野有死麕一見今入肴
冒冒聲在此部詩日月一見今入号
好好聲在此部詩日月木瓜緇衣叔于田清人遵大路女曰雞鳴還羔裘彤弓吉日斯干巷伯大田生民桑柔十七見洪範一見今入晧号
報報聲在此部詩日月木瓜女曰雞鳴抑六見國語一見今入号
老老聲在此部詩擊鼓女曰雞鳴采芑小弁泮水五見今入晧
埽埽聲在此部詩牆有茨山有樞伐木三見今入晧号
道道聲在此部詩牆有茨還宛丘小旻小弁何草不黃生民韓奕泮水九見洪範一見易十六見左傳一見今入晧
翿𣪘聲在此部詩君子陽陽宛丘二見今入号
造告聲在此部詩兔爰緇衣閔予小子三見易一見今入晧号
鴇𠨹聲在此部詩大叔于田

一見今入晧栲考聲在此部詩山有樞南山有臺二見陸璣云許叔重讀若糗今入晧考丂聲在此部詩山有
樞湛露楚茨信南山蒸民韓奕江漢雝閔予小子十見易二見越語上帝不考與時反時守韻今入晧保保聲在此
部詩山有樞崧高蒸民三見今入晧晧告聲在此部詩唐揚之水月出二見今入晧飽包聲在此部詩權輿楚茨
苕之華三見易一見今入巧稻舀聲在此部詩七月一見今入晧覺學聲在此部詩兔爰一見左傳哀二十一
年與臯蹈憂韻今兼入效慅蚤聲在此部詩月出一見今入晧棗朿聲在此部詩七月一見今入晧蚤叉聲
在此部詩七月一見今入晧櫜咎聲在此部詩彤弓一見今入豪茆丣聲在此部詩泮水一見廣韻云說文作
茆音柳今兼入巧草艸聲在此部詩湛露車攻小弁巷伯何草不黃生民六見左傳襄四年與州道擾獸牡韻今入
晧禱壽聲在此部詩吉日一見今入晧号卯丣聲在此部詩十月之交一見今入巧擣壽聲在此部詩小弁
一見今入晧昊夰聲在此部詩巷伯一見今入晧鼛咎聲在此部詩鼓鐘一見今入豪皁草聲在此部詩
大田一見今入晧炮包聲在此部詩瓠葉一見今入肴孝孝聲在此部詩文王有聲閔予小子二見今入效
寶缶聲在此部詩桑柔崧高二見今入晧鳥鳥聲蓋在此部詩小毖一見今入篠蓼翏聲在此部詩良耜一見
今入篠告告聲在此部詩干旄考槃南山既醉四見今兼入号燠奧聲在此部詩唐無衣一見今兼入号奧
奧聲在此部詩小明一見今兼入号擾夒聲在此部應劭音柔左傳一見今入小皐皋聲在此部左傳一見今入豪

謟舀聲在此部左傳一見今入號竈竈聲在此部論語與奧韵周官經大祝二曰造故書作竈今入号巧丂聲
在此部屈賦一見今入巧嫂叜聲在此部屈賦一見今入晧○牡牡聲在此部詩還伐木信南山雝有駁五見左
傳襄四年與州道艸擾獸韵今入厚茂戊聲在此部詩還南山有臺斯干生民良耜五見今入候戊戊聲在此部詩
吉日一見今入候○孚孚聲在此部詩文王下武二見今入虞罦孚聲在此部詩兎爰一見今入虞務
敄聲在此部詩常棣一見今入遇馵馵聲在此部詩小戎一見集韵三燭內有此字是也今入遇裕谷聲在此
部易一見今入遇○逵坴聲在此部詩兎罝一見王粲從軍行與愁丘由流舟游收憂疇休畱韵古馗逵同字讀
若仇鮑照蕪城賦崢嶸古馗韵塗鼯狐趨雛馗字讀如衢後人誤以為韵衰威飛依頹摧字入脂韵○顧氏以逵在脂韵
爲本音讀仇如其以合之誤簋簋聲在此部詩權輿伐木二見今入旨○戚尗聲在此部詩小明一見今入
錫迪由聲在此部詩桑柔一見陸雲王羊二公詩亦音軸今入錫覿賣聲在此部易一見今入錫

〔古合韵〕

久本音在第一部詩三見易二見而臨象傳韵道乾象傳韵道咎造首大過象傳韵醜咎離象傳韵咎道凡四見此古
合韵也聲音之道隨時變遷孔子贊易時與三百篇音韵稍異是以一久字而同詩者二見異詩者四見也福本音
在第一部烈文合韵保字疚本音在第一部閔予小子合韵造考孝字在本音在第一部屈賦天問合韵守字稷

本音在第一部生民合韻夙育字○敖本音在第二部君子陽陽合韻陶翿字髦本音在第二部角弓合韻
浮流憂字趙本音在第二部良耜與糾蓼朽茂合韻攷工記鄭注引其鎛斯捎則在本韻紹本音在第二部抑與
酒合韻○揄本音在第四部生民合韻蹂叟浮字說文引作或舀則在本韻趣本音在第四部棫樸合韻槱字
苟本音在第四部抑與讎報合韻驅本音在第四部小戎合韻續轂馵玉曲字張衡東京賦亦以驅燭屬爲韻附
本音在第四部角弓與木猷屬合韻奏本音在第四部楚茨合韻祿字垢本音在第四部桑柔合韻谷穀字○
怓本音在第五部民勞合韻休逑憂字○軓本音在第七部匏有苦葉合韻牡字讀如阜周官經立當前疾說文
作前軓集本音在第七部小旻合韻猶咎道字讀如就任本音在第七部屈賦橘頌合韻醜字讀如蹂○
戎本音在第九部常棣合韻務字龍本音在第九部屈賦天問合韻遊字讀如畱

第四部陸韻平聲侯上聲厚去聲候

蔞駒周南漢廣三章　姝隅蹰邶靜女一章　驅侯載驅一章　殳驅衛伯兮一章
濡侯渝鄭羔裘一章　樞榆婁驅愉唐山有樞一章　芻隅逅逅綢繆二章　駒
株陳株林一章　駒濡驅諏小雅皇皇者華二章　隅趨緜蠻二章　渝驅大雅板八章
隅愚抑一章○以上平聲

笱後邶谷風三章 咮媾曹候人三章 豆飫具孺小雅常棣六章 枸楰耇後
南山有臺五章 餱具無羊二章 瘉後口口愈侮正月二章 笱後小弁八章 樹
數口厚巧言五章 裕瘉角弓三章 駒後鏂取五章 附後奏侮大雅緜九章
禑附侮皇矣八章 句鍭樹侮行葦六章 主醹斗耇七章 厚主卷阿二章
漏覯抑七章 後挙後瞻卬七章 后後周頌雝 后后商頌玄鳥 ○以上上
聲

〔古本音〕

咮朱聲在此部詩候人一見今兼入宥 晝晝聲在此部易一見今入宥 ○蔞婁聲在此部詩漢廣一見今兼
入虞 駒句聲在此部詩漢廣株林皇皇者華角弓四見今入虞 姝朱聲在此部詩靜女一見今入虞 隅禺聲
在此部詩靜女綢繆縣蠻抑四見今入虞 躕廚聲在此部詩靜女一見今入虞 驅區聲在此部詩載馳伯兮山有
樞皇皇者華板五見今入虞遇 殳几聲在此部詩伯兮一見今入虞 咮朱聲在此部今又入虞 濡需聲在此
部詩羔裘皇皇者華二見今入虞 渝俞聲在此部詩羔裘板二見今入虞 樞區聲在此部詩山有樞一見今入虞
榆俞聲在此部詩山有樞一見今入虞 婁婁聲在此部詩山有樞一見今兼入虞 愉俞聲在此部詩山有樞一

見今入虞芻芻聲在此部詩綢繆一見今入虞株朱聲在此部詩株林一見今入虞諏取聲在此部詩皇皇
者華一見今入虞趨芻聲在此部詩緜蠻一見今入虞愚愚聲在此部詩抑一見今入虞具具聲在此部詩
常棣無羊二見今入遇無羊具與饑韻古韻標準云與物韻謬甚孺需聲在此部詩常棣一見今入遇枸句聲
在此部詩南山有臺一見今入麌楰臾聲在此部詩南山有臺一見今入麌瘉俞聲在此部詩正月角弓二見
今入麌愈俞聲在此部詩正月一見今入麌侮侮聲在此部詩正月緜皇矣行葦四見左傳一見今入麌取
取聲在此部詩角弓一見離騷一見今兼入麌樹尌聲在此部詩巧言行葦二見今入麌遇數婁聲在此部詩巧言
一見今入麌遇附付聲在此部詩緜皇矣二見今入遇句句聲在此部詩行葦一見今兼入虞遇主、聲在此
部詩行葦卷阿二見易二見今入麌醹需聲在此部詩行葦一見今入麌饇區聲在此部詩角弓一見今入遇
羭俞聲在此部左傳一見今入虞儒需聲在此部左傳一見今入虞邾朱聲在此部左傳一見今入虞跦朱聲
在此部左傳一見今入虞襦需聲在此部左傳一見今入虞僂婁聲在此部左傳一見今兼入麌傴區聲在此
部左傳一見今入麌俯府聲在此部左傳一見今入麌鮒付聲在此部易一見今入遇誅朱聲在此部易一見
今入虞遇禺聲在此部易一見今入遇鳧几聲在此部屈賦卜居一見今入虞軀區聲在此部卜居一見今
入虞○漢人以弟四部入弟五部合用者如田於何所之歌以口後斗與所兩黍韻日出東南隅之曲以隅樓鉤襦頭愚

躕姝趨須殊駒輿數鋤餘夫居韵

〔古合韵〕

飫本音在第二部詩常棣合韵豆具孺字 ○裕本音在第三部角弓合韵瘉字 ○禡本音在第五部皇矣合韵附侮字 ○肇本音在第九部瞻卬合韵後後字讀若苟

第五部陸韵平聲魚虞模上聲語麌姥去聲遇御暮入聲藥鐸

砠瘏痡吁周南卷耳四章 華家桃夭一章 罝夫兔罝一二三章同 居御召南鵲巢一二章 露夜露行露一章 牙家三章 華車何彼襛矣一章 葭豝虞騶虞一章 故露邶式微一章 邪且邪且狐烏車邪且北風一二三章 旟都鄘干旄二章 瓜琚衛木瓜一章 且且王君子陽陽一二章 蒲許揚之水三章 路祛惡故鄭遵大路一章 車華琚都有女同車一章 蘇華都且山有扶蘇一章 闍荼荼且藘娛出其東門二章 著素華齊著一章 圃瞿夜莫東方未明三章 洳莫度度路魏汾沮洳一章 莫除居瞿唐蟋蟀一章 祛居故羔裘一章 夜居葛生四章 渠餘輿輿秦權輿一二章 華家檜隰有長楚二三章 瓜壺苴樗夫豳七月六

章　据荼祖瘏家鴟鴞三章○從毛作祖今本多作租　胡膚狼跋一章　胡膚瑕二章
華夫小雅皇皇者華一章　家帑圖乎常棣八章　固除庶天保一章　作莫家
故居故采薇一章　華車四章　華塗居書出車四章　牙居祈父一章　樗故
居家我行其野一章　除去芋斯干三章　魚旟無羊四章　徒夫十月之交四章　圖
辜鋪雨無正一章　夫夜夕惡二章　都家七章　且辜憮巧言一章○唐石經作幠
誤　憮辜上同　舍車盱何人斯五章　盧瓜菹信南山三章　蒲居魚藻三章
餘旟盱都人士五章　狐車何草不黃四章　徒家大雅緜五章　瑕(入)思齊四章
椐柘路固皇矣二章　去呱訏路生民三章○此分章從朱　呼夜蕩五章　度
虞抑五章　去故莫虞怒雲漢六章　祖屠壺魚蒲車且胥韓奕三章　居
譽五章　車旟舒鋪江漢一章　惡斁夜譽周頌振鷺　沮魚潛　鰕魚祛
邪徂魯頌駉四章○以上平聲
楚馬召南漢廣二章　筥釜采蘋二章　下女三章　下處殷其靁三章　渚與與處
江有汜二章　茹據愬怒邶柏舟二章　羽野雨燕燕一章　土處顧日月一章

處馬下擊鼓三章　下苦凱風三章　羽阻雄雉一章　雨怒谷風一章　處與旄丘
二章　舞處簡兮一章　俁舞虎組二章　虛楚鄘定之方中二章　雨（毋）蝃蝀二章
組五子干旄二章　楚甫王揚之水二章　滸父父顧葛藟一章　野馬馬武鄭叔
于田三章　馬組舞舉虎所女大叔于田一章　射御二章　楚女女揚之水一章
鱮雨敝笱二章　岵父魏陟岵一章　鼠黍女顧女土土所碩鼠一章
鼠女女二章三章同　楚戶者者唐綢繆三章　杜湑踽父杕杜一章　羽栩
盬黍怙所鴇羽一章　楚野處葛生一章　苦下與采苓二章　楚虎虎禦秦黃
鳥三章　鼓下夏羽陳宛丘二章　栩下東門之枌一章　紵語東門之池二章　顧
予墓門二章　馬野株林二章　羽楚處曹蜉蝣一章　股羽野宇戶下鼠戶
處豳七月五章　圃稼七章　雨土戶子鴟鴞二章　野下東山一章　宇戶二章
羽馬四章　渚所處九罭二章　馬盬處小雅四牡二章　下栩盬父三章　許
藇羜父顧伐木二章　湑酤鼓舞暇湑三章　盬處采薇三章　杜盬杕杜一章
二章同　湑寫語處蓼蕭一章　茹穫六月四章　鼓旅采芑三章　午馬麌所

吉日二章 羽野寡 鴻雁一章 野渚 鶴鳴二章 栩黍處父 黃鳥三章 祖堵戶
處語 斯干二章 雨輔予 正月十章 馬處 十月之交四章 土沮 小旻一章 扈寡
小宛五章 怒沮 巧言二章 者(謀)虎 巷伯六章 雨女予 谷風一章 夏暑予 四月
一章 下土 北山二章 土野暑苦雨罟 小明一章 除莫庶暇顧怒 二章 處
與女 四章 祖祜 信南山四章 鼓祖雨黍女 甫田二章 湑寫寫處 裳裳者華
一章 扈羽胥祜 桑扈一章 譽射 車舝二章 女舞 三章 湑寫 四章 楚旅
賓之初筵一章 鼓(奏)祖 二章 語羖 四章 筥予予馬予黼 采菽一章 股下
紓予 三章 鱮者 采綠四章 御旅處 黍苗三章 虎野暇 何草不黃三章 寻祖
大雅文王五章 旅野女 大明七章 沮父 緜一章○從漢書水經注作漆沮 父馬滸下
女宇 二章 怒旅旅祜下 皇矣五章 許武祜 下武五章 御斝 行葦三章 諸
處湑脯下 鳧鷖三章 野處旅語 公劉三章 怒豫 板八章 宇怒處圉 桑柔
四章 沮所顧助祖予 雲漢四章 馬土 崧高五章 下甫 蒸民一章 若賦 二章
茹吐甫茹吐寡禦 五章 舉舉助補 六章 土訏甫噳虎 韓奕五章 滸

虎土江漢三章 （土）祖父（戊）常武一章 父旅浦土處緒二章 武怒虎虜

浦所四章 瞽虡羽鼓圉（奏）舉周頌有瞽 祜嘏載見 馬旅馬有客 女

筥黍良耜 馬野者馬野者馬野者馬野者魯頌駉一二三四章 下舞有駜

武祖祜泮水四章 黍秬土緒閟宮一章 武緒野虞女旅父魯宇

輔二章 祖女三章 嘏魯許宇八章 鼓祖商頌那 祖祜所烈祖 武

楚阻旅所緒楚殷武一二章 ○以上上聲

莫濩綌斁周南葛覃二章 石席邶柏舟三章 落若衛氓三章 蓆作鄭緇衣三章

擇伯蘀兮一章二章同 薄鞹夕齊載驅一章 碩獲秦駟驖二章 澤戟作

無衣二章 穫蘀貉豳七月四章 駱若度小雅皇皇者華四章 奕舄繹車攻四章

澤作宅鴻雁三章 蘀石錯鶴鳴一章 藿夕客白駒二章 閣橐斯干三章 惡

懌節南山八章 作莫度獲巧言四章 踖碩炙莫庶客錯度獲格作楚茨

三章 碩若大田一章 洛洛洛瞻彼洛矣一二三章 白駱駱若裳裳者華三章 柏

奕懌頍弁一章 炙酢瓠葉三章 赫莫獲度廓宅大雅皇矣一章 席酢行葦三章

炙臄咢四章　懌莫板二章　格度射抑七章　作獲赫桑柔十四章　伯宅崧高二章　碩伯八章　貊伯壑籍韓奕六章　◉作常武三章　柞澤周頌載芟　駱雒繹斁作魯頌駉二章　博斁逆獲泮水七章　繹宅貊諾若閟宮七章　柏度尺舄碩奕作碩若九章　斁奕客懌昔作夕恪商頌那　○

以上入聲

〔古本音〕

莽 莽聲在此部屈賦二見今入蕩　○

戲 虛聲在此部屈賦遠游一見今入支寘

綌 谷聲在此部詩葛覃一見今入陌

斁 睪聲在此部詩葛覃振鷺駉泮水那五見今入昔

石 石聲在此部詩柏舟鶴鳴二見今入昔

席 庶聲在此部詩柏舟行葦二見禮記三見今入昔

蓆 席聲在此部詩緇衣一見今入昔

夕 夕聲在此部詩載驅白駒雨無正那四見今入昔

碩 石聲在此部詩駟驖楚茨大田崧高閟宮六見禮記一見今入昔

獲 蒦聲在此部詩駟驖巧言楚茨皇矣桑柔泮水六見今入麥

澤 睪聲在此部詩三見禮記一見今入陌

戟 戟字蓋在此部詩無衣一見今入陌

奕 亦聲在此部詩車攻頍弁閟宮那四見今入昔

舄 舃聲在此部詩車攻閟宮二見今入昔

繹 睪聲在此部詩車攻駉閟宮三見今入昔

宅 乇聲在此部詩鴻雁皇矣崧高閟宮四見禮記一見今入陌

客

各聲在此部詩白駒楚茨那三見今入陌懌睪聲在此部詩節南山頍弁板那四見今入昔炙炙聲在此部詩楚茨瓠葉行葦三見今入昔踖昔聲在此部詩楚茨一見今入昔格各聲在此部詩楚茨抑二見今入陌白白聲在此部詩裳裳者華一見今入陌柏白聲在此部詩頍弁閟宮二見今入陌赫赫聲在此部詩皇矣桑柔二見今入陌射射聲在此部詩大叔于田車舝抑三見今入昔伯白聲在此部詩崧高韓奕三見今入陌貊百聲在此部詩韓奕閟宮二見今入陌貉貉聲在此部詩韓奕一見今入昔柞乍聲在此部詩載芟一見今讀窄逆屰聲在此部詩泮水一見今入陌尺尺聲在此部詩閟宮一見今入昔昔昔聲在此部詩那一見今入昔○韓愈諱辨以昔晳同音不知昔本音雜也虢寽聲在此部易二見今入昔麥啞亞聲在此部易一見今入陌坼㡿聲在此部易一見今入陌索索聲在此部易一見屈賦二見今兼入陌帛白聲在此部禮記二見今入陌擇睪聲在此部左傳一見今入陌繹睪聲在此部屈賦二見今入昔蹠庶聲在此部屈賦一見今入昔○按第五部入聲與第十六部入聲分用漢人十九首中青青陵上柏磊磊磵中石一章與明月皎夜光促織鳴東壁一章可徵也晉盧諶答魏子悌用第十六部十二字而襍以腋昔字陶淵明移居以宅夕席昔與役析韵宋謝靈運南樓遲客詩以迫客夕與適隔摘析韵謝惠連雪賦以錯索奕隙席白與積壁韵謝莊月賦以斁與壁韵梁江淹擬陶潛以陌夕隙與適役績益韵此第五部入聲入於第十六部入聲之漸而法言之所因也○華𠌶聲在此部詩桃夭何彼襛矣有女同車

山有扶蘇著萇楚采薇出車八見易一見今入麻家豭聲在此部詩桃夭萇楚鴟鴞常棣采薇我行其野雨無正緜

行露九見左傳三見今入麻牙牙聲在此部詩祈父行露二見今入麻車車聲在此部詩何彼襛矣北風有女

同車采薇何人斯韓奕江漢七見易二見今兼入麻葭叚聲在此部詩騶虞一見今入麻豝巴聲在此部詩騶虞

一見今入麻邪牙聲在此部詩北風駉四見今入麻瓜瓜聲在此部詩木瓜七月信南山三見左傳一見今入麻

且且聲在此部詩北風山有扶蘇出其東門巧言韓奕有客八見今兼入馬罝且聲在此部詩兔罝一見今入麻

荼余聲在此部詩出其東門鴟鴞三見今兼入麻俗書減一畫闍者聲在此部詩出其東門一見今兼入麻舍

舍聲在此部詩何人斯一見易一見禮記一見今入馬禡騢叚聲在此部詩駉一見今入麻馬馬聲在此部詩漢廣

擊鼓叔于田大叔于田株林東山四牡吉日十月之交采菽緜崧高有客駉十八見易一見左傳一見今入馬下下聲

在此部詩采蘋殷其雷擊鼓凱風采苓宛丘東門之枌七月東山四牡北山采菽緜皇矣鳧鷖烝民有駜十七見易十八

見今入馬瑕叚聲在此部詩狼跋一見左傳一見今入麻塗涂聲在此部詩出車一見今兼入麻若若聲在此

部詩七見今兼入馬霞叚聲在此部屈賦一見今入麻野予聲在此部詩燕燕叔于田葛生株林七月東山鴻雁鶴

鳴小明何草不黃公劉駉十五見左傳一見今入馬者古文旅聲在此部詩綢繆巷伯采綠駉六見今入馬夏夏聲

在此部詩宛丘四月二見今入馬暇叚聲在此部詩伐木小明何草不黃三見今入禡寡寡聲在此部詩鴻雁

蒸民小宛三見易一見今入馬 叚叚聲在此部詩載見閟宮二見今入馬 寫舄聲在此部詩蓼蕭裳裳者華車舝四見今入馬 夜亦聲在此部詩行露東方未明葛生雨無正蕩振鷺六見今入禡 炙炙聲在此部今又入禡

射射聲在此部今又入禡 柘石聲在此部詩皇矣一見今入禡 斝斝聲在此部詩行葦一見今入馬 稼家聲在此部詩七月一見今入禡 作作聲在此部詩七見今兼入箇 詐乍聲在此部晉語一見今入禡 假叚聲在此部士冠禮一見今入馬禡 啞亞聲在此部今又入禡〇第五部之字漢晉宋人入於第十七部合用皆讀如歌戈韵之音至梁陳閒第十七部音變析麻韵而皆在麻韵矣

〔古合韵〕

毋本音在第一部詩蝃蝀以韵雨此古合韵也 謀本音在第一部詩巷伯以合韵者虎字 士本音在第一部詩常武以合韵祖父戎字禮記射義引詩以合韵舉處所射譽字〇奏本音在第四部詩賓之初筵以韵鼓祖有瞽以韵瞽虡羽鼓圉舉 垢本音在第四部左傳宣十五年引諺合韵汙瑕字〇入本音在第七部詩思齊合韵瑕字〇業本音在第八部詩常武合韵作字〇戎本音在第九部詩常武合韵祖父字〇迎本音在第十部離騷合韵故字讀如魚 廣本音在第十部樂記合韵旅鼓武雅語古下字春秋寶乾圖移河爲界在齊呂塡閼八流以自廣

第六部陸韻平聲蒸登上聲拯等去聲證嶝

薨繩周南螽斯二章　掤弓鄭大叔于田三章　(來)贈女曰雞鳴三章　薨夢憎齊雞鳴三章　升朋唐椒聊一章　膺弓縢興(音)秦小戎三章　興陵增小雅天保三章

恆升崩承六章　陵朋菁菁者莪三章　陵懲興沔水三章　興夢斯干六章　蒸雄兢崩肱升無羊三章　蒸夢勝憎正月四章　陵懲夢雄五章　騰崩陵懲十月之交三章　兢冰小旻五章　兢冰小宛六章　弓繩采綠三章　(陝)薨登馮興

勝大雅緜六章　烝烝烝烝烝烝烝烝文王有聲一二三四五六七八章　登升生民八章　繩承抑六章　崩騰朋陵魯頌閟宮四章　椉縢弓(綅)增膺懲承五章　勝椉承商頌玄鳥○以上平聲

〔古本音〕

弓弓聲在此部詩大叔于田小戎采綠閟宮四見左傳一見考工記一見今入東　夢夢聲在此部詩雞鳴斯干正月四見今入東送　馮仌聲在此部詩緜一見今兼入東　雄厷聲在此部詩無羊正月二見左傳一見今入東

〔古合韻〕

陾本音在第一部詩緜六章以韵薨登馮興勝字此古合韵來本音在第一部女曰雞鳴合韵贈字讀如凌○凡古

宮徵之爲無徵得來之爲登來耳孫之爲仍孫詩之訓爲承也上林賦箴持之音鍼懲陸法言切韵貽字之入四十七證

皆第一部第六部關通之義○音本音在第七部小戎合韵膺弓縢興字綅本音在第七部閟宮合韵崩騰

朋陵乘騰弓增膺懲承字○凡古曾之爲朁興之爲廞堋之爲窆朋之爲鳳戴勝亦爲戴鵀仍叔亦爲任叔皆第六部第

七部關通之義○文言本音在第十三部第十四部屈賦天問以韵勝陵字

第七部

陸韵平聲侵鹽添上聲寑琰忝去聲沁豔㮇入聲緝葉怗

覃覃周南葛覃一二章　林心兔罝三章　三今召南摽梅二章　風心邶綠衣四章

音南心燕燕三章　南心凱風一章　音心四章　音心雄雉二章　風心谷風一章

葚耽衛氓三章　衿心音鄭子衿一章　風林欽秦晨風一章　林南林南

陳株林一章　鬵音檜匪風三章　芩琴琴湛心小雅鹿鳴三章　駸諗四牡五章

琴湛常棣七章　音心白駒四章　簟寢斯干六章　風南心何人斯四章　錦甚

巷伯一章　欽琴音南僭鼓鐘四章　琴心車舝五章　林湛賓之初筵二章　煁心

白華四章　林興心大雅大明七章　音男思齊一章　心音皇矣四章　林林生民三章

歆今八章 南音卷阿一章 僭心抑九章 風心桑柔六章 林譖九章

風心烝民八章 深今瞻卬七章 玷貶召旻三章 心南魯頌泮水六章 林黮音

琛金八章○以上平聲

揖蟄周南螽斯三章 及泣邶燕燕二章 溼泣泣及王中谷有蓷三章 合軜邑

秦小戎二章 隰及小雅皇皇者華一章 合翕常棣七章 濈溼無羊一章 集合大雅

大明四章 楫及棫樸三章 輯洽板二章○以上入聲

〔古本音〕

覃鹹聲在此部今入覃 三三聲在此部詩摽有梅一見今入談 南羊聲在此部詩燕燕凱風株林何人斯鼓鍾卷阿泮水八見今入覃 湛甚聲在此部詩鹿鳴常棣賓之初筵三見今入覃 男男聲在此部詩思齊一見史記二百里任國卽二百里男邦今入覃 黮甚聲在此部詩泮水一見今入感 合合聲在此部詩小戎常棣大明三見今入合 洽合聲在此部詩板一見今入洽○風凡聲在此部詩綠衣晨風何人斯烝民谷風桑柔六見今入東

〔古合韻〕

興本音在第六部大明以韻林心字○耽本音在第八部詩氓假借作媅樂字○軜本音蓋在第十五部

詩小戎以韵合邑字

弟八部 陸韵平聲覃談咸銜嚴凡上聲感敢豏檻儼范去聲勘闞陷鑑釅梵入聲合盍洽狎業乏

檻菼敢 王大車一章　萏儼枕 陳澤陂三章　巖瞻惔談斬監 小雅節南山一章

涵讒 巧言二章　甘餤 三章　藍襜詹 采綠二章　巖詹 魯頌閟宮六章　監嚴

濫（遑） 商頌殷武四章　○以上平聲

葉涉 邶匏有苦葉一章　葉韘韘甲 衛芄蘭二章　業捷 小雅采薇四章　業捷（及）

大雅蒸民七章　葉業 商頌長發七章　○以上入聲

〔古本音〕

枕 冘聲在此部詩澤陂一見易一見今入寑　瞻 詹聲在此部詩節南山一見今入鹽　襜 詹聲在此部詩采綠一見今入鹽　詹 詹聲在此部詩采綠一見今入鹽　葉 枼聲在此部詩匏有苦葉芄蘭長發三見今入葉　涉 步聲在此部詩匏有苦葉一見今入怗　捷 疌聲在此部詩采薇蒸民二見今入葉　接 妾聲在此部易一見屈賦二見今入葉　韘 枼聲在此部詩芄蘭二見今入怗

〔古合韵〕

及(本音在第七部詩烝民合韻業捷字)○遑(本音在第十部詩殷武合韻監嚴濫字又桑柔以瞻韻相天問以嚴韻亡饗長急就章以談韻陽桑讓莊皆第八部第十部合韻也)

第九部(陸韻平聲東冬鍾江上聲董腫講去聲送宋用絳)

中宮(召南采蘩二章) 僮公(三章) 蟲螽忡降(草蟲一章) 墉訟訟從(行露三章) 縫總公(羔羊三章) 東公同(小星一章) 襛雝(何彼襛矣一章) 蓬豵(騶虞二章) 仲宋忡(邶擊鼓二章) 躬中(式微二章) 戎東同(旄丘三章) 中宮中宮(鄘桑中一二章) 葑東庸中宮(三章) 中宮(定之方中一章) 東蓬容(衛伯兮二章) 罿庸凶聰(王兔爰三章) 控送(鄭大叔于田二章) 松龍充童(山有扶蘇二章) 丰巷送(丰一章) 雙庸庸從(齊南山二章) 葑東從(唐采苓三章) 中〔驂〕(秦小戎二章) 同功豵公(豳七月四章) 同功(七章) 沖〔陰〕(八章) 東濛東濛東濛(東山一二三四章) 蟲螽忡降仲戎(小雅出車五章) 濃沖雝同(蓼蕭四章) 〔顒〕公(六月三章) 攻同龐東(車攻一章) 〔調〕同(五章) 同從(吉日二章) 聰饔(祈父三章) 傭訩(節南山六章) 誦訩邦(十章) 從用邛(小旻一章) 共邛(巧言三章) 東空(大東二章)

雝重無將大車三章　同邦瞻彼洛矣三章　同功賓之初筵一章　蓬邦同從采菽

四章　中降大雅旱麓二章　公恫邦思齊二章　恭邦共皇矣五章　衝庸七章

樅鏞鐘廱靈臺四章　鐘廱逢公五章　功崇豐文王有聲二章　廱東六章　幪

唪生民四章　融終既醉三章　潀宗宗降崇鳧鷖四章　(飲)宗公劉四章　(諶)終

蕩一章　蟲宮宗(臨)躬雲漢二章　邦功崧高二章　邦庸三章　同功常武六章

訌共邦召旻二章　中(讋)躬六章　邦崇功(皇)周頌烈文　工公臣工　雝

容振鷺　雝公雝　訩功魯頌泮水六章　公東庸閟宮三章　蒙東邦同從

功六章　共厖龍勇動竦總商頌長發五章　○以上平聲

〔古本音〕

降巷雙邦龐厖字今韵析爲江絳韵卽第九部轉入第十部

之音也

〔古合韵〕

調本音在第三部讀如稠車攻以韵同字屈原離騷以韵同字東方朔七諫以韵同字皆讀如重此古合韵也潘岳藉

田賦以茅韻農東晳勸農賦以曹韻農韓詩橫由其畮毛詩作橫從毛詩狃聲之狃漢書作嶩史記衛青傳大當戶銅離
徐廣曰一作裯離汝南鮦陽之鮦見腫韻亦見有韻皆第三部第九部關通之義江氏謂車攻調同非韻離騷七諫爲古
人相效之誤其說似是而非○顒本音在第四部郭璞山海經注亦音娛也六月合韻公字○響本音在第
六部詩召旻合韻中躳字應本音在第六部易蒙象傳以韻中、中蒙功字比象傳韻從中窮字恆象傳韻動字未濟象
傳韻中終字騰本音在第六部禮記月令孟春以韻降同動字孟冬以韻降通冬字○驂本音在第七部詩小
戎合韻中字陰本音在第七部詩七月合韻沖字飲本音在第七部詩公劉合韻宗字諶本音在第七部
詩蕩合韻終字臨本音在第七部詩雲漢合韻蟲宮宗躳字禽本音在第七部易屯象傳以韻窮字比象傳以韻中
中終字恆象傳以韻中容終凶功字浚本音在第七部易恆象傳以韻中容終凶功字心本音在第七部易艮象傳
合韻躳㊣終字○皇本音在第十部詩烈文合韻邦崇功字○正本音在第十一部易豫象傳合韻凶字艮
象傳合韻躳終字

第十部陸韻平聲陽唐上聲養蕩去聲漾宕

筐行周南卷耳一章　岡黃觥傷三章　荒將樛木二章　廣泳永方廣泳永
方廣泳永方漢廣一二三章　方將召南鵲巢二章　陽遑殷其靁一章　裳亡邶綠

衣一章　頏將燕燕二章　方良忘日月三章　鏜兵行擊鼓一章　行臧雄雉四章
涼雱行北風一章　景養二子乘舟一章　襄詳詳長鄘牆有茨二章　唐鄉姜
桑中一章　上上上一二三章　彊良兄鶉之奔奔一章　堂京桑臧定之方中二章
蝱行狂載馳三章○此分章從朱　湯裳爽行衞氓四章　廣杭望河廣一章　梁裳
有狐一章　陽簧房王君子陽陽一章　牆桑兄鄭將仲子二章　黃襄行揚大叔于田
二章　彭旁英翔清人一章　行英翔將姜忘有女同車二章　狂狂褰裳一二章
昌堂將丰二章　裳行三章　瀼揚臧野有蔓草二章　明昌明光齊雞鳴二
章　昌陽狠臧還三章　堂黃英著三章　明裳東方未明一章　兩蕩南山
二章　湯彭蕩翔載驅三章　昌長揚揚蹌臧猗嗟一章　霜裳魏葛屨一章
方桑英英行汾沮洳二章　岡兄陟岵三章　堂康荒唐蟋蟀一章二三章同　行
桑粱嘗常鴇羽三章　桑楊簧亡秦車鄰三章　蒼霜方長央蒹葭一章　堂
裳將忘終南二章　桑行行防黃鳥二章　裳兵行無衣三章　陽黃渭陽一章
湯上望陳宛丘一章　魴姜衡門二章　楊牂煌東門之楊一章　翔堂傷檜羔裘二

章　稂京曹下泉一章　陽庚筐行桑豳七月二章　桑斨揚桑三章　黃
揚裳同上　霜場饗羊堂觥疆八章　場行東山二章　斨皇將破斧一章
魴裳九罭一章　簧將行小雅鹿鳴一章　享嘗王疆天保四章　剛陽采薇三章
方彭央方襄出車三章　陽傷遑杕杜一章　桑楊光疆南山有臺二章　瀼光
爽忘蓼蕭二章　藏貺饗彤弓一章　方陽章央行六月四章　鄉央衡瑲皇
珩采芑二章　央光將庭燎一章　湯揚行忘沔水二章　桑粱明兄黃鳥二章、
牂牂斯干七章　牀裳璋喤皇王八章　霜傷將京痒正月一章　行良常臧
十月之交二章　向藏王向六章　盟長巧言三章　霜行大東二章　漿長光襄
五章　襄章箱明庚行六章　揚漿七章　彭旁將剛方北山三章　牀行四章
仰掌五章　將湯傷忘鼓鐘一章　蹌羊嘗亨將祊明皇饗慶疆楚茨二章
將慶六章　享明皇疆信南山六章　明羊方臧慶甫田二章　粱京倉
箱粱慶疆四章　泱泱泱瞻彼洛矣一二三章　黃章章慶裳裳者華二章　上怲
臧頍弁一章　仰行車舝五章　抗張賓之初筵一章　良方讓忘角弓四章　黃章

望都人士一章　藏忘隰桑四章　粱良白華七章　亨嘗瓠葉一章　黃傷苕華一章
黃行將方何草不黃一章　常京大雅文王五章　上王方大明一章　商京行王
二章　粱光五章　王京行王商六章　泮煌彭揚王商明八章　亢將行
緜七章　王璋棫樸二章　章相王方五章　兄慶光喪方皇矣三章　京疆
岡六章　陽將方王同上　王方七章○同爾兄弟後漢書伏湛傳作弟兄入韵　王京下武
一章　王京文王有聲七章　將明既醉二章　皇王忘章假樂二章　疆綱三章
康疆倉糧囊光張揚行公劉一章　岡京三章　長岡陽五章　糧陽荒
同上　長康常卷阿四章　卬璋望綱六章　岡陽九章　康方良明王民勞
一章　明王板八章　商商商商商商蕩二三四五六七八章　明卿四章
螗羹喪行方六章　尚亡抑四章　章兵方同上　將往競梗桑柔三章
王痒荒蒼七章（瞻）相臧腸狂八章　疆粻行崧高六章　將明烝民四章　彭
鏘方七章　張王章衡鍚韓奕二章　彭鏘光四章　湯洸方王江漢二章
祥亡瞻卬五章　罔亡罔亡六章　喪亡荒召旻一章　荒康行周頌天作　方

王饗我將 王康皇康方明喤將穰執競 王章陽央鶬光享載見

王忘閔予小子 將明行敬之 香光載芟 皇黃彭疆臧魯頌駉一章 黃

明有駜一章 皇揚泮水六章 王陽商閟宮二章 嘗衡剛將羹房洋慶昌

臧方常四章 嘗將商頌那 疆衡鶬享將康穰享疆嘗將烈祖 商

芒湯方玄鳥 商祥芒方疆長將商長發一章 衡王七章 鄉湯羌享

王常殷武二章○以上平聲

〔古本音〕

行行聲在此部詩卷耳擊鼓雄雉北風載馳氓大叔于田有女同車丰汾沮洳鴇羽秦黃鳥秦無衣七月東山鹿鳴六

月沔彼流水十月之交大東北山車舝何草不黃大明緜公劉蕩崧高天作敬之三十二見易四十六見今兼入庚映

觥觵从角黃聲俗从光黃聲光聲在此部詩卷耳七月二見今入庚 泳泳永聲在此部詩漢廣三見今入映 永

永聲在此部詩漢廣三見夏小正時有養日時有養夜鄭永日永夜同音假借也今入梗 兵兵聲在此部詩擊鼓秦無

衣抑三見左傳一見今入庚 景京聲在此部詩二子檠舟一見今入梗 兄兄聲在此部詩鶉之奔奔將仲子陟

岵小雅黃鳥皇矣五見今入庚 京京聲在此部詩定之方中下泉正月甫田文王大明皇矣下武文王有聲公劉十一

見左傳一見今入庚**蝱**亡聲在此部詩載馳一見今入庚**彭**彭字在此部詩清人載驅出車北山大明烝民韓奕

駉八見今入庚**英**央聲在此部詩清人有女同車著汾沮洳五見屈賦四見今入庚**明**明聲在此部詩雞鳴東方

未明小雅黃鳥大東楚茨信南山甫田大明既醉民勞板蕩烝民執競敬之有駜十六見書一見易十五見今入庚**庚**

庚聲在此部詩七月大東二見今入庚**衡**行聲在此部詩采芑韓奕閟宮烈祖長發五見今入庚**珩**行聲在此

部詩采芑一見今入庚**皇**皇聲在此部詩斯干執競二見今入庚**盟**明聲在此部詩巧言一見今入庚**亨**

亯聲在此部詩楚茨瓠葉二見古亨通烹亯亨亯同字皆在此部今兼入庚**祊**鬃从示彭聲或从方聲彭聲方聲在

此部詩楚茨一見今入庚**慶**慶聲在此部詩楚茨甫田裳裳者華皇矣閟宮七見易十二見士冠禮二見漢人始有讀

入十一部者如彰皇德兮倂周成永延長兮膺天慶之類然尚讀平聲後此又讀去聲入映矣**怲**丙聲在此部詩頍弁

一見今入映**卿**皀聲在此部詩蕩一見左傳一見今入庚**羹**羹聲在此部詩蕩閟宮二見漢人急就篇與杭薑醬

香藏霜鍚糧韵今入庚**競**競聲在此部詩桑柔一見左傳一見今入映**梗**更聲在此部詩桑柔一見今入梗

病丙聲在此部左傳一見老子得與亡孰病亡病爲韵今入映**𣥺**尚聲在此部攷工記一見今兼入庚

〔古合韵〕

懲本音在弟六部離騷以合韵常字○**瞻**本音在弟八部詩桑柔合韵相臧狂字**嚴**本音在弟八部天問

合韵亡饗長字○降○本音在第九部九歌東君合韵裳狼漿翔行字古人以第九部入第十部用者如老子五音
令人耳聾聾讀如郎合韵盲爽狂字其合用最多者如東方朔七諫沈江章用第十部二十四字而以第九部龍同降功
公朦江聰縱蓬凶容重東雝十五字合韵莊忌哀時命用第十部二十字而以第九部桐通容忠容凶宮窮匈讎十字合
韵

第十一部陸韵平聲庚耕清青上聲梗耿靜迥去聲映諍勁徑

縈成周南樛木一章　丁城兔罝一章　定姓麟之趾二章　盈成召南鵲巢三章　星
征小星一章二章同　盈鳴邶匏有苦葉二章　盈鳴同上　旌城鄘干旄三章　青
瑩星衛淇奧二章　清盈鄭溱洧二章　鳴盈鳴聲齊雞鳴一章　庭青瑩著二
章　名清成正甥猗嗟二章　菁睘姓唐杕杜二章　鳴苹笙小雅鹿鳴一章
平寧生常棣五章　丁嚶伐木一章　鳴聲聲生聽平同上　定聘采薇二章
鳴旌驚盈車攻七章　征聲成八章　庭楹正冥寧斯干五章　定生寧醒成
政姓節南山六章　領騁七章　平寧正九章　程經聽爭成小旻四章　令鳴
征生小宛四章　冥頻無將大車二章　領屏桑扈二章　營成黍苗四章　平清成寧

五章　青生苕華二章　生楨寧大雅文王三章　成生緜九章　屏平皇矣二章
營成靈臺一章　聲聲寧成文王有聲一章　正成七章　靈寧生民二章　涇寧
清馨成鳧鷖一章　鳴生卷阿九章　屏寧城板七章　刑聽傾蕩七章　政
刑抑三章　盈成十章　牲聽雲漢一章　星贏成正寧八章　營城成崧高
四章　平定爭寧江漢二章　霆驚常武三章　平庭六章　城城瞻卬三章　成
楨周頌維清　庭聲鳴聽成有瞽　庭敬閔予小子　馨寧載芟　盈寧良耜
成聲平聲聲商頌那　成平爭烈祖　聲靈寧生殷武五章　○以上平聲

〔古本音〕

平平聲在此部詩八見今兼入先

〔古合韻〕

極本音在第一部易未濟象傳合韻正字　○金本音在第七部周語引諺合韻城字　○中本音在第九部
訟象傳合韻成正字　○亯本音在第十部萃彖傳合韻正命字乾文言傳合韻情字　○令本音在第十二部詩
小宛以韻鳴征生左傳所引逸詩以韻挺扃定士冠禮亦以以歲之正以月之令為韻此古合韻也　領本音在第十二

部詩節南山合韻騁字桑扈合韻屏字　天命淵賢信民人賓本音皆在第十二部易彖象傳合韻

形成貞寧生正平精情字○瞏本音在第十四部詩杕杜合韻菁姓字一作煢煢則在本韻

第十二部陸韻平聲真臻先上聲軫銑去聲震霰入聲質櫛屑

蓁人周南桃夭三章　麟麟麟麟之趾一二三章　蘋濱召南采蘋一章　淵身人邶燕

燕四章　洵信擊鼓五章　薪人凱風二章　榛苓人人人簡兮四章　天人天

人鄘柏舟一二章　零人田人淵千定之方中三章　人姻信命蝃蝀三章　天人

天人天人王黍離一二三章　薪申揚之水一章　田人人仁鄭叔于田一章　溱

人褰裳一章　薪人信揚之水二章　顛令齊東方未明二章　田人甫田一章二章同

令仁盧令一章　鄰命人唐揚之水二章　薪天人人綢繆一章　苓顛信采苓

一章○顛俗作巔　鄰顛令秦車鄰一章　天人身天人身天人身黃鳥一二三章

榛人人年曹鳲鳩四章　薪年豳東山三章　駰均詢小雅皇皇者華五章　田

千采芑一章二章同　天千三章　淵闐上同　天淵鶴鳴二章　年溱無羊四章

親信節南山四章　電令十月之交三章　天人七章　天信臻身天雨無正三章

天人人小宛一章 陳人人天何人斯三章 翩人信巷伯三章 天人人

五章 薪人大東三章 薪人上同 天淵四月七章 濱臣均賢北山二章 塵

疧 無將大車一章○一作疷無此字宋劉彝臆改疧以韵塵亦無此字攷唐石經正作疷疷與小雅白華疷字皆甚明畫顧亭林從劉說謂石經乃從諱民減畫之例非也 盡引楚茨六章 甸田信南山一章 賓年三章

田千陳人年甫田一章 岡 新車舝四章 榛人青蠅三章 命申采菽三章

天臻矜菀柳三章 田人白華三章 薪人四章 壼矜民何草不黃二章 天新

大雅文王一章 躳 天七章 天莘大明六章 天人棫樸四章 天淵人旱麓三章

民 嫄 生民一章 堅鈞均賢行葦五章 壼年壼既醉六章 人天命申假樂一章

天人命人卷阿八章 旬民填天矜桑柔一章 翩泯燼頻二章 天人臻

雲漢一章 天神申崧高一章 田人三章 身人烝民四章 甸命韓奕一章 卣

人田命命年江漢五章 田人瞻卬二章 天人三章 普引頻召旻五章六章

人 訓 刑 周頌烈文 人天雝 ○以上平聲

實室周南桃夭二章 袺襭芣苢三章 七吉召南摽有梅一章 曀曀靁邶終風三章○

從毛作𡩧 (葛)節日旄丘一章 日室桼漆瑟鄘定之方中一章 日疾衛伯兮三章

實噎王黍離三章 室穴日大車三章 桼室卽鄭東門之墠二章 日室室

卽日齊東方之日一章 漆桼瑟日室唐山有樞三章 七吉無衣一章 日室葛生五章

漆桼瑟耋秦車鄰二章 穴慄穴慄穴慄黃鳥一二三章 韠結一檜素冠三

章 實室陳有萇楚三章 七一一結曹鳲鳩一章 (子)室豳鴟鴞一章 實室

東山二章 垤室窒至三章 實日小雅杕杜一章 至恤四章 徹逸十月之交八章

血疾室雨無正七章 恤至蓼莪三章 珌室瞻彼洛矣二章 設逸賓之初筵一章

抑怭秩三章 實吉結都人士三章 瓞(生)大雅緜一章 穴室同上 (減)

匹文王有聲三章 桼室生民五章 抑秩匹假樂三章 密卽公劉六章 毖恤([illegible])

穀柔桑五章 挃桼櫛室周頌良耜 ○以上入聲

〔古本音〕

卽卽聲在此部詩東門之墠東方之日公劉三見易一見今入職 抑抑聲在此部詩賓之初筵假樂二見屈賦一見

今入 洫血聲在此部韓詩築城伊洫與匹韵今入職 ○矜矜字在此部詩菀柳何草不黃桑柔三見漢韋

元成戒子孫詩韻心則入侵韻晉張華女史箴韻與潘岳哀永逝文韻與承升始入烝韻○**苓**令聲在此部詩簡兮采苓二見自漢枚乘七發韻龤纓鳴揚雄反離騷韻榮今韻乃專入青矣**零**令聲在此部詩定之方中一見今入青**令**令聲在此部詩東方未明盧令車鄰十月之交四見今入青**命**命聲在此部詩蝃蝀唐揚之水采菽假樂卷阿韓奕江漢六見今入映**佞**佞聲在此部晉語一見左傳佞夫公羊作年夫今入徑**𡨦**𡨦聲在此部詩既醉一見今兼入混○**翩**扁聲在此部詩巷伯桑柔二見易一見今入仙**偏**扁聲在此部今入仙○**至**至聲在此部詩東山杕杜蓼莪三見今入至○杕杜四章來疚弟一部平聲至恤弟十二部入聲偕（近）邇弟十五部上聲凡用三韻蓼莪三章矣恥久恃弟一部上聲恤至弟十二部入聲凡用二韻顧氏皆合爲一韻不能分別**恤**血聲在此部詩杕杜蓼莪桑柔三見今入術**設**設聲在此部詩賓之初筵一見今入薛**徹**徹聲在此部詩十月之交與逸韻今入薛**毖**必聲在此部詩桑柔與恤韻今入至**㬱**㬱聲在此部詩召旻與引頻韻屈賦懷沙與抑韻莊子則陽篇與世偕行而不㬱與所行之備而不洫韻其字平讀如親而近汀入讀如七而近鐵也張衡東京賦韻結節（讀）佚潘岳西征賦韻結節閉未達古音十六屑內借字以㬱諧聲今入霽○召旻㬱與引頻爲韻不連粺爲韻懷沙猒鞫第一第三部合韻抑㬱第十二部入聲鄙改弟一部上聲非猒鞫抑一韻㬱鄙改一韻也**曀**壹聲在此部詩終風二見今入霽**疐**疐聲在此部詩終風一見今入霽

〔古合韻〕

子本音在第一部詩鴟鴞合韻室字　淢本音在第一部詩下武合韻匹字韓詩作築城伊洫則在本韻矣○卣本音在第三部詩江漢合韻人田命命年字○躳本音在第九部詩文王合韻天字○岡本音在第十部詩車舝合韻新字　明本音在第十部屈賦惜誦合韻身字○刑本音在第十一部詩烈文合韻人(訓)字　生本音在第十一部詩緜合韻甡字讀如瑟　正本音在第十一部易姤象傳合韻舝賓舝民命名字　平本音在第十一部書洪範王道平平合韻偏字　倩本音在第十一部論語引詩合韻(盼)絢字　名本音在第十一部離騷合韻均字哀郢合韻天字　程本音在第十一部屈賦懷沙合韻匹字○艱本音在第十三部離騷合韻替字學者多不得其韻矣　盼本音在第十三部論語引詩合韻(倩)絢字○熱本音在第十五部詩桑柔合韻毖恤字　葛本音在十五部詩旄丘合韻節日字○疧本音在第十六部詩無將大車合韻塵字

第十三部陸韻平聲諄文欣魂痕上聲準吻隱混很去聲稕問焮慁恨

詵孫振周南螽斯一章　麕春召南野有死麕一章　緍孫何彼襛矣三章　門殷貧艱邶北門一章　洒浼殄新臺二章　奔君鄘鶉之奔奔二章　(倩)盼衛碩人二章　隕貧氓四章　漘昆昆聞王葛藟三章　啍璊奔大車二章　順問鄭女曰雞鳴三章

門雲雲存巾員出其東門一章　緼雲齊敝笱一章　輪漘淪囷鶉飧魏伐
檀三章　羣錞苑秦小戎三章　勤閔豳鴟鴞一章　晨煇旂小雅庭燎三章　羣
犉無羊一章　鄰云慇正月十二章　先墐忍隕小弁六章　艱門云何人斯一章
雲雰信南山二章　芹旂采菽二章　慍問大雅緜八章　亹熏欣芬艱鳧鷖
五章　訓順抑二章　慇辰東痻桑柔四章　川焚熏聞遯雲漢五章　雲門
韓奕四章　典禋周頌維清　耘畛載芟　芹旂魯頌泮水一章　○以上平聲

〔古本音〕

詵先聲在此部詩螽斯一見今入臻　振辰聲在此部詩螽斯一見今入真　麇囷聲在此部詩野有死麇一見
今入真　緡昏聲在此部詩何彼襛矣一見今入真　痻昏聲在此部詩桑柔一見今入真　貧分聲在此部詩
北門垠二見今入真　巾巾聲蓋在此部詩出其東門一見今入真　囷囷聲在此部詩伐檀一見今入真　晨辰聲
在此部詩庭燎一見今入真　辰辰聲在此部詩桑柔一見左傳一見今入真　先先聲在此部詩小弁一見屈賦
二見今入先　墐堇聲在此部詩小弁一見今入真　忍刃聲在此部詩小弁一見今入軫　畛㐱聲在此部詩
載芟一見今入軫　殄㐱聲在此部詩新臺一見今入銑　禋垔聲在此部詩維清一見今入真　典典聲在此

部詩維清一見儀禮古文朕爲殄今入銑 閔文聲在此部詩鴟鴞一見今入軫 ○艱艮聲在此部詩北門何人斯鳧鷖三見今入山 殷㐆聲在此部詩北門一見今兼入山 員員聲在此部詩出其東門一見今兼入仙 川川聲在此部詩雲漢一見今入仙 鰥鰥字在此部詩敝笱一見今入山 盼分聲在此部詩碩人一見今入襉 ○煇軍聲在此部詩庭燎一見今入微 旂斤聲在此部詩庭燎采菽泮水三見左傳一見今入微 亹亹聲在此部詩鳧鷖一見今兼入尾 錞辜聲在此部詩小戎一見今兼入隊 浼免聲在此部詩新臺一見今入賄 西西聲在此部禮記與巡韻劉向九歎與紛韻漢魏晉人多讀如下平一先之音今入齊 賁賁聲在此部左傳一見今兼入微 洒西聲在此部詩新臺一見顏師古東方朔傳注音信今入薺 ○洒今又入卦

〔古合韻〕

冰本音在第六部屈賦合韻門字 ○東本音在第九部詩桑柔合韻慇辰痻字 ○炳本音在第十部易革象傳合韻蔚君字讀如份 ○倩本音在第十一部詩碩人合韻盼字 ○鄰本音在第十二部詩正月合韻云慇字 ○苑本音在第十四部詩小戎合韻羣錞字 ○蔚本音在第十五部易革象傳合韻炳君字讀如氳

第十四部陸韻平聲元寒桓刪山仙上聲阮旱緩潸產獮去聲願翰換諫襉線

轉卷選邶柏舟三章 雁旦泮匏有苦葉三章 干言泉水三章 泉歎四章 變

管靜女二章　展袢顏媛鄘君子偕老三章　反遠載馳二章　僩咺諼僩咺諼
衛淇奧一二章　澗寬言諼考槃一章　垣關關漣關言言遷氓二章　怨岸
泮宴晏旦反六章　乾歎歎難王中谷有蓷一章　館粲館粲館粲鄭緇衣一
二三章　園檀言將仲子三章　慢罕大叔于田三章　晏粲彥羔裘二章　旦爛
雁女曰雞鳴一章　言餐狡童一章　壇阪遠東門之壇一章○壇作墠者誤　溥婉願野有
蔓草一章　渙蕑觀觀觀觀溱洧一二章　還閒肩儇齊還一章　孌丱見弁
甫田三章　環鬈盧令二章　孌婉選貫反亂猗嗟三章　閒閑還魏十畝之閒一章
檀干漣廛貆餐伐檀一章　粲爛旦唐葛生三章　旃然言焉旃然言
焉旃然言焉采苓一二三章　園閑秦駟驖三章　菅言陳東門之池三章　蕑卷
悁澤陂二章　冠欒慱檜素冠一章　泉歎曹下泉一章二三章同　山山山山豳東
山一二三四章　遠踐伐柯二章　原難歎小雅常棣三章　阪衍踐遠愆伐木三章
嘽痯遠杕杜三章　汕衎南有嘉魚三章　安軒閑原憲六月五章　園檀鶴鳴一章
二章同　干山斯干一章　山泉言垣小弁八章　幡言遷巷伯四章　泉歎大東

三章　熯愆（孫）楚茨四章　翰憲難（那）桑扈三章　霰見宴頍弁三章　樊言青蠅

一章　箋（秩）賓之初筵一章　箋（共）反幡遷僊三章　反遠角弓一章　遠然二章

管遠白華一章　燔獻瓠葉二章　援羨岸大雅皇矣五章　閑言連安八章　垣

翰文王有聲四章　原鮮宣歎巘原公劉二章　泉原三章　泉單原五章　館亂

鍛六章　澗澗同上　安殘綣反諫民勞五章　板癉然遠管亶遠諫板一

章　難憲二章　藩垣翰七章　旦衍八章　顏愆抑七章　言（行）九章　翰

蕃宣崧高一章　番嘽翰憲七章　完蠻韓奕六章　宣翰江漢四章　嘽翰漢

常武五章　餰反反周頌執競　渙難訪落　駽燕駁魯頌有駜三章　山丸遷虔梴

閑安商頌殷武六章○以上平聲

〔古本音〕

肩肩聲在此部詩還一見今入先　燕燕聲字在此部詩有駁一見今入先霰　見見聲在此部詩甫田頍弁二見

今入霰　霰散聲在此部詩頍弁一見今入霰　宴妟聲在此部詩氓頍弁二見今入霰　駽肙聲在此部詩有駜

一見今入先　顯本音蓋在此部左傳一見毛詩顯顯令德中庸作憲憲今入銑○巽巺聲在此部易象傳二見

今入恩○羨㳄聲在此部詩皇矣一見今兼入脂○番番聲在此部詩崧高一見今兼入戈皤番聲在此部易一見今入戈緐緐聲在此部詩公劉一見今兼入戈獻䖍聲在此部詩瓠葉一見今兼入歌癉單聲在此部詩板一見今兼入箇儺難聲在此部說文引求福不儺與翰憲難韵今入歌

〔古合韵〕

共本音在第九部詩賓之初筵合韵筵反幡遷僊字○行本音在第十部詩抑合韵言字○秩本音在第十二部詩賓之初筵合韵筵字實(順)本音在第十二部易蒙象傳合奐字泰象傳合韵願願亂字翩本音在第十二部屈賦湘君合韵淺閑字進本音在第十二部屈賦合韵願字○孫本音在第十三部詩楚茨合韵熯愆字順本音在第十三部易蒙象傳合韵(實)奐字渙象傳合韵願字○那本音在第十七部詩桑扈合韵翰憲難字說文作求福不難則在本韵

第十五部陸韵平聲脂微齊皆灰上聲旨尾薺駭賄去聲至未霽祭泰怪夬隊廢入聲術物迄月沒曷末黠鎋薛

萋飛喈周南葛覃一章　歸私衣三章　嵬隤罍懷卷耳二章　纍綏樛木一章

枚飢汝墳一章　祁歸召南采蘩三章　微悲夷草蟲三章　歸歸歸殷其靁一二三章

微衣飛邶柏舟五章　靁懷終風四章　遲違畿谷風二章　微歸微歸式微
一二章　(敦)遺摧北門三章　喈霏歸北風二章　(頎)衣妻姨私衛碩人一章　荑
脂蠐犀眉二章　懷歸懷歸懷歸王揚之水一二三章　懷畏懷畏懷畏鄭將
仲子一二三章　衣歸丰四章　淒喈夷風雨一章　晞衣齊東方未明二章　崔綏
歸歸懷南山一章　萋晞湄躋坻秦蒹葭二章　衣師無衣一章二三章同　遲飢
陳衡門一章　衣悲歸檜素冠二章　隮飢曹候人四章　蓍師下泉三章　遲祁
悲歸豳七月二章　歸歸歸歸東山一二三四章　歸悲衣枚一章　畏懷二章
飛歸四章　衣歸悲九罭四章　騑遲歸悲小雅四牡一章　騑歸二章　威懷
常棣二章　薇歸采薇一章二三章同　騤依腓五章　依霏遲飢悲哀六章　遲
萋喈祁歸夷出車六章　萋悲萋悲歸杕杜二章　纍綏南有嘉魚三章　晞歸
湛露一章　(焞)靁威采芑四章　飛躋斯干四章　師氏維毗迷師節南山三章
夷違五章　微微哀十月之交一章　訿哀違依底小旻二章　威罪巧言一章
麋階伊幾六章　頹懷遺谷風二章　嵬萎(怨)三章　淒腓歸四月二章　薇桋

哀六章　喈湝悲回鼓鍾二章　尸歸遲私楚茨五章　凄祁私大田三章○從漢書說文玉篇廣韵作淒今作萋誤　茨師瞻彼洛矣一章　摧綏鴛鴦四章　幾幾車舝三章　維葵膍屄采菽五章　枚回大雅旱麓六章　惟脂生民七章　罍歸泂酌二章　萋喈卷阿九章　懠毗迷尸屎葵資師板五章　壞畏七章　咨咨咨咨咨咨咨蕩一二三四五六七八章　騤夷黎哀桑柔二章　資(疑)維階三章　推雷遺遺畏摧雲漢三章　郿歸崧高六章　騤喈齊歸烝民八章　回歸常武六章　鶗階瞻卬三章　幾悲六章　追綏威夷周頌有客　飛歸魯頌有駜二章　枚回依遲閟宮一章　違齊遲躋遲祗圍商頌長發三章○以上平聲

尾燬燬邇周南汝墳三章　瀰鷕邶匏有苦葉二章　菲體死谷風一章　薺弟二章　泲瀰弟姊泉水二章　煒美靜女三章　泚瀰(鮮)新臺一章　指弟鄘蝃蝀一章　體禮禮死相鼠三章　濟(閟)載馳二章　藟弟王葛藟一章二三章同　唯水齊敝笱三章　濟瀰弟載驅二章　弟偕死魏陟岵三章　火衣豳七月一章　火衣二章　火葦三章　尾几狼跋一章　韡弟小雅常棣一章　偕(近)邇杕杜四章　鱧

旨魚麗二章 旨偕五章 泥弟弟豈蓼蕭三章 矢兕醴吉日四章 匕砥矢
履視涕大東一章 穉火大田二章 穉穧二章 旨偕賓之初筵一章 禮〔至〕二章
泜豈魚藻二章 濟弟大雅旱麓一章 葦履體泥行葦一章 弟爾几二章 依
濟几依公劉四章 罪罪瞻卬二章 秭醴妣禮皆周頌豐年 濟〔積〕秭醴妣
禮載芟○以上上聲
掇捋周南芣苢二章 肄棄汝墳二章 蕨惙說召南草蟲二章 伐茇敗愒拜說
甘棠一二三章○張參徐鉉皆云愒別作憩 塈謂摽有梅三章 脫帨吠野有死麕三章 出
卒述邶日月四章 闊說擊鼓四章 闊活五章 厲揭匏有苦葉一章 濆肄塈
谷風六章 舝邁衛害泉水三章 逝害二子乘舟二章 紕四畀鄘干旄一章 活
濊發揭孽朅衛碩人四章 說說氓三章 遂悸遂悸芄蘭二章 朅桀
伯兮一章 厲帶有狐二章 穗醉王黍離二章 月佸桀括渴君子于役二章 葛
月采葛一章 艾歲三章 達闕月鄭子衿三章 月闥闥發齊東方之日二章
桀〔怛〕甫田二章 季寐棄魏陟岵二章 外泄逝十畝之閒二章 逝邁外蹶唐蟋蟀

蟀二章　比佽比佽杕杜一二章　棣檖醉秦晨風三章　逝邁陳東門之枌三章

肺晢東門之楊二章　萃誶墓門二章○誶今本譌作訊從王逸楚詞注引詩誶予不顧廣韵六至引歌以誶止改正

發偈(怛)檜匪風一章　閱雪說曹蜉蝣三章　設芾候人一章　發烈

褐歲豳七月一章　烈渴小雅采薇二章　旆瘁出車二章　涖率采芑一二三章同

佽柴車攻五章　艾晣噦庭燎二章　惠戾屆闋節南山五章　(結)厲滅威正月八章

滅戾勩雨無正二章　退遂瘁誶(荅)退四章○誶今本譌作訊　出瘁五章

艾敗小旻五章　邁寐小宛四章　嘒淠屆寐小弁四章　蔚悴蓼莪二章　烈發

害五章　律弗卒六章　舌揭大東七章　烈發害四月三章　穗利大田三章　䬴

艾鴛鴦三章　舝逝渴括車舝一章　淠嘒駟屆采菽二章　愒瘵邁菀柳二章

撮髮說都人士二章　厲蠆邁四章　㤅謂隰桑四章　外邁白華五章　卒沒

出漸漸之石二章　世世大雅文王二章　妹渭大明五章　拔兌駾喙緜八章　翳

栵皇矣二章　拔兌對季季三章　類比四章　茀仡肆忽拂八章　月達

害生民二章　旆穟四章　軷烈歲七章　匱類既醉五章　位墍假樂四章　溉

塈泂酌三章　愒泄厲敗大民勞四章　蹶泄板二章　類懟對內蕩三章

揭害撥世八章　疾戾抑一章　寐內四章　舌逝六章　僾逮桑柔六章

隧類對醉悖十二章　舌外發烝民三章　惠厲瘵屆瞻卬一章　奪說二章

類瘁五章　活達桀周頌載芟　茷噦大邁魯頌泮水一章　大艾歲害閟宮五章

撥達達鉞發烈截商頌長發二章　旆鉞烈曷蘖達截伐桀六章○

以上入聲

〔古本音〕

哀衣聲在此部詩采薇十月之交小旻四月桑柔五見今入咍　豈微聲在此部詩蓼蕭魚藻二見本亦作愷今愷入海　㤅㤅聲在此部詩隰桑一見今入代　僾㤅聲在此部詩桑柔一見今入代　漑旣聲在此部詩泂酌一見今入代　逮隶聲在此部詩桑柔一見今入代○雟唯聲在此部詩有瀰濟盈有雟雉鳴瀰雟爲韻經典釋文引說文以水反字林于水反廣韻注云又芋水切集韻五旨內有此字皆本音也今誤入三十小○牝匕聲在此部大戴禮與死韻老子谷神不死是謂元牝今兼入軫　率采芑一章二章三章皆以莅止率止爲韻今兼入質○

竄竄聲在此部易訟象傳一見宋玉高唐賦班固兩都賦潘岳西征賦張載七命各一見說文引虞書竄三苗今入換

○坻氏聲在此部詩蒹葭一見今兼入紙燬毀聲在此部詩汝墳一見今入紙邇爾聲在此部詩汝墳小雅杕杜二見今入紙凡尒聲字漢人入十六部用如故人心尚爾韻綺被解此之類是也瀰彌聲在此部詩新臺一見匏有苦葉一見今兼入紙泚此聲在此部詩新臺一見今兼入紙凡此聲字漢人多入十六部用訿此聲在此部詩小旻一見今兼入紙砥氏聲在此部厎或作砥詩大東作砥孟子引作厎今分別厎在五旨砥在四紙濔爾聲在此部詩載驅一見今入紙爾尒聲在此部詩行葦一見今入紙柴此聲在此部詩車攻一見今入佳○火火聲在此部詩七月大田四見今入果

〔古合韻〕

疑本音在第一部詩桑柔合韻資維階字○飽本音在第三部屈賦天問合韻繼蠥達字○荅本音在第七部雨無正合韻退遂瘁誶退字新序漢書皆作對則在本韻○結本音在第十二部詩正月合韻厲滅威字疾本音在第十二部詩抑合韻戾字至本音在第十二部詩賓之初筵合韻禮字屈賦遠遊合韻比厲衞字閟本音在第十二部詩載馳合韻濟字○近本音在第十三部詩小雅杕杜合韻偕邇字顧氏云近字本在脂微韻所謂以合韻惑本音也敦本音在第十三部詩北門合韻遺摧字焞本音在第十三部詩采芑合韻雷威字漢書韋元成傳引作推推則在本韻頎本音在第十三部詩碩人合韻衣妻姨私字○或以頎讀本音衣讀如殷合韻中庸戎衣

鄭讀爲殷白虎通云衣者隱也裳者障也微韵與文欣二韵轉移最近微韵中軍聲輩聲斤聲肩聲之字皆自文欣韵中轉入○鮮本音在第十四部詩新臺合韵洒濔字顧氏亦不辨爲合韵矣怨本音在第十四部詩谷風合韵嵬萎字讀如伊此與北門之敦讀堆采芑之焞讀推碩人之頎讀幾新臺之鮮讀斯杕杜之近讀幾正同疊疊之字本音敀而今韵入戾分聲之疊本在第十三部而鄭司農讀徽於第五類第六類觀其會通可矣怛本音在第十四部說文怛𢘅同字引詩信誓𢘅𢘅是也詩甫田以韵桀字匪風以韵發偈字此古合韵漢書王吉傳引匪風作中心制兮則在本韵○積本音在第十六部詩載芟合韵濟秭醴妣禮字○蛇本音在第十七部屈賦東君合韵雷懷歸字遠遊合韵妃夷飛佪字歌本音在第十七部屈賦遠遊合韵妃夷飛佪字讀如幾

第十六部 陸韵平聲支佳上聲紙蟹去聲寘卦入聲陌麥昔錫

支鸃鸃知衞芄蘭一章　斯知陳墓門一章　枝知檜隰有長楚一章　斯提小雅小弁一章　伎㊀枝知五章　易知祇何人斯六章　篪知斯七章　卑疷白華八章

篪圭攜大雅板六章　○以上平聲

適益讁邶北門二章　㊁髢揥皙帝鄘君子偕老二章　簀錫璧衞淇奥三章

提辟揥刺魏葛屨二章　甓鷊惕陳防有鵲巢二章　鶪績幽七月三章　㊂蹐

脊蜴小雅正月六章 帝易大雅文王六章 辟剔皇矣二章 績辟文王有聲五章 益易辟辟板六章 帝辟帝辟蕩一章 解易辟韓奕一章 (幭)厄二章 刺狄瞻卬五章 解帝魯頌閟宮三章 辟績辟適解商頌殷武三章 ○以上入聲

〔古本音〕

觿巂聲在此部詩芄蘭一見今兼入齊 提是聲在此部詩葛屨小弁二見今兼入齊 擕巂聲在此部詩板一見今入齊 髢本作鬄易聲在此部詩君子偕老一見今入霽 揥帝聲在此部詩君子偕老葛屨二見今入祭 帝帝聲在此部詩君子偕老文王蕩閟宮五見秦琅邪臺刻石與(地)懈辟易畫韵今入霽 圭圭聲在此部詩板一見今入齊 締帝聲在此部屈賦一見今入齊霽 繫毄聲在此部左傳一見今入霽 睨兒聲在此部左傳一見今入霽

〔古合韻〕

里本音在第一部周語富辰引言合韻里字 ○ 翟本音在第二部詩君子偕老合韻髢揥皙帝字讀如狄 ○ 局本音在第三部詩正月合韻蹐脊易字讀如臭 ○ 繹本音在第五部屈賦悲回風合韻積擊策蹟適愁適蹟益字 ○ 壞本音在第十五部周語虒傒引詩合韻支字 幭本音在第十五部詩韓奕合韻軶字從他經作幦則在本韵考車覆笭既夕禮玉藻少儀公羊傳說文皆謂之幦毛詩幭厄二字皆屬假借厄即軶毛傳厄烏噣也今譌爲烏

蠲詳見詩經小學　雌本音在弟十五部詩小弁合韻伎枝知字爲此聲字入十六部之始矣　○離本音在弟十七部屈賦少司命合韻知字老子載營魄抱一能無離乎合兒疵爲雌知韻又常德不離合雌谿兒韻離字入支韻蓋久矣　蠵本音在弟十七部屈賦涉江合韻知字

弟十七部　陸韻平聲歌戈麻上聲哿果馬去聲箇過禡

皮紽蛇召南羔羊一章　沱過過歌江有汜三章　爲何爲何爲何邶北門一二三章　離施新臺三章　河儀他鄘柏舟一章　珈佗河宐何君子偕老一章　皮儀儀爲相鼠一章　猗磋磨衛淇奧一章　阿薖歌過考槃二章　左瑳㊟儺竹竿三章　離靡王黍離一章二三章同　羅爲罹吪兔爰一章　麻嗟嗟施丘中有麻一章　宐爲鄭緇衣一章　加宐女曰雞鳴二章　吹和蘀兮二章　何何齊南山三章四章同　左我唐有杕之杜一章　何多何多何多秦晨風一二三章　娑㊟原麻娑陳東門之枌二章　池麻歌東門之池一章　陂荷何爲沱澤陂一章　縭儀嘉何豳東山四章　錡吪嘉破斧二章　何何伐柯一章　鯊多小雅魚麗一章　多嘉四章　椅離儀湛露四章　莪阿儀菁菁者莪一章　駕猗馳破車攻六章　何羆蛇斯干

六章 羆蛇七章 地(禍)瓦儀議儺九章 阿池訛無羊二章 猗何瘥多

嘉嗟節南山二章 河他小旻六章 儺何何小弁一章 掎杝佗六章 禍我

可何人斯二章 議爲北山六章 左宜裳裳者華四章 儺宜鴛鴦一章 何嘉他

頍弁一章 俄傞賓之初筵四章 嘉儀同上 阿(難)何隰桑一章 阿何緜蠻一章

波沱他漸漸之石三章 義宜大雅棫樸二章 阿池皇矣六章 賀左下武六章 何

嘉儀既醉四章 沙宜多嘉爲鳧鷖二章 阿歌卷阿一章 多馳多歌十章

儀嘉磨爲抑五章 嘉儀八章 (寇)可詈歌桑柔十六章 皮羆韓奕六章

犧宜多魯頌閟宮三章 河宜何商頌玄鳥 ○以上平聲

〔古本音〕

地也聲在此部詩斯干一見屈賦天問與歌韵橘頌與過韵上林賦與河馳韵讀如沱今入至○考地字周秦人亦入於十六部如莊子接輿歌禍重如地莫之知避秦琅邪臺刻石文陵水經地韵帝懈辟易畫字司馬相如子虛賦揜草蔽地韵絶乎心繫元命包日地者易也皆讀如狄 𢀩差聲在此部詩東門之枌一見今兼入皆 ○ 皮爲聲在此部詩羔羊相鼠韓奕三見左傳一見今入支 蛇它聲在此部詩羔羊斯干三見屈賦二見今兼入支 爲爲聲在此部詩

北門相鼠兔爰緇衣澤陂北山鳧鷖抑十見易一見今入支寘離离聲在此部詩新臺湛露二見屈賦四見今入支寘
施也聲在此部詩新臺丘中有麻二見屈賦三見今入支寘義我聲在此部書一見易一見大戴禮一見今入寘
儀義聲在此部詩柏舟相鼠東山湛露菁莪斯干賓之初筵既醉抑十見今入支宜多聲在此部詩君子偕老緇衣
女曰雞鳴裳裳者華鴛鴦棫樸鳧鷖閟宮玄鳥九見士冠禮一見易一見今入支猗奇聲在此部詩淇奧車攻節南
山三見今入支紙靡麻聲在此部詩黍離三見易一見今入紙罹罹聲在此部詩兔爰斯干小弁三見今入支
吹吹聲在此部詩蘀兮一見老子或呴或吹與隨嬴隋韻今入支差差聲在此部今又入支佳卦池也聲在此
部詩東門之池無芊皇矣三見屈賦一見今入支陂皮聲在此部詩澤陂一見莊子生於陵陂與施爲韻今入支寘
唐玄宗不知洪範遵王之義義讀俄而改頗爲陂以合之又不知陂之本讀坡也縭离聲在此部詩東山一見今入
支錡奇聲在此部詩破斧一見今入支紙椅奇聲在此部詩湛露一見今入支馳也聲在此部詩車攻卷阿
二見屈賦二見今入支罷罷聲在此部易一見今入支蟹羆罷省聲在此部詩斯干韓奕三見今入支議義聲
在此部詩斯干北山二見今入寘掎奇聲在此部詩小弁一見今入紙杝也聲在此部詩小弁一見今入紙
詈詈聲蓋在此部讀如羅詩桑柔一見今入寘哆多聲在此部詩巷伯與侈韻今入紙侈多聲在此部詩巷伯
與哆韻今入紙犧羲聲在此部詩閟宮一見今入支墮隓聲在此部書一見今兼入支隨墮聲在此部論語季

隨與季騧騧咼聲在此部論語季騧韵今入支騧與季隨韵今兼入佳

〔古合韵〕

弱本音在第二部易大過傳本末弱也合韵大者過也○陸本音在第三部易漸上九合韵儀字讀如羅○宋人改陸爲逵以韵儀不知今韵逵在脂儀在支古韵逵音仇儀音我也○寇本音在第四部詩桑柔合韵可詈歌字讀如科○路本音在第五部大戴禮驪駒詩合韵駕字讀如羅爲漢以後第五部入第十七部合用之始䖒虘聲字蓋在第五部屈賦離騷以韵離字天問以韵加字蓋古合韵○儺本音在第十四部詩竹竿合韵左瑳字原本音在第十四部詩東門之枌合韵差麻娑字古獻尊之爲犧尊若干之爲若柯蠳娑之爲婆娑嘽嘽駱馬之爲痑痑駱馬皆此類難本音在第十四部詩隰桑合韵阿何字○禓本音在第十六部詩斯干以韵地瓦儀議罹字讀如拕此爲支第最近之合韵江氏改易地字古音謂地禓一韵瓦儀議罹一韵其說疏矣

凡二萬八千一百七十九字

六書音均表四

羣經韵分十七部表　六書音均表五

第一部陸韵平聲之咍上聲止海去聲志代入聲職德

災牛災周易上經无妄六三　龜頤頤初九　來思下經咸九四　期時歸妹九四

丘思渙六四　治事始彖上傳蠱　志富載疑象上傳小畜　志備祐大有

疑尤喜志賁　災尤載(用)剝　志富災之試災无妄　災尤志喜

大畜　災志德事否志疑象下傳遯　待尤之蹇　志志疑喜祐志損

事來之志之志辭來益　志喜疑事志富升　之志革　之

尤鼎　災志事(用)豐　災尤旅　疑治巽　疑志兌　德疑時

來久既濟　來能謀能繫辭下傳象事知器已下　事試治災治文言傳乾　時災

來怠襍卦傳　○喜起熙尚書皋陶謨帝舜歌　○時來之士冠禮醮辭　○時財能大戴

禮公冠篇祝雍祝成王冠辭　時財時武王踐阼篇牖銘　○思辭哉禮記曲禮上首節　裘

箕學記　○按列子云古詩言良弓之子必先為箕良冶之子必先為裘知韵語也　○姬旗丘春秋左傳僖十五年

晉嫁伯姬筮辭　每謀二十八年晉輿人誦　思來宣二年宋城者謳　裘駘襄四年魯人誦

謀志哉昭十二年鄉人言南蒯將叛 薶謀之哀五年萊人歌○疑基晉語叔詹引諺 忌
來災之越語范蠡引所聞○基時孟子公孫丑篇引齊人言○附 能佩離騷 時態同上
茲詞同上 佩詒同上 之之同上 異佩同上 疑之同上 媒疑同上
茲(沫)同上 待期同上 來思九歌湘君 辭旗少司命 貍旗思來山鬼
謀之天問 牛來同上 尤之期之同上 識喜同上 佑喜同上 肬
之九章惜誦 志咍同上 尤之同上 持之哀郢 時丘之同上 期志抽思
思媒同上 貽詒思美人 詒志同上 之昔期同上 能疑同上 詩
疑娭治之否欺思之尤之惜往日 牛之同上 之疑辭之同上 志
喜橘頌 右期悲回風 怪來遠遊 疑(浮)同上○以上平聲
字字周易上經屯六二 否否喜否上九 福母下經晉六二 趾否子鼎初六
(道)已始象下傳恆 子婦家人 起止始傳襍卦 久止同上○備字士冠
禮字辭 事嗣士昏禮醮子命○理釐里始大戴禮保傅篇易曰正其本以下 負趾否
曾子制言上篇行則爲人負三句 嶷士五帝德篇其色郁郁四句○始釐里禮記經解引易 起

海子（孔子閒居詩言五起）○友右（春秋左傳閔二年卜辭）　子止（僖二十五年衛禮至銘）　子
使（襄四年魯人誦）　誨殖嗣（襄三十一年鄭輿人誦子產）　〔卌〕怠（昭三年讒鼎銘）　杞子鄙
恥已士（昭十二年南蒯鄉人歌）○紀止（越語范蠡引所聞贏縮以爲常節）　起始（范蠡對越王人）
事不起弗爲之始○已殆（論語微子篇楚狂接輿歌）　賚富（堯曰篇）○附　在茝（離騷）　畝
茝（同上）　茝悔（同上）　悔醢（同上）　在理（同上）　汜里（天問）　子在（同上）　在
里（同上）　趾在止（同上）　止殆（同上）　止子（同上）　子婦（同上）　市姒佑殺
（同上）　戒殆（同上）　恃代（九章惜誦）　志態（同上）　以醢（涉江）　鄙改（懷沙）　怪
態采有（同上）　佩異態埃〔卌〕（思美人）　佩〔好〕代意置載備異再識（惜往
日）　友理（橘頌）　恃止（同上）　紀止（悲回風）　意事（卜居）○以上上聲
子克（周易上經大有九三）　纆棘得（坎上六）　翼食（下經明夷初九）　食來祀（困九二）
食惻福（井九三）　革塞食（鼎九三）　忒服（彖上傳豫）　忒服（觀）　革息
得革（彖下傳革）　福則（震）　昃食息（豐）　克則直克得（象上傳同人）　牧
得服則服得國（謙）　得德則（蠱）　食則得意息國則（象下傳明夷）

得直福困 惻福井 福則震 得戒同上 塞極節 革得極

則文言傳乾 食色伏飭襍卦傳 ○極極福極極德極尚書洪範五皇極已下

色德福極而康而色已下 側直極極無反無側已下 德直克克直克克克

克福食食食國忒六三德已下 ○服德福士冠禮始加緇布冠祝辭 服德福再加

皮弁祝辭 服德三加爵弁祝辭 ○食福考工記梓人祭侯辭 極國則㮚氏量銘 ○司職

大戴禮哀公問五義篇若天之司二句 直黑曾子制言上篇蓬生麻中四句 服德武王踐阼篇劍銘

直得子張問入官篇枉而直之二句 (祿)彧服德福極公冠篇孝昭冠辭 ○彧作或誤 ○職

極服則禮記禮運篇禮行於郊以下 得翼國孔子閒居言五起 ○置置德服晉語公子

縶引所聞 稷殖叔詹引諺 服國鄭語宣王時童謠 德力食殛䟕越語范蠡對越王王其且

馳騁弋獵節 ○食食息慝孟子梁惠王篇今也不然節 來直翼得德滕文篇引放勳言

○福極德直力服(急)息德(毒)忒食(告)則慝職(鞠)爾雅釋訓穰穰福也已下 ○

附服則離騷 息服同上 (節)服同上 極服同上 極翼同上 極息側

九歌湘君 極識天問 得殛同上 億極同上 極得同上 側佑同上二句 一○

韵　惑服同上　牧國同上　服直九章惜誦　極得哀郢　北域側得息

抽思　默㊞鞫懷沙　戒得惜往日　服國橘頌　默得悲回風　得則遠遊

息德同上　食翼卜居　○以上入聲

第二部陸韵平聲蕭宵肴豪上聲篠小巧晧去聲嘯笑效号

咷笑周易上經同人九五　號笑下經萃初六　巢笑咷旅上九　○憍逃大戴禮武王踐阼篇觴豆銘　○巢遙勞驕春秋左傳昭二十五年童謠　○撓逃朝孟子公孫丑篇北宮黝節

濯暴滕文公篇引曾子言　○附　遙姚離騷　邈樂同上　笑窕九歌山鬼　到照天問

燿驁遠遊　撟樂同上　○以上平聲

第三部陸韵平聲尤幽上聲有黝去聲宥幼入聲屋沃燭覺

柔憂求周易襍卦傳　柔憂同上　○游救大戴禮武王踐阼篇盥盤銘　矛羞矛銘

柔求子張問入官篇優而柔之二句　○猶臭春秋左傳僖四年繇辭　湫攸昭十二年　○遊休孟子梁惠王篇晏子引夏諺　流憂梁惠王篇引晏子言　○附　游求離騷　留茅同上　流

啾同上　猶洲修舟流九歌湘君　蕭憂山鬼　㊞龍游天問　流求同上　告

救同上 憂求同上 浮㥞九章抽思 救告同上 悠憂思美人 流〔昭〕幽

聊中〔㕑〕愮日往 憂求游同上 求流橘頌 聊愁悲回風 游浮遠遊

畱由同上○以上平聲

道咎周易上經小畜初九 酒缶牖咎坎六四 首醜離上九 裕咎下經晉初六

狩首明夷九三 酒咎首未濟上九 道〔久〕象上傳臨 道咎造〔久〕首象上傳乾

咎道同人 考道咎蠱 道醜道觀 咎道考道復 〔久〕醜咎

大過 咎道〔久〕離 咎道象下傳睽 咎道醜咎解 咎道咎夬 咎

飽醜道保漸 咎道節 咎道既濟 保〔毋〕繫辭下傳无有師保二句○好道

尚書洪範無有作好二句○皓壽大戴禮將軍文子篇常以皓皓是以眉壽○鮭保春秋左傳僖五年士蔿引

所聞 州道草擾獸牡襄四年周箴 阜覺蹈憂哀二十一年齊歌○就憂狃

咎晉語引商銘 狃咎輿人誦惠公 報臭國人誦改葬共世子 考守越語范蠡引所聞上

帝不考時反是守 牡道究范蠡引所聞凡陳之道以下○奧竈論語爲政篇王孫賈問○附

好巧離騷 道考天問 〔在〕守同上 嫂首同上 仇讎保道九章惜誦 好

就同上　㊤醜橘頫○以上上聲

告瀆告周易上經蒙　復輹目小畜九二九三○輹作輻謠　肉毒噬嗑六三　輹逐

牿大畜九二九三六四　逐復下經睽初九　復夙解　木谷覿困初六　足餗

渥鼎九四　陸復育漸九三　木樀六四　屋覿豐上六○族睦尚書堯典以親

九族二句○目腹復春秋左傳宣二年宋謳　贓目成十六年筮辭　卜卜昭三年引諺

鵠辱昭二十五年引童謠　鵠哭同上○濁足孟子離婁篇引孺子歌○附　育腹天問

竺燠同上　欲祿同上　復慼九章哀郢　木足思美人　屬轂遠游○以上

入聲

第四部陸韵平聲侯上聲厚去聲候

須濡周易上經賁六二九三○矦矦考工記梓人祭矦辭○渝鏑春秋左傳僖四年繇辭　儒

邾婁襄四年魯人歌　跦矦孺昭二十五年引童謠　(去)踰衛哀十七年繇辭○附　駒覓軀

卜居○以上平聲

寇媾周易上經屯六二　寇媾賁六四　寇媾下經睽上九　鮒漏井九二　主

蔀斗豐初九六二　蔀斗主九四　聚聚象下傳萃　樹數繫辭下傳不封不樹二句

晝誅遇襍卦傳　○㖃口大戴禮武王踐阼篇機銘　○僂傴俯走侮口春秋左傳昭七年引

正考父鼎銘　主數昭七年引武王告諸侯　○附　詬厚離騷　㊟具同上　㊟數天問

厚取同上　○以上上聲

第五部陸韻平聲魚虞模上聲語麌姥去聲御遇暮入聲藥鐸

輿廬周易上經剝上九　穫畬无妄六二　牙衢大畜六五上九　華夫大過九五　孤

夫膚下經睽九四九五　孤塗車弧弧上九　譽故蹇初六六二　膚且夬九四

魚膚且魚瓜姤九二九三九四九五　徐車困九四　魚虛象下傳中孚　居

虛繫辭下傳變動不居二句　度懼故其出入以度三句　譽懼二多譽二句　居著襍卦

傳　○惡路尚書洪範無有作惡二句　○魚徒大戴禮子張問入官篇水至清以下　○瑕家春秋左傳

閔元年引諺　去餘狐僖十五年筮辭　孤弧姑逋家虛伯姬嫁秦筮辭　汙瑕㊟垢

宣十五年伯宗引諺　詐虞宣十五年宋盟楚書　家夫襄四年引虞箴　豬豭定十四年宋野人歌

虛瓜夫辜哀十七年衛侯夢渾良夫歌　○吾烏枯晉語優施歌　詐賂晉語輿人誦惠

公○豫助豫度孟子梁惠王篇引夏諺○如余且爾雅釋天月名 辜涂同上○附

度路離騷 路步同上 迎故同上 狐家同上 車疏同上 都居同上

華居疏九歌大司命 錯洿故天問 衢居如同上 故懼同上 如居九章

涉江 如蕪哀郢 姑徂抽思 故慕懷沙 莫故同上 錯懼同上 度路

思美人 度暮故同上 紆娛居悲回風 都如遠遊 居戲霞除同上

予居都閭同上 路度同上 顧路同上○以上平聲

雨處周易上經小畜上九 股馬下經明夷六二 輔序艮六五 處斧旅九四 下

若巽九 下斧上九 土下象上傳離 下與女象下傳咸 下與恆 所

與良 下普象上傳乾 與下隨 下與下剝 下與輔下大過 處

下象下傳咸 下與困 下舍與井 雨暑女繫辭上傳鼓之以雷霆以下 處

語處繫辭上傳或出或以下凡用三韵 馬下下傳服牛乘馬以下 處宇雨上古穴居以下 虎

覯下文言傳乾 下舍同上 故旅下寡處襍卦傳○祖社女尚書甘誓用命賞于

祖以下 女女赦湯誓予其大賚女以下 怒斁敘洪範我聞在昔以下 敘廡五者來備

以下　雨夏庶民惟星以下○滑脯序祜士冠禮再醮辭　楚俎三醮辭　假甫

字辭○所女考工記梓人祭侯辭○賈野旅大戴禮曾子制言上篇近市無賈三句　馬下五帝

德篇春夏棄龍以下　土雨所古祜公冠篇上天祝辭　土雨者下士祝辭○舍固禮記

曲禮上將適舍二句　戶下將入戶二句　武虎怒前朱鳥節　土戶禮運後聖有作節

戶下俎鼓嘏祖㊀下所祜禮運玄酒在室節　旅(廣)鼓武雅語古下樂記

子夏對魏文侯　夏露孔子閒居天有四時以下皆如詩句　舉(士)處所射譽射義引詩○大戴禮

投壺篇同惟會孫侯氏下四正具舉上有今日大射四字又誤衍十一字○社輔春秋左傳閔二年卜辭　父

所筮辭　羽野馬昭二十五年童謠　褚伍與襄三十一年鄭人誦○黍廡晉語叔詹引諺

所禦野與越語范蠡引所聞往從其所以下○夜夏論語微子篇八士二叔○附與莽

序暮離騷　武怒舍故同上　予野同上　輔土同上　圃暮同上　夜御

下予佇妬同上　馬女同上　下女同上　固惡寤古同上　女女同上

舉輔同上　女下同上　與予同上　渚下浦女與九歌湘君　渚予下湘夫

人　浦者與同上　下女予大司命　下予少司命　鼓簴姱舞東君

諸下浦予河伯　下雨予山鬼　馬鼓𣟴國殤　鼓舞與古禮魂　所處

羽天問　輔緒同上　怒固同上　下所九章惜誦　雨宇涉江　娉怒抽思

莽土懷沙　下舞同上　莽(草)思美人　處慮曙去悲回風　語曙遠遊○

以上上聲

虩啞周易下經震　虩啞初九　索矍上六　作坼象下傳解　柝客繫辭下傳重門擊柝二句　薄射䤨逆說卦傳雷風相薄以下○度索大戴禮子張問入官篇揆而度之二句

射莫投壺篇命射辭○席諾禮記曲禮上必慎唯諾與毋踏席為韵　席怍尺將即席以下韵語也

炙酪帛朔禮運以炮以燔下　席帛炙魄莫腥其俎節　宅壑作澤郊特牲大蜡辭

惡碩大學引諺○度擇春秋左傳隱十一年引諺　索獲昭二十七年公子光引上國言○

作客越語范蠡對越王天時不作弗為人客○附　索妒離騷　䤨度同上　迫索同上

宅惡同上　若柏九歌山鬼　度作天問　䠶若同上　釋白惜誦　薄薄同上　蹠客薄釋哀郢　作穫同上　莫壑遠遊○以上入聲

弟六部陸韵平聲烝登上聲拯等去聲證嶝

陵興周易上經同人九三　陵孕勝下經漸九五　升陵象上傳坎　凝冰象上傳坤

棄興陵賁　恆承象下傳歸妹○弓興考弓記弓人下柎之弓二句○興崩大戴禮武

王踐阼篇劍銘○棄弓朋春秋左傳莊二十二年引詩　陵雄襄十年繇辭　淜陵興昭十

二年齊侯投壺辭○登崩周語引諺　徵興晉語輿人誦惠公○附弓徵淩雄九歌國殤

興膺天問　(吉)勝陵(文)同上　膺仍九章悲回風○以上平聲

第七部陸韻平聲侵鹽添上聲寑琰忝去聲沁豔㮰入聲緝葉怗

心金周易繫辭上傳二人同心二句○黔心春秋左傳襄十七年宋謳　愔音金心昭十二年引祈

招之詩○附心淫離騷　風林九章涉江　心風哀郢　潭心抽思○以上平

聲

附急立離騷　悒急天問○以上入聲

第八部陸韻平聲覃談咸銜嚴凡上聲感敢豏檻儼范去聲勘闞陷鑑釅梵入聲合盍洽狎業乏

坎窞周易上經坎初六　坎枕窞六三○附敢憺九章抽思○以上平聲

涖接周易象上傳蒙○附甲接九歌國殤　接涉九章哀郢○以上入聲

弟九部陸韵平聲東冬鍾江上聲董腫講去聲送宋用絳

龍用周易上經乾初九 墉攻同人九四 中(應)中蒙功象上傳蒙 窮中功需

從中(應)窮比 通同泰 通邦否 中功坎 動(應)象下傳恆

同通睽 中窮功邦蹇 衆中功解 窮終夬 中窮困 窮

中功凶井 功邦中窮漸 窮同中功渙 中窮通節 中邦

中孚 中窮既濟 中終(應)未濟 中窮終象上傳坤 (禽)窮屯 中終需

凶龍邦功師 功邦同上 中(禽)中終比 凶(正)豫 凶功中

窮隨 凶中功坎 容公邦離 (深)中容(禽)終凶功象下傳恆 窮

中大壯 (心)躳(正)終艮 中窮功中窮凶巽 中窮節 凶功繫辭

下傳三多凶二句 終窮襍卦傳 ○邦雍尚書堯典協和萬邦二句 ○容恭大戴禮武王踐阼篇

帶銘 ○容恭同(王)禮記曲禮上正爾容節 降(勝)同動月令孟春 (勝)降通冬月令

孟冬 從同邦孔子閒居言五起 ○中融春秋左傳隱元年鄭莊公歌 茸公從僖五年士

蒍賦 ○功庸國語范蠡引所聞聖人之功節皆韵語也 ○躳中窮終論語堯曰篇 ○附庸降

離騷　縱巷同上　同（調）同上　降中窮忡九歌雲中君　（堂）宮中河伯　功

同天問　從通同上　躬降同上　逢從同上　（沈）封同上　中窮（行）九章涉江

江東同上　同容抽思　豐容懷沙　江洶悲回風　（讒）從卜居　忠窮

同上　凶從同上〇以上平聲

第十部陸韻平聲陽唐上聲養蕩去聲漾宕

囊裳黃周易上經坤六四六五上六　荒亡行泰九二　亡桑否九五　光王觀六

四　亨尚坎　壯罔下經大壯九三　往亨損　艮望歸妹六五　筐羊上六

望亡中孚六四　防戕小過九二　疆亨疆行常行慶疆象上傳坤　行亨

往行小畜　剛亨明履　明行亨大有　亨明行謙　亨明章行噬嗑

亨往賁　剛長象行剝　行長復　養養頤　行往亨大過

亨行長象下傳遯　上明行晉　行明行剛睽　上行往亨行損

疆光慶行疆方行益　剛光夬　剛長章行姤　亨慶行升

當亡革　明行剛亨鼎　行明艮　當剛歸妹　剛明旅　行剛

巽　亨行小過　亨當既濟　方光象上傳坤　剛常屯　明光長同上
行常需　長明訟　常行當師　傷上比　明行當剛行當慶
履　當行當長否　剛行同人　當行剛亡長豫　當長當臨
行剛當光當明噬嗑　慶行大畜　光上慶頤　罔往當詳長象下傳大
壯　行當慶光晉　當剛行慶亡睽　當明光長夬　當光上
萃　明慶剛祥困　當行同上　剛當光行喪震　常當行良行
筐歸妹　當明行慶翔藏豐　傷喪旅　當慶當光兌　當上當
長中孚　當長上亢小過　當行未濟　象像繫辭下傳易者象也以下　彰剛望
君子知微三句　方常行初率其辭以下　藏明行文言傳乾　剛方常光行慶殃
文言傳坤　剛行襍卦傳　○明良康尚書皋陶謨皋陶賡載歌　喪亡往湯誓時日曷喪以下
黨蕩洪範皇極之敷言　明昌無虐煢獨以下　行光王是訓是行以下　明章康
百穀用成以下　○彊慶儀禮士冠禮三加爵弁祝辭　芳祥忘士冠禮醴辭　慶彊士冠禮三
醮辭　○強防堂考工記弓人維幹強之六句　○強亡強枉大戴禮武王踐阼篇丹書○按今本大戴

禮作敬勝怠者吉怠勝敬者滅義勝欲者從欲勝義者凶學記正義以此四語爲端書之辭引大戴禮敬勝怠者強怠勝敬者

亡則知今本乃後人所改從正義所引爲是凡事不強則枉不敬則不正枉古平聲強枉爲韵敬正爲韵　傷長楹銘

杖杖銘觴豆　張良常讓讓堂行張投壺篇命射辭○堂揚小戴禮曲禮上將上

堂將入戶將卻席等皆韵語也　仰放檀弓上子貢聞泰山其頹之歌而言　亨芊羹祥禮運然後退而

合亨以下　當昌祥當綱樂記天地順而四時當以下　方將明孔子閒居言五起　○鏘

姜昌卿京春秋左傳莊二十二年繇辭　亡昌閔二年卜辭　競病僖七年引諺　芊

盍筐貺償相僖十五年筮辭　上堂文二年狼瞫引周志　商亡昭二十六年引詩　翔

廣昭五年筮辭　唐常方行綱亡哀六年引夏書　陽兵姜商九年卜辭○綱上

周語單襄公引諺　嘗傷太子晉引諺　祥殃亡越語范蠡引所聞上帝不考以下皆韵語也

荒荒常范蠡對越王馳騁弋獵以下皆韵語也　皇常行陽匡常行陽剛范蠡引所聞

○揚疆張光孟子滕文篇引大誓○陽明藏英爾雅釋天祥　相壯陽釋天月名○

附英傷離騷　裳芳同上　荒章常(懲)同上　殃長同上　當浪同上　桑

芊同上　當芳同上　央芳同上　長芳同上　行粻同上　鄉行同上　良

皇琅芳挼倡堂康九歌東皇太一芳英央光章雲中君望張卜湘夫人

堂房張芳衡同上翔陽坑大司命方桑明東君裳狼（降）揬翔

行同上望蕩河伯行傷國殤明藏尙行天問揚光同上○二句一韵

方桑同上堂臧同上尙匠同上饗喪同上臧芊同上兄長同上

行將同上方狂同上將長同上亡（嚴）饗長同上長彰同上杭旁

九章惜誦糧芳同上英光湘涉江陽傷同上當行同上亡行哀郢

傷長抽思亡光一作（完）○同上章明懷沙量臧同上強像同上將當

思美人揚章同上長像橘頌傷倡忘長芳章芳貺芊明悲回風

湯行同上行鄉陽英壯放遠遊行芒同上涼皇同上鄉行同上

長明（通）卜居○以上平聲

第十一部陸韵平聲庚耕清青上聲梗耿靜迥去聲映諍勁徑

盈平周易上經坎九五井井井井瓶下經井（元）（天）形成（天）（命）貞寧彖上

傳乾（元）生（天）坤生貞盈寧屯（中）成正（淵）訟正（賢）（天）大畜

生平象下傳咸　成成恆　正定家人　（亨）正（命）萃　（信）正革　成（命）

（人）同上　成（民）節　貞（天）中孚　正（民）象上傳屯　聽正需　正敬訟

正（命）臨　（賓）（民）平觀　正（命）正象下傳晉　井正成井　正聽艮

（極）正未濟　精生繫辭下傳男女構精二句　平傾危者使平二句　（亨）情正精情（天）

平文言傳乾　正定傳襍卦　○姓（明）虞書堯典平章百姓二句　○正（令）士冠禮三加爵弁祝辭

○敬正大戴禮武王踐阼篇丹書　聲旌投壺篇命射辭　寧靈公冠篇下士祝辭　經刑

易本命篇東西為緯以下　○清省爭禮記曲禮冬溫而夏清二句　成貞文王世子篇引語　成

生經清平寧樂記小大相成以下　正定定聲紀綱既正以下　霆形生孔子閒居地載

神氣以下　正清寧成生成政姓緇衣引詩　○挺扃（令）定春秋左傳襄五年引逸詩

幸幸宣十六年引諺　○城（金）周語伶州鳩引諺　聽誠刑生貞傾晉語國人誦改葬共世子

成榮叔詹引諺　生形征成刑越語范蠡對越王逆節萌生以下　成形范蠡引所聞聖

人之功節孟子離婁篇　○清纓引孺子歌　○生贏成寧正爾雅釋天祥　○附情聽離騷

正征同上　征庭旌靈九歌湘君　青莖成少司命　旍星正同上　冥

鳴山鬼　聽刑天問　營成傾同上　營盈同上　寧情同上　情正九章惜誦

情（路）正聽抽思　星營同上　盛正懷沙　征（零）成情遠遊　縈（入）

征同上　耕名（身）生（真）（人）清楹卜居　清輕鳴名貞同上　醒清漁父

清纓同上○以上平聲

第十二部陸韵平聲真臻先上聲軫銑去聲震霰入聲質櫛屑

田人周易上經乾九二　淵天人九四九五　翩鄰泰六四　身人民下經　人

神象下傳豐　身仁象上傳復　牽賓牽民（正）命（吝）象下傳姤　信身繫辭下傳尺蠖

之屈四句　天田文言傳乾上不在天二句　天田人上不在天三句　親新信襍卦傳

進親顛同上○偏（平）尚書洪範○天田年引少牢饋食禮祝嘏主人○人淵大戴禮武

王踐作篇盥盤銘　民年辭公冠篇祝雍祝成王冠一作近於仁遠於佞○新新新禮記大學湯盤銘

○佞田晉語輿人誦惠公○倩（盼）絢論語八佾篇引詩　親人人堯日篇○附（名）

均離騷　（艱）晉同上　轔天人九歌大司命　民嬪天問　（饑）親同上　人身

九章惜誦　（明）身同上　天（名）哀郢　鎮人抽思　顛天悲回風○以上平聲

血穴周易上經需六四 實疾即下經鼎九二 實血歸妹上六 吉失象上傳需

吉失訟 吉失比 吉失室小畜 吉失隨 失節象下傳家人 實

節蹇 實節鼎 吉節未濟○節節節春秋左傳成十五年子臧引志○附 節日

九歌東君 抑普九章懷沙 匹(程)同上 一逸遠遊○以上入聲

第十三部陸韻平聲諄文欣魂痕上聲準吻隱混很去聲稕問焮慁恨

文文周易象上傳賁 君羣象上傳否 (炳)(蔚)君象下傳革 焚聞旅 存門繫辭

上傳成性存存二句 縕醇繫辭下傳天地絪縕二句○訓訓尚書洪範全篇多用韻語今略分見之各部中

是彝是訓二語亦疊字爲韻也○純循大戴禮哀公問五義篇穆穆純純以下六句三韻 聞孫武王踐阼

篇矛銘 門存大戴禮驪駒詩見漢書服虔注○西巡禮記祭義日出於東四句 (神)先雲孔子

閑居清明在躬六句○晨辰振旂賁燀軍奔春秋左傳僖五年童謠外傳同○附 忍隕離騷

門雲九歌湘夫人 門雲(塵)大司命 雲先國殤 分(陳)問天問 (寘)墳同上

云先同上○先字非 無 貧門九章惜誦 聞忳同上 忍軫同上 聞(惠)九章

抽思 (還)聞悲回風 雰(媛)同上 勤聞遠游 (傳)垠(然)存先門同上 門

（冰）同上　（天）閒（鄰）同上○以上平聲

第十四部陸韻平聲元寒桓刪山仙上聲阮旱緩潸產獮去聲願翰換諫襉線

邅班周易上經屯六二　班連上六　皤翰賁六四　園戔賁六五　反連下經蹇九

三六四　變面革上六　干言漸初六　磐衎六二　（順）（實）巽◐（順）象上傳蒙

願亂履　（實）願願亂泰　變巽◐象下傳家人　亂變巽萃　巽◐願亂

漸　（順）願渙　變願中孚　言閵繫辭上傳同心之言二句　變倦繫辭下傳通其變以

下四句用二韻　遠遷易之爲書以下凡用六韻　言見言遷八卦以象告以下　憿烜說卦

傳雷以動之四句　爛反襍卦傳　緩難同上○言愆鞶士昏禮庶毋命女○然善

大戴禮哀公問五義百姓淡然二句　殘然武王踐阼篇楹銘○安顏言禮記曲禮上坐必安以下韻語

也　斑拳檀弓下原壤登木而歌　旦患坊記引逸詩○旦顯◐左傳昭三年讒鼎銘　愆

言昭四年子產引逸詩○然遷越語范蠡引所聞得時無怠節　遠反遠范蠡引所聞聖人之功節○

反遠論語子罕篇引逸詩○附　然安離騷　反遠同上　遷盤同上　淺（翩）閒九歌

湘君　蘭言湲湘夫人　閒蔓閒山鬼　反遠國殤　暖寒言天問　安遷

同上 變遠九章惜誦 拌援同上 言然同上 遠壇同上 衍遷哀郢 霰

見同上 反遠同上 願（進）抽思 摶爛橘頌 仙延遠游 ○以上平聲

第十五部陸韵平聲脂微齊皆灰上聲旨尾薺駭賄去聲至未霽祭泰怪夬隊廢入聲術物迄月沒

曷末黠鎋薛

師尸周易上經師六五 係維隨上六 稊妻大過九二 咨洟下經萃上六 藜

妻困六三 次資旅六二 ○頹壞萎禮記檀弓上孔子歌 緌衰檀弓下成人語 違

遲悲孔子閒居言五起 ○水瓌歸懷春秋左傳成十七年子叔嬰齊歌 淮坻師昭十二年

晉侯投壺詞 ○懷歸違哀微依妃晉語國人誦改葬共世子 ○衰追論語微子篇接輿歌 ○

附 幃祇離騷 雷（蛇）懷歸九歌東君 歸懷河伯 懷肥天問 依譏同上○二

句一韵 衰蒐九章涉江 懷悲遠游 妃（歌）夷（蛇）飛佪同上 ○以上平聲

視履兕周易上經履六三 胏矢噬嗑九四 死棄離九四 藟卼下經困上六

娣履視娣歸妹初九九二六三 濟兕未濟 ○死牝大戴禮易本命篇高者為生四句 ○罪

罪春秋左傳桓十年引周諺 兕幾文十七年引古人言 兕裔哀十七年繇辭 ○附 死體天問

底雉同上 涕弭遠游○以上上聲

大利周易上經坤六二 退遂利下經大壯上六 遂饋家人六二 曳掣劓睽六三

厲貝震六二 沛沫豐九三 內外㊣義謂象下傳家人 發大害象上傳坤

外敗需 竄掇訟 外大際泰 害敗害晢大有 謂內臨

貴類悖頤 際大歲坎 外害象下傳咸 害大末說同上 位愛謂

家人 內貴蹇 位退悖解 悖貴鼎 位快逮旅 外大位害

渙 契察夬繫辭下傳上古結繩以下 大廢其道甚大二句 位氣說卦傳天地定位二句

逮悖氣物水火相逮以下 外內類退襍卦傳○發閷閷發考工記工人爲柎而

發四句○廢世大戴禮武王踐阼篇丹書 害大楹銘○撥蹶越禮記曲禮上衣毋撥以下

悖佛學記其施之也悖二句○外泄春秋左傳隱公元年鄭武姜歌 類㊣異成四年引史佚之志

蔽萃匱成九年引詩 器罪昭七年楚僕區之法○骨猾捽晉語伐驪戎兆 蔽察蓺

越語范蠡引所聞贏縮以爲常節○迭适突忽論語微子篇周八士凡用三韵○慧勢孟子公孫丑篇

引齊人言 察歠決孟子盡心篇○附刈穢離騷 蔽折同上 艾害同上 枻

雪末絶九歌湘君　裔澨逝蓋湘夫人　帶逝際少司命　繼(飽)蠆達天問

㦯活同上　害敗同上　孥說同上　會殺同上〇二句一韻　汏滯九章涉江

慨邁哀郢　歲逝抽思　濟示懷沙　汨忽同上　喟謂愛類同上　發

達思美人　(至)比厲衛遠游〇以上入聲

第十六部陸韻平聲支佳上聲紙蟹去聲寘卦入聲陌麥昔錫

(儀)卦易繫辭傳易有太極四句〇閼(里)周語富辰引人言　支(壞)(壞)支周語虎傒引詩　危

埤晉語醫和引所聞〇附　蘂纚離騷　(離)知九歌少司命　知(螭)九章涉江〇以上

平聲

益擊周易下經益上九　易適繫辭下傳上下無常四句〇晳役春秋左傳襄十七年宋謳　縈

繫睨哀十三年乞糧辭〇附　隘續離騷　畫歷天問　解締九章悲回風　積擊

策蹟適愁適蹟益(釋)同上　軛蹟卜居〇以上入聲

第十七部陸韻平聲歌戈麻上聲哿果馬去聲箇過禡

離歌嗟周易上經離九三　沱嗟六五　(陸)儀下經漸上九　和靡中孚九二　罷

歌六三　過離小過上六　過(弱)象上傳傳過　爲嘉象下傳革　義何鼎　何

過何小過　地宐繫辭下傳仰則觀象于天四句　化宐神而化之二句○脞隋墮尚書皐陶

謨賡歌　頗義洪範○頗唐開元中改爲陂　○嘉宐士冠禮字辭　○義過大戴禮武王踐阼篇

弓銘(路)駕大戴禮驪駒詩見漢書服虔注○皮多那皮何春秋左傳宣二年宋謳　何多

羅襄八年引詩○隨騧論語微子篇八士二季○附他化離騷　差頗同上　化離

同上　馳蛇同上　離(虧)同上　可我同上　被離爲九歌大司命　何離爲

同上　池阿歌同上二韵○或多河波河伯章語也　河波螭河伯　阿羅山鬼　爲化

天問　加(虧)同上　施化同上　多何同上　歌地同上　宐嘉同上作喜非○嘉

嘉嗟施何同上　儀施九章抽思　化爲思美人　過地橘頌一作過○失過失誤

儀爲悲回風　馳蛇遠遊　摩波同上　移波釃爲漁父○以上平聲

凡八千五百五十五字

表五

西元二〇二四年三月一日重製一版

說文解字段注 冊四（清段玉裁撰）

平裝四冊基本定價參仟參佰元正
（郵運匯費另加）

發行人　張敏君
發行處　中華書局
臺北市內湖區舊宗路二段一八一巷八號五樓（5FL., No. 8, Lane 181, JIOU-TZUNG Rd., Sec 2, NEI HU, TAIPEI, 11494, TAIWAN）
客服電話：886-8797-8396
公司傳真：886-8797-8909
匯款帳戶：華南商業銀行西湖分行
179100026931
印　刷：維中科技有限公司
海瑞印刷品有限公司

No. N0040-4

國家圖書館出版品預行編目(CIP)資料

說文解字段注/(清)段玉裁撰. -- 重製一版. -- 臺北市 :
中華書局, 2024.03
冊 ; 公分
ISBN 978-626-7349-09-0(全套 : 平裝)

1.CST: 說文解字 2.CST: 注釋

802.223 113001479